La mujer sabia

La mujer sabia

CHRISTIAN JACQ

LA PIEDRA DE LUZ

2

Traducción de
Manuel Serrat

CÍRCULO de LECTORES

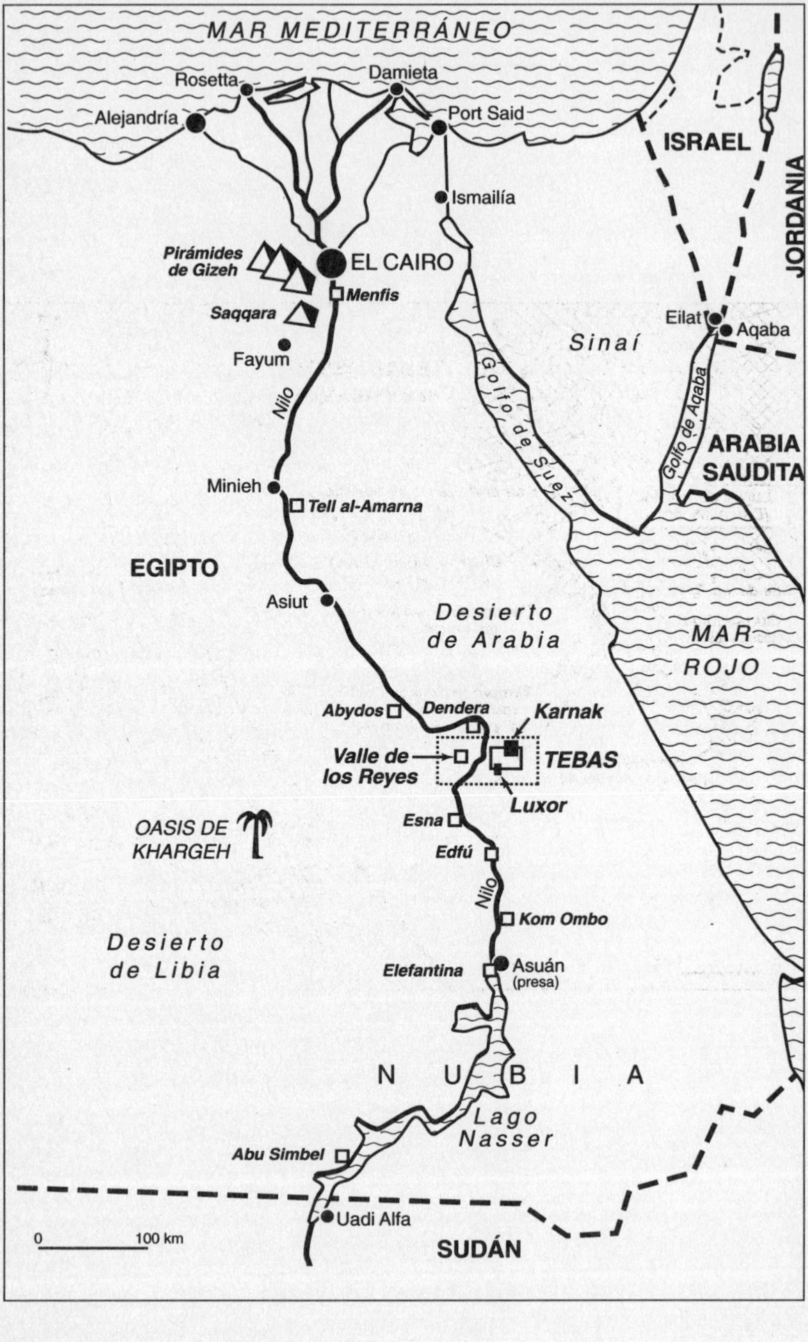
MAR MEDITERRÁNEO
Rosetta
Damieta
Alejandría
Port Said
ISRAEL
JORDANIA
Ismailía
Pirámides de Gizeh
EL CAIRO
Menfis
Saqqara
Fayum
Eilat
Aqaba
Sinaí
Golfo de Suez
Golfo de Aqaba
Nilo
ARABIA SAUDITA
Minieh
Tell al-Amarna
EGIPTO
Asiut
Desierto de Arabia
MAR ROJO
Abydos
Dendera
Karnak
Valle de los Reyes
TEBAS
Luxor
OASIS DE KHARGEH
Esna
Edfú
Nilo
Kom Ombo
Desierto de Libia
Elefantina
Asuán (presa)
N U B I A
Lago Nasser
Abu Simbel
Uadi Alfa
0
100 km
SUDÁN

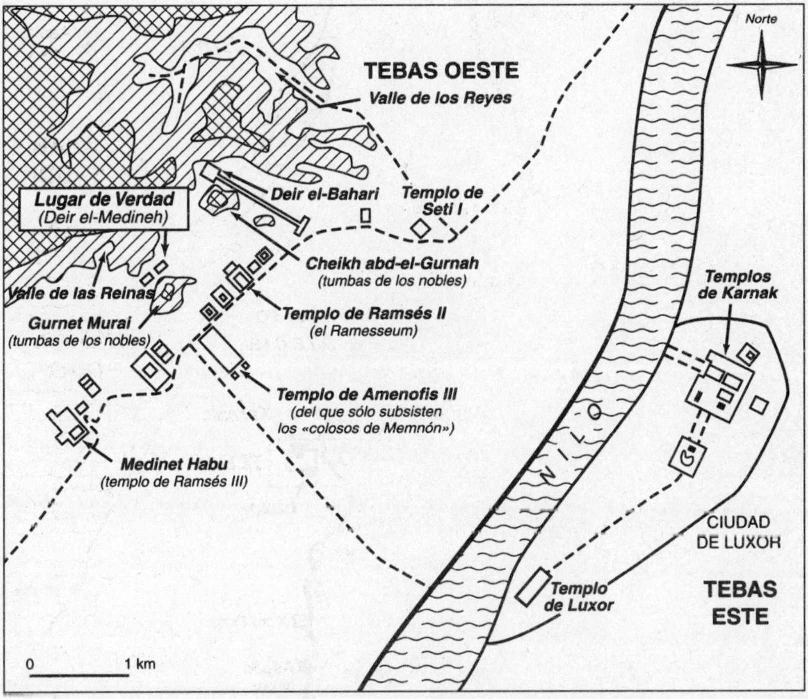

TEBAS OESTE
Valle de los Reyes
Norte
Lugar de Verdad
(Deir el-Medineh)
Deir el-Bahari
Templo de Seti I
Cheikh abd-el-Gurnah
(tumbas de los nobles)
Valle de las Reinas
Gurnet Murai
(tumbas de los nobles)
Templo de Ramsés II
(el Ramesseum)
Templo de Amenofis III
(del que sólo subsisten
los «colosos de Memnón»)
Medinet Habu
(templo de Ramsés III)
Templos
de Karnak
NILO
CIUDAD
DE LUXOR
Templo
de Luxor
TEBAS
ESTE
0
1 km

El peligro [illegible]

Después de la muerte de [illegible] te años de [illegible] habitantes [illegible] gustados [illegible] dea de los [illegible] decora [illegible] de los [illegible] su [illegible]

Tras [illegible] días de [illegible] "Ese [illegible] ma se [illegible] un [illegible] [illegible] como [illegible] [illegible]

[illegible]

[illegible] alguna [illegible] de [illegible] [illegible]

[illegible]

[illegible] las [illegible]

[illegible]

I

El peligro acechaba.

Después de la muerte de Ramsés el Grande, tras sesenta y siete años de reinado, los habitantes del Lugar de Verdad vivían angustiados. Situada en la orilla occidental de Tebas, la secreta aldea de los artesanos, cuyo papel principal consistía en excavar y decorar las tumbas de los reyes y las reinas, se preguntaba sobre su suerte.

Tras los setenta días de momificación del ilustre difunto, ¿qué decisiones iba a tomar el nuevo faraón, Merenptah, que tenía sesenta y cinco años? Era hijo de Ramsés, y tenía fama de ser un hombre autoritario, justo y severo; pero ¿sabría desbaratar las inevitables conspiraciones y librarse de los intrigantes que deseaban ocupar «el trono de los vivos» y apoderarse de las Dos Tierras, el Alto y el Bajo Egipto?

Ramsés el Grande había sido el protector del Lugar de Verdad y de la cofradía de artesanos que dependía directamente del rey y de su primer ministro, el visir. La aldea tenía su propio tribunal, y todos los días recibía alimentos procedentes del exterior. Liberada de las preocupaciones materiales, podía consagrarse a su obra, que era vital para la supervivencia espiritual del país.

El jefe Sobek había perdido el sueño; era el encargado de la seguridad de la aldea, en la que no tenía derecho a penetrar. Iba armado con una espada, una lanza y un arco, y no dejaba de recorrer el territorio que estaba bajo su responsabilidad, comprobando varias veces al día el dispositivo de vigilancia que había emplazado.

Los dos guardianes de la gran puerta de la aldea cumplían con su función habitual; uno, desde las cuatro de la madrugada hasta las cuatro de la tarde; el otro, desde las cuatro de la tarde hasta las cuatro de la madrugada. Eran fuertes, hábiles en el manejo del garrote, e impedían que los profanos penetrasen en el interior del recinto, donde vivían los artesanos del Lugar de Verdad y sus familias. También estaban los «cinco muros», es decir, los fortines dispuestos en el camino que conducía a la aldea.

Pero esas medidas de seguridad no le parecían suficientes a Sobek, un nubio alto y atlético cuyo rostro estaba surcado por una cicatriz, debajo del ojo izquierdo. Había ordenado a sus hombres que se mantuvieran alerta en las colinas de los alrededores, que vigilaran el camino que conducía al Ramesseum, el templo de millones de años de Ramsés el Grande, y los senderos que desembocaban en el Valle de los Reyes y en el de las Reinas.

Si se producían disturbios, los amotinados la emprenderían con el Lugar de Verdad donde, según los rumores, los artesanos eran capaces de producir fabulosas riquezas, e incluso de transformar la cebada en oro. Sin la protección del faraón, ¿qué sería de la modesta comunidad donde trabajaban treinta y dos artesanos, divididos en la «tripulación de la derecha» y la «tripulación de la izquierda»? Tal vez Sobek fuera su último defensor, pero estaba decidido a resistir hasta el final.

A pesar de que procedía «del exterior», el policía había acabado sintiendo afecto por la mayoría de los habitantes cuya seguridad debía garantizar. Y aunque él no era un artesano y no conocía sus secretos, tenía la sensación de que participaba en su misma aventura, y ya no imaginaba vivir lejos de ellos.

Por eso había otra cosa que le obsesionaba: probablemente, en la aldea se ocultaba un asesino que amenazaba la existencia del maestro de obras, Nefer el Silencioso, que antaño fue acusado por una carta anónima y, luego, absuelto de haber asesinado a un policía. El jefe Sobek no había conseguido identificar al culpable ni al autor de la misiva, y se preguntaba si no se trataría de un colega de Nefer que estaba celoso por su ascenso. Pero el policía tenía otra pista, pues sospechaba que Abry, el administrador principal de la orilla oeste de Tebas, se había mezclado en una conspiración que amenazaba con destruir el Lugar de Verdad. Lamentablemente, la desaparición de Ramsés el Grande podía hacer que la situación se le escapara de las manos.

Como jefe del equipo de la derecha, Nefer tenía el deber de «hacer lo que es luminoso en el Lugar de Luz», trazar los planos y distribuir el trabajo en función de las competencias de cada cual. Además, después de la reciente desaparición de Kaha, habían recaído sobre él responsabilidades mucho mayores. Kaha era el jefe del equipo de la izquierda, al que iba a suceder su hijo espiritual, Hay, carente de experiencia y gran admirador de Nefer, que era considerado el verdadero patrón de la cofradía. Incluso Kenhir, el viejo escriba de la Tumba, representante del poder central, lo trataba con deferencia. El alto funcionario, encargado de administrar la cofradía que llevaba el nombre simbólico de «Gran y noble Tumba de millones de años del Occidente de Tebas», había reconocido en Nefer a un maestro de obras excepcional, de natural e indiscutible autoridad.

Pero ¿sería Nefer el Silencioso capaz de luchar contra las fuerzas de las tinieblas que acechaban el Lugar de Verdad? ¿Y sabría él, capitán de la tripulación de los «hombres del interior», tomar conciencia de la gravedad del peligro? ¿Tendría medios para hacerle frente? Tal vez Nefer hubiera olvidado la crueldad y la avidez del mundo exterior, empeñado en el cumplimiento de la obra de acuerdo con la regla que sus predecesores habían aplicado. ¿Bastaría su magia personal para alejar la desgracia de la cofradía?

El policía se quedó inmóvil ante una hornacina excavada en la muralla. Allí había una estatuilla de Maat, la soberana de la aldea. En la cabeza llevaba la timonera, la pluma que permitía que las aves se orientasen; la frágil diosa encarnaba el ideal de la cofradía, su aspiración a la armonía y a la rectitud, elementos indispensables para la creación artística. ¿No se decía, acaso, que «realizar Maat era hacer lo que Dios ama»?

A Sobek le costaba respirar. El aire cálido se hacía cada vez más opresivo, y sentía que el peligro se acercaba. Para intentar calmarse, contempló la cima de Occidente, punto culminante de la montaña tebana en forma de pirámide. Según la leyenda, fueron los primeros canteros de la cofradía quienes modelaron así la roca para que fuera un eco, en el sur, de las pirámides del norte.

El policía sabía, al igual que los demás, que la cima sagrada albergaba una temible serpiente hembra, «la que ama el silencio», y que una barrera cada vez más infranqueable impedía a los profanos turbar su quietud. Las moradas de eternidad de los faraones estaban bajo su protección, y los aldeanos le habían confiado sus esperanzas.

La cima tenía cuatrocientos cincuenta metros de altura, y se hallaba en el eje de los templos erigidos por los faraones para hacer brillar el *ka,* la energía inagotable derramada en el universo; estaban dispuestos en abanico a su alrededor, y le rendían un permanente homenaje. A Sobek le gustaba contemplarla al atardecer, cuando la penumbra cubría el desierto, los cultivos y el Nilo; sólo la cima seguía iluminada, como si allí no se hiciera nunca de noche.

Un centinela agitó los brazos, y otro gritó. Sobek corrió inmediatamente hacia el primer fortín, donde reinaba el tumulto; los policías rodeaban a una decena de arrieros, presas del pánico, que se protegían la cabeza con las manos para evitar los bastonazos, mientras los animales corrían en todas direcciones.

–¡Deteneos, son auxiliares! –ordenó Sobek.

Los policías tomaron conciencia de su error y dejaron de golpear a los arrieros.

–Nos hemos asustado, jefe –dijo uno de ellos, excusándose–; pensábamos que querían forzar la barrera.

Como todos los días, los auxiliares llevaban agua, pescado, legumbres frescas, aceite y demás géneros que los aldeanos necesitaban. Los más valientes fueron a recuperar sus asnos, los demás gemían o protestaban. El jefe Sobek tendría que redactar un largo informe para explicar el incidente y justificar el comportamiento de sus subordinados.

–Cuidad a los heridos –ordenó–, y haced que descarguen los asnos.

Cuando el cortejo llegó a la puerta principal de la aldea, ésta se entreabrió para dejar salir a las esposas de los artesanos. Sacerdotisas de Hator y amas de casa, al mismo tiempo, recogieron las provisiones en silencio.

Antes de la muerte de Ramsés el Grande, éste era el momento de discutir, de apostrofarse, de reír y de pelearse, al menos en apariencia, para obtener la mejor carne, los mejores frutos o el mejor queso. Desde la desaparición del gran monarca, incluso los niños permanecían mudos, y sus madres ya no tenían ganas de jugar con ellos. Se acuclillaban para realizar el trabajo cotidiano por excelencia, amasar la pasta que serviría para hacer pan y cerveza. ¿Durante cuánto tiempo podrían realizar aquella tarea, preludio del gozo de una comida en familia?

Un joven policía corrió hacia Sobek.

–¡Jefe, jefe! ¡Llegan otros!

–¿Más auxiliares?

–No... Soldados armados con arcos y lanzas.

2

Méhy, el tesorero principal de Tebas, deambulaba por la sala de recepción de su suntuosa villa. Era un financiero sin igual y un gran manipulador de cifras; el oculto dueño de la región era, también, el apreciadísimo comandante de las fuerzas armadas, que se beneficiaba de su generosidad.

Tenía el rostro redondo, el pelo muy negro y aplastado, los ojos de un marrón oscuro, los labios carnosos, las manos y los pies rechonchos, el pecho ancho y poderoso. Estaba muy seguro de sí mismo y de su capacidad de seducción, y le obsesionaba un objetivo aparentemente inaccesible: apoderarse de los muchos tesoros que albergaba el Lugar de Verdad. Sabía que los artesanos producían increíbles riquezas en la Morada del Oro y había visto la Piedra de Luz que les servía para iluminarse cuando se zambullían en las tinieblas de una tumba del Valle de los Reyes.

Méhy se había librado de un policía, para huir sin ser identificado. La carta anónima enviada a Sobek, para que Nefer el Silencioso fuera acusado del crimen, por desgracia, no había producido los efectos esperados, porque la intervención de la misteriosa mujer sabia del Lugar de Verdad y la investigación del tribunal habían absuelto al artesano. Pero el comandante seguía fuera de sospecha y su ascenso había proseguido, a costa de la desaparición de su suegro, que él mismo había organizado hábilmente, y de la complicidad de su deliciosa esposa, Serketa, tan encantadora como un escorpión, pero ambiciosa, ávida e implacable como él.

Méhy era rico, poderoso, y gozaba de una excelente reputación. Nunca había aceptado que el tribunal de admisión del Lugar de Verdad lo rechazase; su deseo de venganza iba acompañado por un deseo de transformar el viejo Egipto, empantanado en sus tradiciones y sus creencias, en un país moderno y conquistador donde la ciencia, encarnada por su amigo Daktair, conmoviera a una sociedad anquilosada. Méhy era consciente de que debería actuar con prudencia y paciencia.

La realización de ese gran designio implicaba descubrir los secretos de la cofradía, que los faraones protegían celosamente para asegurarse su exclusiva. El principal adversario de Méhy había sido Ramsés el Grande, y su único intento de suprimir al monarca saboteando su carro se había saldado en un fracaso. El comandante se había visto obligado a admitir que el viejo soberano gozaba de una suerte sobrenatural, y se había limitado a eliminar al saboteador, que podría haberse ido de la lengua. La única estrategia posible era tejer su telaraña alrededor de la aldea y esperar la muerte de Ramsés.

¡Méhy se había librado, por fin, del benefactor del Lugar de Verdad! Sin Ramsés, los artesanos quedarían desamparados; y no era seguro que el nuevo rey, Merenptah, un hombre del Norte, estuviera tan bien preparado como su predecesor. Pero el tesorero principal de Tebas no conseguía obtener noticias precisas de Pi-Ramsés, la capital donde había sido coronado Merenptah. Decían que era conservador, que carecía de cualquier intención innovadora y que estaba decidido a seguir los pasos de Ramsés el Grande; aunque siempre quedaba la esperanza de que el poder supremo modificase su carácter.

En cuanto a las intrigas, éstas iban a crecer y a perfeccionarse. Algunos se adaptaban a un reinado de transición, que probablemente sería breve, para preparar mejor un mundo nuevo. Un mundo en el que Méhy desempeñaría un papel de primer orden si poseía los secretos del Lugar de Verdad.

Durante el interminable período de momificación, podían producirse acontecimientos inesperados. La brutal muerte de Merenptah, por ejemplo, y una lucha por el trono. Méhy esperaba que no fuera así, pues todavía no estaba preparado para participar en ella. Soñaba con manipular a un monarca que se luciera en el proscenio, mientras él detentara el verdadero poder en la sombra. ¿Por qué no reproducir en el escalón supremo lo que había conseguido hacer con el alcalde de Tebas?

Un Merenptah estático, anclado en antañones principios e

incapaz de percibir la ineluctable evolución del país: ¿acaso no sería ese mediocre faraón su mejor aliado?

Para poner a prueba el estado de ánimo y la capacidad de resistencia de los artesanos, había convencido a su aliado Abry, el administrador principal de la orilla oeste, para que enviara una escuadra y un inspector del fisco a la aldea.

Si conseguían forzar la puerta, Méhy penetraría por la brecha y reduciría los privilegios de la cofradía.

Esta vez, el asunto era serio.

El jefe Sobek comprobó que, en efecto, se trataba de soldados, en su mayoría, de edad madura. Por primera vez desde que ocupaba el cargo de jefe de seguridad del Lugar de Verdad, se veía directamente confrontado con las tropas.

Los infantes estaban dispuestos en dos hileras y se habían detenido ante el primer fortín. Los policías nubios, en su mayoría fuertes mocetones bien entrenados, iban armados con garrotes y espadas cortas. Sobek era considerado un verdadero jefe de clan, y sus soldados le obedecerían fueran cuales fuesen sus órdenes.

Éste se adelantó.

–¿Quién os envía?

–Yo –respondió un veterano, visiblemente impresionado por el atleta negro que lo miraba de arriba abajo–, pero estoy a las órdenes del inspector del fisco.

Oculto hasta entonces por los soldados, un tipo rechoncho salió de las filas y se dirigió a Sobek con voz débil pero aguda.

–Tengo una orden del administrador principal de la orilla oeste para censar los animales de la aldea y calcular las tasas que se deben aplicar. Como no he recibido declaración alguna en los últimos años, sin duda, habrá atrasos. Vos, que representáis la fuerza pública, debéis colaborar y ayudarme a cumplir mi misión.

El jefe Sobek no esperaba un ataque de ese tipo.

–¿Tenéis la intención... de entrar en la aldea?

–Tenemos que entrar forzosamente.

–Mis órdenes son estrictas: está prohibido el acceso a todo aquel que no sea un artesano o un miembro de su familia.

–Sed razonable: represento el poder administrativo.

–Sólo el faraón y el visir son excepciones a la regla que acabo de recordar. Y vos no sois ni lo uno ni lo otro.

–¡Tenéis que inclinaros ante el fisco! Id a buscar al escriba de la Tumba, él os refrescará la memoria.

Sobek vaciló unos instantes. A fin de cuentas, no era una mala solución; evidentemente, el inspector no conocía a Kenhir el Gruñón.

–De acuerdo, pero que los soldados no den ni un paso más. Si intentan cruzar este fortín, mis hombres los expulsarán sin miramientos.

–No me gusta demasiado ese tono, jefe Sobek. Vuestros policías son menos numerosos que mis soldados, y el derecho está de mi parte.

–Si os lo tomáis así, no iré a buscar a nadie y yo me encargaré personalmente del asunto.

Los policías nubios no necesitaron órdenes para blandir sus garrotes. Eran más jóvenes y rápidos que sus adversarios, y no temían enfrentarse a dos o tres de ellos.

–No nos pongamos nerviosos –recomendó el inspector del fisco–; estoy aquí para que se respete el orden, y vos también.

–Mis consignas son muy estrictas, debo aplicarlas al pie de la letra.

–¡Id a buscar al escriba de la Tumba!

–¡Sobre todo, no deis ni un paso!

El funcionario crispado no respondió. Le habían avisado de que su misión no sería fácil, pero no esperaba semejante resistencia, y aquel negro tan alto le daba miedo. Si se producía una pelea, ¿no corría el riesgo de recibir un buen golpe? Por el momento, sería mejor renunciar al uso de la fuerza y discutir con el escriba de la Tumba.

El jefe Sobek no se apresuró a cruzar los fortines. Aquel montón de soldados no acabaría con sus hombres, pero tras éstos llegarían otros, más numerosos y temibles.

¿Quién, sino Abry, el administrador principal de la orilla oeste, había ordenado su intervención? Sobek se lo cruzaba de nuevo en su camino. El alto funcionario había intentado corromperlo, en vano y, luego, hacer que lo trasladaran, como si quisiera alejar a un policía molesto, capaz de implicarlo en el caso del asesinato que no dejaba de obsesionar al nubio.

Por tercera vez, Abry lanzaba un ataque contra él y, más directamente aún, contra el Lugar de Verdad.

Sin duda actuaba así porque era culpable, en uno u otro grado, y quería librarse de los que lo acusaban.

El problema del día era aquel funcionario del fisco. Tal vez fuera imposible evitar un conflicto, pues no bastaría con avisar a Kenhir. Sería preciso, también, que el escriba de la Tumba aceptara hablar con él.

3

–Sobre todo, no pases tu maldita escoba por mi biblioteca –recordó el escriba de la Tumba a su sierva Niut la Vigorosa–. Yo mismo haré la limpieza.

La muchacha se limitó a encogerse de hombros. Era el mismo sermón de cada mañana.

A sus sesenta y dos años de edad, más gruñón que un viejo chivo solitario, Kenhir tenía aspecto de patán y la corpulencia de un escriba que ocupara un cargo importante, pero también unos ojos maliciosos y vivos a los que no se les escapaba nada.

Kenhir había vencido el insomnio que lo torturaba desde la muerte de Ramsés el Grande gracias a una tisana de mandrágora. Sabía que la pequeña comunidad estaba en peligro durante aquel período de transición, y que no sobreviviría a la decisión de un faraón hostil a su modo de vida, pero sin embargo seguía cumpliendo su función como si fuera a durar eternamente.

Ante todo, el aprovisionamiento de agua de la cofradía, que se realizaba de dos modos: por un lado, el profundo pozo excavado a unos sesenta metros al nordeste del templo de Hator, y por el otro, las incesantes entregas de los arrieros. El pozo era una especie de obra maestra, con sus paredes verticales, en ángulo recto, sus losas de calcáreo y su soberbia escalera, que permitía que los ritualistas fueran a recoger agua para las ceremonias. Pero no bastaba para los usos cotidianos, tanto menos cuanto la higiene era una de las preocupaciones principales de la aldea. Por ello, todas las mañanas, el escriba de la Tumba esperaba impacientemente la llegada de los aguadores, cuyas pesadas jarras permitían llenar las enormes ánforas de terracota rosada, homogéneamente cocidas, recubiertas de un vidriado claro o de un rojo oscuro, y dispuestas en las callejas de la aldea, al abrigo de unos huecos, para preservar el frescor del precioso líquido. Algu nas de estas ánforas llevaban inscritos los nombres de Amenhotep I, Tutmosis III o la reina faraón Hatsepsut, y recordaban que los soberanos se preocupaban por el bienestar de los habitantes del Lugar de Verdad.

El reglamento era estricto: los portadores vertían agua pura varias veces al día, en dos depósitos, uno al norte de la aldea, y el otro al sur. Los aldeanos iban a buscar agua con jarras para llenar las ánforas del interior, cuyo contenido utilizaban para beber, lavarse o cocinar. Desde la creación de la cofradía, nunca había habido penuria, sino, muy al contrario, una abundancia muy apreciada por la pequeña comunidad que vivía en una zona desértica.

El escriba de la Tumba había sido nombrado por el visir con la aprobación del faraón. Ahora tenía muchísimo trabajo: le tocaba velar por la prosperidad de la aldea, preservar el buen entendimiento entre los dos jefes de equipo, pagar al personal, llevar el Diario de la Tumba, en el que anotaba, cuidadosamente, las ausencias y sus motivos, recibir el material necesario para los trabajos y distribuirlo, y proseguir la Gran Obra iniciada por sus predecesores. Era una labor espantosa que, sin embargo, no le impedía entregarse a su distracción favorita: la escritura.

Kenhir era hijo adoptivo del ilustre Ramosis, que había sido elevado a la rarísima dignidad de «escriba de Maat» antes de su muerte. Kenhir había heredado su hermosa morada, su despacho y, sobre todo, su rica biblioteca donde figuraban todos los grandes autores cuyas obras había copiado, con su caligrafía difícil y casi ilegible. Era aficionado a la poesía épica, y había compuesto una nueva versión de *La batalla de Kadesh*, que había supuesto la victoria de Ramsés sobre los hititas y de la luz sobre las tinieblas, y había emprendido una reconstrucción novelesca de la prestigiosa decimoctava dinastía. Cuando se retirara, Kenhir se consagraría a la redacción definitiva de una *Clave de los sueños*, fruto de una larga investigación.

–Un artesano pregunta por vos –le avisó Niut la Vigorosa.

–¿No ves que estoy ocupado? ¡Cuándo podré estar tranquilo en esta aldea!

–¿Queréis verle o no?

–Que venga –gruñó Kenhir.

Ipuy el Examinador, un escultor del equipo de la derecha, era más bien canijo y nervioso, aunque bastante hábil. Sabía domesticar la roca más reacia y nunca refunfuñaba ante un problema difícil.

–¿Algo va mal?

–He tenido una pesadilla –confesó Ipuy–. Necesito consultaros.

–Cuenta.

–Primero, el dios carnero Khnum se me ha aparecido y me ha dicho: «Mis brazos te protegen, te confío las piedras nacidas del vientre de la montaña para construir templos». Era más bien terrorífico...

–Te equivocas, es un excelente presagio. En Khnum se encarna la energía de la creación que construye a los hombres y da a los artesanos la capacidad de domar su potencia. ¿Y qué pasaba después?

–Bueno eso... es más delicado.

–No tengo tiempo que perder, Ipuy. Habla o vete.

El artesano parecía muy turbado.

–He soñado que hacía el amor con una mujer... que no era mi esposa.

–¡Eso es muy malo! Sólo hay una solución: al amanecer, zambúllete en agua fresca de un canal, y estarás de nuevo en paz. Pero dime... ¿Por qué te has quedado en la aldea en lugar de ir a trabajar al Valle de los Reyes con el resto del equipo?

–He llevado ofrendas a la tumba de mi padre y mi esposa está enferma.

Kenhir anotó los dos motivos, considerados como válidos, en el Diario de la Tumba. Ipuy no merecía el terrible apelativo de «perezoso», que le habría acarreado graves sanciones. El escriba de la Tumba comprobaría, sin embargo, sus afirmaciones, pues ya no confiaba en nadie desde que un artesano había dado, como motivo de su ausencia, el fallecimiento de su tía... ¡que había muerto por segunda vez!

Apenas hubo salido el escultor de la sala de columnas que servía de despacho a Kenhir, cuando penetró en ella Didia el Carpintero, un hombre de gran talla y lentos gestos.

–El jefe de equipo me ha confiado un trabajo en el taller –explicó–, y me ha pedido que os recuerde que mañana por la mañana hay que pagar los salarios.

El pago de los salarios... ¡Se repetía cada veintiocho días, inexorable! El escriba de la Tumba y los dos jefes de equipo recibían cinco sacos de espelta y dos sacos de cebada cada uno, mientras que cada artesano tenía derecho a cuatro sacos de espelta y uno de cebada. Además, a todos se les entregaba carne, ropa y sandalias. Cada diez días, Kenhir velaba por la distribución de aceite, ungüentos y perfumes. Y, diariamente, cada aldeano recibía cinco kilos de pan y pasteles, trescientos gramos de pescado, varias clases de legumbres, fruta, leche y cerveza. Los excedentes les permitían hacer trueques en el mercado.

–¿Es necesario que me recuerdes mis obligaciones, Didia?

–El período es angustiante y muchos se preguntan si las entregas diarias están aseguradas.

–De no ser así, yo seré el primero en avisaros. Mañana se pagarán los salarios como de costumbre, y no faltará ni un solo puñado de grano.

Carpintero se retiró, más tranquilo.

Kenhir no podía confesarle que sus temores estaban fundados. Si el nuevo faraón, que nunca había ido a la aldea, cedía a ciertas presiones, los artesanos dejarían de recibir provisiones. Quedaban los silos pertenecientes a la cofradía y que le permitirían sobrevivir por algún tiempo.

El escriba de la Tumba protestaba por todo; se quejaba de sus condiciones de trabajo, evocaba a menudo la brillante carrera que hubiera podido hacer en Tebas, pero amaba la aldea más que su propia vida, y a pesar de que siempre estaba refunfuñando, Kenhir sabía que acabaría sus días como su predecesor y padre adoptivo, porque el Lugar de Verdad le parecía el corazón de Egipto, el lugar donde unos simples hombres, con sus cualidades y sus defectos, realizaban, día tras día, una obra extraordinaria al servicio de lo divino.

Lo malo era que debía hacerles cohabitar sin demasiados enfrentamientos y que todas las preocupaciones recaían sobre él.

–He terminado de limpiar –dijo Niut la Vigorosa–. Voy a preparar la comida.

–Nada de pepino, no lo digiero bien. Y el pescado, sin demasiadas especias.

Debería haberse librado mucho tiempo atrás de aquella pequeña peste que se había apoderado de su morada, pero trabajaba bastante bien y, además, soportaba su mal carácter.

–Hay otro que desea hablar con vos –dijo la sierva.

–¡Pero no va a terminar nunca! Dile que vuelva más tarde.

–Al parecer es muy urgente.

–De acuerdo..., que pase.

La esposa de Pai el Pedazo de Pan, un dibujante del equipo de la derecha, se presentó ante el escriba de la Tumba. Parecía aterrorizada.

«Otra aburrida historia de pareja –pensó Kenhir–. Él la ha engañado, ahora quiere denunciarlo y habrá que reunir el tribunal de la aldea.»

–El guardián de la puerta ha hecho llegar un mensaje del jefe de seguridad... ¡Ha sucedido algo horrible!

–Tranquilizaos y decidme su contenido.

–Hay soldados en el primer fortín... ¡Quieren invadir la aldea!

4

La gran puerta se abrió para dejar pasar al escriba de la Tumba, hacia el que se dirigió inmediatamente el jefe Sobek.

–¿Qué ocurre? –preguntó Kenhir.

–Tenemos problemas con el fisco, que se hace secundar por el ejército. Os esperan en el primer fortín.

Andar no era el fuerte de Kenhir, que prefería la tranquilidad de su despacho a la arena de los senderos. Sin embargo, avanzó con valentía para enfrentarse al irritado funcionario.

–¿Sois el escriba de la Tumba?

–¿Qué deseáis?

–La aldea no ha pagado el impuesto sobre los animales. Debo penetrar en su interior para identificar a los contraventores y fijar el montante de las multas.

–¿De qué animales estáis hablando? –preguntó Kenhir.

–De las vacas, los corderos, los...

El escriba de la Tumba soltó una carcajada.

–¡La ley no da risa! –protestó su interlocutor.

–La ley, no, pero vos, sí. Con este nivel de incompetencia, no sois digno de ocupar vuestro cargo. Dirigiré una detallada carta al visir, solicitando vuestro despido.

El inspector del fisco parecía desconcertado.

–No comprendo...

–¡Cuando se ignora un expediente, no se blanden amenazas! En el interior de la aldea sólo hay animales domésticos, gatos, perros y monos pequeños. La presencia de los demás animales está prohibida por razones de higiene. Encontraréis asnos, bueyes, vacas, corderos y cerdos en el exterior de la aldea y en las tierras pertenecientes a los artesanos. Naturalmente, todas estas cabezas de ganado han sido declaradas a vuestra administración. Así pues, me habéis molestado por nada, y eso me horroriza.

Ante la colérica mirada de Kenhir, el funcionario comprendió que sólo podía batirse rápidamente en retirada y esperar que su torpe gestión fuese olvidada lo antes posible. La queja de un personaje tan importante como el escriba de la Tumba podía terminar con su carrera.

–¡Cuándo nos libraremos de este tipo de chinches! –masculló Kenhir viendo cómo el vencido ponía pies en polvorosa.

A pesar de la victoria, el jefe Sobek no mostraba un aspecto triunfal.

–¿Y ahora qué pasa? –preguntó Kenhir.

–No os he hablado de un incidente preocupante...

–¡Muy bien, adelante, pues!

–Los cuerpos del delito están en mi despacho.

Ambos hombres se dirigieron al feudo de Sobek, que mostró a Kenhir varios fragmentos de calcáreo cubiertos de unos dibujos increíbles.

Había un gato que llevaba flores a un ratón, una rata vestida con una falda y cubierta por una mona, un zorro que tocaba la flauta doble, una cabra que bailaba, un cocodrilo erguido sobre su cola y que manejaba una mandolina, una golondrina trepando por una escalera para alcanzar las ramas más altas de un árbol donde había un hipopótamo, otra rata conduciendo un carro y disparando flechas contra un ejército de roedores provistos de escudos, y un mono sentado sobre un montón de trigo.

Las caricaturas estaban muy bien hechas, pero no divirtieron a Kenhir, pues reconoció los estilizados rasgos de varios miembros de la cofradía. Y, peor aún, la rata arquera sólo podía ser el faraón combatiendo a sus enemigos. En cuanto al mono, éste tenía un notable parecido con el escriba de la Tumba.

–¿De dónde has sacado estos horribles dibujos?

–Los han dejado aquí en mi ausencia.

–Destrúyelos de inmediato.

–¿Y si el culpable vuelve a hacerlo...?

–¡Eso no ocurrirá, créeme!

Kenhir sabía quién era el culpable.

El estilo, la precisión del dibujo, la originalidad, la irreverencia... Todo apuntaba hacia Paneb el Ardiente.

El escriba de la Tumba se había mostrado muy favorable a la entrada del joven en la cofradía, aun sabiendo que la disciplina no iba a ser su fuerte. El Lugar de Verdad no podía excluir un talento semejante, pero esta vez se había pasado de la raya.

En los ojos del policía nubio había un brillo excesivamente alegre.

–¡Esto no tiene gracia, Sobek! Es una injuria a la seriedad y el rigor que deben reinar en esta aldea.

–Comparto vuestra opinión, y sé que sabréis actuar como corresponde. Pero ¿no hay algo más grave aún? Ese inspector del fisco nos ha sido enviado por Abry, el administrador principal de la orilla oeste, el mismo que intentó corromperme y que me trasladaran.

–Sigues pensando que participa en una conspiración contra el Lugar de Verdad, ¿no es así?

–Más que nunca.

El rostro de Kenhir se ensombreció.

–Me gustaría tanto que te equivocaras... Pero me he informado sobre él y el tal Abry parece un trepador dispuesto a todo. En las actuales circunstancias, es imposible seguir con la investigación. ¿Cómo prever la suerte que le reserva el nuevo faraón? ¿Destitución, ascenso o mantenimiento de su actual estatuto?

–Su intento ha fracasado, pero estoy seguro de que Abry volverá a la carga. Puesto que amenaza la seguridad de la aldea, me veo obligado a intervenir, sea cual fuera su rango.

–¡Ten un poco de paciencia, Sobek! Las primeras decisiones de Merenptah nos ilustrarán sobre la conducta que debemos adoptar. Entretanto, no bajes la guardia.

Aunque se negara a reconocerlo por miedo a asustar a los aldeanos, el escriba de la Tumba se sentía cada vez más inquieto. Si se producía una revolución en palacio y algunos intrigantes como Abry obtenían más poder, al Lugar de Verdad le quedarían sólo unas semanas de vida.

Mientras Kenhir se dirigía hacia la gran puerta de la aldea, los auxiliares salieron de sus talleres y de sus casas y les rodearon, amenazadores.

El herrero, el carnicero, los lavanderos, el calderero, el cervecero, el zapatero, los tejedores, los pescadores, los leñadores y los jardineros estaban muy alterados. Su jefe, el alfarero Beken, tomó la palabra.

–Nos llaman «los que llevan» –recordó–, pero también tenemos derechos. Y el primero es el de saber si vamos a ser devorados y con qué salsa van a hacerlo.

–De momento, no ha cambiado nada.

–¿No acabamos de ser víctimas de un ataque del ejército?

–Ha sido un ridículo error administrativo. Todo está en orden.

–¿Van a cerrar la aldea?

–Esos temores están por completo infundados.

–¿Lo decís para tranquilizarnos?

–La paga se distribuirá con normalidad, y no se ha suprimido puesto alguno. ¿Queréis más garantías?

La seguridad de Kenhir tranquilizó a los auxiliares.

–Volvamos al trabajo –recomendó el alfarero.

Las vagas protestas del herrero se perdieron entre los murmullos del grupo, que se dispersó arrastrando los pies mientras el escriba de la Tumba penetraba en la aldea, donde fue asaltado, de repente, por la esposa de Pai el Pedazo de Pan, visiblemente trastornada.

–¡Mi gatito ha desaparecido! Estoy segura de que mi vecina lo ha escondido en su casa... Le gustaba por su pelaje negro y lustroso, y me lo ha robado. ¡Hay que registrar su casa y condenarla!

–Tengo otras cosas que hacer y...

–¡De lo contrario, la denunciaré ante el tribunal de la aldea!

Kenhir suspiró.

–Bueno, vamos.

El escriba de la Tumba ya imaginaba la terrible pelea entre las dos amas de casa, pero le tocaba resolver este tipo de problemas para mantener la armonía entre las familias.

Afortunadamente, el gato saltó desde un tejado para aterrizar a los pies de su dueña, que lo tomó en brazos y lo cubrió de besos, a la vez que le hacía dulces reproches.

Kenhir estaba atónito ante la inconsecuencia femenina, y

prefirió alejarse sin decir palabra. ¿Qué más tendría que aguantar aún durante esa maldita jornada?

–La comida ya está lista –anunció Niut la Vigorosa en cuanto el escriba de la Tumba regresó a su casa–. De postre tenéis un pastel relleno de dátiles.

–¿Será meloso, al menos?

–Ya lo veréis.

¿Cómo se atrevía la pequeña peste a mostrarse tan insolente? Algún día, Kenhir la haría pasar por el aro. Pero ahora le preocupaban otros asuntos mucho más serios.

¿Conseguiría el maestro de obras Nefer el Silencioso terminar a tiempo la morada de eternidad de Ramsés el Grande, de acuerdo con las normas que le habían sido impuestas? El hombre tenía cualidades excepcionales, es cierto, pero era su primera gran obra, y tal vez careciera del genio necesario para llevarla a cabo.

Si Nefer fracasaba, el Lugar de Verdad estaría condenado a desaparecer.

5

Paneb el Ardiente estaba loco de alegría.

El coloso de los ojos negros, que tenía veintiséis años, había sido aceptado hacía diez en la cofradía del Lugar de Verdad para convertirse en dibujante, el sueño de su infancia. El camino había sido duro, pero Paneb no se había dado nunca por vencido, alimentado por el fuego que ardía en su interior y que nada ni nadie podría extinguir.

Ahora, el paraíso: el Valle de los Reyes, aquel ued desértico, abrumado por el sol y prohibido a los profanos. Allí, bajo la protección de la cima de Occidente, en forma de pirámide, descansaban las momias de los ilustres faraones del Imperio Nuevo, cuya alma renacía todas las mañanas en el secreto de su morada de eternidad.

Para la casi totalidad de los egipcios, penetrar en el «Gran Valle» era un sueño imposible. Y él, Paneb, había tenido esa suerte porque había perseverado, vencido innumerables obstáculos y había logrado convertirse en uno de los miembros del «equipo de la derecha».

Nadie que hubiera visto a aquel joven coloso de talla y corpulencia impresionantes hubiera dicho que sus enormes manos eran capaces de realizar dibujos de una finura y una precisión tan extraordinarias. En él se conjugaban la potencia y la gracia, pero era sólo un aprendiz, y aún tenía mucho que aprender.

Aquella perspectiva entusiasmaba a Paneb, que no protestaba ante ninguna tarea. Desde el comienzo de los trabajos de conclusión de la tumba de Ramsés el Grande, sus colegas dibujantes y pintores le habían hecho llevar los panes de colores, los pinceles, los cepillos y todo su material. El peso le parecía ligero como una pluma, puesto que podía admirar las altas rocas verticales que formaban los muros del valle prohibido, donde sólo sobrevivía la recalentada piedra. Los acantilados ocres destacaban contra el cielo, de un azul perfecto y, a mediodía, el sol no dejaba subsistir zona de sombra alguna en aquel caldero sagrado, donde se celebraba el misterio supremo de la vida y de la muerte.

Era el momento preferido de Paneb el Ardiente, enamorado de los estíos implacables, sobre todo cuando el viento no turbaba la canícula. Allí, en aquel valle mineral, silencioso y apacible, se sentía como en su casa.

–¿Sueñas, Paneb?

El hombre que le estaba hablando era el jefe del equipo de la derecha, Nefer el Silencioso, maestro de obras de la cofradía. Era de talla mediana, esbelto, con el pelo castaño, los ojos de un gris verdoso y una gran frente muy despejada; tenía el rostro grave y apaciguadora la palabra. No había necesitado más que diez años para convertirse en el patrón indiscutible de los artesanos, un cargo que, sin embargo, no había buscado.

Paneb y Nefer se habían conocido antes de su admisión en el Lugar de Verdad, y el primero había salvado la vida al segundo, que nunca olvidaría su valor. Siguiendo el camino de los escultores, Nefer había alcanzado los grados superiores de la jerarquía antes de ser admitido en la Morada del Oro, donde se había convertido en depositario del secreto de la Gran Obra, que ahora debía transmitir y encarnar en la materia.

–Cuando era un chiquillo –repuso Paneb–, soñé con un mundo perfecto, pero pronto choqué con los hombres. No hay tregua posible con ellos: hay que luchar constantemente. Ante el menor signo de debilidad, pisotean al adversario. Pero hoy sé que este mundo perfecto existe: este valle en el que nuestra cofradía excava y decora las moradas de eternidad de los faraones. El hombre no tiene en él su lugar, no hacemos más que pasar, y ya está bien así. Aquí sólo reina el silencio y te agradezco que me hayas permitido conocerlo.

–No tienes que agradecerme nada. Eres mi amigo, pero soy el jefe de este equipo y no puedo hacerte ningún favor. Te he ordenado que vinieras a trabajar al Valle porque creo que estás preparado para hacerlo.

Hasta entonces, Paneb se había limitado a desempeñar los

papeles de porteador y guardián de la tumba de Ramsés el Grande, en cuyo interior no había sido autorizado a penetrar. Por el tono de Nefer, advirtió que la situación iba a cambiar.

–La jornada se anuncia larga y difícil –advirtió éste–; no tenemos mucho tiempo y debemos realizar la decoración final de acuerdo con las instrucciones que dejó Ramsés. Ched el Salvador va a confiarte un nuevo trabajo de gran importancia.

Ched el Salvador... ¡El pintor del equipo, el jefe de los dibujantes y el desdén personificado! Durante varios años, había ignorado a Paneb por completo. Pero Ardiente se había tragado el orgullo, convencido de que Ched era un maestro excepcional, de talento sin par, puesto que había sido elegido por la cofradía para pintar las tumbas reales.

–Pareces muy preocupado, Nefer.

–A algunos, los setenta días que dura el período de momificación se les hacen muy largos. A nosotros, sin embargo, se nos hacen muy cortos.

–No lo entiendo. ¿Acaso la tumba de Ramsés no está ya terminada desde hace mucho tiempo?

–En esencia, sí. Pero la regla es esperar a la muerte del rey para llenar las paredes de vida, trazar los últimos signos y las últimas figuras, y completar la morada de eternidad donde habitará por siempre su cuerpo de luz. No se permite error alguno; no hace falta correr, pero no debemos dormirnos en los laureles.

–¡Para ser tu primer trabajo como maestro de obras, el destino te la ha jugado! Te podría haber tocado un faraón menos importante que Ramsés el Grande... Pero todos confiamos en ti.

–Soy consciente de que está en juego la propia supervivencia del Lugar de Verdad. Si el nuevo faraón no estuviera contento con la última morada de su padre, decretaría nuestra desaparición.

–¿Qué dicen del tal Merenptah?

–Nosotros hacemos nuestro trabajo y no hacemos caso de los rumores. ¿Qué debemos temer si actuamos con rectitud?

A sus treinta y seis años, Nefer el Silencioso era un hombre maduro, de autoridad tranquila pero implacable. Con su mera presencia, y sin necesidad de levantar la voz, hacía reinar una indispensable coherencia en el seno de la cofradía e incitaba a los artistas a dar lo mejor de sí mismos. Nadie hubiera pensado en discutir sus directrices, que siempre perseguían la obra perfecta y la armonía de la comunidad. Incluso Paneb, de indisciplinada naturaleza, apreciaba la importancia de su amigo y se alegraba de que el Lugar de Verdad lo hubiera puesto a su cabeza. Con Nefer no tendrían cabida ni la injusticia ni la corrupción.

–¿Cómo reaccionarías si Merenptah decidiera suprimir la cofradía?

–Le demostraría que estaba cometiendo un terrible error que pondría en peligro la prosperidad de Egipto.

–¿Y si se negara a escucharte?

–En ese caso, no sería un faraón, sino un tirano, y la aventura de nuestra civilización no tardaría en finalizar.

Los tres dibujantes, Gau el Preciso, Unesh el Chacal y Pai el Pedazo de Pan depositaron una buena cantidad de panes de vivos colores y pequeños recipientes de terracota y cobre a los pies de Paneb.

–¿Qué debo hacer con eso?

–Ched el Salvador te lo indicará. Hace demasiado sol... ¿No deberías ponerte a la sombra? –preguntó Pai el Pedazo de Pan, que no soportaba el calor del Valle de los Reyes.

–¡No quiero coger frío! –bromeó Paneb.

Los tres dibujantes se dirigieron con lentos pasos a la entrada de la tumba de Ramsés el Grande. Incluso Pai el Pedazo de Pan, por lo general dispuesto a reír y a bromear se mostraba recogido. Como sus colegas, sólo pensaba en el minucioso trabajo que debía realizar.

–¿Y tú, Paneb, cómo reaccionarías? –preguntó el maestro de obras.

–Si las buenas palabras no sirvieran de nada, tomaría las armas y combatiría con él.

–¿Contra el faraón, su ejército y su policía?

–Contra cualquiera que intentase destruir la aldea. Se ha convertido en mi patria y mi alma. Sin embargo, su recibimiento no fue muy bueno y pasé diez años más bien duros.

Nefer sonrió.

–¿Acaso no sufrimos las pruebas que merecemos y somos capaces de soportar? Acabarás por hacerme creer que tu capacidad de resistencia es realmente excepcional.

–Con todo el respeto, a veces tengo la impresión de que me estás tomando el pelo.

–¿No sería eso indigno de mi cargo?

La llegada de Ched el Salvador interrumpió la conversación.

Tenía el pelo y el pequeño bigote muy cuidados, era elegante, de ojos color gris claro y nariz recta, y los labios finos. Lanzó una irónica mirada a Paneb y se dirigió al maestro de obras.

–¿Están trabajando ya mis dibujantes?

–Acaban de entrar en la tumba.

–No hay mucho tiempo...

–No tenemos ningún derecho a incumplir el plazo, Ched. Por eso he puesto a Paneb a tu disposición.

El pintor miró hacia arriba.

–¡Un aprendiz al que hay que enseñárselo todo!

–Sé un buen educador y reúnete conmigo.

Nefer se dirigió, a su vez, hacia la morada de eternidad de Ramsés el Grande, mientras Ched el Salvador tomaba en sus manos una especie de ladrillo rojo.

–¿Sabes qué es esto, Paneb?

–Color... Un color duro que no se puede utilizar en esta forma.

El pintor pareció aterrado.

–Lo que me temía... Tus ojos son incapaces de ver.

6

Haciendo un gran esfuerzo, Paneb el Ardiente consiguió mantener la calma. Si Ched el Salvador había decidido humillarlo, iba listo.

–El color no es sólo materia –declaró el pintor–. La palabra *iun,* «color», es sinónimo de «existencia», de «piel» y de «cabello». Gracias al color, se revela una vida secreta y la naturaleza entera se anima, desde el mineral de inerte apariencia hasta el hombre, esa criatura que se agita constantemente. ¿Has contemplado el ocre de la arena, el verde brillante de la palmera, el suave verde de los campos en primavera, el azul absoluto del cielo, el azul hechicero del Nilo o el oro del sol? Enseñan los secretos, pero nadie presta atención. Y, sin embargo, el faraón en persona hace llegar los colores al Lugar de Verdad, pues sólo él sabe por qué y cómo hacen existir las figuras que trazan los dibujantes. Nuestro dios protector es Chu, el aire luminoso, el que permite a la creación desplegar sus maravillas. Mi oficio no me permite ser imparcial, pero ¿hay algo más importante que el color?

Paneb miró con otros ojos el material del pintor que se extendía ante él. Ched el Salvador no le había hablado nunca antes de ese modo.

–Antes de pintar, vas a fabricar colores. ¡Y necesitarás mucho talento, muchacho! En circunstancias normales, hubiéramos tenido varios meses, incluso varios años, por delante. Pero Ramsés el Grande ha exigido que la vida brillara en su tumba, y necesitamos una gran cantidad de colores perfectos. Voy a enseñarte cómo debes hacerlo, y tendrás que fabricar colores sin descanso mientras yo pinto. Si no lo haces bien, serás el principal responsable de nuestro retraso y, por lo tanto, de nuestra decadencia. Recoge el material y sígueme.

–¿Adónde vamos?

–A mi taller privado.

Ched el Salvador había aprovechado una profunda grieta en la roca para instalar allí unas tablas, unos caballetes y un caldero. Por lo menos había un centenar de botes, crisoles y recipientes de múltiples tamaños, protegidos por una tela blanca tendida entre dos paredes groseramente talladas a golpe de cincel de cobre.

–Siéntate en el taburete de tres patas y escúchame atentamente, Paneb. Nuestros colores se obtienen a partir de minerales. Es preciso machacarlos lo más finamente posible hasta obtener un polvo que vas a mezclar con agua, a la que añadirás una sustancia que le da consistencia y tiene una gran capacidad adherente. Ahí reside el principal secreto del fabricante de colores. Utilizarás clara de huevo, es decir, albúmina, que no se deteriora con el agua caliente ni el agua fría, y te procurará un tipo de color que cubrirá perfectamente los poros de la piedra. La cola de pescado es otro producto de buena calidad, al igual que este excelente aglutinante.

Mientras hablaba, Ched el Salvador iba levantando las tapas de las vasijas que contenían las sustancias que estaba describiendo. Parecía un cocinero dispuesto a saborear los deliciosos manjares que había preparado.

–¡Mi aglutinante es perfecto! Hice hervir extractos de huesos, cartílagos, tendones y piel, y derramé la mezcla en un molde donde, una vez frío, se transformó en una masa compacta. Y no olvido mi hermosa resina, mezclada con polvo de calcáreo... ¡Pero mira esto!

El pintor desplazó la tapa de un pequeño crisol de terracota que tenía una forma rectangular.

–Es cera de abeja de primera calidad. La utilizo para la fusión de las colas y la aplico en la superficie pintada para protegerla. Naturalmente, un novicio haría que el ocre rojo se adhiriese directamente al yeso, pero sólo la utilización de un adhesivo es el signo inequívoco de un trabajo de calidad. Y ahora voy a presentarte el mejor, mi preferido: la goma de acacia.

Ched el Salvador abrió lentamente un jarro de alabastro.

–La goma de acacia garantiza la duración de una pintura... El tiempo no le afecta en modo alguno, hace que la materia sea estable y no se estropee por las variaciones de temperatura. La palabra *seped*, «espina de acacia», también significa «ser preciso, inteligente», y ese vegetal está entre las potencias luminosas gracias a las que el sol da vida. Tal vez algún día encuentres tú también la acacia.

Durante unos instantes, el espíritu del pintor escapó, como si se sumiera en antiquísimos recuerdos.

–¿Dónde estaba...? ¡Ah, sí, los aglutinantes! Bueno, ya conoces lo esencial... Pasemos a los colores.

¿Cómo hubiera podido imaginar Paneb que aquel hombre frío y distante pudiera comportarse de un modo tan apasionado? Con los ojos brillantes y las manos siempre moviéndose, Ched el Salvador parecía feliz al abrir las puertas de su universo en el que el joven coloso penetraba con arrobo.

–Obtener el negro es muy sencillo: recogerás el hollín más fino posible en los costados de los grandes recipientes en las cocinas y el negro de humo pegado a las lámparas. El polvo del carbón vegetal proporciona un hermoso negro, pero tengo también una reserva de manganeso del Sinaí. Sé prudente con ese tinte: su nombre, *kem,* «el cumplido, la totalidad», significa que el negro es la suma de todos los colores. Cuando Osiris es negro, encarna la totalidad de las fuerzas de resurrección.

–¿No es *Kemet,* «la totalidad», el nombre de Egipto?

–Sí. Se le llama así por la tierra negra, el limo que contiene todas las potencialidades de existencia y renacimiento. El blanco, que simboliza la alegría, la pureza y el brillo, lo obtendrás machacando el calcáreo de la región. Mezclando yeso con carbón vegetal o con negro de humo, obtendrás el gris. Para el pardo, pasarás una capa de rojo sobre negro o mezclarás óxido de hierro natural con yeso. Por lo que se refiere al mejor ocre pardo, es el del oasis de Dakleh, del que tengo una pequeña reserva.

–¿Y el rojo? –preguntó Paneb.

–¡Ah, el rojo! Ese color es tan terrorífico como atractivo... El rojo del desierto, de la violencia, de la sangre que transmite la vida, del fuego celestial, de la vela de la barca que se lleva las almas hacia el más allá, ese rojo que enmarca las puertas para que los demonios destructores no las crucen, el rojo que ilumina el ojo de Set cuando lucha con Apofis... Es tu color preferido, ¿no es cierto? Lo obtendrás recogiendo el ocre rojo que abunda en nuestro país, óxido natural de hierro, o calcinando el ocre amarillo para convertirlo en rojo. Este rojo amarillo, óxido de hierro más o menos hidratado, también es muy abundante. Lo encontrarás en los oasis del desierto del Oeste y, en forma de piedra, en los yebels. Yo también empleo oropimente, un sulfito de arsénico natural que, en esta forma de mineral, no es un veneno. Procede del Asia Menor y de los islotes del mar Rojo y anima las paredes con un esplendor parecido al del oro, la carne de los dioses.

Ched el Salvador mojó su pincel y dibujó una bonita mariposa bajo la atónita mirada de Paneb.

–Es rosa –explicó el pintor–. El resultado de una mezcla de yeso y ocre blanco, y sabe traducir la gracia de una mujer o la elegancia de un caballo. ¿Estás satisfecho?

–No –repuso Paneb–; ¿por qué no me has hablado del azul ni del verde?

–Tal vez seas menos estúpido de lo que creí... Algunos piensan aún que para obtener estos dos colores, que evocan los misterios celestiales y el dinamismo de la vida, basta con machacar pigmentos minerales. Pero no hay que proceder así cuando se es pintor del Lugar de Verdad.

Ched el Salvador encendió fuego bajo el caldero.

–La naturaleza nos ofrece esos pigmentos, y el arte del pintor consiste, primero, en fabricar colores que no se alteren con el tiempo. Por lo que se refiere al azul y al verde, el procedimiento es más complejo. Observa atentamente cada uno de mis gestos y grábalos en tu memoria.

Ched mezcló arena silícea, calcáreo reducido a polvo, malaquita, azurita, natrón y cenizas vegetales en un molde.

–Coceré este molde a una elevada temperatura, entre 850 y 1.100 grados. Tú la harás variar regulando el fuego, y gracias a esta variación podrás obtener distintos tonos de azul, entre el turquesa y el lapislázuli. También deberás tener en cuenta el molido: cuanto más pequeño sea el tamaño de los granos, más claro será el color. Y si cueces por segunda vez los pigmentos reducidos a polvo y compactos, el color se intensificará.

–¿Y para el verde?

–Utilizarás los mismos ingredientes que para el azul, pero en proporciones distintas, aumentando el calcio y disminuyendo el cobre. El azul te hará tomar conciencia de lo inmaterial; el verde, de la fecundidad espiritual. En cuanto al polvo coloreado, lo aglomerarás en forma de panes o en forma de disco, y diluirás algunas parcelas a medida que vayas necesitándolo. Ésos son los primeros pasos de nuestra alquimia, Paneb; si comprendes bien el arte, te llevará al corazón de nuestra cofradía.

Ched el Salvador estaba concentrado en la cocción, y daba la impresión de sentir las menores variaciones como si él mismo fuera el molde. Y el pintor enseñó a su aprendiz cómo pasar de un azul intenso a un verde diáfano.

–¿Crees que estás preparado para fabricar colores, Paneb?

–¿Acaso tengo otra alternativa?

–Necesito rojo para esta tarde y azul para mañana. Espero que no nos falte materia prima, pues no es seguro que el nuevo faraón acepte facilitárnosla. Si no hay pigmentos coloreados, se acabó la pintura.

–¡Eso es imposible!

–Ni tú ni yo podemos decidirlo, muchacho, y tengo la impresión de que el viento no nos es favorable.

Paneb comenzó a manipular con interés las vasijas llenas de cola y de goma de acacia.

–Vuestra actitud me sorprende... Hasta ahora, me habíais desdeñado y, hoy, me reveláis varios secretos del oficio. ¿A qué viene esta bondad repentina?

–El jefe de equipo me ha ordenado que te instruya y yo le obedezco. Pero, en mi opinión, no tienes posibilidad alguna de lograrlo.

7

El zorro del desierto, de espesa cola rojiza, estaba agotado, y se refugió en las profundidades de una cavidad rocosa, con la esperanza de que sus perseguidores perdieran el rastro.

Pero el comandante Méhy, a la cabeza de encarnizados cazadores, era un depredador mucho más temible que el pequeño carnicero, cuya pista seguía desde hacía varias horas a través del desierto. Estaba muy nervioso y disgustado por no poder obtener informaciones fiables sobre las intenciones del nuevo faraón. Méhy necesitaba matar; exterminar perdices y pájaros ya no le bastaba. Por eso se había aventurado hacia el oeste de Tebas, con la esperanza de levantar alguna presa más interesante.

El zorro, jadeante, vio cómo el hombre armado con un arco se metía por el estrecho túnel que llevaba a su improvisado cubil. Las paredes eran demasiado verticales para poder trepar por ellas. Miró en todas direcciones, pero no descubrió la menor posibilidad de huida.

Méhy, sobreexcitado, tensó el arco. No había sudado en absoluto, y, una vez más, se mostraba como el más fuerte del grupo.

El zorro podría haberse arrojado sobre su agresor, pero prefirió contemplar su muerte y miró a Méhy con el valor de los seres que saben afrontar su destino. Ante aquellos ojos, muchos cazadores hubieran renunciado a disparar para rendir homenaje a la nobleza del animal. Pero Méhy era un asesino, y su flecha hendió el aire ardiente del desierto para clavarse en el pecho de su infeliz víctima.

–A beber –ordenó Méhy cruzando el umbral de su suntuosa mansión–, y llevaos esto de aquí.

El comandante arrojó al suelo los ensangrentados despojos

del zorro, que un sirviente se apresuró a recoger mientras otro le traía cerveza fría.

–¿Dónde está mi esposa?

–Junto a la alberca.

Serketa estaba tumbada sobre unos almohadones, a la sombra de una pérgola. Iba teñida de rubio, estaba algo gorda, tenía unos opulentos pechos y los ojos de un azul descolorido. Se cubría con un fino velo de lino y se protegía del sol para que su piel no se bronceara como la de las campesinas.

Méhy le agarró los pechos.

–¡Me haces daño, querido!

Aunque fuese un lamentable amante, a Serketa le gustaba la brutalidad de su marido, cuyas principales cualidades eran una ambición desenfrenada y un ilimitado deseo de poseer. Gracias a sus dotes de calculador y administrador, su fortuna no dejaba de aumentar. Serketa era tan ambiciosa como él y no retrocedía ante ningún tipo de crueldad. Había pensado en librarse de Méhy, convencida de que él había planeado deshacerse de ella. Pero finalmente habían preferido convertirse en cómplices inseparables, unidos por sus crímenes y su inextinguible avidez de poder.

–¿Has tenido buena caza, dulce amor mío?

–Me he divertido mucho. ¿Hay noticias de la capital?

–Por desgracia, no. Pero tengo algo interesante.

Méhy se tendió junto a su esposa. La mujer tenía el encanto de un escorpión y la magia de una víbora.

–Nuestro informador, ese hombre maravilloso que traiciona a su cofradía, acaba de hacerme llegar una carta por medio de nuestro fiel Tran-Bel.

Tran-Bel era un estafador mediocre pero complaciente, con el que el traidor del Lugar de Verdad conseguía beneficios ilícitos vendiendo muebles de calidad bajo mano. Para poder seguir con sus trapicheos, Tran-Bel se había convertido en el fiel servidor de Méhy y de su agente de contacto, Serketa, a los que nada podía negar.

–No me hagas esperar, Serketa, o te violo...

Ella besó la rodilla de su marido.

–¿Por qué no, querido? Pero, primero, escúchame: el maestro

de obras Nefer tiene graves problemas por su falta de experiencia. La tumba de Ramsés el Grande no está acabada, y es probable que no puedan terminarla en el plazo previsto.

–Apasionante... Dicho de otro modo, la cofradía será considerada incompetente, y sus jefes, destituidos. Un acontecimiento sin precedentes y un buen escándalo... Nuestro amigo Abry formulará una protesta oficial y se interrumpirá el aprovisionamiento. Tal vez estemos en vísperas de la muerte de la aldea, Serketa. Y nos apoderaremos de sus secretos más fácilmente de lo que yo suponía. Los artesanos cometieron un grave error al elegir al tal Nefer como patrón.

La esposa de Méhy se quitó el velo de lino, pero tuvo buen cuidado de permanecer a la sombra. Con la mirada viciosa, el comandante se dispuso a demostrarle de qué era capaz.

Dada la urgencia de la situación, el equipo ya no regresaba a la aldea y dormía sobre esteras, al aire libre, junto a la entrada de la tumba de Ramsés el Grande.

Como Nefer había creído descubrir una debilidad en la roca, pidió a los canteros, Fened la Nariz, Casa la Cuerda, Karo el Huraño y Nakht el Poderoso que llevaran a cabo unos sondeos que, afortunadamente, no revelaron nada alarmante. Los cuatro hombres habían proseguido, pues, su trabajo intentando recuperar el tiempo perdido.

El jefe escultor, Userhat el León, y sus dos ayudantes, Ipuy el Examinador y Renupe el Jovial, daban el último repaso a las estatuas reales, de madera y de piedra, y a los «respondedores», las figuritas de trabajadores del más allá que se depositarían en la última morada del rey.

Didia el Generoso, el carpintero, terminaba los lechos fúnebres que Thuty el Sabio recubría con hojas de oro, mientras los tres dibujantes, Gau el Preciso, Unesh el Chacal y Pai el Pedazo de Pan terminaban el trazado de los jeroglíficos que contenían las fórmulas de conocimiento indispensables para que el resucitado cruzara las puertas del más allá y se desplazara, a su aire, por los hermosos caminos de la eternidad.

Y Ched el Salvador pintaba a su ritmo, como si tuviera mucho tiempo por delante. Tenía tanto talento que a Nefer casi le avergonzaba recordarle que la fecha de los funerales se aproximaba.

Afortunadamente, Paneb no había fracasado.

Fascinado por las revelaciones de Ched, de las que no había olvidado ni el menor detalle, el joven coloso había trabajado sin descanso. Su mano había repetido fielmente los gestos del maestro, pero Paneb había advertido en seguida que aquel método le procuraba resultados adecuados, aunque insuficientes.

Apoyándose en la base que le había ofrecido Ched el Salvador, había hecho diversas innovaciones en la fabricación de los colores, utilizando varias majas para distintos molidos y modificando las proporciones de los adhesivos en función de los tintes esperados. Como el pintor había subrayado, el mejor aglutinante era, en efecto, la goma de acacia.

Se habían producido algunos errores, pero Paneb los había analizado y había aprendido de ellos, evitando no cometerlos de nuevo.

El primer día, Ched el Salvador había hecho una mueca de asco ante los panes de rojo, pero sin embargo había aceptado utilizarlos. Paneb permaneció impasible, aunque sentía deseos de saltar de alegría. Por fin, después de tantos años de paciencia y de pruebas, jugaba con los colores, sabía fabricarlos y complacía al artesano encargado de dar vida a las divinidades en las paredes de la morada de eternidad de Ramsés el Grande.

Ardiente ya había conseguido mucho más que en su sueño infantil; había entrado en un mundo de ilimitadas riquezas y comenzaba a aprender los rudimentos de un lenguaje que, a su vez, le permitiría pintar en un futuro.

Pero Paneb tuvo que bajar de las nubes durante la cocción de la mixtura destinada a convertirse en azul y verde. Aunque había respetado los ingredientes y las proporciones indicadas por Ched el Salvador, sólo había obtenido tintes bastardos.

Así pues, había reanudado la tarea hasta dominar las variaciones de calor. También ahí innovó y permitió que su mano encontrara su propio método, que no coincidía exactamente con el de Ched.

De madrugada, moldeó unos panes de azul claro, azul medio y azul oscuro como el lapislázuli y, luego, panes de verde claro y verde oscuro. A Paneb le hubiera gustado comprobar su calidad, pero Ched el Salvador se había plantado ante él, elegante, afeitado y perfumado como si acabara de salir del cuarto de baño de su casa.

–¿Está lista mi cantidad de azul?

Paneb le mostró los panes coloreados.

–Tráeme un plato de terracota y un cubilete de agua.

El fabricante hizo lo que su maestro le había ordenado.

Con un rascador, el pintor desprendió algunos fragmentos de azul y los diluyó en el plato, derramando agua gota a gota. Luego utilizó un pincel muy fino, mojándolo apenas en el azul lapislázuli, para trazar, en un fragmento de calcáreo, una de las coronas del faraón que confería a su pensamiento una dimensión celeste.

Paneb estaba tan nervioso como el día en que pasó la prueba de admisión en la cofradía. Sabía que, dadas las circunstancias, el pintor no le daría una segunda oportunidad. E incluso Nefer se vería obligado a darle la razón a Ched el Salvador.

Transcurrieron interminables segundos. El pintor cambiaba la dirección de la luz en la corona y la examinaba desde múltiples ángulos.

–Tiene un grave defecto –concluyó–. Tu pan de azul tiene una longitud de, por lo menos, veinticinco centímetros; el que yo utilizo mide exactamente diecinueve centímetros. Por lo demás, se puede aprovechar.

8

Un hombre y tres mujeres se detuvieron ante Paneb el Ardiente.

El hombre era de talla mediana y parecía insignificante, con el pequeño bigote negro y la mirada de soslayo. Se llamaba Imuni y pertenecía al equipo de la izquierda. Presumía de su afición a la literatura, y no dejaba de halagar a Kenhir, el escriba de la Tumba, al que consideraba un gran autor. Paneb no solía hablar con el tal Imuni, pues detestaba su comportamiento rastrero.

En cambio, las tres mujeres le caían simpáticas por distintas razones.

Uabet era rubia, menuda, discreta pero decidida. Ella había decidido ser su esposa, y Paneb había sido vencido por la tozudez de una perfecta ama de casa, que pronto le daría un hijo. Su vientre apenas había crecido, y su preñez, feliz y fácil, la hacía florecer día tras día.

Turquesa era alta, pelirroja y bien proporcionada. Era la amante de Paneb. Con ella se entregaba a los más desenfrenados juegos del amor, y aquella pasión ardiente, que duraba desde hacía varios años, no se había enfriado en absoluto. Turquesa había hecho voto de no casarse, utilizaba un anticonceptivo eficaz y llevaba una vida de mujer libre, indiferente a los chismes. Uabet la Pura toleraba la situación, a condición de que Paneb no pasara nunca la noche en casa de Turquesa.

La tercera mujer, bella y luminosa, era Clara, la esposa de Nefer el Silencioso, que había sido admitida al mismo tiempo que él en el Lugar de Verdad. Era fina, ágil, etérea, con los ojos azules, la voz dulce y melodiosa, y era amada por todos los aldeanos. Clara se había convertido en la ayudante de la misteriosa mujer sabia, que le había transmitido la esencia de su secreto.

Las tres sacerdotisas de Hator llevaban unas arquillas de madera de acacia, e iban ataviadas con unas pelucas cortas y túnicas rojas de tirantes.

–¿Dónde está el maestro de obras? –preguntó Imuni en el tono meloso que le era habitual.

–En la morada de eternidad de Ramsés el Grande.

–Ve a buscarlo.

–Para empezar, yo no estoy autorizado a entrar ahí; y además, tú no eres quién para darme órdenes.

Los apagados ojos de Imuni brillaron de satisfacción.

–¡Te equivocas, Paneb! Kenhir acaba de nombrarme escriba ayudante. Y como tal, transmito sus directrices a los artesanos, que me deben, pues, obediencia; incluido tú. Estas tres sacerdotisas traen géneros que debo entregar a Nefer en persona. Ve a buscarlo.

–¿Eres sordo o qué? Acabo de decirte que no tengo derecho a entrar en la tumba. De modo que deberás esperar a que Nefer salga. En esta obra es él quien manda y nadie más.

Imuni, molesto, se rascó el pequeño bigote.

–¿En qué consiste exactamente tu trabajo, Paneb?

–Es curioso, no tengo la impresión de que eso sea cosa tuya.

–¡Un escriba ayudante debe estar al corriente de todo!

–Dame las arquillas, yo mismo las entregaré al maestro de obras.

–¡Ni hablar!

Imuni echó una mirada inquisidora a los panes coloreados que Paneb había concluido.

–¿Qué ingredientes has utilizado y en qué cantidad?

–Aquí tenemos mucho trabajo. Deberías volver al despacho que te han asignado.

Una fea sonrisa hizo temblar los delgados labios de Imuni.

–No tengo la impresión de que todos estos productos hayan sido correctamente registrados... ¿No será esto un fraude y no te estarás apoderando de valiosos colores en tu propio beneficio?

El joven coloso agarró a Imuni por las caderas y lo levantó del suelo.

–¡Atrévete a repetirlo, aborto!

–Te... Tengo la obligación de catalogarlo todo minuciosamente y...

–Si sigues cacareando, te aplastaré contra la roca.

–Suéltalo –ordenó Nefer que, alertado por los ecos de la pelea, había salido de la tumba de Ramsés.

Como el maestro de obras se lo exigía, Paneb hizo rodar a Imuni por el polvo.

El escriba, furioso, se levantó en seguida.

–¡Paneb me ha agredido!

Nefer consultó con la mirada a las tres sacerdotisas de Hator. Ninguna apoyó la acusación, y todas contuvieron sus ganas de reír con grandes esfuerzos.

–El incidente ha terminado –decidió el maestro de obras–. ¿Me traes mechas, Imuni? O, mejor dicho, las sacerdotisas me las traen y tú vienes con las manos vacías.

–¡En absoluto! Tengo mi material de escriba y voy a contar las mechas, de acuerdo con el reglamento.

–¿Por qué no ha venido Kenhir?

–Sufre un ataque de gota y me ha elegido como ayudante.

Clara, Uabet la Pura y Turquesa dejaron las arquillas en una piedra prácticamente plana. Ellas mismas habían fabricado los valiosos objetos.

Cada arquilla contenía veinte mechas de lino retorcido que Imuni contó, una a una, antes de redactar su informe.

–Puedes marcharte –le dijo Nefer.

–Pero... Debo saber cómo se va a emplear este material.

–Como escriba ayudante, tu papel es estrictamente administrativo. Regresa a la aldea, Imuni, y no me obligues a hacer que Paneb intervenga.

El joven coloso estaba dispuesto a obedecer.

Imuni lanzó una mirada de odio al maestro de obras, pero consideró preferible marcharse.

Cada una de las tres sacerdotisas había llevado, también, un bote de grasa formada con tres sustancias: «la sana», «la cremosa» y «la eterna», que se obtenían a partir de los aceites de lino y de sésamo.

–¿Y yo, puedo quedarme? –preguntó Paneb.

–Necesitamos un recipiente lleno de agua y abundante cantidad de sal –repuso Clara.

Ardiente se apresuró a satisfacerla; por fortuna, su improvisado laboratorio no carecía de recursos.

Fue Turquesa la que echó sal en el recipiente hasta que el agua ya no podía disolverla. Cuando la salmuera fue considerada satisfactoria, las tres sacerdotisas, por turnos, mojaron varias veces cada mecha de lino, y luego las secaron al sol.

Clara vertió el agua salada en un ánfora, a la que Uabet la Pura añadió la misma cantidad de aceite de sésamo, y Turquesa agitó el ánfora para mezclar los líquidos. Tras reposar un tiempo, la aceitosa mezcla fue purificada y las tres sacerdotisas se sentaron ante el maestro de obras.

Ahora comenzaba la parte más delicada de la operación.

Para obtener mechas que no produjeran humo, que era fatal para las pinturas de una tumba, era preciso aceitarlas y engrasarlas perfectamente.

Paneb ignoraba que su esposa tuviera acceso a un secreto de semejante importancia, y su admiración aumentó, tanto más cuanto ella se mostraba muy hábil, al igual que sus dos compañeras.

Nefer estaba muy atento, como si la suerte de la obra dependiera de las mechas que fabricaban las sacerdotisas.

–Conocen el secreto del fuego –le dijo a Paneb–, y una de mis obligaciones consiste en supervisar su trabajo y no tolerar la menor imperfección. Una sola mecha mala y la obra de los escultores, los dibujantes y los pintores podría quedar mancillada. Por lo general, las sacerdotisas de Hator preparan estas mechas en el taller de la aldea y nos las proporcionan por la mañana, bajo el control del escriba de la Tumba, cuando trabajamos en un lugar oscuro. Dada la urgencia, les rogué que completaran nuestro material en seguida para que dispusiéramos de una iluminación intensa.

Paneb no se perdía ni uno solo de los gestos de las fabricantes, consciente del nuevo tesoro que le ofrecían en el seno de aquel valle de los milagros, donde los velos se desgarraban uno tras otro.

–Son necesarias tres mechas para equipar una lámpara en

forma de copa –reveló Nefer–, y cada mecha dura unas cuatro horas.

–¿Cuántas se utilizan en una tumba?

–Depende de su volumen, de su profundidad y de la magnitud de la obra que deba llevarse a cabo. Por lo general, bastan unas treinta mechas por día. En este caso, yo quería muchas más: ciento cincuenta lámparas con cuatrocientas cincuenta mechas iluminarán la morada de eternidad de Ramsés.

«¡Ciento cincuenta lámparas! –pensó Ardiente–. ¡Debe de ser algo mágico!»

–¿Deseas ver esa luz? –le preguntó el maestro de obras.

9

Paneb permaneció largo rato en silencio, como si estuviese soñando despierto. Pero la ilusión se disipó y comprendió que había interpretado mal la pregunta que el maestro de obras le había hecho.

–Ver ese tipo de lámparas... Sí, me gustaría.

–Me he expresado mal –rectificó Nefer–: ¿crees que estás preparado para penetrar en la morada de eternidad de Ramsés el Grande?

No era un sueño...

Él, Paneb el Ardiente, hijo de un campesino, y un simple aprendiz del equipo de la derecha, era autorizado a descubrir uno de los lugares más secretos de Egipto.

–¿Dudas?

–¿Dudar yo? Puedo jurarte que mi deseo de conocer esta maravilla no está mancillado por la curiosidad y que no tengo miedo alguno, pero siento una especie de extraño respeto, casi una veneración, como si ese acto fuera a trastornar mi vida una vez más.

–Tienes razón, Paneb; nadie sale intacto de un universo como éste.

–¿Por qué me haces este favor?

–Te repito que no voy a hacerte ningún favor. Tu trabajo ha sido satisfactorio y te abre las puertas de la obra en la que ha trabajado todo el equipo. Es justo que, como los demás, contemples la obra realizada.

Nefer el Silencioso se dirigió hacia la tumba de Ramsés el Grande, y Paneb siguió sus pasos.

Ardiente había querido ser dibujante, había rechazado cualquier compromiso, había seguido su camino sin escuchar a quienes le recomendaban una existencia tibia y aburrida, y había visto cómo se le abrían las puertas del Lugar de Verdad y, ahora, las de la morada de resurrección del faraón.

El maestro de obras se detuvo ante el monumental umbral de la tumba, como si verificara las proporciones de la gran puerta de acceso tallada en la roca. Llevaba el torso desnudo, cubierto por un taparrabos plisado, abrochado bajo el ombligo, que caía hasta la mitad de las pantorrillas. En las muñecas llevaba unos brazaletes.

–Vas a abandonar el mundo de los humanos para entrar en el de la luz secreta que hace vivir el universo –le dijo Nefer a Paneb–. No intentes analizar ni comprender lo que ves, pero mira con todo tu ser, ve con tu corazón y siente con tu espíritu.

En cuanto cruzó el umbral, que los textos designaban como «el primer paso de la luz divina», Paneb quedó deslumbrado.

Las ciento cincuenta lámparas distribuidas a intervalos regulares proporcionaban una luz suave y precisa, a la vez que convertían la tumba de Ramsés en un mundo lleno de vida. Había sido enteramente adornada con jeroglíficos y esculturas en ligero relieve, y el conjunto de la decoración estaba pintado con un talento que dejó mudo de admiración a Paneb.

Gracias a las enseñanzas dispensadas por Kenhir, Ardiente consiguió leer los textos de los corredores que evocaban las mutaciones del sol, correspondientes a las fases de resurrección del alma real.

Con casi ciento veinte metros de longitud, la última morada de Ramsés se hundía en línea recta en el corazón de la roca, hasta la sala de Maat, donde concluían las escenas rituales de «apertura de la boca», durante la que la momia, en apariencia inerte, recuperaba la vida. Luego, el camino giraba en ángulo recto para abrirse en la sala del sarcófago, con ocho pilares, que ya sólo esperaba el cuerpo de luz del rey difunto.

Allí se habían reunido los miembros del equipo de la derecha, sentados con las piernas cruzadas, excepto Ched el Salvador, que añadía un matiz dorado a un retrato del monarca, en el que éste hacía ofrendas a Osiris.

–Bienvenido, Paneb –dijo Pai el Pedazo de Pan con una amplia sonrisa–. Ahora ya formas parte de la tripulación.

Los hermanos de espíritu se dieron un abrazo. Ched dejó su pincel y los imitó.

–No tenía ninguna confianza en ti –reconoció–, y probablemente no estaba equivocado, pero me dejaste pasmado al mostrarte a la altura de la tarea. Decididamente, esta cofradía nunca dejará de sorprenderme... ¡Pero no presumas por ello! Tu camino sólo está comenzando y no estoy seguro de que los esfuerzos de los dibujantes consigan colmar tu ignorancia.

El pintor se dirigió al maestro de obras.

–Por lo que me concierne, mi tarea ha terminado. La voluntad del faraón se ha respetado al pie de la letra, y vivirá eternamente en compañía de las divinidades pintadas en los muros.

–El trabajo de los escultores y los canteros también está terminado –precisó Userhat el León, cuyo poderoso torso evocaba el orgulloso pecho de la fiera.

También el carpintero Didia y el orfebre Thuty habían concluido la obra.

–Gracias a todos por vuestro esfuerzo y vuestra dedicación –dijo Nefer–. El Lugar de Verdad no podrá ser criticado, y Ramsés descansará en el santuario que él mismo había concebido.

–No aceptamos ningún tipo de agradecimiento –objetó el escultor Renupe el Jovial–; has cumplido tu función organizando la obra y orientándonos, y nosotros hemos cumplido la nuestra siguiendo tus directrices.

Haciendo el gesto ritual de la cofradía, con el brazo izquierdo separado del cuerpo para formar un ángulo y el brazo derecho doblado sobre el pecho, los artesanos del equipo de la derecha aclamaron por tres veces a Nefer el Silencioso, que no ocultó su emoción.

–Nuestra cofradía es como un barco –recordó–. Nosotros somos su tripulación, y cada uno tiene que desempeñar un papel preciso, vital para la coherencia del conjunto. Sean cuales fueren los obstáculos que se presenten, hemos respetado el juramento y mantenido nuestros compromisos.

–¿Era esta tumba nuestra última obra? –preguntó Karo el Huraño, cruzando los cortos y poderosos brazos.

Su inquietud hacía aún más ingratas sus espesas cejas y su nariz rota.

–Lo ignoro. Sin duda, algunos estaban convencidos de que no íbamos a terminarla a tiempo, y sus reacciones pueden ser violentas.

–Sean cuales fueren las decisiones de las autoridades –dijo Nakht el Poderoso–, deberíamos permanecer unidos, formar a los jóvenes y transmitirles nuestros secretos.

–Sería una grave insubordinación, que podría castigarse con graves penas –objetó Gau el Preciso, respaldado por Casa la Cuerda–. Nuestro superior es el faraón; quien rechaza su autoridad se convierte en rebelde.

–No nos metamos en discusiones vanas –recomendó el maestro de obras–. En cuanto el escriba de la Tumba, el jefe del equipo de la izquierda y yo mismo conozcamos la voluntad del nuevo rey, reuniremos a los aldeanos. Sólo quedan tres días para que finalice el período de momificación, y esta tumba ya puede acoger los tesoros que rodearán la momia de Ramsés. Ésta es la única realidad que cuenta. Tenéis vacaciones hasta nueva orden.

Paneb el Ardiente dejó vagar su mirada por las pequeñas estancias que rodeaban la vasta sala del sarcófago. Durante los funerales, recibirían mil y un objetos valiosos que favorecerían el paso del alma del faraón hacia el más allá.

En el corazón del santuario, todavía vacío, Paneb tuvo la sensación de vivir la creación en su origen, antes incluso de que el pensamiento divino hiciera visibles las estrellas. Y no podía apartar su mirada del extraordinario sarcófago de calcita, al que el escultor había dado la forma de la momia de Osiris, el cuerpo de resurrección por excelencia. En el interior y el exterior, los jeroglíficos esculpidos y pintados formaban pasajes del *Libro de las Puertas,* cuyo conocimiento permitía al resucitado atravesar sin peligro los paisajes del otro mundo.

El sarcófago se había colocado sobre un lecho de piedra pintado de amarillo para simbolizar que la carne de los dioses se había vuelto indestructible. El rey, reconocido como «justo de voz», conocería su último triunfo asociándose a su inmortalidad.

A pesar de la belleza de la obra maestra creada por los artesanos, Paneb experimentaba una extraña sensación.

–Tengo la impresión de que está inerte, como un bloque no trabajado –le dijo a Nefer.

–Traed la piedra y apagad las lámparas –ordenó el maestro de obras.

Nakht el Poderoso y Karo el Huraño depositaron una piedra cúbica en la cabecera del sarcófago, mientras los demás miembros del equipo sumían la tumba en la oscuridad.

–La luz está oculta en la materia –afirmó Nefer–; nosotros tenemos que liberarla para vencer el caos. Nuestro arte es el de los magos que abolen el tiempo para recrear el primer instante del que brotaron todas las formas. La obra debe conservar la memoria de la luz, no el individuo que la realiza.

El maestro de obras posó las manos en la piedra.

Durante varios minutos reinaron las tinieblas y el silencio. Luego, una luz intensa brotó de las caras de la piedra e iluminó la sala de resurrección, cuyos muros se tiñeron de oro. Los rayos se concentraron en el sarcófago para penetrar en el corazón de la calcita, animando cada una de sus parcelas.

–El nombre secreto de este sarcófago es «el señor de la vida» –reveló el maestro de obras–. Se ha convertido en una nueva piedra de luz que mantendrá, para siempre, esta morada lejos de la muerte.

El equipo, guiado por la claridad mineral de la piedra cúbica, salió de la tumba y se recogió, largo rato, bajo la bóveda estrellada. Después abandonaron en silencio el Valle de los Reyes.

10

Apenas Nefer y Paneb hubieron cruzado la puerta de la aldea cuando un perro negro se lanzó al cuello del maestro de obras y, luego, al del aprendiz de dibujante. El animal tenía la cabeza alargada y poderosa, el pelo corto y sedoso, la cola larga y orgullosa, y los ojos de color avellana, muy vivos. Lamió concienzudamente el rostro de Paneb y lo hizo salir, así, de su ensimismamiento.

Alimentado y cuidado por Clara, que sólo le toleraba muy escasos excesos, *Negrote* se había impuesto como el perro fetiche de la aldea y el señor del clan de los canes, que respetaban su autoridad. Incluso los gatos y los monos del Lugar de Verdad lo veían pasar con deferencia, sabiendo que velaba por la integridad de sus respectivos territorios.

A Paneb le gustaba el vigor de *Negrote;* a *Negrote,* la fuerza del coloso. A menudo se entregaban a endiabladas justas, de las que el perro salía claramente vencedor. Además, Ardiente era el único con quien *Negrote* podía divertirse durante horas sin que su compañero se fatigara.

–¿He visto bien? –le preguntó Paneb al maestro de obras.

–¿Cómo puedo saberlo?

–De la piedra cúbica ha brotado la luz que ha penetrado en el sarcófago, y de esa misma piedra, sin duda, brotó la misma luz, capaz de atravesar la puerta de madera del santuario, en nuestro local de cofradía... Nadie quería hablarme de ello, pero yo estaba seguro de haberla visto.

–¿Acaso te dije lo contrario?

–Bien mereces tu apodo de «Silencioso». ¿Cuándo volveré a ver la piedra?

–Cuando su presencia sea necesaria.

–¿La tallaste con tus propias manos?

–No me atribuyas poderes que no poseo. Esta piedra es uno de los tesoros esenciales de nuestra cofradía, que se transmite de maestro de obras en maestro de obras, en el secreto de la Morada del Oro.

–Así pues, tus labios están sellados, y sólo me queda recorrer el camino que lleva a esa piedra.

–Hermosa prueba de lucidez.

Uabet la Pura corrió hacia su marido. Generalmente estaba muy tranquila, pero ahora parecía muy asustada.

–Imuni ha venido a casa para decirme que el escriba de la Tumba quiere verte urgentemente.

–¿Por qué motivo? –preguntó Paneb.

–Imuni se ha negado a decírmelo pero, según él, es muy grave.

–Sin duda, se trata de un malentendido... Voy a arreglarlo en seguida.

Paneb se dirigió a buen paso hacia la morada de Kenhir. Niut la Vigorosa estaba barriendo el umbral.

–Me esperan.

–Mi patrón habla mucho de ti –admitió la sierva.

–Estoy convencido de ello.

Niut sonrió y se apartó.

Sentado en un sillón bajo, con un papiro desenrollado en el regazo, Kenhir redactaba el relato de las expediciones del gran faraón Tutmosis III en Asia. Explicaba que el ejército egipcio había librado muy pocos combates y que se había preocupado, sobre todo, de importar plantas exóticas que los laboratorios de los templos egipcios estudiaron minuciosamente antes de extraer sus sustancias medicinales. A pesar de los dolores de la gota, bastante mitigados por el tratamiento que le había prescrito la mujer sabia, el escriba de la Tumba disponía por fin de unos momentos de tranquilidad para consagrarse a su obra literaria.

Desde que el maestro de obras le había prometido que la tumba de Ramsés estaría concluida en el plazo previsto, Kenhir pasaba mejor las noches y se enfadaba algo menos ante las muchísimas preocupaciones cotidianas.

–¿Deseabais verme?

–¡Aquí estás por fin! Pero ¿qué demonio pervierte tu mano, Paneb?

–¿De qué me acusáis?

Kenhir enrolló el papiro.

–¿Fuiste tú el autor de unos escandalosos dibujos que representan al rey en forma de una rata que tira con un arco? ¡Y ya no hablo de las caricaturas de los miembros de la cofradía y de mí mismo!

Paneb no pareció muy conmovido.

–Sí, fui yo. ¿No os divirtieron mis dibujos?

–Esta vez, muchacho, te has pasado de la raya.

–¡No veo por qué! ¿Acaso no tengo derecho a distraerme?

–¡No de ese modo!

–No he enseñado esas caricaturas a nadie... ¿Quién os ha hablado de ellas?

–Sobek, el jefe de seguridad. Alguien depositó esos dibujos en su despacho.

Paneb reflexionó.

–Los había dejado en el taller de los dibujantes, con un montón de fragmentos de calcáreo destinados al vertedero.

–Tranquilízate, no quedará rastro de estos horrores. Pero, sobre todo, no vuelvas a hacer algo así.

–No puedo prometeros nada. Es mi modo de divertirme y no hago daño a nadie.

–¡Semejantes extravagancias son intolerables! Suponen una grave injuria a la seriedad de nuestra cofradía.

–Si no sabemos reírnos de nosotros mismos y de nuestros defectos, ¿cómo vamos a ser dignos de la obra que debemos realizar? ¡Incluso los sabios escribieron cuentos para burlarse de los defectos humanos!

–Tal vez, tal vez... Pero yo no puedo borrar tus meteduras de pata y me veré obligado a convocarte ante el tribunal de la aldea.

–¿Vais a juzgarme por mis dibujos? ¡Pero eso es intolerable!

–Uno de nosotros ha visto tus caricaturas, las considera irreverentes y ha decidido denunciarte.

–¿Quién?

Kenhir pareció molesto.

–Imuni, mi ayudante.

–¿Por qué disteis tanta importancia a ese estúpido? ¡Debería haberse quedado como un simple dibujante del equipo de la izquierda!

–En primer lugar, porque conoce bien su oficio; y luego, porque me ayuda con eficacia. No tiene importancia alguna que sea o no amable. Finalmente, no tengo por qué justificar mis decisiones. Prepárate para afrontar un serio problema.

Paneb parecía abrumado.

–¡Por fin tomas conciencia de tus errores! Intenta arrepentirte ante el tribunal y ganarte, así, su indulgencia.

Con la cabeza gacha, Ardiente salió de la casa de Kenhir. Éste se sentía satisfecho al comprobar que el joven coloso ya no reaccionaba como un toro salvaje a la menor oportunidad. Con la madurez, estaba aprendiendo a dominar su fabulosa energía.

Paneb regresó a su casa, donde su esposa lo estaba esperando con impaciencia.

–¿Qué tiene que reprocharte?

–Tranquilízate, no es nada grave.

–Y, sin embargo, Imuni aseguraba que...

–¿Vive en la casita del barrio oeste, junto a la del jefe dibujante del equipo de la izquierda, no es así?

–Sí, pero...

–Prepárame una buena comida, me muero de hambre. Estaré fuera poco rato.

Uabet la Pura se agarró al brazo de su marido.

–¡No hagas locuras, te lo ruego!

–Sólo voy a aclarar un malentendido.

Imuni preparaba el acta de acusación contra Paneb cuando éste forzó su puerta golpeándola con el hombro.

–¡Sal inmediatamente de mi casa! –gritó el escriba ayudante.

Ardiente lo agarró de los hombros y lo levantó del suelo para que su rostro de ratón quedara exactamente delante del suyo.

–¿De modo que piensas denunciarme por mis caricaturas?

–¡Es... es mi deber!

–¿Quién te las enseñó?

–No tengo por qué responderte a eso.

–Entraste en el taller de los dibujantes del equipo de la derecha, lo registraste y descubriste mis caricaturas. ¿No es cierto?

–Hago mi trabajo como me parece.

–Te acuso de robo, Imuni, y seré yo quien te lleve ante el tribunal de la aldea con la seguridad de que serás condenado.

El escriba palideció.

–No te atreverás a...

–Olvida mis dibujos, Imuni. De lo contrario, tu reputación quedará destruida y serás expulsado de la aldea.

El escriba no necesitó pensárselo mucho, ya que Paneb, podía causarle serios problemas.

–Bueno, de acuerdo... El asunto está zanjado.

Ardiente dejó brutalmente al escriba en el suelo.

–Si vuelves a hacerlo –le advirtió–, te destrozaré.

11

A excepción de Paneb el Ardiente, que ignoraba lo que era la fatiga y la enfermedad, los demás artesanos siempre iban a consultar a la mujer sabia y a su ayudante, Clara, tras un período de intenso trabajo como el que había supuesto la conclusión de la tumba de Ramsés el Grande.

Gracias a la utilización de las sustancias extraídas de la corteza, las ramas y las hojas de sauce[1], Clara curaba dolores y malestares. Sin embargo, por precaución procedía a un examen médico, tomando el pulso para escuchar las distintas voces del corazón y saber si las energías circulaban correctamente por los distintos canales que surcaban el organismo. En caso de duda, se preocupaba por la calidad de la sangre, cuyo principal papel consistía en vincular las fuerzas vitales entre sí.

A Fened la Nariz, que padecía un principio de absceso en los riñones, Clara le recetó una decocción a base de altramuces que le libraría de aquella molestia. Pero estaba preocupada por el estado de salud de Gau el Preciso, un hombre de gran corpulencia y cuyo ingrato rostro estaba infelizmente provisto de una nariz demasiado larga. Al posar las manos en la nuca, el vientre y las piernas del paciente, Clara había descubierto una grave afección en el hígado, ese órgano esencial cuyos desfallecimientos provocaban terribles trastornos. Había preparado, pues, un remedio compuesto por hojas de loto, higos, polvo de madera de azufaifo, bayas de enebro, cerveza dulce, leche y resina de terebinto. Lo había dejado reposar toda una noche, después lo había filtrado y le había añadido algo de rocío. La poción disiparía el malestar de Gau el Preciso que, además, tendría que beber mucha achicoria para mejorar el funcionamiento de su vesícula.

1. Sustancias que son la base de la moderna aspirina.

El tratamiento había sido eficaz desde el primer día. Los demás artesanos del equipo de la derecha también habían recuperado una excelente condición física y no dejaban de alabar a la esposa del maestro de obras, a la que algunos consideraban una verdadera maga.

Clara estaba guardando los papiros médicos que había consultado durante el día en un cofre de madera, cuando la mujer sabia le tendió otro, enrollado y sellado con barro seco.

–Ya no tengo nada más que enseñarte –le dijo la centenaria de admirable melena blanca–. Sólo te queda consultar ese antiguo texto del tiempo de las pirámides para combatir mejor las afecciones graves. Recuerda que una enfermedad está provocada por una fuerza oscura y destructora y que no es suficiente con los medicamentos para vencerla. También hay que extirpar esa fuerza nociva y reducirla a la nada; de lo contrario, se desplaza por el interior del cuerpo y lo corroe, a menudo, sin que el paciente lo advierta. Por ello no debes limitarte a los síntomas, debes descubrir los trastornos de la energía antes de que provoquen daños irreparables. Los antiguos decían: un elemento nocivo entra por el ojo izquierdo y sale por el ombligo si el tratamiento es eficaz. Fuerzas opuestas atraviesan el cuerpo humano constantemente; éste no es una entidad independiente, sino que está vinculado tanto al cielo como a la tierra. –La mujer sabia rompió el sello y desenrolló el papiro–. Retomé las enseñanzas de mi predecesora y añadí mis propias observaciones tras haber comprobado su fundamento varias veces. Debes desconfiar de las teorías y tener un solo objetivo: curar; aunque a veces no comprendas cómo lo consigues.

La caligrafía del papiro era fina y legible.

–El cuerpo humano alberga un gran misterio –prosiguió la mujer sabia–. En él se libra un cotidiano combate entre potencias armoniosas y sus contrarios, siempre dispuestos a corromper y destruir. Éstos son alientos patógenos que penetran en el organismo de mil y un modos, para inmovilizarlo, hacerlo inerte y darle muerte. La mayor parte de los agentes nocivos se encuentran en la alimentación; durante la putrefacción, en los intestinos, intentan desparramarse por los vasos para provocar inflamaciones, responsables del envejecimiento de los órganos. La primera clave de la salud es, pues, el drenado, la supresión de las obstrucciones internas y el correcto funcionamiento del aparato digestivo. He puesto a punto una preparación con dosis precisas que hallarás en el papiro. La segunda clave consiste en mantener el buen estado de los conductos y canales por los que pasan la sangre, la linfa y las demás formas de energía vital. Algunos de ellos son visibles bajo la piel; el conjunto forma una red que recuerda la trama de un tejido, gracias a la que se transmite la vitalidad siempre que permanezcan flexibles. En cuanto se endurecen, los fluidos ya no circulan correctamente. La tercera clave es el buen funcionamiento de lo que denominamos «el corazón», es decir, el centro energético del ser de donde parten todos los canales. Aguzarás constantemente tus percepciones para escuchar sus mensajes. –La mujer sabia, que estaba muy fatigada, se tumbó en una estera–. Nos levantaremos antes del amanecer. Buenas noches, Clara.

La mujer sabia y Clara treparon hacia la cima mientras la noche agonizaba, cuando las serpientes regresaban a sus agujeros. La centenaria había abandonado su bastón al inicio del ascenso y progresaba con pasos regulares.

Una ligera brisa acompañaba el nacimiento del alba y, poco a poco, los templos de millones de años iban saliendo de las tinieblas. Muy pronto, el azul del Nilo y el verde de los cultivos brillaron bajo el sol. Cuando la cima se iluminó, la mujer sabia levantó las manos hacia ella, en un gesto de plegaria.

–Diosa del silencio, tú que me has guiado a lo largo de mi vida, guía a mi discípula que asciende hacia ti. Que repose en tu mano, tanto de día como de noche, ve a ella cuando te invoque, sé generosa y muéstrale la magnitud de tu poder.

En la cima había un pequeño santuario excavado en la pirámide.

–Haz la ofrenda –ordenó la mujer sabia.

Clara depositó en el suelo el loto que llevaba en los cabellos, el collar y los brazaletes.

–Prepárate para el combate supremo. La diosa que conoce los secretos dispensa la vida o la muerte.

De pronto salió de la gruta una cobra real hembra, de ojos de fuego, cuyo tamaño dejó pasmada a la joven. La cólera hinchaba su cuello y no vacilaría mucho antes de morder.

–¡Baila, Clara, baila como la diosa!

La esposa de Nefer el Silencioso estaba muerta de miedo, pero, sin embargo, consiguió imitar los movimientos del terrorífico reptil. Se inclinó de izquierda a derecha, luego de derecha a izquierda y de adelante hacia atrás, al mismo ritmo que la cobra, que parecía desconcertada.

–Cuando ataque, dóblate hacia mí, sin dejar de mirarla.

Clara estaba mucho más que asustada. Estaba fascinada por la belleza de la diosa, y comenzaba a percibir sus intenciones. Y cuando ésta se lanzó bruscamente hacia su garganta, la sacerdotisa de Hator siguió las instrucciones de la mujer sabia.

Clara había evitado la mordedura, pero su túnica estaba manchada por el veneno que había escupido la cobra, cuyo fracaso multiplicaba su furor.

–Dos ataques más –avisó la iniciadora.

El reptil no dejaba de ondular, y Clara lo imitaba. Y por dos veces intentó, en vano, clavar los colmillos en su carne.

–¡Ejerce ahora tu dominio! Bésala en la cabeza.

La cobra se movía ahora con menos energía, como si estuviera cansada. Y, de un modo casi imperceptible, retrocedió cuando Clara avanzó hacia ella.

Clara estaba invadida por un mar de angustia pero, sin embargo, clavó la mirada en la del reptil, y posó los labios en lo alto de su cabeza.

Aunque sorprendida, la cobra no se retiró.

–Tememos tu severidad –dijo la mujer sabia–, pero esperamos tu dulzura. La que te venera es digna de tu confianza. Ábrele el espíritu y permítele curar a los seres a quienes cuide en tu nombre.

La serpiente apenas ondulaba ya.

–Recoge el poder de la diosa, Clara. Que penetre en tu corazón.

Por segunda vez, la esposa de Nefer besó al monstruo, que ahora parecía casi dócil.

–Que vuestra comunión quede sellada por un tercer y último beso.

Por última vez, la mujer y la cobra estuvieron en estrecho contacto.

–¡Retírate, pronto! –ordenó la mujer sabia.

Si no hubiera estado atenta, Clara se habría visto sorprendida por el brusco ataque del reptil. Pero supo esquivarlo, y sólo recibió un último chorro de veneno.

–Te ha sido transmitido el fuego secreto –declaró la mujer sabia.

Y lentamente, la cobra hembra volvió a entrar en su santuario.

–Quítate la túnica y purifícate con el rocío de las piedras de la cima. –La mujer sabia ofreció a Clara una túnica blanca, que le habría servido de sudario si no hubiera salido airosa de la prueba–. Me voy, y tú me sucederás. ¡No, no protestes! Mi tiempo de vida ha sido largo, muy largo, y es bueno que termine. Recuerda que las plantas nacieron de las lágrimas, y la sangre, de los dioses, y que así adquirieron el poder de curar. Todo está vivo, pero existen almas errantes y demonios destructores que nunca permitirán que la paz se instale en esta tierra. Gracias a tu ciencia, no dejarás de luchar contra ellos. Dios crea tanto lo que está arriba como lo que está abajo, y vendrá a ti en un soplo luminoso. No debes creer en él, sino conocerlo y experimentarlo.

–¿Por qué os negáis a seguir viviendo?

–Nací hace casi ciento diez años. Aunque mi espíritu esté intacto, mi cuerpo se ha desgastado. Sus canales se han endurecido, la energía no circula ya, y la mejor medicina no les devolvería la juventud. Tu formación ha terminado y velarás por la aldea con amor. Antes de partir, debo legarte el último secreto. El cuerpo envejece y se degrada de un modo ineluctable, pero el pensamiento puede permanecer vivo y enérgico siempre que se sepa regenerarlo. Pasa tu mano por la piedra de la cima y recogerás el rocío que hizo nacer las estrellas. La diosa del cielo lava, con él, el rostro del sol, justo antes de su nacimiento, y el faraón lo bebe cada mañana, en el secreto del templo, cuando hace la ofrenda a Maat. Si el cansancio se apodera de tu alma, sube a la cima, venera a la diosa del silencio y bebe el rocío de piedra. De este modo, tu pensamiento no envejecerá nunca.

–¡Tengo aún tantas preguntas que haceros!

–Clara, para ti ha llegado la hora de dar respuestas. Todos los días irán a hacerte preguntas y exigirán que alivies sus sufrimientos. Te convertirás en madre de la cofradía y todos los aldeanos serán tus hijos.

La joven sintió deseos de protestar y rechazar la enorme carga que recaería sobre sus hombros, pero la claridad matinal la deslumbró, y la mujer sabia se levantó.

–Descendamos –le dijo–. Ve delante de mí.

Clara tomó el estrecho sendero, dudando sobre el paso que debía adoptar. ¿Tenía que avanzar a su ritmo o caminar lentamente, para no obligar a la centenaria a apresurarse?

Indecisa, se volvió tras el primer paso sinuoso, pero la mujer sabia había desaparecido.

Clara volvió a subir a la cima y buscó a la mujer que se lo había dado todo, pero no la encontró. La mujer sabia se había desvanecido; sin duda, se había adentrado en una caverna donde exhalaría el último suspiro, en el silencio de la cima.

Clara se consoló pensando en las maravillosas horas que había pasado en compañía del ser que le había abierto tantos caminos que ahora ella debería prolongar, sola. Y bajó, paso a paso, hacia la aldea, saboreando sus últimos momentos de quietud antes de convertirse en la mujer sabia del Lugar de Verdad.

12

El artesano había tomado la barcaza para dirigirse a la orilla este y, como de costumbre, no había hablado con nadie y se había limitado a unos vagos saludos. A aquella hora de la mañana, los campesinos dormitaban sentados en sus banastas, que contenían legumbres frescas destinadas al gran mercado que se organizaba en la ribera. Perdido en una muchedumbre risueña y encantada con la idea de librarse a los sutiles placeres de la conversación del trueque, el hombre del equipo de la derecha se dirigió al almacén de Tran-Bel.

Ciertamente estaba traicionando a la cofradía y a su juramento, pero ¿acaso no tenía numerosas excusas? Para empezar, debería haber sido designado jefe de equipo en lugar de Nefer el Silencioso. Además, bien merecía hacer fortuna; y finalmente, y como había caído en la trampa, no le quedaba más remedio que colaborar. A medida que iba manteniendo contactos con quienes le pagaban las valiosas informaciones que destilaba, sus escrúpulos se iban evaporando. Sin duda, el Lugar de Verdad le había enseñado mucho, y había transformado a un obrero mediocre en un artesano de elite, pero prefería olvidarlo y pensar sólo en su porvenir, tomando las precauciones indispensables para no ser descubierto. Era lo bastante hábil y retorcido para lograrlo, y ya no dudaba de su éxito.

Tran-Bel tenía el pelo negro y aplastado, y llevaba un taparrabos demasiado corto y una camisa demasiado ancha. Cuando el artesano llegó, lo recibió en su despacho, al fondo del almacén.

–Tengo excelentes noticias –dijo–; nuestros muebles de lujo se venden muy bien y te estoy cubriendo bien el riñón. Sobre todo, debes pensar en nuevos proyectos.

–Yo me encargo de eso.

De pronto, el rostro del pequeño estafador palideció.

–Ah... He aquí a la persona con la que debes hablar. Le cedo el lugar... Cuando hayáis terminado, reúnete conmigo en el taller.

Serketa estaba irreconocible, con la pesada peluca negra que le ocultaba la frente y un cuidadoso maquillaje. Miró al artesano con una sonrisa triunfal.

–¿Hay novedades?

–La tumba de Ramsés el Grande ya está lista para los funerales. Habíamos subestimado a Nefer, pues ha sabido dirigir el equipo de un modo sorprendente y se ha ganado la estima de todos. Si sigue así, será un gran maestro de obras.

–Pero no tanto como lo habrías sido tú...

–No cabe duda, pero Nefer sabrá adquirir la experiencia que todavía le falta. Ha llevado la obra a buen término, y permite que el Lugar de Verdad cumpla con sus compromisos y justifique su utilidad ante el nuevo faraón.

–¡No has conseguido que los trabajos se demorasen!

–Era imposible. Todo el equipo estaba en la tumba, cada cual tenía una tarea precisa que cumplir y Nefer estaba siempre presente y atento.

–Esperemos que Merenptah no le sea favorable... ¿Algo más?

El artesano vaciló. No debía revelar todos los secretos de la cofradía sin una buena contrapartida.

Como una víbora dispuesta a atacar, Serketa sintió que su interlocutor se disponía a ocultarle lo más importante.

–No te hagas el listo conmigo, querido aliado, y no olvides que tu suerte está en mis manos. ¿Qué más has descubierto?

–¿Qué me ofrecéis a cambio?

–Si colaboras conmigo, te convertirás en un hombre acomodado, con una mansión, campos y un rebaño de vacas lecheras. Algunos criados te harán la vida más fácil, y beberás un excelente vino todos los días.

–Promesas...

Serketa mostró un pequeño papiro al artesano.

–¿Este título de propiedad, a tu nombre, es sólo una promesa?

El hombre intentó apoderarse de él, pero la mujer lo esquivó.

–Despacito... Tendrás que trabajar aún, antes de convertirte en propietario de tu pequeño paraíso. Te escucho.

El traidor no vaciló mucho.

–Nefer es capaz de manejar la Piedra de Luz.

–¿Qué es eso? –preguntó Serketa con los ojos brillantes.

–Sólo sé que procede de la Morada del Oro y que puede, a la vez, emitir una intensa luz y dar vida a todo lo que toca. Pero sólo el maestro de obras, que ha recibido una iniciación especial, puede utilizarla.

Las revelaciones del artesano excitaron a Serketa. Méhy no se había equivocado: el Lugar de Verdad poseía, en efecto, valiosos tesoros.

–¿Dónde se esconde esa piedra?

–No lo sé.

–¡Pues intenta descubrirlo!

–Será muy difícil, probablemente, imposible.

–¡Olvida entonces tu paraíso!

–Debéis comprender que formamos una comunidad y respetamos una regla de vida. Si la transgredo, seré excluido de la aldea y ya no dispondréis de más información.

A pesar de su irritación, Serketa tuvo que admitir que el artesano estaba en lo cierto.

–También a mí me gustaría conocer el secreto –prosiguió–. Sólo con paciencia y extremada prudencia podré descubrirlo y hacer que vos saquéis provecho de él.

Cuando Clara hubo cruzado la muralla de la aldea, un gran ibis con el plumaje extremadamente blanco trazó varios círculos sobre su cabeza. Una niña había avisado en seguida a los aldeanos, y Kenhir, olvidando los dolores de la gota, acudió como pudo ante la esposa del maestro de obras.

–La mujer sabia ha desaparecido en la montaña, ¿no es cierto?

–Así es. Consideraba que su tiempo de vida había terminado.

–Ha actuado de acuerdo con la tradición... Según los archivos, su predecesora también decidió dejarse absorber por la cima. Ahora, Clara, eres la nueva madre de la aldea. ¡Que seas capaz de protegerla y curar todos los males que puedan llegar a abrumarla!

La niña que había visto el ibis en primer lugar llevaba un gatito negro y blanco en los brazos.

–Está enfermo –le dijo a Clara–; ¿puedes curarlo?

Clara puso la mano en la cabeza del felino, que parecía moribundo. Invadido por una dulce calidez, ronroneó cada vez con más fuerza y, luego, enojado, sacó las garras. La niña lo soltó.

–¡Ven aquí, feo! –gritó corriendo tras él.

–La que se ha ido te ha transmitido sus poderes –observó Kenhir–; ¡es una suerte para nosotros! ¿Deseas ocupar su morada?

–No –repuso Clara–. Que sea ofrecida a la más joven madre de la aldea. Instalaré el laboratorio y la sala de consultas en mi casa.

–En ese caso, puedes ocupar la casa de al lado. La disposición está prevista en el presupuesto, y no te faltará sitio. La función de «mujer sabia» es lo bastante importante como para que su titular la ejerza en las mejores condiciones. Por cierto... Mi gota todavía me hace sufrir. ¿Puedo ir a verte mañana por la mañana, a primera hora?

–Vuestro aspecto no es preocupante. Hasta mañana por la mañana.

Clara volvió a su casa, ante las miradas admirativas y algo asustadas de los aldeanos. Todos sabían ya que la nueva mujer sabia había entrado en funciones.

Nefer la estaba esperando en el umbral. La tomó tiernamente en sus brazos, y ella apoyó la cabeza en su hombro.

–Ha empleado sus últimas fuerzas para transmitirme su ciencia y, luego, nos ha abandonado...

–No, Clara; estará por siempre presente en la cima que domina el Lugar de Verdad. Y tú harás que perduren su pensamiento y su luz.

–¿Y si no fuera capaz de ello?

–Ella te ha elegido, pero tú ya no tienes elección.

Se abrazaron y recordaron su llegada a la aldea, diez años antes, con la angustia de ser rechazados. Qué breve había sido el tiempo del aprendizaje; qué descansado era saber que otros ejercían las más altas responsabilidades y que bastaba con seguir sus directrices para progresar. Pero hoy Nefer era maestro de obras y jefe de equipo, y Clara, mujer sabia... Sus aficiones y sus preferencias no contaban ya. Sólo importaban el bienestar de la cofradía y la armonía de la obra. Y ambos sabían que, para preservar su poder de curación, Clara no debería tener hijos. Fuera cual fuese su edad, todos los habitantes de la aldea se convertían en sus hijos, a quienes ella debía querer. Aquel sacrificio era inmenso y sólo su amor les permitiría asumirlo.

En la puerta principal de la aldea había una insólita agitación. La gente se amontonaba, se empujaban los unos a los otros y se gritaban.

Nefer se aproximó, con el temor de un nuevo golpe de fuerza. Al ver al maestro de obras, los aldeanos se apartaron para permitir que llegara hasta el cartero, Uputy, que había estado a punto de morir ahogado.

Nefer lo levantó del suelo. Al infeliz le costaba recuperar el aliento.

–Tra... traigo noticias... Una carta con el sello del faraón.

El maestro de obras lo rompió y leyó el corto texto procedente del palacio de Pi-Ramsés. Toda la aldea se había congregado a su alrededor.

–El navío real y su escolta abandonaron la capital hace ya varios días –anunció–. El faraón Merenptah se dirige a Tebas para presidir los funerales de Ramsés el Grande, y honrará al Lugar de Verdad con su presencia.

13

Nunca antes se había visto semejante efervescencia en la aldea de los artesanos. Hombres y mujeres manejaban escobas, cepillos y trapos para proceder a una limpieza a fondo y dejar el Lugar de Verdad tan hermoso como fuera posible. Los auxiliares también se deslomaban, y el escriba de la Tumba había recurrido, incluso, a mujeres que limpiarían y también prepararían comida, mientras las sacerdotisas de Hator se acicalaban para recibir al faraón.

El guardián de la puerta ya no sabía qué hacer. Estaba perdido en una colmena cuyo desorden, sin embargo, era sólo aparente. Turquesa había recibido el encargo de coordinar la vasta operación, y no autorizaba las sesiones de cháchara.

Dos artesanos del equipo de la izquierda se habían quejado de dolores en el codo que les impedían utilizar la escoba, pero el bálsamo aplicado por Clara había disipado rápidamente la molestia. Incluso Ched el Salvador, aunque no muy entusiasta, había acatado la disciplina.

Cuando Turquesa se presentó ante la puerta de la morada de Paneb, advirtió que el umbral estaba inmaculado; Uabet la Pura había sido dispensada de realizar grandes esfuerzos, ya que estaba embarazada, pero, sin embargo, había fumigado personalmente todas las estancias de su casa, donde no quedaba ni una sola mota de polvo.

–¿Dónde está tu marido?

–Como puedes comprobar, ha hecho su parte del trabajo y ha ido a nadar en el Nilo.

–En esta época es extremadamente peligroso.

Uabet estaba abrumada.

–He intentado razonar con él... Pero ¿quién puede contener el ardor de Paneb?

–El faraón llegará por la tarde... Debemos pensar en prepararnos y ponernos los vestidos de fiesta. ¡Sería un escándalo si Paneb no regresara a tiempo!

–Se lo he advertido, pero ni siquiera me ha escuchado.

–¿Quieres que avise al maestro de obras?

–Creo que será lo mejor.

La crecida comenzaba. Una crecida que los especialistas, tras haber estudiado los datos proporcionados por los nilómetros, anunciaban como excelente, excepcional, incluso. No podía existir mejor presagio para el nuevo faraón, el esposo de Egipto y el garante de la fecundidad de las tierras cultivables.

El río se volvía rojo y, durante algunos días, su agua no sería potable. Unas violentas corrientes lo animaban y cerca de los islotes se formaban remolinos.

Era el período que Paneb prefería para lanzarse a las aguas tumultuosas, llegar a nado hasta la orilla este y regresar. ¿Acaso había algo más divertido que las trampas que tendían las enfurecidas aguas?

Ardiente no temía los caprichos del río, pues los presentía, se dejaba arrastrar por la corriente y sabía evitar sus trampas. Sin embargo, aquel ejercicio no era recomendable para un novicio, que no tendría ninguna posibilidad de sobrevivir.

Cuando llegó a la ribera, apenas jadeante, Paneb fue apostrofado por tres jóvenes de unos veinte años, cuyas miradas nada tenían de amistosas.

–Te crees muy fuerte, ¿no es así? –dijo un mocetón con los cabellos rojos.

–No os he pedido nada, muchacho. De modo que ignoradme.

–Sé nadar mejor que tú... ¿Aceptas el desafío?

–Ahora no tengo tiempo.

–Qué divertido... He apostado con mis compañeros a que no eras más que un cobarde.

–¿Y tu desafío, de qué se trata?

–De ir y volver, lo más rápido posible. Si pierdes, nos deberás tres sacos de cebada; si ganas, te dejaremos marchar sin infligirte un buen castigo.

–Me parece justo –consideró Paneb–. Vamos, tengo prisa.

Sorprendidos por la soberbia zambullida del aprendiz de dibujante, el pelirrojo se lanzó a su vez al río, decidido a recuperar su retraso. Había conseguido domar las corrientes muchas veces, y se sentía seguro de su técnica. Forzosamente, su adversario debía de estar fatigado, por lo que no mantendría la distancia.

Pero el pelirrojo se desengañó muy pronto. Paneb nadaba a un ritmo enloquecido, no se debilitaba ni un segundo y obligaba a su perseguidor a correr riesgos a los que no estaba acostumbrado. Pero si el pelirrojo reducía su velocidad, no ganaría la carrera. A costa de un esfuerzo que le destrozó los pulmones, consiguió mantener la distancia. Cuando Paneb llegó a la orilla oeste, el pelirrojo creía que descansaría unos instantes, pero el coloso hizo una cabriola en el agua y regresó en seguida a la otra orilla.

Si renunciaba, quedaría en ridículo... Y a pesar de la fatiga de sus rígidos músculos, el pelirrojo regresó con la esperanza de que su adversario cayera en las trampas del río. Con gestos entrecortados, casi sin aliento, el muchacho cedía cada vez más distancia.

De pronto sintió pánico: por el rabillo del ojo advirtió que un cocodrilo se abalanzaba sobre él.

El pelirrojo dio marcha atrás, pero no pudo evitar un remolino que se lo tragó en pocos segundos. El saurio se zambulló hacia las profundidades, encantado ante aquella fácil presa.

Paneb, relajado, hizo pie en la ribera y se volvió.

–¿Dónde está vuestro amigo? –preguntó a los dos muchachos cuya mirada se había vuelto rencorosa.

–Acaba de ahogarse –respondió el mayor.

–Pobre tipo..., no conocía sus límites.

–¡Ha muerto por tu culpa!

–No digas tonterías y corre a avisar a su familia.

–¡Todo es culpa tuya!

Ardiente intentó mantener la calma.

–Al parecer, el Nilo lleva directamente a los ahogados al reino de Osiris... Así pues, debes alegrarte por tu amigo.

Los dos muchachos cogieron una gran piedra y amenazaron a Paneb.

–Te romperemos los huesos y te arrojaremos al río... ¡Veremos si sigues nadando tan de prisa!

–Si me atacáis, me veré obligado a defenderme y podríais recibir un mal golpe.

–Te crees el más fuerte, ¿no?

–Apartaos de mi camino.

El más joven lanzó la piedra con tal rapidez que estuvo a punto de sorprender a Paneb. Un reflejo le hizo apartar la cabeza en el último momento, pero el proyectil le rozó la sien, de la que empezó a manar sangre.

–Último aviso, miserables: ¡apartaos inmediatamente!

El otro, a su vez, intentó lanzar la piedra, pero su gesto fue demasiado lento, y Paneb le dio un fuerte puñetazo en la cara.

El muchacho, aturdido, se derrumbó.

Su compañero se lanzó contra Paneb, que le golpeó el pecho con el codo antes de soltarle un gancho definitivo. El vencido cayó de rodillas, con la nariz reventada, y se desvaneció.

–El mundo está lleno de imbéciles –se lamentó Paneb.

Por el camino de tierra, en lo alto del dique, se aproximaban dos hombres.

«Si son amigos de estos dos –pensó Ardiente–, la tregua durará poco.»

Eran Nakht el Poderoso y Karo el Huraño, que se acercaban con aspecto malhumorado. Paneb ya se había peleado con el primero y había tenido algunas palabras con el segundo.

–Nos envía el maestro de obras –dijo Nakht–. Tenemos órdenes de llevarte al pueblo.

–Iba a regresar ahora... ¿Por qué os preocupabais?

–El faraón nos visita esta tarde y los equipos deben estar al completo.

Karo vio a los dos muchachos que estaban tendidos en el suelo, como dislocados.

–¿Qué ha ocurrido aquí?

–Esos dos cretinos me han agredido porque su compañero se ha ahogado. Me he visto obligado a defenderme.

–Puedes tener muchos problemas por esto.

–¡A fin de cuentas, no podía dejar que me sacudieran!

–Cuando despierten, te denunciarán.

–¿Declararéis en mi favor?

–No estábamos presentes cuando se ha producido la pelea –objetó Nakht.

–Ahora hay que regresar a la aldea –recordó Karo–. Ya hablaremos de esto luego.

Ser víctima de una injusticia indignaba a Ardiente. Afortunadamente, aún tenía una posibilidad de librarse.

Tomó a uno de los muchachos en su hombro derecho y al otro en el izquierdo. El doble fardo era bastante pesado, pero el joven coloso podría soportarlo.

–Vamos –dijo a los dos artesanos–. Si he comprendido bien, no tenemos tiempo que perder.

14

Paneb dejó a los dos muchachos delante de los policías del primer fortín. Uno gemía y el otro seguía inconsciente.

–No os preocupéis, no son postulantes. Vigiladlos, ahora mismo vuelvo.

El Lugar de Verdad estaba perfectamente limpio, adornado y lleno de flores. Las casas blancas brillaban con todo su esplendor, y los aldeanos se habían puesto vestidos de fiesta de tornasolados colores.

Sin responder a los chiquillos que querían jugar con él, Paneb corrió hasta la morada del maestro de obras, donde fue recibido por *Negrote*. Cuidadosamente cepillado, el perro negro resplandecía.

–¡Clara, necesito ayuda! –gritó Ardiente.

Entonces apareció Nefer.

–Estamos vistiéndonos... El faraón no tardará en llegar.

–Lo sé, pero se trata de algo urgente. Si la mujer sabia no interviene, puedo tener muchos problemas.

–¿Tu urgencia no puede esperar a mañana?

–Pues no... Y estaría bien que Clara fuera con algún material, yo lo llevaré, claro está. Los dos tipos que debe curar están bastante tocados.

El primero tenía una profunda herida en la ceja. Clara la examinó y advirtió que el hueso no había sufrido daños graves. Manteniendo unidos los bordes de la herida, la cosió con hilo, colocó dos tiras adhesivas y aplicó un apósito impregnado de miel y grasa. Para evitar las secuelas, le recetó un bálsamo compuesto por leche de vaca y harina de cebada, que debía aplicarse varias veces al día hasta que la herida estuviera completamente curada.

El segundo sufría una fractura de nariz y había perdido mucha sangre. La mujer sabia lo limpió con suaves lienzos, colocó luego un apósito de lino empapado de miel en cada orificio de la nariz y dispuso dos tablillas cubiertas de lino para sujetarla. A continuación, le prescribió un régimen alimenticio que aceleraría el proceso de cicatrización. Los dos muchachos, felices al haber sido tan bien cuidados, se alejaron sin protestar. Estaban convencidos de que recobrarían la salud, y no tenían el menor deseo de volver a encontrarse con el joven coloso de los puños duros como una piedra.

–Gracias, Clara. No sé qué hubiera hecho sin ti...

–Una madre tiene a veces hijos difíciles, Paneb, y tú sabes conseguir que no te olviden.

–Se han portado como unos imbéciles a pesar de mis advertencias. A fin de cuentas, yo no soy responsable de la estupidez de los demás.

–Vamos a prepararnos. ¿No querrás perderte la llegada del faraón?

Tebas, la de las cien puertas, estaba en efervescencia. La flotilla real ya no tardaría en atracar en el embarcadero principal, y todos los notables asistirían al acontecimiento. La población se amontonaba en la ribera para aclamar a la pareja real, en cuyo honor se organizaría una gran fiesta. Beberían cerveza fuerte y consumirían los manjares ofrecidos por palacio. A la tristeza de haber perdido un monarca de la talla de Ramsés el Grande le sucedía el gozo de ser gobernados por Merenptah, cuya presencia en Tebas era garantía de la continuidad del poder y del mantenimiento de las tradiciones.

Tras haber sido recibida por el sumo sacerdote de Amón, la pareja real aceptaría el homenaje del alcalde de la capital del Sur, y atravesaría el Nilo para dirigirse a la orilla oeste, donde sería acogida por las autoridades locales, antes de dirigirse al Lugar de Verdad y al Valle de los Reyes para presidir los funerales de Ramsés.

Aquel bonito programa no alegraba al comandante Méhy, que estaba tan nervioso que no dejaba de comerse las uñas.

–Merenptah es, efectivamente, el conservador que temíamos –le dijo a su esposa, que estaba sopesando qué collar ponerse.

–¿Realmente te sorprende, dulce amor mío?

–A fin de cuentas, había esperado algo mejor... El rey podría haberse hecho representar por el sumo sacerdote de Amón, pero va a venir personalmente e, incluso, con la reina y toda la corte. Y si se limitara a hablar con algunos viejos dignatarios... Además, visitará la maldita aldea y reforzará los privilegios de los artesanos.

–No te desesperes y cámbiate de camisa. La que llevas no es lo bastante elegante.

–¡Te tomas el asunto a la ligera, Serketa!

–¿De qué sirve lamentarse? Todos sabemos que ningún faraón igualará a Ramsés. Tendremos enfrente, pues, un adversario mucho menos peligroso, manipulable, tal vez.

–¿Tienes algo en mente?

Serketa hizo algunos melindres.

–No es imposible...

–Explícate.

–Primero, cámbiate de camisa. Quiero que parezcas un dignatario elegante y rico, admirado por los hombres y del que se enamoran todas las mujeres. Pero si una sola se acerca a ti, le sacaré los ojos.

El comandante Méhy apretó las muñecas de su esposa hasta hacerle daño.

–¡Explícate, y pronto!

–Gracias a nuestro informador, sabemos que Nefer se ha convertido en el indiscutible maestro de obras de la cofradía. ¿Por qué no arruinar su reputación? Si el rey recibiera ciertos documentos demostrando que el patrón de los artesanos es indigno de su cargo, el Lugar de Verdad quedaría desacreditado por ser incapaz de elegir un buen jefe. Merenptah podría tener ganas de desmantelarlo o de confiar su dirección a unas manos externas.

–¡Por ejemplo, las de nuestro amigo Abry, el administrador de la orilla oeste!

Serketa estaba radiante.

–¿No crees que ha llegado el momento de utilizar plenamente sus servicios?

–Pero no nos queda tiempo para preparar un expediente convincente.

–Ya está listo, mi dulce amor. He imitado varias caligrafías y redactado documentos de apariencia oficial que acusan a Nefer de incompetencia, insumisión a las autoridades civiles, voluntad de independencia excesiva y, sobre todo, de práctica tiránica del poder... Siempre habrá uno o dos artesanos que secunden estos argumentos y provoquen la destitución del maestro de obras. Luego se originará el caos, y nosotros podremos aprovecharnos de la situación.

–Este programa me gusta mucho más.

–¿No estás satisfecho de mí, querido?

«Es más peligrosa que un escorpión –pensó Méhy–; qué bien hice convirtiéndola en mi aliada.»

Con el pelo empapado en sudor y la mirada vaga, Abry había escuchado al comandante y tesorero principal de Tebas atentamente, aunque bastante inquieto.

–Es un plan tan azaroso como arriesgado, mi querido Méhy... No creo que...

–¡Ni azar, ni riesgo! Entregarás este expediente al rey cuando ponga los pies en la orilla oeste. Viniendo de ti, el documento sólo puede ser serio. Merenptah tendrá tiempo de consultarlo antes de llegar al Lugar de Verdad, y quedará convencido de que Nefer no es digno del cargo que ocupa. Te nombrará superior de la cofradía, con objeto de poner orden. Te será fácil recordar que ya habías avisado a Ramsés sobre los insoportables privilegios de los que gozan esos artesanos...

–Pero me obligáis a exponerme demasiado...

–¡Es por tu bien, Abry! El rey te agradecerá tu lucidez.

–Hubiera preferido permanecer en la sombra y no intervenir de un modo tan directo.

–Si este expediente llega a manos del faraón de una forma anónima, y si Merenptah observa la antañona moral de los sabios, que consiste en no tener en cuenta los chismes, nuestros esfuerzos habrán sido vanos. Por lo tanto, es precisa una gestión oficial que sólo tú puedes llevar a cabo.

–De todos modos, es muy delicado...

–No tienes nada que perder y puedes ganarlo todo. Un poco de valor, Abry, y el Lugar de Verdad estará a nuestros pies.

–No conozco al faraón Merenptah... Tal vez se niegue a escucharme.

–¿Negarse a escuchar al administrador principal de la orilla oeste, el más alto dignatario de la región? ¡Tonterías! Estoy convencido de que te felicitará por esa indispensable intervención.

–Sería más prudente observar el comportamiento del nuevo monarca y actuar después de haberlo pensado mucho...

–Entregarás este expediente a Merenptah, Abry, porque yo lo he decidido. Prepárate para el recibimiento oficial y no des ningún paso en falso. Hasta pronto, fiel aliado.

Abry quería ser un alto funcionario y vivir tranquilo. Al conocer a Méhy, creyó que el destino le permitía abandonar un bache del que era incapaz de salir solo; y había comprendido demasiado tarde que había caído en brazos de un terrible depredador, capaz de lo peor.

Abry siempre le había tenido miedo al comandante Méhy. Ante él, perdía sus medios y no veía más salida que la obediencia absoluta. Incluso después de su partida, su sombra seguía al acecho; Abry se apresuró, pues, a consultar los documentos que el comandante le había entregado.

La calumnia se destilaba en ellos con una consumada habilidad. Aquellas viciosas y venenosas acusaciones harían zozobrar a Nefer.

Administrador principal de la orilla oeste, teórico protector, pues, del Lugar de Verdad, ¿tenía derecho Abry a arruinar de ese modo la carrera de un maestro de obras? Aquella bocanada de escrúpulos sólo le detuvo un breve instante. Si no cumplía su misión, Méhy reaccionaría con violencia.

Abry debía salvar su propia carrera. Así pues, entregaría el expediente al rey Merenptah.

15

El cortejo real cruzó «los cinco muros» ante la atenta mirada de los policías encargados de la seguridad de la aldea. Aunque el faraón estaba protegido por su guardia personal, el jefe Sobek había ordenado a sus hombres que velasen por si se producía algún incidente.

En el área donde trabajaban no faltaba ni un solo auxiliar. El herrero y el alfarero, situados en primera fila, tuvieron la suerte de ver de bastante cerca al nuevo monarca, que tenía la gran responsabilidad de suceder a Ramsés el Grande.

Merenptah tenía el rostro ovalado, la frente ancha, grandes orejas, una nariz larga, delgada y recta, y unos labios muy gruesos. Llevaba una peluca redonda adornada con el *uraeus,* la cobra de oro encargada de destruir a los enemigos del monarca. Iba vestido con un taparrabos plisado, sujeto por un cinturón cuya hebilla tenía forma de cabeza de pantera. En sus muñecas llevaba brazaletes de oro.

Junto al rey, que tenía sesenta y cinco años, iba la reina Iset la Bella, que llevaba el mismo nombre que la madre del soberano, la segunda esposa de Ramsés el Grande. Había dado dos hijos al faraón, uno de los cuales llevaba el temible nombre de Seti, «el hombre del dios Set», que un solo faraón, el inmenso Seti I, padre de Ramsés, se había atrevido a adoptar.

La reina, que tenía sesenta años, iba muy elegante. Llevaba una túnica de lino de excepcional finura, y una cruz egipcia, símbolo de la vida, en la mano derecha. La pareja real iba acompañada por el visir y numerosos representantes de la jerarquía civil y religiosa.

Plantado ante la puerta principal de la aldea, el guardián, perfectamente afeitado y perfumado, no sabía cómo sujetar la lanza y el garrote.

El visir dio al rey un extraño delantal de oro que contenía el secreto de las medidas y las proporciones, y que permitía trazar el plano de un templo. Y la superiora de las sacerdotisas de Luxor colgó una figurita de Maat en el extremo del gran collar de oro de la reina.

–Guardián –dijo el rey–, tienes ante ti al señor del Lugar de Verdad y a la representante en la tierra de la ley de la armonía. Que le sea abierta la puerta de esta aldea.

Encantado al recibir una orden concreta, el guardia obedeció y volvió a cerrar en seguida, dejando fuera al cortejo oficial.

Nefer el Silencioso, que llevaba un pesado bastón con el extremo en forma de cabeza de carnero coronado por un sol, se separó de la masa de los aldeanos, que se habían congregado para recibir a la pareja real. El símbolo marcaba la presencia en la pequeña comunidad de Amón, el dios oculto. Hacia él ascendían las plegarias y a él, en primer lugar, debían dirigirse las súplicas.

La angustia oprimía los corazones de los aldeanos, y el rostro austero, casi hostil, de Merenptah, la intensificaba aún más.

Mientras observaba el paso del faraón, a Paneb se le pasó por la cabeza que el nuevo rey no debía de ser un personaje fácil de convencer.

El maestro de obras llevaba una peluca con las trenzas dispuestas en radios, a partir de lo alto de la cabeza, y sujeta por una ancha cinta. Se había puesto un taparrabos de ceremonia y llevaba un echarpe rojo en bandolera. El jefe del equipo de la izquierda y el escriba de la Tumba le habían confiado la tarea de preparar un discurso.

–Majestad, la morada de eternidad de Ramsés el Grande está lista para recibir su cuerpo de luz. Pongo el Lugar de Verdad a Vuestra disposición.

El discurso había terminado. A pesar de la gravedad del momento, Paneb no pudo evitar una sonrisa. «Realmente merece el nombre de Silencioso –consideró–, pero es evidente que está equivocado; un rey debe de esperar mayores halagos.»

–Dios creó el cielo, la tierra, el aliento de vida, el fuego, las divinidades, los animales y los hombres, que sólo son uno de los elementos de la creación y no su coronación –dijo el faraón–. Es el escultor que se modeló a sí mismo, el modelador que nunca fue modelado, el único que recorre la eternidad. Ni el oro más puro puede compararse con su esplendor. Todo lo que se mide es su catastro, y el codo real mesura las piedras de sus templos. Dios pone el cordel en el suelo y coloca los edificios en su lugar. Ninguno de los muros levantados en esta tierra debe estar privado de Su presencia, pues sólo Él expresa la verdadera potencia. Al crear los mundos, el arquitecto divino se hizo perceptible y transmitió el secreto de su obra; aquí, en el Lugar de Verdad, se enseña que sólo se realiza lo que Dios construye. ¿Es así como vive y piensa esta cofradía, maestro de obras?

–Lo juro, por el nombre del faraón.

Kenhir se estremeció. Las palabras pronunciadas por el rey demostraban su profundo conocimiento de la cofradía, pero habían obligado a Nefer a comprometerse gravemente, y a correr el más grande de los riesgos. Si el monarca tenía reproches concretos que dirigirle, podría tratar de perjuro al maestro de obras y condenarlo a la pena capital.

–Un país o una cofradía sólo pueden dirigirse siendo justo y con la ayuda del don y la ofrenda –prosiguió Merenptah–. Cuanto más rico se es, más generoso debe mostrarse uno. El faraón, a quien los dioses ofrecieron las Dos Tierras para hacerlas prósperas, se preocupa por el bienestar de cada uno de sus súbditos. Os seguiré procurando, a vosotros, los artesanos del Lugar de Verdad, las herramientas, los alimentos, la ropa y todo lo necesario para que llevéis a cabo la obra de Maat, viviendo felices en vuestra aldea. Para festejar mi coronación, os serán entregados nueve mil panes, innumerables cuartos de carne, veinte jarras grandes de aceite y cien de vino.

A Paneb le dieron ganas de dar saltos de alegría, pero el nerviosismo reinaba entre todos los presentes, y nadie se atrevía a abrir la boca. Pese a las excelentes noticias, que permitían creer en la supervivencia de la aldea, sus habitantes todavía sentían que una pesada amenaza gravitaba sobre ellos.

–El papel de esta cofradía, su razón de existir, es encarnar en la materia el plan de los dioses –recordó Merenptah–. Para conseguirlo, necesita jefes capaces de dirigir y orientar a los que están bajo su mando. Un verdadero jefe debe servir a la obra y a su cofradía, pilotar la nave y manejar el gobernalle sin desfallecer; debe mostrarse grande en su función como un pozo rico en agua fresca y benefactora. Aquel que autorizara al ignorante o al imbécil a efectuar un trabajo para el que es incompetente no merecería gobernar. La misma sanción caería sobre el jefe de equipo que se comportara como un tirano y se concediera privilegios a sí mismo.

La tensión iba aumentando con las palabras de Merenptah.

Todos habían comprendido que los agravios anunciados por el faraón eran otras tantas acusaciones que se hacían contra Nefer el Silencioso.

Clara miró a su marido para transmitirle toda la intensidad de su amor en aquel instante en el que corría el riesgo de ser destruido por el fuego real.

–El administrador principal de la orilla oeste me ha entregado un muy severo informe sobre ti, Nefer. Lo he leído atentamente y su conclusión es formal: debes dimitir a causa de tus faltas.

–Si eso es lo que deseáis, majestad, os debo obediencia. Pero ¿puedo saber qué se me reprocha?

–En primer lugar, el enriquecimiento personal en detrimento de la cofradía.

Kenhir se adelantó.

–Majestad, como escriba de la Tumba y responsable de la administración del Lugar de Verdad, puedo aportar la prueba de que esta acusación carece de todo fundamento. De acuerdo con nuestra regla, Nefer ocupa una morada que le fue atribuida con la aprobación del visir, a la que se añaden una sala de consulta y un laboratorio, indispensable para la mujer sabia, su esposa. Al igual que Ramosis, nuestro venerado escriba de Maat, el maestro de obras habría podido adquirir campos y rebaños con toda legalidad, pero en cambio se ha consagrado exclusivamente a su trabajo.

–Que así conste, escriba de la Tumba. Según los documentos que me han sido entregados, Nefer no fue designado por la unanimidad de los artesanos y se comporta como un déspota, sin vacilar en utilizar la fuerza y la amenaza para asentar su tiranía.

–Eso es completamente falso, majestad –dijo Paneb muy indignado–. Todos los aquí presentes hemos reconocido a Nefer como maestro de obras. ¡Él es el único que lamenta esta decisión!

–Tu opinión es insuficiente –estimó el monarca–. Que cada cual se exprese con toda libertad sobre el comportamiento del maestro de obras.

Ched el Salvador fue el primero en tomar la palabra y confirmó las entusiastas declaraciones de Paneb, que se había jurado castigar a los que mintieran sobre Nefer.

Pero el coloso no tuvo que hacerlo, pues ninguno de los artesanos ni de las sacerdotisas de Hator formularon la menor crítica contra Nefer el Silencioso. Incluso el traidor elogió los méritos del maestro de obras, por miedo a llamar la atención. Y Kenhir concluyó afirmando que la cofradía había sabido designar al hombre justo y competente que necesitaba.

Sin embargo, la última decisión debía tomarla el faraón, y estaba en su mano poder desautorizar a cualquiera de sus altos funcionarios.

–Mi padre, Ramsés el Grande, me advirtió acerca de los pérfidos ataques que no dejarían de abrumar al Lugar de Verdad –reveló el rey–. Presentía que su maestro de obras sería calumniado para arrojar el descrédito sobre el conjunto de la cofradía y provocar su desaparición. No me ha sorprendido, pues, el documento difamatorio que me entregaron justo antes de mi visita, pero quería oíros a todos para asegurarme de la solidez de los vínculos que os unen: ahora ya estoy tranquilo. Acércate, Nefer.

El faraón puso el delantal de oro a Silencioso.

–Te delego mi soberanía sobre el Lugar de Verdad y te confío dos tareas prioritarias: excavar mi morada de eternidad en el Valle de los Reyes y levantar mi templo de millones de años en la orilla de occidente.

Cuando el rey Merenptah dio el abrazo a Nefer, los gritos de alegría pudieron por fin brotar del corazón de los artesanos.

16

Abry, el administrador principal de la orilla oeste, estaba presente entre los dignatarios que habían permanecido en el exterior de la aldea, y oyó las aclamaciones de los aldeanos. Las primeras fueron en honor del rey, y luego se coreó el nombre de Nefer.

El alto funcionario no necesitaba oír más. Era evidente que su intento se había saldado con un completo fracaso y que el maestro de obras había conseguido salir airoso de todas las acusaciones. Al respaldarlo en su cargo, Merenptah desautorizaba a Abry y ratificaba la existencia del Lugar de Verdad.

El administrador, profundamente indignado, se dirigió rápidamente a su carro, empujando y pisoteando a todos los que estaban en su camino.

–¿Os ocurre algo? –le preguntó uno de sus colaboradores.

–El calor, no me encuentro bien... Necesito descansar.

–Venid a tumbaros a la sombra un momento.

–No, prefiero regresar a casa.

–El rey puede enojarse, si advierte vuestra ausencia.

Abry no respondió, subió a su carro y ordenó al soldado que lo conducía que se pusiera en marcha.

Varios notables advirtieron el incidente y se extrañaron. El administrador debía de tener un motivo de excepcional gravedad para comportarse de aquel modo.

La casa de Abry estaba vacía. Su mujer había sido invitada al palacio real de Tebas, donde la reina recibía a las grandes damas de la provincia, los niños participaban en los festejos que se organizaban a orillas del Nilo y los criados gozaban de dos días de vacaciones.

Esta vez, el abismo se abría bajo sus pies.

Abry estaba seguro de que algún chismoso recordaría a Merenptah que anteriormente él ya había intentado que desapareciera el Lugar de Verdad y que sólo la benevolencia de Ramsés le había permitido conservar su cargo. El nuevo faraón no daría pruebas de tanta clemencia, tanto menos cuanto había corrido el riesgo de cometer una injusticia basándose en los informes falsos que había redactado Abry.

La desgracia recaería sobre él, la decadencia pública, el exilio, en el mejor de los casos; en el peor, la pena capital... Abry temblaba sólo de pensarlo. Abrumado por dolorosas bocanadas de calor, salió de su casa para sentarse a la sombra de un quiosco lleno de flores, junto a la alberca de los lotos blancos y azules.

Y allí tomó una decisión: si tenía que precipitarse al abismo, no lo haría solo. El comandante Méhy, manipulador y chantajista, era el culpable de todo aquello. Si no tenía posibilidad de salir indemne de la tragedia, Abry lo diría todo y el principal culpable también sería castigado. Magro consuelo, es cierto, pero era su última oportunidad de hacer justicia.

–Abry... ¿Estáis solo?

Como si le hubiese picado un insecto, el administrador se levantó de un salto y se volvió rápidamente hacia el bosquecillo de adelfas de donde procedía la voz femenina.

–Soy yo, Serketa... Sobre todo, no deben vernos juntos.

–Claro, claro... Tranquilizaos, no hay nadie en la casa.

Serketa estaba irreconocible; la peluca, el maquillaje y el vestido hacían que pareciese otra mujer distinta.

–Méhy me ha enviado para que os ayude.

–Ah...

–La situación es molesta, pero ha encontrado la manera de arreglarlo todo.

–¡Eso es imposible!

–No seáis tan pesimista. Aquí tengo un documento que apaciguará la cólera del faraón.

Abry, incrédulo, le echó un vistazo al papiro que le presentaba Serketa.

Y se quedó perplejo al leer aquello. Él, el administrador principal de la orilla oeste, explicaba que había intentado mancillar el Lugar de Verdad y calumniar a su maestro de obras porque desde siempre detestaba aquella institución que escapaba a su control. Torturado por los remordimientos, no le quedaba más remedio que suicidarse.

Abry, atónito, tomó conciencia de otra realidad mientras Serketa enrollaba el papiro.

–¡Se diría... que es mi caligrafía!

–Me ha sido fácil imitarla y pondré vuestro sello, que autentificará este desolador testamento.

–¡No tengo intención de suicidarme, y voy a denunciaros, a vos y a vuestro marido!

–Eso es lo que me temía, mi querido Abry, y por eso me ha parecido conveniente intervenir en seguida.

Animada por una fría cólera, Serketa empujó violentamente al administrador, que cayó en la alberca de los lotos.

Abry era muy mal nadador y, envuelto en sus vestidos de fiesta, ofreció muy poca resistencia a Serketa, que le mantuvo la cabeza bajo el agua hasta que dejó de agitarse.

Serenándose, la mujer dejó el testamento en el despacho del dignatario, que no había tenido más remedio que quitarse la vida por su crimen de lesa majestad.

Para transportar el material funerario de Ramsés el Grande habían sido necesarios más de cien soldados, ochenta portadores de ofrendas procedentes de los templos vecinos, cuarenta marineros y doscientos dignatarios, sin contar los dos equipos del Lugar de Verdad y las sacerdotisas de Hator.

Los artesanos que ejercían de sacerdotes se habían puesto túnicas de lino nuevas y sandalias de papiro. De acuerdo con la regla, se habían abstenido de mantener relaciones sexuales la víspera de los funerales y habían consumido alimentos refinados.

El más orgulloso de todos era Ipuy el Examinador. Acababa de terminar la decoración de su tumba, gran parte de la cual estaba consagrada a las actividades cotidianas, como la pesca o el lavado, y había sido elegido como portaabanicos a la derecha del faraón. Llevaba la túnica estrellada del «sacerdote de resurrección», encargado de abrir la boca, los ojos y los oídos de la momia para transformarla en soporte de una regeneración cotidiana, en el secreto de la morada de eternidad.

Cargado con un gran lecho de madera dorada, Paneb estaba maravillado ante los fabulosos tesoros que acompañarían al difunto faraón en su viaje hacia el más allá: estatuas de oro de divinidades, arquillas que contenían metales preciosos, perfumes, ungüentos, telas, alimentos momificados, cetros, coronas, capillas y naos de diversos tamaños, barcas, espejos, mesas de ofrendas, arcos, bastones arrojadizos, papiros, un carro desmontado y muchas otras ofrendas. El mundo de Ramsés quedaría así asociado a la transmutación del alma real.

Los objetos fueron depositados a la entrada de la tumba, iluminada por un centenar de lámparas. A los servidores del Lugar de Verdad, que eran los únicos autorizados a penetrar en ella, les correspondió colocarlos en el lugar adecuado, en las salas y las capillas de la última morada de Ramsés.

Reinaba un silencio absoluto cuando Merenptah procedió a los ritos de resurrección sobre la momia que el maestro de obras, el jefe del equipo de la izquierda y los canteros habían instalado en el sarcófago. Nefer dirigió la delicada maniobra de la colocación de la tapa de piedra, que sellaba el destino póstumo del Hijo de la Luz.

Merenptah ordenó a los artesanos que salieran de la tumba, a excepción de Nefer. El rey se dirigió hacia el extremo del santuario, más allá de la sala del sarcófago, y comprobó que la obra, cuyos detalles menores, sin embargo, habían sido estudiados con gran cuidado, terminaba en la roca desnuda.

–Más allá de lo que pueden concebir los humanos –dijo el faraón–, está lo no conocible, la matriz de la que hemos brotado y a la que regresaremos, si hemos andado por el camino recto. ¿Has animado el sarcófago con la Piedra de Luz, maestro de obras?

–«El señor de la vida» se ha convertido, él mismo, en la piedra de luz que mantendrá intacto el ser de Ramsés por los siglos de los siglos.

Merenptah pensó en el fiel Ameni, el secretario del difunto faraón. El escriba, muy anciano, se había retirado a Karnak para escribir la vida de Ramsés, que sería difundida en todos los países donde la gente sabía leer para contribuir a su gloria.

El rey colocó una lámpara en la cabecera del sarcófago. Brillando con suave luz, permitiría al alma-pájaro alimentarse de ella antes de atravesar la prueba de la noche y lanzarse hacia el sol.

La llama brotó, y una aureola luminosa rodeó la cabeza del sarcófago. A medida que Nefer apagaba las demás lámparas, la piedra del «señor de la vida» absorbía su energía para convertirse en un foco de luz cada vez más potente.

Cuando los dos hombres salieron de la tumba, el sarcófago derramaba su fulgor en el santuario, cuyas tinieblas no eran ya hostiles sino fecundas.

El maestro de obras cerró la puerta de la morada de eternidad, donde, lejos de la mirada de los hombres, los textos jeroglíficos y las escenas rituales vivían por sí mismas, y permitían que Ramsés siguiera reinando, en lo invisible, sobre su país y su pueblo, al que ahora mostraría el camino de las estrellas.

Finalmente, Nefer colocó el sello de la necrópolis, formado por nueve chacales que posaban victoriosos sobre unos enemigos atados y decapitados. Gracias a la presencia de Anubis, ninguna fuerza nociva podría cruzar la puerta.

–Debes saber que nunca he dudado de ti, de tu honradez y de tu competencia –reveló Merenptah al maestro de obras–. Te he impuesto una dura prueba para que toda tu cofradía te considerara digno de llevar el delantal de oro.

17

El jefe Sobek estaba tan furioso que le costaba encontrar las palabras.

–¡Habéis oído lo que ha dicho el rey, Kenhir! Fue Abry, el administrador principal de la orilla oeste, quien intentó destruir la reputación de nuestro maestro de obras. ¡No necesito más pruebas! Ese miserable es el que intenta destruirnos desde hace tantos años.

El escriba de la Tumba estaba aterrado.

–¿Cómo un alto funcionario de su importancia ha podido comportarse de un modo tan vil? ¡Su misión consistía en proteger el Lugar de Verdad y sólo ha pensado en destruirlo!

–Redactad una queja oficial contra él.

–¿No crees que la intervención del rey sea lo bastante decisiva? Abry será acusado de mentir, de falsificar documentos y, probablemente, de un crimen de lesa majestad por haber intentado engañar al faraón. Abry no tiene posibilidad alguna de conservar su cargo, y se arriesga a una severa condena.

–Quiero aprovechar la situación para aclarar el enigma que me obsesiona: ¿es Abry el asesino del policía que estaba a mis órdenes o tenía un cómplice? Si intervenimos en el procedimiento, podré interrogarlo y hacerlo confesar.

–Sabía que ibas a decírmelo... La denuncia está lista.

–También es preciso que me autoricéis, en nombre del Lugar de Verdad, a actuar fuera de su territorio.

–La demanda acaba de ser enviada al visir.

Sobek comprendió por qué Kenhir, a pesar de su carácter difícil, había sido nombrado escriba de la Tumba. Para él, como para los jefes de equipo, el correcto funcionamiento de la aldea era lo más importante.

Dada la presencia del rey en la aldea, Sobek no podía abandonar su puesto para interrogar a Abry, aunque se muriera de ganas de hacerlo. Estaba convencido de que aquel rufián se sentiría tan desamparado que lo confesaría todo.

–Espero que no esté a la cabeza de una organización contraria al Lugar de Verdad –dijo Kenhir.

–Pues, por desgracia, yo estoy convencido de ello –objetó el policía–. Y no estoy seguro de que la amenaza que pesaba sobre nosotros haya desaparecido.

La llegada del cartero Uputy, visiblemente alterado, interrumpió la conversación.

–Tengo que daros una horrible noticia: Abry se ha suicidado en su casa, mientras su familia y sus criados estaban ausentes.

–¿Cómo se sabe que ha sido un suicidio? –preguntó Sobek.

–Abry ha dejado un papiro en el que explica las razones de su gesto. Reconoce haber mentido al rey y teme que recaiga sobre él un grave castigo, una condena a muerte, incluso. Incapaz de soportar su decadencia, ha preferido quitarse la vida, implorando perdón por sus faltas.

La pareja real se alojaba en el pequeño palacio construido por Ramsés el Grande en el interior del Lugar de Verdad, y celebraba los ritos matinales en la capilla contigua. En el mismo instante, en todos los templos de Egipto, del más pequeño al más grande, la imagen del faraón se animaba mágicamente para pronunciar las mismas palabras y realizar los mismos gestos. Los celebrantes sólo podían oficiar en nombre del faraón, moldeado por las divinidades para mantener la presencia de Maat en la tierra.

Luego, Merenptah y Nefer se dirigieron a la Casa de Vida que estaba situada junto al templo principal de la aldea. Kenhir los estaba esperando allí, con las llaves de la biblioteca sagrada que contenía «las potencias de la luz», es decir, los archivos de la cofradía compuestos por rituales y obras escritas por Thot, el dios del conocimiento, y por Sia, el de la sabiduría. Gracias a ellos, Osiris podía revivir y la ciencia de la resurrección era transmitida a los hombres.

Los más valiosos eran un libro de oro repujado y otro de plata que conservaban los decretos de creación de la cofradía y de su templo. Además, allí había diversos textos indispensables, como el

Libro de las fiestas y las horas rituales, el *Libro de proteger la barca sagrada*, el *Libro de las ofrendas y del inventario de los objetos rituales*, el *Libro de los astros*, el *Libro para rechazar el mal de ojo*, el *Libro de salir a la luz*, el *Libro de la magia brillante* y los manuales para la decoración simbólica de los santuarios y las tumbas.

Pero el monarca quería consultar un documento muy distinto de todos aquéllos.

–Muéstrame el plano de las moradas de eternidad del Valle de los Reyes –ordenó a Kenhir.

Depositario hasta entonces de aquel secreto inestimable que le había legado su predecesor, Ramosis, el escriba de la Tumba, lo reveló al rey y al maestro de obras. El papiro había sido clasificado, con un falso título, en la categoría de los viejos archivos.

El escriba lo desenrolló sobre una mesita, y de él salieron los planos de las tumbas de los Valles de los Reyes y de las Reinas, y su emplazamiento en los parajes. De este modo, los sucesivos maestros de obras podían excavar en un lugar virgen y no perforar un antiguo panteón.

–Por lo que se refiere a mi templo de millones de años –decretó el monarca–, lo construiréis en el lindero de las tierras cultivadas, al noroeste del de Amenhotep III y al sur del Ramesseum. ¿Qué proponéis para mi morada de eternidad?

Nefer reflexionó durante largo rato, estudiando el plano sobre el que figuraban numerosas indicaciones técnicas.

–Es preciso tener en cuenta la calidad de la roca y las orientaciones deseadas por los anteriores faraones para componer un conjunto armónico... Por eso propongo este emplazamiento, al oeste de la tumba de vuestro padre Ramsés el Grande y claramente por encima, en la ladera de la montaña.

–Tu elección es excelente, maestro de obras. Pero debes ser muy consciente de que vas a intentar expresar la Gran Obra y no te está permitido fracasar.

La música era la distracción favorita de los aldeanos. Cada cual tocaba, más o menos bien, la flauta, el arpa portátil, el laúd, el tamboril o la cítara, y no se concebía trabajar sin ser acunado por una melodía, más indispensable aún durante las fiestas y los banquetes.

Y puesto que era conveniente festejar por todo lo alto la coronación de Merenptah y la del maestro de obras, las orquestas no dejaban de tocar y la aldea se transformaba en una gran sala de conciertos. Los hombres se mostraban menos dotados que las mujeres, puesto que las sacerdotisas de Hator eran depositarias de la música sacra cuya práctica formaba parte de su iniciación. El mejor conjunto estaba formado por una arpista, una flautista y una tocadora de tamboril, cuyos ritmos encantaban a pequeños y mayores. Incluso Kenhir el Gruñón a veces sentía ganas de bailar aunque, evidentemente, su dignidad le impedía hacerlo.

Paneb dejó de escuchar a la pequeña orquesta cuando una sensual melodía captó su atención.

La voz de la tañedora de lira era suave como la brisa vespertina. Tenía una larga cabellera negra que le caía sobre los hombros y que le cubría la mayor parte del rostro, los ojos pintados de negro y verde, y llevaba un cinturón de cuentas separadas por cabezas de leopardo de oro, tobilleras en forma de garras de ave de presa y un vestido corto y transparente.

Pellizcaba con habilidad las ocho cuerdas de su instrumento, fijadas con grapas de cobre a la caja de resonancia, hueca y plana, con dos brazos en codo de desigual longitud. Pasaba de un pizzicato a un trémolo sin aparente esfuerzo, y estrechaba la lira contra su pecho para detener las vibraciones cuando cantaba pianíssimo para expresar deliciosos matices.

Cuando Paneb se le acercó, la tañedora retrocedió paso a paso, sin dejar de tocar y cantar, y lo llevó hacia un rincón apartado.

Finalmente se detuvo y él se le acercó más, casi hasta tocarla. Entonces la reconoció.

–¡Turquesa!

–¿Cuándo le serás fiel a tu esposa, Paneb?

–Nunca se lo prometí y ella no me lo ha pedido nunca.

–¿Comprendes al menos por qué toco esta música?

Y, entonces, él la besó con pasión.

–¡Para atraerme, y lo has conseguido!

–Toco para conjurar el peligro y el mal. La intervención del faraón no bastará para apartarlos de la aldea. Y tú, Paneb, eres lo bastante loco para no temerlos y enfrentarte a ellos sin más. Por lo tanto, toco la música que aprenden las sacerdotisas de Hator para disipar el mal y, así, te envuelvo con su magia.

–¡Eres realmente sorprendente, Turquesa!

–Creías conocerme bien, ¿no es así?

–¡Claro que no! Pero, de todos modos, sé tocar tu cuerpo como si fuera una lira...

Paneb dejó el instrumento en el suelo con inesperada delicadeza.

–Tengo que decirte algo que te concierne –afirmó con gravedad.

–¿Qué?

–El vestido que llevas no te va a servir de nada.

Turquesa no se resistió cuando él la desnudó; luego la tomó en sus brazos y la llevó hasta su casa, donde hicieron cantar su deseo al unísono.

18

–Mi patrona no recibe a nadie –dijo el portero de la morada del difunto Abry.

–Soy el jefe Sobek, responsable de la seguridad del Lugar de Verdad, y mi visita tiene un carácter oficial.

–En ese caso... Voy a avisarla.

Con el consentimiento del escriba de la Tumba, y tras haber verificado que la protección del rey estaba perfectamente asegurada, a Sobek le había parecido indispensable hablar con la viuda lo antes posible.

La mujer, alta y morena, recibió al nubio, en el jardín, bajo una palmera. Había perdido toda su vitalidad y parecía al borde de la depresión.

–La policía ya me ha interrogado –dijo con voz quebrada–. Yo estaba ausente cuando sucedió la tragedia y no puedo deciros nada. Sólo sé que algunos colegas de mi difunto marido le vieron abandonar precipitadamente el cortejo oficial cuando sonaron las aclamaciones en el interior de la aldea. ¿Por qué... Por qué se ha dado muerte Abry?

–Intentó que destituyeran al maestro de obras de la cofradía, pero fracasó.

–¿Por qué tenía esa obsesión con el Lugar de Verdad? Me ha dejado sola, completamente sola, con una hija para educar y también con la vergüenza... Esa vergüenza tan difícil de soportar... ¡No merezco semejante castigo!

–Permitidme que os haga una pregunta muy directa: vos conocíais a vuestro marido mejor que nadie, ¿le creíais capaz de suicidarse?

La mujer morena acusó el golpe.

–Pues, la verdad es que, con toda esta agitación, ni siquiera me lo había preguntado... ¡Pero tenéis razón! No, Abry no era un hombre de los que se quitan la vida. Tenía una gran autoestima y, ciertamente, no habría tenido valor para hacer algo así.

De pronto, volvió a la realidad.

–Y, sin embargo, ahora está muerto... E incluso ha dejado un papiro explicando su gesto.

Sobek prefirió cambiar de tema.

–¿En estos últimos tiempos había tratado vuestro marido con gente a la que podríamos calificar de... dudosa reputación?

–¡Claro que no! Recibía a todos los notables tebanos, como su cargo se lo imponía, tanto si se trataba del alcalde como de los altos funcionarios o los principales escribas... Al que yo más detesto es a ese nuevo rico, el comandante Méhy, pero lo veía muy pocas veces. De hecho, los detesto a todos, ¡y a Abry el primero! No seguía subiendo en la jerarquía por pereza, debería haber obtenido un ascenso en Pi-Ramsés e introducirnos en la corte. Pero sólo tenía Tebas en la cabeza...

–¿Os había hablado del expediente que pensaba entregar al faraón?

–Abry nunca me hablaba de su trabajo. Qué vergüenza, qué vergüenza... Terminar así...

La viuda estalló en sollozos, y Sobek se retiró.

Aquella breve entrevista lo había turbado. Si el suicidio de Abry era sólo una hábil representación, ¿quién lo había asesinado y se había mostrado lo bastante retorcido como para hacerle caer en una diabólica trampa? El difunto administrador parecía ser un hombre débil, influenciable, incapaz de llevar a cabo actos extremos. ¿Había sido él quien había preparado un expediente mendaz, susceptible de hacerle correr un gran riesgo si fracasaba?

Sobek no disponía de ninguna prueba concreta, pero su instinto le orientaba hacia una conspiración en la que Abry sólo habría sido el instrumento y no la cabeza pensante.

Si el policía nubio no se equivocaba, se anunciaban días oscuros; y tal vez ni siquiera el apoyo de Merenptah fuera suficiente para salvar el Lugar de Verdad.

Pero ¿cómo podía seguir una pista que se cortaba, de una forma tan brusca, con la muerte de Abry?

El toro que embestía a su congénere, con los cuernos por delante, tenía el hocico negro y el pelaje oscuro. El otro no se volvió con suficiente rapidez, y, corneado en pleno vientre, cayó de cabeza y con las patas traseras hacia arriba, en una actitud de impotencia y desesperación.

A lo trágico le sucedía lo cómico; una bandada de ocas con la cabeza blanca o gris y el pico puntiagudo andaban en la misma dirección, salvo una indisciplinada que se daba la vuelta de repente y era el centro de atención de todos los presentes.

La gracia se expresaba en el dibujo de una gacela de azulados cuernos, ojos negros, cuerpo de un gris rosado y patas de una finura casi irreal.

Ésas eran las tres primeras pinturas de Paneb, en tres grandes fragmentos de calcáreo de primera calidad. Ched el Salvador las examinaba una tras otra, desde hacía más de un cuarto de hora, y el aprendiz no conseguía presentir su sentencia.

De pronto, el maestro abrió la puerta del taller.

Estaba noblemente sentado, con la mirada altiva, y un gato blanco y negro lo desafiaba.

–Mira bien este felino, Paneb, obsérvalo muy atentamente. Cuando lo pintes en el muro de una tumba, ya no será un simple gato, sino la encarnación de la luz que manejará sus rayos, en forma de cuchillos, para lacerar al dragón Apofis, el genio malvado decidido a terminar con el flujo vital.

–Eso significa... ¿que creéis que estoy capacitado para pintar?

–Salgamos de aquí y mira al cielo.

Numerosas golondrinas danzaban en el azur.

–El alma de los reyes puede encarnarse en este pájaro. Cuando representes una golondrina encaramada en el tejado de una capilla, estarás simbolizando el triunfo de la luz. Pero no conseguirás nada bueno sin cuadricularlo.

Paneb siguió a Ched el Salvador, que le condujo hasta una tumba de la metrópolis del Oeste, donde trabajaban Gau el Preciso y Pai el Pedazo de Pan.

–¿Qué te parece la calidad de esta pared, Paneb? –preguntó Ched.

Ardiente se aseguró de que hubiera sido correctamente igualada con un mortero formado por limo y paja desmenuzada, y luego cubierta con una capa de yeso para tapar los orificios. A continuación, se habían aplicado cuidadosamente dos capas de revoque; la segunda, de excelente calidad, para que sirviera de soporte a la pintura.

–Creo que me servirá –consideró Paneb.

–Te equivocas –afirmó Ched–. Enseñádselo –ordenó a Pai y a Gau.

Pai el Pedazo de Pan subió a una escalera. Sujetaba uno de los extremos de una fina cuerda empapada en tinta roja, y Gau el otro. Tensaron bien la cuerda a lo largo de la pared, y Gau la soltó de pronto para que azotara el muro e imprimiera una línea muy recta. Los dos dibujantes procedieron así varias veces hasta obtener una cuadrícula.

–Esta plantilla debe preceder al dibujo y la pintura, para que cada figura respete un sistema de proporciones armónicas –explicó Ched–. Para un personaje que esté de pie, necesitarás tres hileras de cuadros desde los cabellos hasta la base del cuello; diez, del cuello a las rodillas; seis, de las rodillas a la planta de los pies; es decir, diecinueve en total. Para un personaje que esté sentado, necesitarás quince cuadros.

Gau el Preciso reveló a Paneb otros juegos de proporciones relativas a diferentes temas, insistiendo en un principio general: cuadrícula prieta para motivos de pequeño tamaño; más ancha para temas de grandes dimensiones.

–Adáptate a la pared –recomendó Ched–, pero no te embrolles con cálculos. Tu mano debe aprender las proporciones, sin mostrarse rígida, pues sólo ella posee libertad de creación. Algún día, si te conviertes en un verdadero pintor, ni siquiera tendrás que utilizar la cuadrícula. Entretanto, intenta representar un cuerpo de mujer sin estropear la pared.

Superponer capas de grosor variable exigía una gran destreza, pero Paneb se tomó el tiempo necesario para obtener una sutil textura de rojo y blanco que plasmó una carne delicada, y aplicó un blanco casi transparente para formar el tejido de un ligero vestido. Luego cubrió su obra con un barniz a base de resina de acacia, para preservar el brillo de los colores.

Pai y Gau se habían quedado mudos mirando a Paneb, pero Ched el Salvador parecía indiferente.

–Dibuja un halcón emprendiendo el vuelo en la esquina superior izquierda –ordenó.

El ejercicio se anunciaba especialmente difícil pero, en manos del coloso, los pinceles se convertían en instrumentos de alta precisión. Paneb utilizaba un cepillo para cada color, y creó una ave rapaz tan real que parecía que fuera a salir volando en cualquier momento.

–No debes pintar la naturaleza –observó Ched–, sino la vida oculta y sobrenatural que está más allá de la realidad. La tumba es una morada de eternidad donde nada se marchita, donde frágiles barcas de papiro navegan sin peligro por los tranquilos canales, donde la pareja de los bienaventurados es siempre joven... Es un universo de luz que debes recrear sin que tus preocupaciones personales lo ensombrezcan. Cada una de tus pinturas debe ilustrar un aspecto del misterio de la vida. De lo contrario, no servirán para nada.

Ched el Salvador corrigió con tinta negra una de las patas del halcón, que le parecía imprecisa. Y Paneb, cuyo corazón comenzaba a inflamarse, comprendió que todavía era tan sólo un principiante. Los ojos del maestro habían advertido el detalle que impedía que la rapaz emprendiera el vuelo.

–Todavía hay mucho trabajo que hacer en esta tumba –dijo Ched–. Pero no estoy seguro de que tú seas lo suficientemente competente.

A Paneb le hervía la sangre.

–¡Sean cuales fueren las técnicas que haya que aprender, las aprenderé!

–No es ésa la cuestión.

–¿Qué debo hacer, entonces?

–Responder a esta pregunta: ¿aceptas convertirte en mi ayudante?

19

Con ocasión de las fiestas de coronación en Tebas, el visir estaba autorizado por el rey a condecorar a quienes hubieran servido bien a su país en el anterior reinado, y lo aprovechaba para realizar diversos cambios y nombramientos.

Aunque no tratara aún con los personajes influyentes de la corte de Merenptah, Méhy no se inquietaba demasiado por su suerte. Había sabido que los hombres del visir estaban haciendo preguntas acerca de él a los oficiales superiores; pero el comandante no tenía nada que temer, pues gozaba de una gran popularidad entre ellos. Sólo obtendrían, pues, testimonios favorables que forzosamente se traducirían en un ascenso en la jerarquía militar. En lo referente a las gestiones que Méhy realizaba como tesorero principal de Tebas, nadie tenía nada que reprocharle. Gracias a él, la ciudad y la provincia se habían enriquecido.

Puesto que el viejo general en jefe de las fuerzas tebanas acababa de retirarse, Méhy podía esperar obtener el cargo, que forzosamente debía ser atribuido a un escriba que conociera perfectamente el funcionamiento del ejército. Los faraones habían desconfiado siempre de los militares y preferían poner civiles a la cabeza de las fuerzas armadas, por miedo a que a un loco por la guerra se le fuera la cabeza.

El mundillo de los dignatarios deseosos de complacer al nuevo poder sólo tenía dos preocupaciones: ¿sería sustituido el alcalde de Tebas, y quién sería nombrado administrador principal de la orilla oeste en vez de Abry?

Cuando el visir apareció en la sala del consejo, las apuestas proliferaban. Era evidente que el nuevo faraón imprimiría su marca en la región tebana, e impondría a algunos fieles procedentes del Norte, lo que decepcionaría las ambiciones locales. La ciudad del dios Amón conocería profundos trastornos que no dejarían de producir un serio rechinar de dientes y la formación de una oposición más o menos febril, alimentados por los resentimientos de los despechados.

El visir comenzó con la entrega de condecoraciones, que iban desde del collar de oro a simples anillos. Luego llamó al comandante Méhy, que se inclinó ante él.

–Méhy, sois nombrado general en jefe de las tropas tebanas. Deberéis ocuparos del bienestar de las tropas, del correcto estado del material y deberéis dirigiros regularmente a Pi-Ramsés para entregar al rey un informe detallado.

Permanecer en la capital y acercarse al poder... Méhy estaba encantado. Por medio de un juramento, se comprometió a cumplir los deberes de su cargo y volvió a las filas de los altos funcionarios, que le dirigieron condescendientes sonrisas. Como el faraón era el jefe supremo de los ejércitos, y el visir, su brazo derecho, el rimbombante título de «general» disfrazaba la poca importancia que en realidad tenía. Méhy abandonaba la esfera de influencia para convertirse en un dignatario perezoso y bien pagado.

Por fin se abrió el expediente del alcalde de Tebas y las decisiones del ejecutivo dejaron boquiabiertos a los cortesanos: el alcalde era mantenido en su puesto, al igual que el conjunto de sus consejeros, a quienes se añadía un nuevo tesorero principal, un escriba tebano de costumbres conservadoras.

A Méhy le gustó la habilidad política de Merenptah. Al evitar el temido cambio, se ganaba la simpatía de la rica región tebana y no debería temer ningún tipo de sublevación por su parte. Dicho de otro modo, estaba lo bastante preocupado por los problemas que se planteaban en el Norte como para no crearlos en el Sur.

Quedaba por cubrir el cargo de administrador principal de la orilla oeste, un nombramiento especialmente delicado después de la trágica desaparición de su titular.

–Que venga el general Méhy –dijo el visir pausadamente.

Rumores de asombro recorrieron la concurrencia. Incluso el propio Méhy vaciló un instante, creyendo haber oído mal. Pero las miradas que convergían en él le incitaron a presentarse ante el pri mer ministro de Egipto. Éste le confió el cargo del difunto Abry, y el general recién ascendido no tuvo más remedio que aceptar.

El visir había concedido a Méhy el privilegio de mantener una entrevista privada con él en el jardín de palacio, a la sombra de las perseas y los sicomoros.

–No esperabais vuestro nombramiento como general, pero os ha sorprendido que os atribuyéramos el cargo de administrador principal de la orilla oeste, ¿no es cierto?

–Son dos cargos de gran responsabilidad, y creí que iban a ser asignados a personas distintas.

–El rey y yo mismo pensamos lo contrario, dados los acontecimientos que acaban de producirse. Abry era un adversario declarado del Lugar de Verdad e intentó engañar al soberano levantando falsas acusaciones y manipulando algunos documentos. ¿Ese comportamiento es fruto de una locura individual o de una conspiración cuyas ramificaciones ignoramos? Aún es imposible responder a esta pregunta, pero debemos pensar en lo peor y tomar las precauciones necesarias. Durante los últimos años del reinado de Ramsés, supisteis reorganizar las tropas tebanas; tanto los oficiales como los soldados os están agradecidos. Vuestra autoridad no será discutida y podréis, pues, encargaros de la seguridad de la región siguiendo las directrices de la capital.

–Perdonad mi curiosidad, pero ¿acaso teméis que haya disturbios en Tebas?

–En Tebas no, pero los libios y los asiáticos siguen siendo potenciales agresores. Y las tribus nubias del Gran Sur, a veces, ven cómo despiertan sus instintos belicosos. Por eso, Tebas debe seguir siendo una zona pacífica y estable que, como ya hemos visto, podría verse amenazada por algunos agitadores como Abry. Las riquezas de la orilla oeste son inmensas... ¡Cuántos tesoros albergan las tumbas reales y los templos de millones de años! Si determinados malhechores pensaran en apoderarse de ellos con la ayuda de altos funcionarios corruptos y si su abominable empresa tuviera éxito, ¿qué sucedería en Egipto? Tendréis que velar por las riquezas de la orilla occidental de Tebas, Méhy, y dispondréis tanto del poder administrativo como de la fuerza armada para conseguirlo. A nuestro modo de ver, es una misión esencial. Debéis saber que os observaremos con la mayor atención.

–Intentaré mostrarme digno de vuestra confianza.

–No bastará con intentarlo: exigimos que la orilla oeste quede preservada de cualquier agresión, venga de donde venga. ¿He hablado bastante claro?

–Podéis contar conmigo.

–A la menor sospecha, a la menor alerta, debéis avisar inmediatamente a la capital. El caso de Abry no debe repetirse.

Mientras el visir se alejaba, el general Méhy se sintió conmovido, durante unos instantes, por los caprichos del destino y sintió ganas de reír. A él, al principal adversario del Lugar de Verdad, le encargaban que lo protegiera mejor que nadie.

Por un lado, recogía los frutos de un trabajo a largo plazo, obteniendo grandes poderes; pero, por el otro, estaba atado de manos y pies, incapaz de atacar de frente al bastión del que tanto deseaba apoderarse. ¿Tenía que renunciar, por ello, a sus grandes designios y limitarse a ser un noble tebano de limitadas ambiciones?

Su cómplice, Serketa, no se lo perdonaría nunca, y él mismo conocía la magnitud de sus posibilidades, que no se reducían a responsabilidades locales, por muy importantes que fueran. Sencillamente, tenía que cambiar de estrategia para lograr sus fines y apoderarse de la Piedra de Luz y de los demás secretos del Lugar de Verdad. Pero ese cambio de actitud exigía mucha destreza.

La suerte le sonreía casi milagrosamente y el camino se despejaba, aunque nuevos obstáculos pudieran retrasar su marcha hacia delante.

–¿Deseáis algo, general? –le preguntó un soldado.

Méhy salió de su ensimismamiento, que le había llevado a vagar por el jardín, hasta uno de los puestos de guardia.

–No, no...

–Permitidme que os diga lo orgullosos que estamos los militares tebanos de servir a vuestras órdenes.

–Te lo agradezco, soldado. Gracias a vosotros seguiremos haciendo un buen trabajo.

Méhy sentía un soberano desprecio por los militares, pero

desde el comienzo de su carrera sabía cómo utilizarlos, halagándolos y ofreciéndoles los privilegios que esperaban.

Muchos notables aguardaban el final de la entrevista del visir con Méhy para felicitarlo y darle todo su apoyo. El general disfrutó con sus cumplidos. Fueran o no mentirosos sus labios, pronunciaban agradables palabras que le apetecía saborear.

De regreso en su vasta y lujosa mansión, Méhy recibió el homenaje de sus criados, orgullosos de servir a un dueño tan poderoso. Y su más hermoso regalo fue la mirada incitadora de su esposa Serketa, que le invitaba a seguirla a sus aposentos.

–¿No estás harto de todas esas mundanidades, dulce amor mío?

–¡Me divierten! ¿Acaso no es agradable ver que reconocen tu valor?

Serketa se tendió sobre unos almohadones y desnudó su pecho lentamente.

–¿Has tenido dificultades para eliminar al estúpido de Abry, dulzura?

–Ninguna, y yo tenía razón: estaba dispuesto a denunciarnos. En el futuro, en tu nueva posición, tendremos que mostrarnos especialmente prudentes al elegir a nuestros aliados... Porque espero que tus dos nombramientos no te hayan hecho renunciar a nuestros grandes proyectos.

–Por supuesto que no... Pero tú misma acabas de evocar la necesidad de ser prudentes. En efecto, cualquier paso en falso sería fatal para nosotros.

Serketa se desperezó como un felino.

–La aventura se está poniendo muy interesante... ¡Y tenemos numerosas armas a nuestra disposición!

Sin poder resistirlo, Méhy abrazó a su cómplice con rudeza, pero en su cabeza había un solo pensamiento: siempre que no retrocediera nunca, ni siquiera ante el crimen, el éxito estaba al final del camino.

20

¿Cómo no iba a maravillarse Clara ante los regalos que la cofradía acababa de ofrecer al maestro de obras para festejar que había sido reconocido por el rey? El asunto se había preparado con el mayor secreto, y Renupe el Jovial, con su cabeza de genio malicioso y su gran panza, había sido designado para presentar al ama de casa los objetos que llevaban Nakht el Poderoso, Karo el Huraño, Casa la Cuerda, Pai el Pedazo de Pan y Didia el Generoso.

Comenzó por una soberbia silla de maestro de obras. Tenía un respaldo muy alto y unas patas en forma de garras de león que descansaban sobre cilindros. El asiento era de paja, tan sólido que perduraría a través de los siglos; la decoración consistía en espirales, rombos, lotos y granadas que enmarcaban un sol, para simbolizar el perpetuo renacimiento del pensamiento del arquitecto. Como complemento indispensable, presentó una silla plegable, cuyas extremidades eran cabezas de pato que atrapaban los barrotes con el pico; una marquetería de marfil y ébano decoraba la pequeña obra maestra.

Otra silla de respaldo curvo e inclinado se componía de veintiocho piezas de madera ensambladas con espigas y muescas; las patas eran unas garras de león que descansaban sobre unas pezuñas de toro para encarnar el esplendor y el poderío, y estaban decoradas con una parra y unos hermosos racimos de uva que evocaban los ritos del prensado, durante los que el vino se asimilaba a la sangre de Osiris resucitado.

Además, les llevaron varios taburetes con el asiento de cuero, mesas bajas y rectangulares, mesillas compuestas por una bandeja circular colocada sobre un pie central que se ensanchaba en la base, varios arcones para la ropa, vestidos y herramientas, cestas para el pan, pasteles y fruta, capazos ovoidales, oblongos y cilíndricos hechos con nervaduras de tallo de palmera o junco, tan bien atadas que su solidez era a toda prueba... Clara presenció una verdadera procesión de regalos.

–Es mucho, demasiado...

–No ha terminado todavía –dijo Renupe el Jovial mientras Casa la Cuerda llevaba un soberbio y pequeño armario de cedro del Líbano.

Tenía forma de naos y descansaba sobre cuatro patas cortas.

–Aquí podrás poner tus pelucas –indicó Renupe levantando la tapa–. Mira, el interior está provisto de travesaños para sostenerlas. El cierre está asegurado por una cola de milano en la parte exterior de la tapa y una varita en la parte posterior; alrededor de los dos pomos que sirven para tirar, podrás atar un cordel con un sello para estar segura de que la mujer de la limpieza no cede a la curiosidad. Ah, también hay esto...

Pai el Pedazo de Pan dejó sobre una mesita una arquilla para joyas, de cartón estucado y pintado. La delicada arquilla era cilíndrica y tenía una tapa cónica, y estaba adornada por un loto abierto.

–¡Esto es una locura! No puedo...

–Y éste es nuestro último regalo.

Entonces entró Paneb con una sonrisa en los labios, llevando sobre sus espaldas un soberbio lecho nuevo.

–Clara, solicito la excepcional autorización de penetrar en tu alcoba.

El objeto era de tanta calidad que, por lo menos, valía cinco sacos de cereales. Los artesanos habían realizado un trabajo perfecto, del somier a los travesaños, pasando por los paneles de la cabecera y los pies, donde figuraba la risueña faz de Bes, protector del sueño.

–¿Qué está ocurriendo aquí? –preguntó Nefer, inmóvil en el umbral de su morada.

–La cofradía ha decidido convertir nuestra casa en un palacio –respondió Clara, conmovida–. Mira... ¡Nos invaden los regalos!

Al igual que su esposa, el maestro de obras se quedó boquiabierto.

–Así es como tiene que ser –concluyó Renupe el Jovial–. Lo

importante es respetar la costumbre: cuando se tiene un buen jefe, es preciso ocuparse de él porque piensa demasiado en los demás.

–Aceptaréis un vaso de vino, por lo menos.

–He aquí una prueba más de que hemos elegido bien.

Paneb se ocupó de servirlo.

–Merenptah ha aprobado definitivamente el emplazamiento de su tumba en el Valle de los Reyes, donde hemos pasado la mañana –reveló Nefer a Clara–. Esta noche, la pareja real desea verte.

–¿A mí? Pero ¿por qué...?

–Para coronar a la mujer sabia.

A Clara le hubiera gustado prepararse tranquilamente para la ceremonia, pero no tuvo tiempo de hacerlo. Perdida en aquella morada poblada de muebles nuevos, su mujer de la limpieza le hizo perder un tiempo precioso. Luego fueron a verla una niña que sufría un principio de bronquitis, un cantero con dolor de muelas y una madre de familia que perdía el pelo. La mujer sabia consiguió calmar sus males, que conocía perfectamente y que sabría curar. Pero habían transcurrido las horas y la noche no tardaría en caer.

Clara pensó en aquella que le había precedido y le había enseñado tanto antes de desaparecer en la montaña, uniéndose a la diosa del silencio. La sentía junto a ella, exigente y protectora.

Nefer regresó apresurado de la Casa de Vida, donde había estudiado los planos de las tumbas reales para elaborar un proyecto y someterlo a Merenptah. Estaba absorbido por sus investigaciones, y sólo las había interrumpido cuando las luces del poniente iluminaron los papiros.

–Perdóname, llego tarde.

–¡Y yo peor!

Sin embargo, robaron unos instantes para besarse antes de ponerse los vestidos de ceremonia.

La pareja real recibió a la mujer sabia en el templo del *ka* de Ramsés el Grande.

Por respeto hacia su padre, cuyo reinado había durado sesenta y siete años, Merenptah no construiría un edificio como aquél en pleno Lugar de Verdad sin antes haber afrontado la prueba del poder durante un largo período de tiempo. Como su edad hacía poco probable semejante eventualidad, se contentaría con ese santuario, modesto y espléndido a la vez, para mejor asociarse al destino póstumo del magnánimo faraón.

A la izquierda del monarca, la gran esposa real, Iset la Bella; a su derecha, el maestro de obras Nefer el Silencioso. Sentadas en los bancos de piedra que estaban dispuestos a lo largo de las paredes, las sacerdotisas de Hator, ataviadas con una larga túnica blanca.

–Que vayan a buscar a la mujer sabia –ordenó Merenptah.

Turquesa se inclinó ante la pareja real, salió de la sala de columnas y se reunió con Clara, que acababa de ser purificada por dos sacerdotisas. La vistió con una túnica plisada de lino, blanca y rosa, que le llegaba hasta los tobillos, le puso un ancho collar de oro y finos brazaletes del mismo metal, y la tocó con una peluca negra sujeta por una cinta coronada por un loto.

Luego, Turquesa condujo a Clara hasta el lugar sagrado, donde se mantuvo ante el faraón y la reina con las manos cruzadas sobre el pecho.

–Se llama «Mujer» al padre y a la madre de las divinidades, la matriz estelar de donde proceden todas las formas de la vida –declaró Iset la Bella–. Sin ella, ni Egipto ni esta cofradía existirían. Lo divino sólo se encarna si la mujer de los orígenes es capaz de atraerlo y fijarlo. Es mi papel en la cima del Estado y es el tuyo, Clara, en el Lugar de Verdad. Si este último desapareciese, el país estaría en grave peligro. Te toca perpetuar la vida que corre por las venas de esta comunidad, mantener el fuego que le permite crear.

Iset la Bella se levantó para poner sobre la peluca de Clara un fino aro de oro.

–Gracias a tu presencia, mujer sabia, el sol brilla con toda su fuerza y la muerte se aleja. Debes saber ligar las palabras y los sonidos, de modo que los rituales se celebren y se consagren las ofrendas; debes saber unir a los seres para que formen un cuerpo cuya coherencia sea indestructible.

El maestro de obras entregó a la reina una cola de milano de oro, y ella lo puso sobre el corazón de Clara.

–Sé la madre de la cofradía, aliméntala y cúrala. Mantén la paz y la armonía entre los humanos y los dioses, que se irritan fácilmente contra nuestras debilidades y nos abruman con enfermedades y accidentes; aprende a descifrar en el momento adecuado los mensajes de lo invisible, identifica el origen de los males, prepara los remedios, domina los venenos. Sé «la que conoce y sabe».

Clara vaciló un instante, mientras la reina regresaba a su trono. Al formularle sus deberes, éstos adquirían, de pronto, una magnitud de la que no había tomado aún conciencia. Tuvo miedo, miedo hasta el punto de renunciar y confesar a la pareja real que era una simple mujer, incapaz de cumplir semejante función.

Pero su mirada encontró la de Nefer que, en aquel instante, no la contemplaba sólo como un marido, sino también como el maestro de obras del Lugar de Verdad. Y descubrió en sus ojos tanta confianza, amor y admiración que quiso mostrarse digna de él.

–Por recomendación de la gran esposa real y con el acuerdo unánime de las iniciadas presentes en este templo –declaró el faraón–, te nombramos superiora de la comunidad de las sacerdotisas de Hator del Lugar de Verdad.

21

Merenptah e Iset la Bella vivían felices momentos en el pequeño palacio del Lugar de Verdad. Lejos de la corte, de los halagadores y de los pedigüeños, la pareja real celebraba los ritos, visitaba los talleres, invitaba a su mesa al maestro de obras, la mujer sabia, el escriba de la Tumba y el jefe del equipo de la izquierda, para oírlos hablar de los trabajos y de la vida en la cofradía.

Kenhir lo sabía todo acerca de la historia de la comunidad e hizo sonreír varias veces al rey evocando los defectos de los artesanos y la profusión, en ciertas épocas del año, de los motivos para abandonar el trabajo, que él examinaba minuciosamente uno a uno.

Las tañedoras de Hator tocaron para la pareja real, que se interesó por las técnicas de los especialistas y acudió al paraje donde se tenía que construir el templo de millones de años de Merenptah. Nefer acompañó a Iset la Bella al Valle de las Reinas para mostrarle el emplazamiento de su morada de eternidad, mágicamente conectada con la del faraón.

Se estaba celebrando un banquete en memoria de los reyes que habían protegido a la cofradía, cuando el visir se presentó ante el monarca con rostro sombrío.

–¿Puedo hablaros en privado, majestad?

–¿No puedes esperar a que terminemos de comer?

–Me gustaría conocer vuestra opinión lo antes posible para transmitir de inmediato vuestras instrucciones a la capital.

La entrevista duró largo rato. Cuando Merenptah regresó, parecía preocupado.

–Mañana mismo vuelvo a Pi-Ramsés –anunció.

–¿Tendré tiempo de mostraros el primer plano que he preparado para vuestra tumba, majestad?

El rey, Nefer y Kenhir consultaron el documento depositado

en la Casa de Vida. El maestro de obras se había ceñido a las reglas que estaban en vigor en la decimonovena dinastía, la de Seti y Ramsés.

–El plano me conviene y no deseo que sea modificado –sentenció el monarca–. Por lo que se refiere a la elección de los textos y las figuras, y a su distribución en las paredes, me enviarás otros planos, muy detallados. Y no lo olvides, maestro de obras: no puede haber ningún error. Cada elemento debe estar en su justo lugar.

Nefer sabía que una tumba real no se parecía a ningún otro monumento y que debía concebirse como un horno alquímico cuyo fuego producía eternidad. Inspirándose en el ejemplo de sus predecesores y asimilando todas las dimensiones de la ciencia sacra, Silencioso tendría que componer una partitura sin desarmonía alguna.

Nefer sintió pánico al entrever las enormes dificultades que entrañaba semejante obra. Para disipar aquella sensación, se puso manos a la obra consultando los papiros donde se habían conservado las palabras de los dioses.

Méhy, abrumado por el trabajo, debía dividir su tiempo entre sus dos despachos: el del cuartel general de las fuerzas armadas, en la orilla este, y el de la administración principal de la orilla oeste. Tanto en un caso como en el otro, había exigido que los locales fueran pintados de nuevo y amueblados de un modo lujoso. Como los trabajos no avanzaban con bastante rapidez, había exigido la presencia de más obreros.

A Méhy le encantaba aquella vida tan agitada: desplazarse de una orilla a otra, las citas, estudiar los expedientes, tomar decisiones... Por muy locales que fueran, sus responsabilidades se ejercían, sin embargo, en el marco de una región tan rica como prestigiosa, y le permitirían convertirse en uno de los personajes más importantes del país, sobre todo si lograba ser admitido en la corte de Pi-Ramsés.

Méhy, condenado a tener éxito en sus funciones oficiales para adquirir un prestigio de estadista, parecía uno de esos altos dignatarios satisfechos de sí mismo y de su fortuna. ¿Quién podía sospechar su verdadero objetivo?

Un oficial superior lo saludó.

–General, os reclaman urgentemente en la embajada.

–¿Ocurre algo?

–Parece que el rey se dispone a abandonar Tebas. Deben desplegarse todas las fuerzas de seguridad.

–Ahora mismo me ocupo de ello.

De hecho, la flotilla real ya no tardaría en levar anclas; Méhy tomó las disposiciones necesarias para mantener alejados a los curiosos.

El general le hizo una reverencia al rey cuando éste se embarcó, con aspecto preocupado. El visir le aguardaba en cubierta y ambos hombres se encerraron en la cabina central en seguida. Méhy conversó con varios dignatarios tebanos, intentando obtener algún tipo de información, pero nadie sabía nada y todos se preguntaban por la razón de tan precipitada marcha. Sólo un anciano que se apoyaba en un bastón dijo algo que parecía digno de interés.

–O una facción opuesta a Merenptah intenta tomar el poder en la capital, o se prepara un intento de invasión. Sea cual fuere la verdad, el cielo de Egipto se oscurece.

Paneb había asimilado las enseñanzas de Gau el Preciso y ya no cometía errores en el cuadriculado, sin ser por ello esclavo de una geometría rígida que habría desecado su mano.

Sin embargo, Gau le había corregido diversos detalles en repetidas ocasiones, y le había reprochado sus cálculos aproximados. Algunas veces, Paneb discutía sus correcciones; otras, le daba la razón, pero a menudo demostraba lo acertado de su punto de vista cuando pintaba.

Aunque Pai el Pedazo de Pan aceptaba de buena gana que Paneb se convirtiese en el ayudante de Ched el Salvador, que seguía paso a paso los progresos de su discípulo y no toleraba imperfección alguna, no ocurría lo mismo con Unesh el Chacal. Hacía ya mucho tiempo que había reconocido el genio de Ched y su superioridad sobre los dibujantes que le preparaban el trabajo, pero no estaba dispuesto a obedecer al joven Paneb, fueran cuales fuesen sus dotes.

Antes de llevar a Paneb al Valle de los Reyes para que trabajara en la decoración de la tumba de Merenptah, Ched el Salvador quería hacerle pasar por una prueba decisiva. Si fracasaba, nunca sería un verdadero pintor. Había pedido, pues, a los tres dibujantes que prepararan el ángulo de una pared, en la vasta tumba que ocuparía Kenhir. Y le encargó a Paneb que representara a un artesano, vestido con la túnica blanca del sacerdote puro, que ofrecía incienso al dios Ptah.

Cuando llegó con sus pinceles, sus cepillos y sus colores, la pared todavía no estaba preparada. Unesh estaba apoyado contra el muro, mordisqueando una cebolla, y sus rasgos recordaban, más que nunca, a los de un chacal.

–¿Dónde están los demás?

–Gau el Preciso está mal del estómago y Pai el Pedazo de Pan tiene un buen resfriado. Yo me corté, tontamente, un dedo mientras cocinaba. Hay días así, donde todo sale mal. Y por desgracia para ti, Ched examinará pronto tu pintura, que ni siquiera estará comenzada...

–Gracias por haberme esperado aquí para avisarme. Deberías regresar a casa.

–Tienes razón, mi herida podría infectarse. Voy a que me curen.

Paneb debería haberse resignado y admitir la derrota, pero prefirió luchar, aun sabiendo que estaba vencido de antemano. Trazó él mismo la cuadrícula, tras haber comprobado la buena calidad del revoque, preparó los colores y, violando toda regla, pintó directamente al personaje, sin dibujo preliminar. El tiempo ya no contaba y, aun cuando Ched apareciera para contemplar el fracaso de su discípulo, éste habría luchado hasta agotar todas sus posibilidades.

Transcurrió la mañana, luego el comienzo de la tarde, y Ched seguía sin aparecer. Paneb tuvo tiempo de completar su obra, aguzar uno u otro trazo y de comprobar el equilibrio de la escena.

De pronto, mil defectos le saltaron a la vista.

–¿Estás satisfecho con tu obra? –preguntó Ched con los brazos cruzados.

–No, sólo es un esbozo.

–Cuando pintes, debes situarte al mismo tiempo de cara, de perfil y de tres cuartos; suprime las perspectivas engañosas que disminuyen la fuerza vital, no utilices el claroscuro, asocia múltiples puntos de vista insistiendo en los rasgos esenciales, el rostro de perfil, el ojo de cara, el torso de cara en toda su anchura, las caderas de tres cuartos, con el ombligo visible, los brazos y las piernas de perfil... Plasma un espacio que no existe y haznos ver la realidad oculta. Cuando dibujes un halcón, reúne en una sola imagen varios momentos de su vuelo; cuando se trate de una figura humana, debe quedar al descubierto el conjunto de sus características, y no olvides que nuestra obra no se inscribe en el tiempo; estamos obligados a encarnar los instantes eternos. Nunca evocamos un momento concreto, pues el día es lo que cuenta, como fruto de la luz. A ti te toca vivir en el movimiento inmóvil, sea cual fuere el eje de tu mano. Y respeta la jerarquía de los seres: el faraón es de mayor tamaño que los hombres, pues es el gran templo que alberga a su pueblo; el propietario de unas tierras es más grande que sus servidores, pues tiene más responsabilidades que ellos y debe seguir así. En cuanto a una sacerdotisa como la que veo en esta pared, debería mirar ligeramente hacia el cielo.

Paneb memorizaba todo lo que le decía Ched el Salvador.

–Para ser una pintura que ha sido realizada tan de prisa, he visto cosas peores... Pero tendrás que ser capaz de rectificarla. Y, si no, ¡imagínate la cara de Kenhir!

Todo lo que hervía en el corazón de Paneb desde que era un adolescente iba a poder expresarse por fin, puesto que el pintor acababa de abrirle los ojos a otra realidad, más intensa, más bella y más vital que el mundo aparente.

Pai el Pedazo de Pan irrumpió en la tumba.

–Paneb, ven en seguida... ¡Tu mujer está dando a luz!

22

La mujer sabia había solicitado a seis sacerdotisas de Hator que ayudaran a Uabet la Pura a parir en su casa. Todas mostraban semblantes circunspectos, pues sabían que la llegada al mundo de un niño era un momento muy delicado. Era preciso conseguir separarlo del cuerpo de su madre sin que fuera alcanzado por ningún maleficio, con la esperanza de que las potencias creadoras lo animaran y no abandonaran su espíritu en el instante del nacimiento.

Clara había echado grasa de pájaro e incienso al fuego; luego, había dispuesto dos piedras cubiertas de textos mágicos, según los cuales Thot fijaba la duración de la vida y el destino del recién nacido. Mientras tanto, sus ayudantes habían mitigado el dolor de la parturienta introduciendo en su vagina una pasta compuesta de leche, hinojo, resina de terebinto, cebolla y sal.

La frágil Uabet, cuyo vientre se había dilatado de un modo espectacular en los últimos días, no disimulaba su inquietud.

–¿Todo es normal?

–Tranquilízate –le dijo Clara–, el parto es inminente y ni siquiera tendremos que administrarte calmantes para atenuar el dolor. Todo va perfectamente.

–Tengo la impresión de que mi bebé es muy grande... ¿No me desgarrará?

–No, no temas. A pesar de que son pequeñas, tus caderas están hechas para parir.

Las contracciones se aceleraron. Las sacerdotisas desnudaron a Uabet y la ayudaron a acuclillarse, manteniéndole el busto erguido.

Como Clara había predicho, el niño nació sin complicaciones, y emitió un grito tan potente que alertó a buena parte de la aldea.

–¿Por qué no me dejan entrar? –dijo Paneb enojado.

–Porque el ritual del nacimiento es cosa de mujeres –respondió Pai el Pedazo de Pan–. Tu presencia sería inútil y peligrosa.

–¡Pero mi hijo está a punto de nacer!

–La mujer sabia y sus ayudantes saben lo que hacen.

–¿Cómo se educa a un niño, Pai?

–Sea como fuere, un chiquillo es siempre como un bastón retorcido que tiene dos defectos: la sordera y la ingratitud. Es preciso abrirle, en seguida, la oreja que tiene en la espalda[1], hablarle de sus deberes, hacerle comprender todo lo que debe a sus padres y enseñarle a respetar a los demás. Entonces comenzará a enderezarse y podrá ser educado.

–Si mi hijo se parece a mí, la cosa no va a resultar fácil.

La puerta se abrió, y apareció Clara, que estaba radiante.

–Un chico... Un chico magnífico que pesa, por lo menos, seis kilos.

Paneb entró en la habitación perfumada con jazmín, donde su esposa descansaba en un confortable lecho, con su enorme bebé en brazos. Tenía una hermosa mata de pelo negro y dos dientecitos. El padre, muy sorprendido, pasó el dedo índice por debajo de ellos.

–Nunca había visto nada parecido –reconoció la más vieja de las parteras–. El cordón umbilical era tan grueso que nos ha costado cortarlo.

Paneb estaba maravillado. Era evidente que su colosal hijo no entraría en la categoría de los flacuchos y los dolientes.

–¿Estás orgulloso de mí? –le preguntó Uabet con una vocecilla fatigada.

Ardiente besó a su esposa en la sien.

–¿Puedo cogerlo?

–¡Ten cuidado!

–Será un luchador, estoy seguro.

1. Expresión utilizada por los sabios que estiman que el niño que no ha sido educado es sordo porque «la oreja que tiene en la espalda» no ha sido abierta por «el palo» *(medu)*, es decir, la palabra *(medu)* del maestro que le proporcionaba el bastón necesario para emprender el viaje de la vida.

La madre proporcionaba la carne del niño; el padre, su esqueleto; y en los huesos de un muchacho se formaba su esperma. A juzgar por el tamaño de los de aquel recién nacido, Paneb podría estar tranquilo sobre sus facultades genitales.

Clara ofreció a la joven mamá miel y un pastel de nacimiento, «el ojo dulce de Horus». Una sacerdotisa majó finamente las puntas de unos tallos de papiro para obtener un polvo que mezcló con leche de la parida; luego, haría beber la mixtura al bebé antes de que fuera amamantado por una nodriza de generosos pechos.

–¿Se han tomado todas las precauciones? –preguntó Paneb.

Clara puso en el cuello del recién nacido un fino collar de lino, con siete nudos, del que colgaba un pequeño pedazo de papiro doblado, que contenía fórmulas de protección contra las fuerzas oscuras, un minúsculo diente de ajo y una cebolla.

–Sólo la luz salvará al niño de la muerte que llega sigilosamente –afirmó–. Ningún demonio brotará de las tinieblas para llevárselo, pues mantendremos una lámpara encendida durante la noche y velaremos por él.

Paneb, más tranquilo, planteó un tema esencial.

–¿Qué nombre le pondremos, Uabet?

La madre debía elegir. Podía atribuirle uno que sería utilizado durante los primeros años de su existencia y mantener otro en secreto; éste sólo sería revelado cuando el niño pusiera de manifiesto su cualidad principal.

–Bastará un solo nombre –decidió Uabet la Pura–; nuestro hijo se llamará Aperti[1], «el que tiene mucha fuerza».

A medianoche, un gran escándalo inundó las calles de la aldea. Al principio fue sólo la voz de un hombre borracho, luego, otra más vacilante y, por último, una tercera que intentó repetir, empeorándola, la zafia melopea de sus dos compañeros.

Los tres juerguistas proclamaron con tanta fuerza su amor al vino, a las mujeres y a la libertad que despertaron a toda la aldea, e hicieron que los niños lloraran y los perros ladraran.

1. En egipcio, *aa-pehty*, «el grande en fuerza, en violencia».

Harta, la esposa de Pai el Pedazo de Pan salió para identificar a los alborotadores y ordenarles que se callaran.

Cuál no sería su sorpresa al descubrir a su marido, jadeante, colgado del brazo de Paneb, al igual que el escultor Renupe el Jovial, incapaz de mantenerse en pie sin la ayuda del joven coloso.

Aterrado al ver a su esposa, Pai cayó pesadamente al suelo.

–Puedo explicártelo todo... Hemos festejado el nacimiento del hijo de Paneb y...

–¡Entra en casa inmediatamente!

–Somos hombres libres –declaró orgullosamente Renupe el Jovial–, y aún no hemos terminado de festejarlo.

La matrona abofeteó al escultor, incapaz de responder, y cogió a su marido por el cuello y tiró de él, hasta el punto de arrancarle un grito de dolor.

Paneb soltó una carcajada, empezó a cantar otra vez mientras vaciaba una jarra de vino y se detuvo delante de la casa de Turquesa.

Y entonces se le ocurrió una idea tan divertida que sorprendería a la aldea entera.

Cuando la hermosa Turquesa abrió la puerta de su casa, había una multitud delante de ella. Estaban contemplando el retrato de cuerpo entero que Paneb –que ahora estaba dormido en medio de la calleja– había hecho de su amante. La había representado desnuda y tocando el laúd. Sólo llevaba puesto un delicado cinturón de cuentas, cuya finura sólo servía para subrayar las admirables formas de la joven.

La gente hacía comentarios, que no eran precisamente elogiosos, y acusaban a Paneb de tener «la boca inflamada» y el corazón demasiado ardiente. Nakht el Poderoso comenzó a borrar la escandalosa obra.

–¿Sabéis qué fechoría se ha atrevido a cometer? –clamó una sacerdotisa–. ¡Ha robado vino de las mesas de ofrendas destinadas a los muertos!

–Dejad de decir idioteces –intervino Turquesa–. Todo lo que Paneb ha bebido procede de mi bodega. Sólo una persona podría ofenderse por su pintura: yo. Y no lo estoy. ¿Acaso es un delito estar de fiesta?

–¡De ese modo, sí! –objetó la esposa de Pai el Pedazo de Pan–. Hasta hoy, la aldea ha vivido tranquilamente, y ese alborotador de Paneb no va a romper esa tranquilidad.

–¿Acaso tú no has sido nunca joven? –le preguntó Turquesa.

–¡Nunca me emborraché hasta perder el conocimiento y estoy orgullosa de ello! Este gamberro no merece ningún tipo de indulgencia.

Ched el Salvador se acercó. Como siempre, se había perfumado e iba impecablemente afeitado.

–No olvidéis que se ha convertido en mi ayudante y que le espera un trabajo muy duro. Por mi parte, considero necesario olvidar el incidente.

Se inició un animado debate entre los aldeanos. Y la conclusión, proclamada por Casa la Cuerda, se impuso por sí misma:

–¡Recurramos al maestro de obras! Él encontrará la solución.

Nefer el Silencioso, que había trabajado hasta muy avanzada la noche en el plano de la tumba de Merenptah, acababa de llegar en ese preciso instante al lugar del tumulto.

Ante la acumulación de testimonios contradictorios, al maestro de obras le costó un poco forjarse una opinión clara sobre el asunto. La intervención de Turquesa, que fue breve y precisa, le ilustró algo más.

–Dispersaos –ordenó–, y dejadme solo con Paneb.

Al ver el rostro colérico de Silencioso, la esposa de Pai el Pedazo de Pan estaba convencida de que el juerguista iba a pasar un mal momento.

El maestro de obras puso un poco de agua de una gran jarra en una copa y roció el rostro de Paneb, cuyo sueño no se había visto turbado por los gritos de los aldeanos.

Ardiente se despertó sobresaltado y se incorporó, dispuesto a defenderse.

–¿Quién se atreve...?

–Tu jefe de equipo, Paneb. Aquel a quien debes respeto y obediencia.

23

A pesar de su jaqueca, Paneb se levantó y se apoyó en la pared de la casa de Turquesa.

–¿Por qué han borrado su retrato? –dijo indignado.

–Porque las fachadas de nuestras casas deben ser blancas. Recuerda: tú mismo las restauraste. No puedes admitir que las manchen las inscripciones.

Paneb lanzó su pincel al aire.

–Quiero conquistar el cielo, las estrellas y la tierra entera, capturarlos con mi pincel, conseguir que aflore la realidad más oculta, hacerla vibrante y cálida como el cuerpo de una mujer enamorada. Y lo pintaré donde quiera, incluso en la pared de una casa.

–No, Paneb.

La mirada, todavía vacilante, del joven coloso se atrevió, sin embargo, a desafiar la de Silencioso.

–¿Cómo que no? ¡No irás a decirme tú lo que debo hacer!

–Soy tu jefe de equipo y tengo el poder de excluirte de la cofradía por falta grave. Negarte a obedecer al maestro de obras sería una de ellas.

La amenaza serenó a Ardiente.

–No estás hablando en serio...

–Muy en serio. Sean cuales fueren los acontecimientos que nos afecten, felices o desgraciados, no tenemos derecho a comportarnos como profanos y debemos mostrarnos dignos de la cofradía. Por eso, tu actitud es inaceptable.

–En otras palabras, que ya no eres mi amigo...

–La colmena es más importante que la abeja, Paneb. También es más importante que las relaciones de amistad y las preferencias personales. Si me fuerzas a actuar como maestro de obras, tendré que cumplir con mi deber.

Ardiente apretó los puños.

–Han borrado la figura de la tañedora, el muro de la casa volverá a ser blanco... ¿Qué pueden reprocharme?

–Embriaguez, escándalo y falta de autodominio. ¿Cuándo vas a comprender que trabajas en la Gran Obra?

–¡Eso es cosa tuya! Yo sólo soy el ayudante de Ched el Salvador.

–Te equivocas, Paneb. Todos los habitantes de esta aldea, en mayor o menor medida, viven la misma aventura. Sean cuales fueren tus dotes, no te autorizaré a utilizarlas en solitario.

Ardiente sintió que Silencioso no bromeaba.

–¿Sabes, al menos, lo que hierve en mi interior? ¡Pintaría decenas de moradas de eternidad sin cansarme lo más mínimo!

–Y ojalá puedas hacerlo. Entretanto, o aceptas la sanción o abandonas el Lugar de Verdad.

Paneb dio la espalda a su juez.

–¿Será infamante la sanción?

–Mal me conoces, pintor ayudante. Incluso una sanción debe ser útil a la cofradía.

Méhy trabajaba de prisa y bien. Gracias a su profundo conocimiento del ejército y la administración, emplazaba eficacísimas redes de información para obtener toda la información confidencial que fuera posible y poder juzgar la evolución de la situación con un margen mínimo de error.

El general exigía una disciplina muy estricta y se rodeaba de subordinados sin demasiados escrúpulos, a quienes prometía sustanciales ventajas si le satisfacían. Prometer, no cumplir, explicar por qué no se había cumplido el compromiso y prometer de nuevo: Méhy se había vuelto un maestro en ese arte sutil, al que añadía la calumnia destilada día tras día. Eso le permitía enfrentar a sus colaboradores y mantener un clima de desconfianza muy útil cuando se trataba de cargar el peso de un fracaso o una falsa maniobra sobre los hombros de uno u otro.

El general mentía con una gran seguridad, y tenía tanta fuerza de convicción que persuadía a todos sus interlocutores. Como trabajaba mucho, contrariamente a la mayoría de los dignatarios, tenía un conocimiento preciso de los expedientes y no temía crítica alguna.

Entre algunos oficiales superiores aparecían, aún, accesos de integridad, de lucidez incluso, que podían resultar amenazadores. Méhy los vigilaba de cerca y los invitaba, incluso, a cenar para recabar la opinión de Serketa, su dulce y tierna esposa. A ella le había gustado tanto matar que no vacilaría ni un solo instante en repetirlo, si era necesario. Con una aliada como Serketa, muchos problemas quedarían resueltos antes de aparecer.

De regreso de la capital, Pi-Ramsés, el jefe de la escolta tebana que había acompañado a la guardia real se presentó ante su superior.

–¿Habéis tenido un buen viaje?

–Excelente, general. Sin novedad alguna. El país está tranquilo, la flotilla del faraón fue aclamada durante todo el recorrido y Merenptah llegó a Pi-Ramsés en excelente estado de salud.

–¿Cómo has encontrado la gran ciudad del Norte?

–Para seros franco, general, menos impresionante que Tebas. Los templos y los palacios son grandiosos, es cierto, pero aún les falta esa duración que es la gloria de nuestra ciudad. No hay ninguna ciudad que pueda compararse a Karnak.

–¿Has conseguido informarte sobre el clima político?

–Es más bien turbulento. Nadie discute la capacidad de Merenptah para gobernar, pero algunas ambiciones chocan ya en vistas de una sucesión que, dada la edad del rey, no debería tardar mucho.

–¿Olvidan que es hijo de Ramsés el Grande y podría vivir tanto como él?

–En efecto. Y dos serios candidatos comienzan a intercambiar sus golpes: Seti, el hijo de Merenptah, y Amenmés, el problemático hijo de Seti, a quien su propio padre parece incapaz de controlar.

–Necesitaré toda la información posible sobre esos dos personajes –exigió Méhy.

–Tenemos buenos amigos en Pi-Ramsés, algunos oficiales de origen tebano.

–¿El precipitado regreso del rey fue provocado por un intento de golpe de Estado?

–Un falso rumor circuló por Pi-Ramsés: dijeron que Merenptah había muerto en Tebas. Inmediatamente, Amenmés hizo correr la voz de que su padre estaba tan afectado que no tendría valor para subir al trono. Llegaron varios desmentidos por los correos oficiales, pero el rumor persistió y fue necesario que el rey regresara a toda prisa para demostrar que estaba vivo. Otra vez parece que todo está en orden, pero Merenptah tendrá muchas dificultades para sentar su autoridad y desbaratar las intrigas.

«Por eso le importa tanto la absoluta sumisión de la región tebana –pensó Méhy–; si se rebelara, ¿tendría medios para restablecer el orden?»

–Sólo un detalle más, general: todas las guarniciones de las fronteras del oeste y del noroeste han sido puestas en estado de alerta.

Méhy estalló de cólera.

–¡Pero esa información es primordial! ¿Por qué no has empezado por ahí?

–Porque se trataba sólo de un simulacro. Merenptah quería asegurarse de que sus órdenes eran correctamente transmitidas y ejecutadas. Al parecer, no ha habido fallo alguno en el sistema.

–De todos modos... ¿No ocultará ese simulacro una amenaza de invasión?

–No, la situación es de calma total. No obstante, algunos oficiales consideran que el material ha quedado obsoleto, que el número de soldados buenos ha disminuido y que los largos años de paz han hecho que el ejército egipcio olvidara el sentido del combate.

–¡Por eso he llevado a cabo numerosas reformas entre las tropas tebanas!

–Aunque los regimientos de elite, encargados de defender las fronteras en caso de ataque, estén en Pi-Ramsés, es probable que su entrenamiento no sea lo bastante intenso. Pero ninguna amenaza seria recae sobre Egipto, y la paz instaurada por Ramsés el Grande debería perdurar.

Pero ésta no era la opinión de Méhy: Ramsés había muerto, y su magia había muerto también con él. Muy pronto, las intenciones belicosas de los libios, los sirios y los asiáticos despertarían, y un envejecido Merenptah no sabría contrarrestar los manejos agresivos y revanchistas de aquellos pueblos sedientos de guerra que Ramsés había sabido subyugar tan bien. A Méhy le tocaba emplear del mejor modo posible los últimos años de paz para que el ejército tebano fuera todavía más poderoso; ¿acaso no sería el último recurso en un futuro, y él, Méhy, se erigiría como el salvador?

–¿Qué se dice de la reina? –preguntó el general.

–Es fiel a su marido y no tiene desavenencias con él. Es una pareja muy sólida, y Merenptah nunca ha manifestado el menor interés por las jóvenes beldades que se lucen en la corte. Su austeridad natural hace que trabaje constantemente y raras veces honra un banquete con su presencia. Ahora que es rey y ha aumentado el peso de sus responsabilidades, es fácil imaginar que no se permite, ni siquiera, el placer de darse un paseo en barca por las marismas.

«Lástima –pensó Méhy–; una reina mediocre y pérfida se podría manipular fácilmente para obtener algún tipo de beneficio.»

–¿Y la Casa de la reina?

–Iset la Bella dirige a su personal con mano de hierro. En realidad, controlaba esa Casa desde hace ya varios años, con la aprobación de Ramsés, y hace mucho tiempo que no ha estallado ningún escándalo en la corte. La esposa de Merenptah tiene fama de ser una gestora excelente, y nadie intentaría engañarla.

Para Méhy, ese informe tenía muchos puntos positivos y debía estar dispuesto a explotarlo en función de los acontecimientos; pero aquella espera no le bastaría. Debía descubrir nuevas grietas o ampliar las ya existentes, al tiempo que respondía a una delicadísima pregunta: ¿qué actitud debía adoptar para con el Lugar de Verdad?

24

Al jefe Sobek le gustaba su oficio y era un buen policía. Como todo buen policía, tenía un agudo sentido del peligro, y en aquellos momentos lo presentía muy cerca, en el interior del Lugar de Verdad. Diez años de vanas investigaciones no habían embotado su deseo de descubrir al asesino del policía nubio y al hombre que deseaba perjudicar a Nefer el Silencioso. La misma hipótesis se repetía en su mente una y otra vez: el monstruo se ocultaba en la aldea y pertenecía al equipo comandado por Nefer el Silencioso.

Aunque, quizá, con la desaparición de Ramsés y el nombramiento de Silencioso como maestro de obras, el criminal hubiera decidido no volver a actuar nunca más. Pero Sobek no lo creía posible, y estaba seguro de que aquel demonio perseguía un objetivo concreto.

Ahora Nefer estaba más expuesto que nunca.

Forzosamente, el traidor tenía cómplices en el exterior, como el tal Abry, que no se había suicidado, sino que le habían suprimido para impedirle que hablase. ¡Abry, el administrador principal de la orilla oeste, el protector oficial del Lugar de Verdad! Su desaparición había hecho perder el rastro de una importante pista, pero tal vez Sobek lograra recuperar los hilos de la conspiración, identificando al artesano que había renegado de su juramento.

El nubio acababa de tomar, pues, una decisión que no comunicaría a nadie: utilizando todos los medios de los que disponía, iba a seguir el rastro de cada uno de los miembros del equipo de la derecha. Si era verdad que una bestia inmunda se ocultaba en su seno, seguramente acabaría cometiendo un error. Era su única oportunidad de tener éxito, y no iba a dejar que se le escapase.

–Jefe –le avisó uno de sus hombres–, ha llegado el asno.

–¿El asno? ¿Qué asno?

–Bueno... El que encargasteis, al parecer.

–¡Ah, sí, es cierto! Dile al vendedor que le pagaré esta misma semana.

Sobek escuchó los informes de los policías nubios, que no le revelaron incidente alguno. El Valle de los Reyes estaba bien custodiado y ningún sospechoso había intentado acercarse. Pero la tropa se quejaba del número de horas de vigilancia que se veía obligada a realizar, aunque la situación pareciera tranquila. Además, ese exceso de trabajo estaba muy mal pagado.

El jefe Sobek se enfadó muchísimo al oír sus palabras.

–Pero ¿dónde creéis que estáis, pandilla de imbéciles? ¡No os encargáis de la vigilancia de un almacén de grano, sino de la protección del Lugar de Verdad! Servir aquí es un honor, y el que no lo comprenda puede presentar su dimisión inmediatamente.

Las quejas cesaron, y todos volvieron a sus puestos mientras Sobek examinaba al asno.

–¿Cuánto pide el mercader?

–Una pieza de tela, un par de sandalias, un saco de centeno y otro de harina –respondió el centinela.

–¡Me está tomando el pelo! Este pobre animal es viejo y está enfermo, es incapaz de recorrer los senderos de la montaña. Que lo lleven a un palmeral para que pueda terminar sus días apaciblemente.

El mercader de asnos se inclinó ante Méhy.

–He seguido vuestras instrucciones.

–¿Entregaste un animal viejo al jefe Sobek?

–Tan viejo que apenas puede andar.

–¿Y pediste un buen precio?

–El de un asno sano.

–¿Registraron el bono de entrega?

–Naturalmente, pero con la descripción de un animal vigoroso, que vieron varios testigos cuando salió de mi cercado.

–Perfecto... Así pues, Sobek está obligado a pagarte. Sobre todo, no le acoses y deja que pase el tiempo. Tengo una buena noticia para ti, mercader: la administración te encarga un centenar de asnos. Los animales deben ser resistentes, y su precio, moderado; me preocupan mucho las finanzas públicas.

Paneb había trabajado día y noche para librarse lo antes posible de la tarea que le había impuesto el maestro de obras. A fin de cuentas, había tenido ocasión de aprender una nueva técnica, la de la escultura de estelas, y de perfeccionar un tipo de dibujo que, hasta entonces, había practicado poco.

Como el vino de Turquesa era excelente, la jaqueca del joven coloso no había durado mucho. Y como Aperti se portaba a las mil maravillas, al igual que su madre, Paneb no había lamentado, ni por un instante, la pequeña fiesta que seguía suscitando la reprobación de la aldea. El culpable estaba aislado en su taller, por lo que tenía la suerte de no oír los comadreos.

Cuando apareció Nefer el Silencioso, el pintor ayudante estaba dando una última pincelada verde en la oreja de un Osiris.

Había modelado más de un centenar de orejas: negras, como las de la ilustre reina Ahmes-Nefertari, fundadora de la cofradía femenina del Lugar de Verdad; amarillas, como las de su real marido, Amenhotep I, venerado por los constructores; de un azul oscuro, para evocar el cielo por donde circulaba el aire creado por los dioses; orejas de calcáreo, de siete centímetros de largo, cuatro de ancho y dos de grueso; y otras esculpidas en relieve o bajorrelieve en estelas que iban a depositarse en las capillas.

–Sólo te pedí diez pares de orejas como ofrenda al templo –dijo el maestro de obras.

–Le he tomado gusto... Con todas estas orejas, los dioses podrán oír las plegarias de toda la aldea.

–La magia debe actuar en ambos sentidos, Paneb; que nos escuchen, en efecto, pero, sobre todo, que les escuchemos nosotros, y tú en especial. ¿Acaso has olvidado, que un servidor del Lugar de Verdad es «el que escucha la llamada»? Si sólo te escuchas a ti mismo, puedes volverte sordo al espíritu de la aldea.

–«Escuchar es lo mejor»... ¡Pero si sólo hago eso desde hace diez años!

–Estás exagerando; además, ¿crees que un artesano termina de escuchar algún día?

–Deja de sermonearme. ¿Distribuyo yo mismo las orejas?

–¿Acaso lo dudas?

Nakht el Poderoso interrumpió a los dos hombres.

–Una tragedia –dijo penosamente–, una horrible tragedia... El niño... ¡Ha muerto!

Paneb salió del taller como una flecha y corrió hasta su casa. ¿Por qué le hería el destino de un modo tan cruel? ¡A fin de cuentas, emborracharse no era una falta tan grave contra los dioses! Sí, estaba demasiado orgulloso de su talento, y su ego se había hinchado en las últimas semanas, pero el chiquillo no era responsable de ello.

Uabet la Pura descansaba en la primera estancia.

–Paneb... ¡Pareces trastornado!

–¿Cómo ha ocurrido?

–¿De qué estás hablando?

La tomó por los hombros.

–¡Dímelo, Uabet, quiero saberlo!

–Pero... ¿de qué estás hablando?

–De mi hijo... ¿Cómo ha muerto?

–¿Qué estás diciendo? ¡La nodriza le está dando el pecho!

Paneb corrió hasta la alcoba. Aperti mamaba con avidez, sin ni siquiera tomar aliento.

–Ya se ha engordado –dijo la nodriza–; realmente tenéis un hijo muy hermoso.

Uabet la Pura se dirigió a su marido.

–Hablabas de un niño muerto...

–Nakht me ha avisado...

Aterrorizados, los aldeanos se reunieron en el lugar del drama. La mujer sabia, que había sido avisada urgentemente, sólo había podido comprobar la muerte de un muchacho que había querido jugar al equilibrista en el resalto de una terraza para deslumbrar a una chiquilla y había caído de cabeza a la calle. El destino había querido que chocara con los peldaños de una escalera.

Nadie se atrevía a tocar el cadáver. Paneb levantó dulcemente el cuerpecito desarticulado y lo mantuvo contra su pecho, como si el chiquillo estuviese dormido. Un hombre salió del grupo, con el rostro marcado por el sufrimiento.

–Es mi hijo –dijo el orfebre Thuty–. Mi segundo hijo... Sólo tenía cinco años.

–¿Quieres cogerlo?

–No, Paneb, me falta valor... Gracias por tu ayuda, gracias de todo corazón.

La madre se había desmayado y la mujer sabia la estaba atendiendo. El maestro de obras se había puesto la túnica estrellada de sacerdote de resurrección y había pedido a varios artesanos que se purificaran para ayudarle en los ritos funerarios.

Los aldeanos, muy conmocionados, se dirigieron en procesión hacia el cementerio del este donde, en su parte baja, eran enterrados los niños que morían. Unas ánforas recibían los fetos y los bebés que nacían muertos; unos cestos redondos u ovalados, a los lactantes que la muerte había arrebatado, burlándose de las protecciones mágicas.

Didia el Generoso ofreció para el hijo del orfebre un cofre rectangular, de sicomoro, con la tapa plana, que tenía guardado en su taller.

Mientras Nefer el Silencioso celebraba un corto ritual que anunciaba el regreso del niño al inmenso cuerpo de su madre celestial, Paneb envolvía el pequeño cadáver en una tela de lino y lo tendía en el sarcófago, donde Turquesa había depositado dos vasijas que contenían pan, uva y dátiles que le servirían de provisiones en los caminos del más allá.

Luego, bajaron el ataúd a una fosa, y el dios de la tierra lo absorbió para transformarlo en una barca que navegaría por las extensiones acuáticas del cosmos.

De acuerdo con su regla, los artesanos del Lugar de Verdad eran sus propios sacerdotes y no necesitaban ayuda alguna del exterior. Toda la aldea llevaría luto y nadie olvidaría las lágrimas de Paneb que, hasta el momento de separarse del muchachito, había querido creer que su calor y su energía lo devolverían a la vida.

25

–Méhy, esta vez mi paciencia se ha agotado y no encontraréis ninguna razón capaz de obligarme a esperar más.

El hombrecillo gordo y barbudo que osaba dirigirse así al general se llamaba Daktair, y era hijo de un matemático griego y de una química persa. Tenía los ojos negros y agresivos, el pelo rojo y las piernas demasiado cortas, y su aspecto no era precisamente seductor.

Daktair, a la cabeza del laboratorio central de Tebas, instalado en la orilla oeste, no lejos del Lugar de Verdad, había concebido un gran proyecto: lograr que el viejo Egipto entrara en la era de la ciencia y el progreso; arrancarlo de sus antañonas creencias y utilizar, por fin, su formidable potencial. Tras haber robado las ideas de los demás para convertirse en un sabio reconocido y escuchado, Daktair quería imponer sus propios puntos de vista y poner, por fin, la naturaleza al servicio del hombre.

Para conseguirlo, aún le faltaban dos elementos decisivos: el apoyo de un hombre político de primer orden y el conocimiento de los secretos del Lugar de Verdad. Ahora bien, Méhy era el único egipcio capaz de darle plena y entera satisfacción. A su espectacular ascenso correspondía su deseo de apoderarse de los tesoros de la cofradía, de los que afirmaba que no eran una leyenda, puesto que los había visto.

Sin embargo, aquel protector y aliado había dejado que Daktair se pudriera en una existencia banal en la que, a pesar de su posición, no había podido desplegar sus talentos. Méhy contemplaba a Daktair, sonriendo.

–Te has sentido olvidado, ¿no es cierto?

–¡Así es!

–Te equivocas. Sencillamente, tenía otras prioridades.

–Pero la ciencia...

–¡La ciencia no es independiente del poder y nunca lo será! Mira, la desaparición de Ramsés y sus consecuencias me parecían mucho más importantes que tus deseos.

–Y tenéis razón, pero ahora sois general y administrador principal de la orilla oeste... ¿Qué os impide actuar?

–Eres una especie de genio, Daktair, y llevaremos a cabo tus grandiosos proyectos, pero no conoces Egipto. Es cierto que soy el dueño oculto de la rica y poderosa región tebana, pero también soy el protector oficial del Lugar de Verdad. Y el faraón en persona me pedirá cuentas.

–¿Significa eso... que estamos atados de pies y manos?

–En absoluto, mi querido Daktair. Pero tendremos que mostramos muy prudentes y astutos.

El sabio, despechado, se encogió de hombros.

–De modo que los secretos de esta maldita cofradía están fuera de alcance...

–Para ser un hombre que se ha mostrado tan paciente, te desesperas muy pronto.

–Soy lúcido... ¡Vuestro nombramiento os ha reducido a la impotencia!

–Debes saber que nunca renuncio y que aprovecho las circunstancias mejor que nadie. Los poderes de que dispongo son ventajas, no inconvenientes.

–Pero... ¿cómo pensáis actuar?

–En primer lugar, me libraré de un personaje molesto, el jefe Sobek, al que no he conseguido corromper; un procedimiento legal llevará a su destitución y privará, por fin, a la aldea de su infranqueable cordón de seguridad. Luego, obligaré al escriba de la Tumba y al maestro de obras a cumplir con sus obligaciones. ¿No me hablaste de una expedición muy particular que debe organizarse a intervalos regulares?

–Sí, e ignoro por qué se asocian siempre a ella los artesanos de la cofradía.

–El fin del reinado de Ramsés y el comienzo del de Merenptah han trastornado los hábitos, pero a mí me corresponde restablecerlos. Supongo que, como director del laboratorio central, te falta galena y asfalto.

El desagradable rostro de Daktair se iluminó.

–Mañana mismo tendréis un detallado informe y una petición urgente de aprovisionamiento.

–¿Te gusta viajar, amigo mío?

–No me asusta.

–Serás el patrón de esta expedición, Daktair. Así podrás controlarlo todo.

Los artesanos del Lugar de Verdad se dividían en dos categorías: los que practicaban una técnica llevada a la perfección, sin ser «introducidos ante Dios», y quienes, como Nefer el Silencioso, habían vivido los misterios de la Morada del Oro y podían, pues, oficiar al modo de los sumos sacerdotes de Karnak.

Artesano y ritualista a la vez, el maestro de obras acudía cada día al templo para efectuar allí el trabajo primordial, es decir, para desvelar la luz divina que daba vida a la madera, la piedra y los demás materiales.

Nefer se purificaba antes de entrar en el santuario, y pensaba en las cualidades que se le exigían a un sabio: cumplir lo que es recto y justo, ser coherente, silencioso y tranquilo, tener un carácter firme capaz de soportar tanto la felicidad como la desgracia, un corazón atento y una lengua capaz de decidir. ¡Cuánta falta le hacían para llevar a cabo su misión, y qué lejos estaba de poseerlas!

No había más solución que avanzar, día tras día, preocupándose por la cofradía y no por sí mismo. La celebración de los ritos matinales le devolvía la energía, mientras se preguntaba cómo asumir sus múltiples cargas.

Nefer entró en el templo principal del Lugar de Verdad ataviado con el delantal de oro que le había entregado el faraón. El templo estaba dedicado a Maat, la regla eterna del universo, y a Hator, el amor creador. Dos caminos que sólo formaban uno, dos rostros de un mismo poder divino.

El santuario era el ojo de Dios que contemplaba el mundo; un ser vivo en perpetua metamorfosis que se alimentaba de su propia sustancia, la luz oculta en las piedras.

Allí todo era resonancia, música celestial, números y proporciones armónicas; allí quedaban abolidos el azar y el destino para dar paso a una vida sublimada, no mancillada por imperfección alguna. Parecido al cielo en todas sus partes, el templo era la morada de la Madre de los constructores, llamárase Maat, Hator o diosa del silencio; allí hacía renacer, en espíritu, a sus hijos.

Tras haber realizado la ofrenda de Maat a sí misma, precisamente cuando el faraón celebraba el mismo rito en el gran templo de Pi-Ramsés, Nefer se dirigió a la sala de la barca que tenía una importancia especial en aquel paraje. ¿Acaso el Lugar de Verdad no se comparaba a una gran embarcación donde tenían cabida las dos tripulaciones?

En aquel día de luto para el orfebre Thuty, su compañero de aventura, el maestro de obras quiso asociar a su hijo al gran viaje de la cofradía. Trazó, pues, un sol sobre una copa nueva y la depositó en la proa de la barca sagrada, cuyos remeros eran las imperecederas estrellas. Ellas llevarían consigo el alma del chiquillo.

Cuando el maestro de obras salió del templo, el sol del amanecer ya brillaba con generosidad. Las sacerdotisas de Hator adornaban con flores los altares de los antepasados, las amas de casa iban a buscar agua fresca y se oían risas de niños que abolían el drama y trazaban el porvenir.

A uno y otro lado de la puerta abierta en la muralla había dos estelas con orejas que había dibujado Paneb. Su presencia arrancó una sonrisa a Nefer, que se dirigió al taller de escultura. Pero, con gran sorpresa por su parte, encontró la puerta cerrada.

Entonces acudió Renupe el Jovial.

–¡No te preocupes! Todo va bien.

–¿Por qué no está abierto el taller?

–Un simple contratiempo.

–¿Está enfermo Userhat el León?

–¿Enfermo, él? No, no lo creo.

–¿No debería haberte entregado la llave?

–Sí, sin duda, pero... pero la ha perdido. De modo que seguramente la está buscando y por eso se ha retrasado. En cuanto la haya encontrado, abrirá la puerta y nos pondremos a trabajar.

–No sabes mentir, Renupe. ¿Por qué no me dices la verdad?

El escultor forzó su natural jovialidad.

–No es nada grave, te lo aseguro... Un simple malentendido que se resolverá en seguida.

–¿Puedes ser más explícito?

–Ya conoces a Userhat, no tiene un carácter fácil... De vez en cuando se pone muy nervioso...

–¿Cuál es la causa de su descontento?

–Digamos que... Una ligera diferencia con nuestro colega Ipuy el Examinador. Pero no es nada dramático, te lo aseguro.

–¿Y por qué impide la querella que Userhat abra el taller de escultura?

Renupe no se atrevía a mirar a la cara al maestro de obras.

–Bueno... Userhat se niega a reanudar el trabajo.

26

En la primera estancia de su confortable morada, Userhat el León había rendido homenaje a los antepasados depositando flores en la mesa de ofrendas y se divertía transformando un pedazo de sicomoro en un pato de alas articuladas con el que sus dos hijas jugarían durante horas.

–Te estaba esperando –le dijo al maestro de obras.

–Y yo espero que me des una explicación.

Userhat dejó el cincel y el futuro pato, y se enfrentó con Nefer el Silencioso. El poderoso torso del artesano temblaba de indignación.

–Soy el jefe escultor del equipo de la derecha, e incluso mis colegas del equipo de la izquierda me consideran su maestro. ¿No es así?

–Así es.

–En ese caso, no puedo admitir el injurioso comportamiento de Ipuy el Examinador para conmigo. Desde que sujetó un abanico para dar sombra al faraón, el muy presumido cree que todo le está permitido. Así pues, he tomado una determinación: mientras no sea excluido de la cofradía, no volveré al trabajo y el taller de escultura permanecerá cerrado.

El maestro de obras hubiera podido indignarse y recordar a Userhat que su actitud no se adecuaba a la regla de la cofradía y que no era mucho mejor que la de Paneb. Pero eso hubiera supuesto echar más leña al fuego y hubiera podido agravar la situación, cuando Silencioso necesitaba un equipo coherente para emprender dos obras importantes.

Así pues, Nefer prefirió sentarse en un taburete e intentar vaciar el absceso.

–¿Qué le reprochas a Ipuy?

El jefe escultor se sentó también.

–¿Sabes cuánto vale un buen cerdo?

–Unos dos cestos ordinarios –estimó el maestro de obras.

–Pensaba comprar tres y ofrecía un precio excelente: ¡un cesto de lujo! El trato parecía cerrado, pero el vendedor me avisó de que tenía un cliente mejor que le ofrecía... ¡una cama! Una cama sencilla, pero de todos modos... Una oferta exorbitante, que no tenía relación alguna con el valor real de los tres cerdos. ¿Y sabes quién es el deshonesto que se divierte provocando esta inflación? Ipuy el Examinador, mi colega escultor. Sabía muy bien que yo iba a comprar esos cerdos, pero él estaba dispuesto a adquirirlos a cualquier precio con tal de burlarse de mí.

–Tienes razón... Pero ¿a qué viene esta rivalidad?

–Porque no estamos de acuerdo sobre el precio de venta de una estatua de calcáreo que debemos entregar al superior de los graneros de Karnak. Ipuy exige demasiado para mi gusto, y se niega a admitir mi punto de vista. ¿Acaso no soy su superior? ¡Pues que me obedezca! De lo contrario, se acabó la escultura.

–Tienes razón.

El rostro de Userhat se iluminó.

–Te he apoyado siempre, Nefer, y no lo lamento. ¿Cuándo reunirás el tribunal para decidir la expulsión de Ipuy?

–Hay algo más urgente que eso.

–Ah... ¿Qué?

–Advertir al vendedor de cerdos de que no realice ninguna transacción más a precios tan exorbitantes. Si persiste, nadie más le comprará sus animales; y si sólo Ipuy persiste, se arruinará.

–Bien, bien... Pero ¿y el precio de la estatua?

–Ya te lo he dicho, tienes razón: se acabó la escultura. El encargo queda anulado, no entregaréis ninguna estatua al superior de los graneros. Ipuy lo habrá perdido todo y tu honor estará a salvo.

–Es cierto, pero perderemos una buena ganancia... Tal vez pudiéramos transigir.

–¿Tú, transigir con Ipuy?

–No, claro, pero de todos modos... Con tu autoridad, podrías hablarle y hacer que admitiese su error. Terminaríamos la estatua y la venderíamos al precio que tú determinaras.

–En estas condiciones, ¿aceptarías reconciliarte con Ipuy?

Userhat el León ofreció agua fresca al maestro de obras.

–En el fondo, no es un mal tipo... ¡Pero el jefe escultor soy yo!
–¿Y si fuéramos a abrir el taller?
Userhat hinchó el pecho.
–Es mi deber y estoy orgulloso de cumplirlo. Dime, Nefer... ¿crees que yo también soy algo presumido y, tal vez, más estúpido que Ipuy?
–Lo importante es la obra que debemos realizar. No tengo ganas de juzgaros, ni al uno ni al otro.

Ante la mirada de Nefer el Silencioso, Renupe el Jovial cortaba madera mientras Ipuy el Examinador afinaba, con una azuela, un pilar de «estabilidad». En una esquina del taller había una máscara funeraria y un sarcófago.

Userhat el León había terminado el esbozo de la estatua, que representaba a un dignatario arrodillado, con las palmas de las manos apoyadas en los muslos y la mirada levantada al cielo. Ahora estaba acabando el primer pulido con pasta abrasiva a base de polvo de cuarzo, que aplicaba con suavidad.

Era fascinante verlo trabajar: acariciaba la estatua, le murmuraba confidencias sobre el modo en cómo iba a darle vida y mantenía un ritmo tan regular que exigía un total dominio de su aliento y de su mano.

Userhat le dio una sierra a Ipuy.
–Ahora te toca a ti.
Sus miradas se enfrentaron. En la de Userhat había un rigor exento de animosidad; en la de Ipuy, respeto y amistad.

Examinador advirtió las líneas rojas que Userhat había trazado sobre el calcáreo, para poder definir los contornos de la estatua. Con notable seguridad de ejecución, cortó los pedazos de piedra inútiles para obtener la silueta que deseaba el jefe escultor.

La figura del hombre que oraba ya empezaba a tomar la forma definitiva.

Renupe el Jovial, contento de ver a sus colegas reconciliados, se encargó, con entusiasmo, del segundo pulido.

–Cuando hayas terminado –anunció Userhat–, haré las orejas,

los ojos y las manos con una broca de sílex; Ipuy separará las piernas con la ayuda de un tubo de cobre hueco, haciéndolo girar entre las manos, y yo mismo procederé al último pulido, el más delicado, pues fijará para siempre el modelado del rostro y el cuerpo. ¡Será una hermosa estatua, compañeros, os lo prometo!

–Apresuraos a terminarla –exigió el maestro de obras–, pues no os faltará trabajo en los meses que están por venir. Necesitaremos nuevas estatuas de madera para la fiesta de Amenhotep I, nuestro fundador, y varias estatuas de culto del faraón Merenptah.

Los tres escultores deberían haber esperado aquella decisión, pero puesta en boca del maestro de obras adquiría otra dimensión. De pronto, se dieron cuenta de la magnitud y la dificultad de la obra que debían realizar.

–Necesitaremos una gran cantidad de piedras de primera calidad –avisó Userhat el León.

–Hoy mismo enviaré mensajes a las principales canteras –prometió Nefer–. También dispondréis de herramientas nuevas y de todo el material necesario.

–¿Tendremos menos días de vacaciones?

–Para seros franco, sí, es probable. El Lugar de Verdad tendrá que mostrarse a la altura de su reputación, y creo que será preciso evitar las pérdidas de tiempo.

–No vamos a aburrirnos –advirtió Jovial rascándose la cabeza–. ¿Cuándo dispondremos de un retrato oficial del rey?

–Aquí está –dijo el maestro de obras descubriendo un modelo de yeso que representaba un austero Merenptah, la nobleza de cuyos rasgos era digna de Ramsés el Grande.

–No has perdido la mano –dijo Userhat–. Tú eres el verdadero maestro escultor.

–Tú me enseñaste todo lo que sé... Cuento con vosotros para crear colosos, estatuas de pie como Osiris, estatuas sentadas y otras en posición de ofrenda.

Ched el Salvador entró en el taller y miró muy interesado todos los trabajos que estaban en curso.

–Es agradable tener colegas competentes –reconoció con leve desdén–. ¿Puedo robaros al maestro de obras por unos instantes?

En el lenguaje del pintor, aquello se trataba de una urgencia.

Sin embargo, Ched no perdió la compostura mientras ascendía hacia la tumba de Kenhir.

–Quería que vieras en seguida la última hazaña de Paneb el Ardiente.

Una preocupación más... El maestro de obras se preguntaba cuántas sorpresas le reservaba aún aquel día agotador.

Ched el Salvador se detuvo ante la pared en la que Paneb había retomado y modificado la representación del sacerdote haciendo ofrenda al dios Ptah. Estaba iluminada por una suave luz que ponía de relieve la finura del trazo y la belleza de los colores.

–Pero... ¡si es espléndido! –juzgó Nefer.

–¿Verdad que sí? Ha nacido un gran pintor.

27

Niut la Vigorosa no paraba nunca de limpiar, y varias veces había intentado tomar por asalto el despacho de Kenhir, que tenía cada vez más dificultades para preservar sus dominios. Aquella pequeña peste iba adquiriendo seguridad, discutía las órdenes y, a veces, sólo hacía lo que quería. Pero sus platos seguían siendo excelentes y el escriba de la Tumba ya no veía la manera de prescindir de ella.

–El cartero acaba de traer esta misiva para vos –dijo entregándole un papiro con el sello de Méhy, administrador principal de la orilla oeste.

Kenhir la leyó en seguida.

Estaba formulada en términos corteses, aunque era una imperativa convocatoria para el día siguiente.

–Debo salir –le dijo el escriba a su sierva.

–La comida está casi lista.

–No tardaré mucho.

Kenhir encontró al maestro de obras en el taller de escultura, donde estudiaba los modelos de estatuas propuestos por Userhat el León.

–Méhy me ha convocado –le comunicó.

–¿Y eso es normal?

–No hace más que cumplir con su cargo. No es ilegal que desee hablar conmigo, pero no estoy obligado a responder a su petición.

–Pero, si hicierais eso, ¿no os estaríais arriesgando a crear tensiones inútiles?

–Posiblemente. Según mis informaciones, el personaje ejerce sus funciones con mucha competencia y seriedad. Además, debería ser nuestro principal protector contra eventuales problemas administrativos, y mejor sería ganarse su simpatía.

–Sin embargo, no parecéis muy deseoso de encontraros con él...

–Es cierto –reconoció Kenhir–, pues temo exigencias por su parte. Como la mayoría de los altos funcionarios, no puede comprender el papel de nuestra cofradía y, sin duda, querrá restringir lo que él considera que son privilegios. Si eso ocurre, nuestra conversación se interrumpirá tajantemente. El tal Méhy tendrá que admitir que no puede hacer presa en nosotros y que no obtendrá concesión alguna por nuestra parte.

El portero de la suntuosa mansión de Méhy se inclinó ante el escriba de la Tumba e hizo llamar al intendente, que acudió en seguida.

–Mi dueño os espera –dijo inclinándose a su vez–. Si tenéis la bondad de seguirme...

El intendente dejó a su derecha la entrada de los criados y se dirigió por una avenida enlosada y bordeada de algarrobos, que se prolongaba por un gran jardín en cuyo centro se había dispuesto un estanque.

En cuanto hubo cruzado el umbral de la imponente morada, dos sirvientes invitaron a Kenhir a sentarse en una silla baja. Le lavaron las manos y los pies, se los secaron con unos lienzos perfumados y le ofrecieron un hermoso par de sandalias.

Luego, el intendente hizo cruzar al escriba de la Tumba una antecámara cuyo techo, adornado con cenefas vegetales, era sostenido por dos columnas de pórfiro, y lo hizo pasar a una vasta sala de cuatro columnas cuya decoración estaba consagrada a escenas de caza y de pesca en las marismas.

–Señor, vuestro invitado está aquí.

Méhy llevaba una camisa plisada, a la última moda, y un largo taparrabos sujeto por un cinturón de cuero. El general dejó su escritorio y salió al encuentro de su huésped.

–¡Mi querido Kenhir, qué placer veros! He preferido que conversáramos cómodamente en privado, en mi casa, en lugar de hacerlo en mis despachos. Y os he reservado una pequeña sorpresa...

En una mesita había un ánfora roja con la inscripción: «Vino blanco del oasis de Khargeh. Ramsés, año 5».

El copero llenó dos copas y desapareció.

–Un caldo excepcional que data del año en el que Ramsés el

Grande venció a los hititas en Kadesh. Entre nosotros, me quedan sólo tres jarras... Saboreémoslo, ¿queréis?

Kenhir se sentó en una silla con patas de león, de excelente factura, al igual que el resto del mobiliario. Al nuevo general le gustaba la riqueza y no se privaba de demostrarlo. Risueño, cálido, sabía hacer que sus huéspedes se sintieran cómodos. Pero su encanto no surtía efecto en Kenhir el Gruñón que, sin embargo, apreció en su justa medida el excepcional vino blanco, cuyo sabor afrutado era digno de admiración.

–¿Deseáis fruta o pasteles?

–Me limitaré a este gran caldo. Una maravilla, ciertamente.

–¡Complacer a un amigo es uno de los goces de la existencia! Afortunadamente, vivimos en un país donde se sabe producir vinos de esta calidad. ¿Me permitís que os pregunte por vuestra salud?

–Ya no soy joven, pero mi espíritu es fuerte y no le afecta ningún mal grave.

–¡Bebamos por nuestra longevidad!

La segunda copa fue tan deliciosa como la primera.

«Si intenta emborracharme –pensó Kenhir–, va a llevarse una decepción, a menos que vacíe buena parte de su bodega. Y la vil amenaza de la gota no me hará retroceder.»

–Tal vez sepáis que el faraón me confió dos funciones; la de general de las fuerzas armadas tebanas y la de administrador principal de la orilla oeste. En el fondo, tienen relación, pues debo encargarme de la seguridad de esta región de innumerables riquezas; y tengo la intención de cumplir mi misión sin desfallecer. Por otra parte, os concierne directamente, puesto que el Lugar de Verdad forma parte de las entidades administrativas de mi territorio.

–Está situado, en efecto, en la orilla oeste –rectificó Kenhir roncamente–, pero sólo depende del faraón.

–Es cierto, querido amigo, y ésa ha sido la regla desde su fundación. Mi papel consiste, simplemente, en protegerlo de cualquier atentado, añadiendo mi competencia a la de Sobek, el jefe de seguridad de la aldea. Debéis saber que el rey Merenptah, como sus predecesores, tiene en gran estima vuestra cofradía y que desea que reine en ella la más absoluta tranquilidad.

–Así será mientras Egipto sea Egipto –dijo Kenhir.

Méhy no conseguía alegrar al viejo escriba, cuya resistencia al vino blanco de los oasis era sorprendente. Sin duda, sería un adversario más temible de lo que había supuesto.

–Debo haceros una pregunta indiscreta, amigo mío.

–Debo mantener secreto absoluto, en todo lo referente a las actividades del Lugar de Verdad.

–Evidentemente, no se trata de eso, sino de mi predecesor, Abry. Su horrible fin me ha inquietado mucho, os lo confieso. Él debía encargarse de velar por la tranquilidad de la cofradía y sólo pensó en combatirla, llegando incluso a redactar un mendaz informe para engañar al rey. Tras haber cometido semejante fechoría, sólo le quedaba suicidarse. Pero ese drama me ha dado que pensar: podría existir una facción de dignatarios, más o menos influyentes, que intentaran causar daño.

La hipótesis no pareció conmover al escriba de la Tumba.

–Eso no es nuevo –consideró–, y es inevitable. Puesto que los secretos del Lugar de Verdad están bien guardados desde su origen, las imaginaciones se extravían y las ambiciones se alimentan de esas ilusiones.

–¡Eso podría suponer un grave peligro!

–Es una suerte que no lo subestiméis, Méhy. Gracias a vos, dormiremos tranquilos.

–Podéis contar conmigo, en efecto; y a mí me gustaría poder contar con vuestra ayuda.

–Una vez más, os repito que sólo doy cuentas de mi gestión al faraón o a su representante, el visir.

–Lo sé, pero quiero hablar de nuestro buen entendimiento para luchar contra cualquier peligro que amenace la cofradía. Por eso os hago estas preguntas: ¿hablasteis a menudo con Abry, sospechasteis de él y creéis que actuaba solo o que era miembro de una conspiración?

–Lo vi pocas veces pero, la última, intentó corromperme.

–Triste personaje. ¿Qué quería, concretamente?

–Abry era un débil y un oportunista, creía en las virtudes del constante aumento de impuestos y del poder coercitivo de la administración. La noción de libertad le era ajena y no soportaba que el Lugar de Verdad escapase a su control. Por lo demás, soy incapaz de responderos. El jefe Sobek, por su parte, cree en la existencia de una conspiración y no bajará la guardia tan fácilmente. Ni yo tampoco.

–Esperaba palabras más tranquilizadoras... Ahora comprendo mejor la inquietud que creí notar en el rey. Por fortuna, un hecho nuevo ha modificado la situación radicalmente: Abry ha muerto y yo lo sustituyo. Quien intentase atacar a la cofradía chocaría forzosamente conmigo. Con vos y el jefe Sobek, formaremos una eficaz muralla.

–Que los dioses os oigan, Méhy.

–No debemos decepcionar al rey ni a Egipto. A la menor sospecha, no vaciléis en avisarme e intervendré.

Kenhir prefirió este discurso al de Abry. Era evidente que el general se tomaba en serio sus funciones, y el Lugar de Verdad no había perdido con el cambio.

–Debo pediros un favor, Kenhir.

El escriba de la Tumba se puso rígido.

–Tranquilizaos, no se trata de un favor personal, sino de una obligación administrativa que debo resolver del mejor modo.

–Os escucho.

–¿Podéis ponerme en contacto con el maestro de obras de la cofradía?

28

La mirada del escriba de la Tumba se volvió francamente hostil.

–Es absolutamente imposible, tanto más cuanto la identidad del maestro de obras debe permanecer en secreto.

Méhy llamó al copero para pedirle una segunda ánfora de vino blanco de Khargeh, de la misma cosecha.

–En teoría, así es. Pero durante la visita del rey al Lugar de Verdad, todos los miembros de la delegación oficial que permanecieron en el exterior del recinto oyeron aclamar los nombres de Merenptah y de... Nefer. Todo el mundo sabe que la pareja real lo consagró como maestro de obras, y que él es el verdadero patrón de la cofradía cuya administración asumís. Pero tranquilo, son los dos únicos secretillos que han cruzado los muros de la aldea, cuya seguridad no ponen en cuestión.

–¿Por qué deseáis ver al maestro de obras?

–Puede ayudarme a resolver un problema administrativo.

–¿Y no os podía ayudar yo?

–Me temo que no, querido Kenhir, pues este asunto urgente es de carácter técnico, y sólo el maestro de obras del Lugar de Verdad podrá adoptar la decisión conveniente. Por desgracia, me es imposible deciros nada más, pues se trata de un expediente confidencial. Si Nefer desea informaros de ello, es cosa suya.

–Sabéis que puede rechazar vuestra... invitación.

–Lo sé, pero os ruego que defendáis mi causa vehementemente. Si me fuera imposible recabar su opinión, me encontraría en un gran aprieto. Ignoro por completo las soluciones que debo defender; él, probablemente, las conoce. ¿Aceptáis solicitárselo?

–Acepto, pero no puedo prometeros nada. La decisión es suya.

–Os lo agradezco muchísimo, Kenhir.

–Tengo la sensación de que esta segunda jarra es mejor aún que la primera...

–Pues bien, apurémosla juntos por la gloria de la cofradía.

En cuanto el escriba de la Tumba se hubo marchado, Serketa fue a sentarse en las rodillas de su marido.

–No me he perdido ni una sola palabra de vuestra apasionante conversación.

–¿Y qué piensas del tal Kenhir, dulce amor mío?

–Es un viejo tunante, tozudo, desconfiado y difícil de corromper. El muy imbécil de Abry no daba la talla.

–¿Crees que lo he convencido?

–Convencido y... preocupado. Y has tenido la suficiente inteligencia para no ofrecerle una jarra de ese vino que tanto le gusta. Te estaba tendiendo una trampa para ver si tú también intentarías corromperlo. No creo que Kenhir conozca grandes secretos, pero defenderá la cofradía con uñas y dientes.

–¿Preocupado, has dicho?

–Ha advertido que no te mostrarías tan pasivo como Abry, aunque oficialmente no tengas poder alguno sobre el Lugar de Verdad. Pero creo que la firmeza de tu compromiso lo ha tranquilizado: ¿quién no apreciaría a un protector como tú?

–Sé sincera, mi dulce amor: ¿consideras necesario que nos libremos de ese viejo escriba?

–¡De ningún modo! Aprenderemos a conocerlo bien, y te aconsejo que hagas cuanto esté en tu mano para que permanezca en su cargo el mayor tiempo posible. Si le suprimieras, lo que por otra parte no sería fácil, sería sustituido de inmediato y podríamos topar con un hombre más intratable aún. Estoy convencida de que Kenhir no es perfecto, y de que sus defectos van a sernos útiles.

Méhy agarró a su mujer del pelo.

–Me has convencido. Sin saberlo, el escriba de la Tumba se convertirá en nuestro aliado.

Casa la Cuerda se había ausentado para ver a su buey enfermo; Fened la Nariz fabricaba un taburete para su suegro; Karo el Huraño, un arcón para su abuela; Didia el Generoso, un cabezal para su sobrina; mientras, los demás miembros del equipo de la derecha realizaban también distintos trabajos destinados al exterior.

Habían sido convocados por el maestro de obras en el local de la cofradía, al pie de la colina del norte, al límite de la necrópolis, y se habían purificado antes de tomar asiento en los bancos de piedra.

Nefer se sentó en la silla que habían ocupado, antes que él, los jefes del equipo de la derecha. Su mirada se posó en el sitial que permanecería vacío para siempre, al estar reservado al *ka,* a la potencia creadora que animaba el corazón y la mano de los artesanos.

–Tengo que haceros una proposición –anunció el maestro de obras–. Puede que os disguste, pero debo recordaros la magnitud de las dos obras que vamos a iniciar: la excavación de la morada de eternidad del faraón Merenptah en el Valle de los Reyes y la construcción de su templo de millones de años. Os pido que interrumpáis los trabajos exteriores con tal de reservar todas vuestras energías para la realización de estas dos tareas prioritarias.

Un pesado silencio acogió la declaración de Nefer. Karo el Huraño fue el primero que se atrevió a romperlo.

–Es una antigua costumbre que nunca se ha cuestionado... Estos trabajos nos permiten completar nuestros salarios y procurar cierto acomodo a nuestras familias.

–Soy consciente de ello, pero debéis comprender que ya no es posible dispersar nuestros esfuerzos.

–¿A qué vienen tantas exigencias? –preguntó Casa la Cuerda–. Podemos avanzar tranquilamente en estas dos obras y proseguir con nuestras actividades complementarias.

–Eso es imposible, por dos razones –explicó el maestro de obras–. En primer lugar, estoy convencido de que no podemos perder tiempo.

–¿Por la edad del rey? –preguntó Nakht el Poderoso.

–En efecto. Tenemos que ser realistas: la sucesión de Merenptah se anuncia difícil, pueden producirse altercados, y debemos trabajar como si tuviéramos poco tiempo.

–¿Tienes informaciones concretas sobre lo que ocurre en Pi-Ramsés? –preguntó Gau el Preciso.

–Desgraciadamente, no; pero os ruego que confiéis en mí. Por lo general, no me gusta trabajar con prisas, y hubiera preferido tener mucho tiempo para concebir y realizar la tumba y el templo; pero estoy convencido de que no podemos permitirnos este lujo. Por lo que a la segunda razón se refiere, se desprende de la propia naturaleza de nuestra misión. Nuestro equipo participó en la conclusión de la tumba de Ramsés el Grande, pero ésta estaba prácticamente terminada desde hacía mucho tiempo. La de Merenptah será nuestra Gran Obra, la primera tumba real que crearemos juntos para que produzca eternidad, como las anteriores. El templo preservará el *ka* del rey, y exigirá un trabajo de alta precisión por nuestra parte. La aventura promete ser apasionante, pero no será fácil, por eso quiero que pongáis todo vuestro empeño en ella. Nos toca ir más allá de los límites de nuestro respectivo talento para justificar, una vez más, la existencia del Lugar de Verdad.

–Hay rumores que afirman que nuestros períodos de vacaciones podrían disminuir –comentó Pai el Pedazo de Pan–. Si así fuera, nuestras esposas no estarían muy contentas.

–Se hará lo que haya que hacer –respondió el maestro de obras.

–Si es necesario rechazar el trabajo del exterior y, además, reducir nuestras jornadas de descanso, la existencia se hará insoportable –protestó Unesh el Chacal.

–El escriba de la Tumba está de acuerdo en pagaros las primas correspondientes a las horas extras.

–Menos tiempo libre supone menos diversión, menos momentos agradables con la familia, menos visitas al exterior –insistió Unesh.

Los demás dibujantes asintieron, al igual que Renupe el Jovial y Karo el Huraño.

–¡Es lamentable! –gritó Paneb–. El maestro de obras os invita a participar en una aventura apasionante, la obra más importante que se lleva a cabo en Egipto, y protestáis por vuestras ventajas adquiridas, preocupándoos sólo por vuestra mediocridad y vuestra pereza. Bonita tripulación, en verdad... ¿Realmente tiene ganas de navegar o prefiere permanecer para siempre en el puerto, dormitando? Si el barco está tan desportillado, gastado y sin alma, será mejor que se hunda.

La mayor parte de los miembros del equipo de la derecha estaban pálidos, a excepción de Pai el Pedazo de Pan y Renupe el Jovial, cuya tez se había puesto de un rojo vivo.

–No tienes derecho a hablarnos en ese tono –advirtió Userhat el León.

–¿Y tenéis vosotros derecho a comportaros como funcionarios del Estado, más ocupados en contar las horas que en trabajar y cuya única ambición es alargar la duración de vuestra siesta? Si es así, el Lugar de Verdad no tardará en desaparecer.

Ched el Salvador pidió la palabra.

–Mi ayudante no tiene sentido de la diplomacia y tampoco sabe expresarse muy bien, pero, en el fondo, tiene razón. A causa del largo y feliz reinado de Ramsés el Grande y de vuestra innata afición a la facilidad, hemos vivido de nuestra técnica y nuestros conocimientos. La creación de una tumba real y de un templo de millones de años son empresas peligrosas que, hoy, nos dan miedo porque nos hemos sumido en la rutina. Sin embargo, tenemos la inestimable suerte de poder participar, juntos, en la Gran Obra. Ante semejantes perspectivas de futuro, ¿nos atreveremos a poner condiciones indignas del espíritu de la cofradía y de los antepasados que nos ven actuar? Que el maestro de obras decida, y nosotros obedeceremos.

El equipo aprobó por unanimidad la posición del pintor.

29

Clara y Nefer se habían amado como el primer día, con la misma pasión, teñida ahora de una ternura y una complicidad que aumentaban día tras día. El paso del tiempo no hacía mella alguna en su unión, como si ésta existiera desde siempre y no fuera víctima de los albures de los sentimientos.

Desnuda y enamorada, Clara no perdía aquella innata nobleza que había conquistado el corazón de todos los aldeanos. El maestro de obras admiraba a la mujer sabia.

–Estás preocupado, ¿no es cierto?

–El equipo ha aceptado mi proposición, pero ¿realmente han sido sinceros?

–La perfección no se halla en los hombres, Nefer, sino en la obra. Si les das un ideal y les permites realizarlo, superarán sus debilidades.

–Sí, pero ¿superaré yo las mías? No estoy hecho para este cargo, Clara. Con ser escultor me bastaba... ¡Y qué bueno era seguir las directrices del jefe de equipo!

–¿Olvidas quién te ha elegido? Es inútil dar coces como un caballo fogoso, y más aún preguntarnos sobre nosotros mismos. Soy la primera en saber que ni tú ni yo estamos a la altura de las tareas que debemos realizar, pero hay que llevarlas a cabo, y escalar la montaña, día tras día.

–Tantos problemas, tantas preocupaciones, tantas exigencias irrisorias por parte de unos y otros... Eso es lo que me agota, ¡y mucho más que la magnitud de la obra!

–¿Acaso crees que mi suerte es mejor? Están la piedra y la madera, eternamente dispuestas a recibir la luz, pero están también los seres humanos, siempre dispuestos a mentir, a holgazanear y a rivalizar en vanidad y egoísmo. Es así y nunca será de otro modo, pero el Lugar de Verdad los convierte en una tripulación capaz de navegar hacia paisajes que ninguno de ellos podría haber descubierto si hubiera viajado en solitario.

Nefer besó a su esposa con pasión.

–Soy toda tuya –dijo ella–, pero no olvides que tenemos un invitado.

Kenhir comía con apetito los suculentos riñones al vino blanco, acompañados por unas lentejas al ajo y un caviar de berenjena que había preparado Clara.

–Es muy sencillo –reconoció Clara–. La muchacha que me ayuda en casa está de vacaciones y no tengo tiempo de preparar grandes platos.

–Tienes dotes para todo, Clara... Gracias a ti, mi gota casi ha desaparecido.

–Tal vez fuera prudente beber menos vino y más agua –sugirió la mujer sabia.

–A mi edad, es malo cambiar de costumbres.

–¿Estáis satisfecho con Niut la Vigorosa?

–Es una pequeña peste, insolente y cabezona... pero útil. Me libra del polvo, no maltrata demasiado mis muebles y cocina de un modo aceptable. Me veré obligado a aumentarle el sueldo... ¡Pero temo que se meta en mi biblioteca! Sin duda, aprovecha mi ausencia para limpiarla. En fin, si pone cada pincel en su lugar y no toca ningún papiro...

–¿Cómo fue vuestra entrevista con Méhy? –preguntó Nefer.

–Bastante bien. Es un hombre dinámico, firmemente decidido a cumplir su función y, sobre todo, muy ambicioso. Por esta razón debería ser un excelente protector del Lugar de Verdad. Ésa es la misión que le ha confiado el faraón, y no tiene intención de fracasar. Además, no intentó corromperme, ni siquiera de un modo superficial... Pero me hizo una curiosa petición.

–¿Cuál?

–Desea verte, Nefer.

–¿Por qué razón?

–Según Méhy, sólo el maestro de obras puede ayudarlo a resolver un problema administrativo urgente.

–¿No es eso competencia vuestra, Kenhir?

–En este caso no, pues, al parecer, se añade un aspecto técnico que es de tu competencia. Le dije que tu identidad era secreta, pero tu reconocimiento oficial por la pareja real ha hecho circular tu nombre. Por otra parte, que Méhy sepa quién eres no tiene demasiada importancia, y tú no estás obligado a acudir a esa cita.

–Ya, pero está de nuestra parte, ¿por qué tendría que rechazarlo?

–Comparto tu punto de vista.

–Lo veré en el primer fortín. Y, si realmente puedo ayudarlo, lo haré.

El artesano del equipo de la derecha que traicionaba a la cofradía había tomado múltiples precauciones para ir al almacén de Tran-Bel. Afortunadamente, varios colegas habían aprovechado la semana de descanso excepcional, concedida por el maestro de obras antes del comienzo de los grandes trabajos, para abandonar la aldea. Unos se ocupaban de sus campos y sus rebaños, otros visitaban a los parientes de una u otra orilla, y otros hacían sus compras.

Ante la insistente mirada del jefe Sobek, el traidor había advertido que el policía se estaba volviendo muy suspicaz. Se tranquilizó pensando que el nubio, si hubiera tenido indicios claros, no habría vacilado en detenerlo e interrogarlo. Sin embargo, su actitud acababa de cambiar, como si sospechara de un hombre del interior de la aldea.

Simplemente, debería actuar con más prudencia, por si acaso Sobek había ordenado que lo vigilasen. En ese caso, corría el riesgo de conducir al perseguidor hasta el almacén y provocar su propia caída. Debería haber permanecido en la aldea y no correr riesgo alguno, pero tenía que hablar urgentemente con la mujer que le haría rico.

Así pues, no tomó la barcaza, en la que corría el riesgo de encontrarse con un policía de Sobek, y alquiló los servicios de un pescador que lo pasó a la otra orilla a cambio de una hogaza de pan. Al regresar, elegiría otro distinto.

El artesano se aseguró de que no los había seguido ninguna barca.

Tras haber atracado en un lugar desierto, lejos del embarcadero principal, el artesano permaneció apostado entre las cañas durante más de una hora.

Nadie se acercó a su escondrijo.

Tranquilizado, escaló la ribera y se dirigió hacia la ciudad, mirando hacia atrás con frecuencia. Se metió, por dos veces, en callejones sin salida y volvió sobre sus pasos para sorprender, en vano, a un eventual perseguidor. Si lo habían seguido, había conseguido despistarlos.

El artesano entró apresuradamente en el almacén y penetró en el despacho donde Tran-Bel hacía sus cuentas.

–¡Ah, eres tú! Me alegro de verte. Nuestros negocios marchan a las mil maravillas.

–Dile a quien tú sabes que estoy aquí.

–En seguida, en seguida... ¿Has hecho nuevos proyectos de sillas?

–Sí, pero tendrás que esperar antes de obtenerlos.

–Es molesto, muy molesto... ¡La clientela reclama!

–Ante todo, mi seguridad. ¡Avísala, y pronto!

–Ya voy, ya voy...

Tran-Bel ya estaba pensando en fabricar imitaciones, pero tendrían defectos. Por lo tanto, debería dedicarse a los nuevos ricos, al menos durante algún tiempo.

–¿Has descubierto algo importante? –preguntó Serketa a su informador.

–El maestro de obras ha tomado la decisión de excavar la tumba del rey y de construir su templo de millones de años, movilizando a todos los artesanos.

–¿Y eso es todo? ¿Has descubierto el escondrijo de la Piedra de Luz?

–De momento, no.

–Me decepcionas.

–No dispongo de ninguna información seria y no puedo husmear por todas partes sin ser descubierto.

–¿No eres libre de ir a donde quieras en el interior de la aldea?

–Algunos locales están cerrados con llave y sólo pueden abrirlos el escriba de la Tumba y el maestro de obras.

–De todos modos, tendrás que encontrar una solución.

–Mi equipo trabajará sin descanso durante un largo período de tiempo, y no podré mantener contacto con el exterior.

La mirada amenazadora de Serketa se clavó en el artesano.

–¿Acaso estás intentando huir, refugiándote en tu maldita aldea?

–¡No lo comprendéis! Las obras que van a empezar comprometen el porvenir de la cofradía, y el maestro de obras se mostrará intransigente. Tendremos que hacer horas extras y aceptar la reducción de nuestros períodos de descanso si se presentan dificultades técnicas. Y eso no es todo: el jefe Sobek se muestra cada vez más suspicaz.

–¿Con respecto a qué?

–Estoy convencido de que sospecha que uno de nosotros participa en una conspiración contra el Lugar de Verdad, tal vez incluso que asesinó a un policía. El tal Sobek es temible, es capaz de organizar vigilancias y acechar el delito permanentemente. Por eso he tomado múltiples precauciones para venir aquí.

–Muy prudente por tu parte... Pero ¿no te estarás volviendo demasiado timorato?

–No lo creo.

Serketa paseó lentamente alrededor del artesano.

–Sólo me traes malas noticias. Qué lástima... ¡Las mías eran excelentes! Mientras tú vegetas en la cofradía, tu patrimonio aumenta. Una vaca lechera más, un terreno al borde del Nilo, un campo... Cuando te retires, serás un hombre rico. Pero antes tendrás que convertirte en un informador mucho mejor.

El artesano se imaginaba tumbado sobre unos almohadones, en la sala de una hermosa morada donde pasaría las horas contando sus bienes una y otra vez.

Pero el sueño aún estaba muy lejos de la realidad... Y el traidor no se había decidido a revelar todos los secretos que poseía sin estar seguro de que podría gozar, sin peligro, de los frutos de sus manejos.

–No he cambiado de opinión –afirmó–, pero no podré decir nada hasta que las obras estén lo bastante adelantadas.

–No olvides que nuestra alianza no puede romperse –advirtió Serketa–. Cuando volvamos a vernos, estoy segura de que podrás decirme muchas más cosas.

30

A Clara la habían llamado urgentemente para que fuera a visitar a la esposa de Userhat el León, que se quejaba de fuertes dolores en el pecho. Tras examinarla a fondo, la mujer sabia había descartado la hipótesis de una crisis cardíaca, y le había prescrito un tratamiento para regular el sistema neurovegetativo, no sin antes haberle hecho una manipulación vertebral, pues el mal estado de la espalda de su paciente era el origen de numerosos trastornos.

Cuando regresó a su casa, a media mañana, Clara se encontró a Paneb en el umbral, que estaba muy inquieto.

–Me gustaría hablar con Nefer de un problema de suministros para el taller de pintura, pero nadie sabe dónde está. Lo han visto salir del templo, tras el ritual de la mañana, pero ¿adónde ha ido luego?

–Tenía que ir a casa de los escultores.

–He pasado por allí, pero no lo habían visto.

–¿No estará hablando con Ched el Salvador?

–No, vengo de allí.

Clara y Paneb preguntaron a los vecinos, pero tampoco lo habían visto. Unos niños emitieron testimonios contradictorios, pues creyeron que se trataba de un juego.

Finalmente, tuvieron que rendirse ante la evidencia: el maestro de obras había desaparecido. Empezaba a soplar un fuerte viento, y Clara se recogió en su interior para no oír nada. Pensó intensamente en Nefer para intentar saber dónde estaba.

–No os preocupéis –dijo con voz tranquilizadora–. Ya sé adónde ha ido.

A muchas palmeras datileras les gustaba vivir con la cabeza al sol y los pies en el agua. Formaban unos muros vegetales contra el viento, llegaban a centenarias y, en otoño, ofrecían generosamente sus dulces frutos. Algunas se agrupaban entre los olivares y las viñas, otras formaban bosquecillos apartados de los caminos, pero todas eran modelos de generosidad, pues cada parte del árbol era útil. ¿Acaso no proporcionaba madera para la construcción y el mobiliario, fibras para fabricar sandalias y cestos, y sus palmas cubrían las callejas para preservar el frescor? Pero Nefer había elegido una vieja palmera solitaria, en el lindero del desierto, para meditar a la sombra de sus palmas. La leyenda afirmaba que Thot, el dios del conocimiento, había escrito en aquel lugar palabras de sabiduría, y que el faraón Amenhotep I, el fundador de la cofradía, había ido a recogerlas. ¿No obtenía el árbol su savia del océano de energía que bañaba el universo donde, durante «la primera vez», la tierra había aparecido como un islote?

El maestro de obras había ido a implorar la ayuda del dios para apaciguar el fuego que lo consumía. Aunque Ardiente fuera capaz de luchar contra las llamas, Nefer estaba convencido de que él no lo lograría. Aquella inquietud devoraba sus entrañas, y le hacía preguntarse lo mismo una y otra vez: ¿sería capaz de llevar la cofradía por el camino del éxito?

En aquellos momentos, llevar a cabo la Gran Obra le parecía un objetivo que no estaba al alcance de su mano, y no tenía derecho a mentir a quienes lo habían elegido como guía.

Decían los sabios que el auténtico Silencioso se parecía a un árbol de abundante follaje y dulces frutos que se dirigía apaciblemente a su término en un bonito jardín. El corazón de Nefer ya sólo era un árido paisaje donde la angustia y la incertidumbre habían hecho crecer malas hierbas. Iba, pues, a orar a Thot para que le preservara de inútiles palabras y le ofreciera el agua de su pozo, sellado para los charlatanes. Si su llamada no obtenía respuesta, moriría de sed, y la cofradía encontraría un maestro mejor.

–¿Has descubierto el manantial? –preguntó una dulce voz de mujer.

–¡Clara! ¿Conocías este lugar?

–Lo he visto, y te he visto a ti prosternado debajo de esta palmera.

–El dios no habla, y yo no tengo la fuerza necesaria para seguir con mi tarea.

–Escucha mejor, Nefer, y crea lo que te falte.

La mujer sabia se arrodilló y empezó a cavar en la arena con las manos. Apareció el brocal de un pequeño pozo circular. Su marido la ayudó a cavar, hasta que tocaron tierra húmeda.

–Al pie de una palmera de Thot, siempre hay un manantial oculto –dijo ella–. Haz que limpien este pozo y bebe de su agua; ésta procede de las estrellas. Apagará el fuego que te abrasa y revelará la energía que posees sin saberlo. Nada te apartará de tu tarea, maestro de obras, pues tu camino ha sido trazado por los dioses.

Entonces se abrazaron y se entregaron al inaudito lujo de una tarde de meditación y silencio a la sombra de las palmas. El maestro de obras comprendió que, sin la mujer sabia, la cofradía sólo hubiera sido un conjunto de hombres estériles, incapaces de llevar a cabo la Gran Obra.

Un fuerte viento barría el puesto de guardia, levantando nubes de arena que atacaban los ojos de los policías nubios. Sin embargo, vieron que se acercaba un carro a toda velocidad e, inmediatamente, apuntaron con sus lanzas mientras el jefe de puesto tendía el arco.

El carro frenó bruscamente, y los dos caballos se encabritaron y relincharon. Del vehículo descendió un hombre robusto, de ancho pecho. Se dirigió hacia los guardias, muy seguro de sí mismo, como si sus armas no existieran.

–Soy el general Méhy, administrador principal de la orilla oeste. Avisad al maestro de obras de que he llegado.

Un nubio corrió hasta el quinto fortín para avisar a Sobek, que decidiría qué había que hacer.

El jefe de seguridad ordenó al guardián de la puerta que informara a Nefer, que abandonó el trazado del plano de la tumba de Merenptah para ir al encuentro de aquel visitante de rango.

Iba acompañado por *Negrote,* que estaba encantado con el imprevisto paseo. El maestro de obras no se había arreglado; llevaba la cabeza y los pies desnudos. Iba vestido con un simple taparrabos y parecía un modesto obrero, en comparación con Méhy, cuya ostentosa elegancia revelaba su riqueza.

–Gracias por haber aceptado la entrevista, Nefer.

–¿Qué deseáis?

–¿Podríamos hablar en privado?

–Seguidme.

El maestro de obras se alejó del puesto de guardia y recorrió un centenar de metros por el seco lecho de un ued. Méhy, que detestaba el desierto, tuvo cuidado de no estropear sus hermosas sandalias de cuero. El perro, generalmente tan exuberante, se mantenía a buena distancia del general y lo observaba con desconfianza.

–Aquí estaremos tranquilos –dijo Nefer–, pero no puedo ofreceros más asiento que un bloque de piedra.

–Me conformaré con ello... Encontrarme con vos supone tal privilegio que las condiciones materiales no importan.

–Tenéis tan poco tiempo como yo, Méhy. ¿Y si fuerais al grano?

–Se trata de un expediente delicado y confidencial que soy incapaz de tratar sin vuestra ayuda... Daktair, el director del laboratorio central, acaba de confeccionar una lista de productos que necesita. La mayoría de ellos no plantean dificultad alguna. Pero no ocurre lo mismo con el asfalto y la galena, que reclama con urgencia porque las existencias están agotadas. Según él, la penuria se explica por la falta de una expedición que debería haberse organizado si Ramsés el Grande no nos hubiera abandonado.

–Suponiendo que yo dispusiese de esos productos, estarían exclusivamente reservados al Lugar de Verdad.

–En ese punto, estamos totalmente de acuerdo, claro está.

–En ese caso, la entrevista ha terminado.

–No vayáis tan de prisa. Sin duda, sabéis que, durante estas expediciones, un artesano del Lugar de Verdad siempre era asociado a los mineros para dar indicaciones técnicas y tomar la parte reservada a la cofradía.

–Estáis bien informado.

–Simplemente he consultado los informes oficiales; y éste es el núcleo del problema: Daktair solicita autorización para dirigir un grupo de soldados y mineros hasta los parajes donde se recogen estos productos, y no veo razón alguna para negárselo. Pero es imposible llevar a cabo la empresa sin la presencia de un miembro de la cofradía que sólo vos podéis designar.

Mientras el maestro de obras se tomaba tiempo para pensar, Méhy lo observaba fijamente. Sin duda alguna, el hombre era de la raza de los grandes: tenía el rostro grave, la mirada profunda, una fuerte personalidad, poder de decisión, rigor de palabra... A la cabeza de la cofradía había un verdadero jefe que, sin duda, sería un temible adversario.

En aquel instante, en el desierto hostil, ante el maestro de obras a quien veía por primera vez, Méhy tomó plena conciencia del combate que debía librar. El general sentía que sus fuerzas se multiplicaban ante la idea de obtener la victoria sobre un enemigo digno de él y de someter, por fin, aquella orgullosa cofradía que se había atrevido a rechazarlo.

–¿No podemos retrasar la expedición? –preguntó Nefer.

–Según Daktair, no; pero me someteré a vuestra decisión.

El maestro de obras no podía privar de aquellos productos a la región tebana, y él mismo los necesitaba para un uso muy concreto.

–Designaré a un artesano –anunció–; la expedición deberá estar lista para partir dentro de cinco días. Preparad diversos asnos robustos.

–¡Me habéis salvado la vida!

–Deseo que el trabajo en los parajes de explotación se haga lo más rápido posible.

–Daré órdenes estrictas. Una vez más, gracias... ¿Me haríais el honor de aceptar una invitación a cenar?

–Lo siento, pero he apartado de mi existencia cualquier mundaneidad.

Tan hábil como un corzo, *Negrote* saltó de piedra en piedra para regresar a la aldea. Nefer lo siguió.

Si hubiera tenido un arco, y hubiera estado seguro de poder actuar con absoluta impunidad, Méhy le habría disparado, de buena gana, una flecha en la espalda al maestro de obras. Pues era preferible no afrontar de frente a un guerrero de su talla.

31

A las cuatro de la tarde, un guardián de la puerta relevó al otro, apostado desde las cuatro de la madrugada. Se instaló en la choza que había junto a la entrada principal del Lugar de Verdad.

El trabajo no era muy duro, y el salario se completaba con las entregas de leña que tenían que hacer los dos guardianes. Así cobraban una pequeña remuneración cuando servían de testigos durante las transacciones comerciales entre artesanos o cuando se pactaban contratos.

Un hombrecillo se acercó.

–Soy mercader de asnos.

–Mejor para ti, amigo.

–Los auxiliares me han dicho que podías hacer de ujier y reclamar los plazos no pagados.

–¿De qué artesano te quejas?

–No se trata de un artesano.

–¡Lárgate con viento fresco, pues!

–De todos modos, debes de poder ayudarme... Quiero denunciar al jefe Sobek.

–¡Al jefe Sobek! ¿Por qué razón?

–Porque no me paga lo que me debe.

–¿Estás seguro de lo que dices?

–Tengo todas las pruebas necesarias y te pido que lleves mi denuncia al tribunal de la aldea.

–¡Pero Sobek es el jefe de seguridad!

–¿Sabes cómo se reconoce a un policía? Porque nunca paga sus deudas, tanto si se trata de un bote de grasa como si se trata de un asno.

El tribunal del Lugar de Verdad llevaba, como nombre simbólico, el de «asamblea de la escuadra y del ángulo recto[1]», y podía reunirse en cualquier momento, incluso en los días de fiesta, si era urgente. Por lo general, lo componían ocho miembros, uno de los dos jefes de equipo, el escriba de la Tumba, el jefe de seguridad, un guardián, dos artesanos veteranos y dos mujeres. La asamblea trataba tanto los asuntos privados como los públicos, y registraba tanto las declaraciones de sucesión y las adquisiciones como las ventas de fincas rústicas. El tribunal era totalmente independiente y tenía poder para ordenar investigaciones a fondo y dictar condenas, fuera cual fuese la falta cometida. Si el asunto le parecía demasiado complejo, lo transmitía directamente al tribunal del visir, la más alta instancia jurídica del país.

Al no poder ignorar la denuncia del vendedor de asnos, Kenhir lo recibió en el exterior de la aldea, en el pequeño despacho que se había acondicionado en la zona de los auxiliares.

–Hacer una acusación contra el jefe de seguridad es muy grave –le advirtió al mercader–. Su reputación de probidad está muy bien establecida.

–La reputación es una cosa, y los hechos, otra. Tengo la prueba de que Sobek es un ladrón y quiero que sea condenado.

–Ya sabes a lo que te expones... Si la prueba no es válida, recibirás un severo castigo.

–Cuando se exige un derecho, nada debe temerse de la justicia.

–Así pues, ¿quieres seguir adelante con la denuncia?

El mercader afirmó con la cabeza.

Bajo la presidencia del escriba de la Tumba, el maestro de obras, el guardián que había recibido la denuncia, la mujer sabia, Uabet la Pura, un policía nubio, Thuty el Sabio y Userhat el León formaron el tribunal que, excepcionalmente, se instaló ante la gran puerta del recinto. Cuando el acusador y el acusado pertenecían a la cofradía, el tribunal se reunía en el patio del templo principal.

1. En egipcio, *qenbet*.

En el presente caso, tanto el uno como el otro pertenecían al exterior, y no podían, pues, ser recibidos en el corazón de la aldea. Puesto que el cargo de jefe de seguridad estaba bajo la autoridad del escriba de la Tumba, Sobek debía ser juzgado por el tribunal local.

Los jurados se habían puesto pesadas vestiduras almidonadas para la ocasión, y llevaban grandes pelucas que modificaban su aspecto y su fisonomía. Si el demandante esperaba poder identificar a un artesano, había perdido el tiempo.

Según el sistema judicial en vigor, el acusado y el acusador debían comparecer personalmente ante el tribunal y exponer sus respectivos puntos de vista, tomándose el tiempo que fuera necesario. El mercader y el jefe de seguridad estaban sentados en unos taburetes. Tanto el uno como el otro parecían muy seguros de sí mismos y evitaban mirarse a los ojos.

–La parcialidad es la abominación de Dios –declaró Kenhir–. Este tribunal actuará para con quien le es cercano del mismo modo que para con aquel a quien no conoce. No se mostrará injusto con el débil para favorecer al poderoso y sabrá proteger al débil del fuerte, distinguiendo la verdad de la mentira. Imploremos al dios oculto que interviene en favor del infeliz angustiado para que ilumine este tribunal y pueda pronunciar la sentencia adecuada.

El escriba de la Tumba miró al acusador y, luego, al acusado.

–Exijo un lenguaje claro, que todos comprendan, sin retorcidos argumentos ni explicaciones embrolladas. Formula tu acusación, mercader.

–El jefe Sobek me encargó un asno. Nos pusimos de acuerdo en el precio y le fue entregado. Sin embargo, ahora se niega a pagarme la suma convenida: una pieza de tela, un par de sandalias, un saco de centeno y un saco de harina. La factura fue debidamente registrada y no puede ser discutida.

–¿Qué respondes a eso, Sobek? –preguntó Kenhir.

–El mercader es un ladrón y un mentiroso. Me fue entregado un asno, es cierto, pero se trataba de un animal viejo y enfermo. Así pues, no tengo que pagar nada y soy yo quien debería haberle denunciado.

–Eso es falso –repuso el mercader–. El asno que entregué era un macho joven y vigoroso, en perfecto estado de salud. Además, aquí tengo un documento firmado por testigos cuando hice la factura.

El mercader entregó al presidente del tribunal una tablilla de madera en la que, con caracteres cursivos, se describía el asno y se indicaba su precio. En ella figuraban los nombres de tres testigos que certificaban la validez de las indicaciones.

–Yo también tengo un testigo –objetó Sobek–: el policía que vio el viejo animal y al que ordené llevarlo a un palmeral para que terminara allí sus días apaciblemente.

–¿Tienes algún documento escrito?

–¡Claro que no! ¿Por qué iba a tomar semejante precaución?

–Que Userhat el León vaya a buscar al policía para que testifique –exigió el escriba de la Tumba.

El subordinado de Sobek compareció ante el tribunal. Estaba muy impresionado y le costaba encontrar las palabras.

–¿Recuerdas un asno que le fue entregado al jefe Sobek?

–Ah, sí, sí... Era un asno.

–¿Joven o viejo?

–Muy viejo... Apenas podía andar.

–¿Qué te ordenó el jefe Sobek?

–No estaba contento, porque había encargado un animal joven y vigoroso. Entonces me ordenó que lo llevara a un palmeral. Tras haber cumplido con el reglamento de salida, obedecí la consigna.

El presidente del tribunal se volvió hacia la mujer sabia, cuya intervención aguardaba, pero ella no dijo nada. Kenhir prosiguió.

–Será fácil averiguar la verdad. Ve a buscar al animal y tráenoslo inmediatamente.

Gracias a la protección de los parasoles y a las bebidas frescas, esperar no había sido una prueba muy dura. El mercader demostraba mucho optimismo, como si no debiera temer nada de aquella gestión. Su seguridad comenzaba a turbar a Sobek, que, sin embargo, estaba seguro de que obtendría su absolución y una severa condena para el tramposo. ¡Muy inconsciente tenía que ser para burlarse así del tribunal!

El policía, jadeante, se presentó de nuevo ante Kenhir.

–¿Dónde está el asno?

–Lo... Lo he buscado y no lo he encontrado.

–¿No te habrás equivocado de palmeral?

–No, elegí el más cercano. Además, su propietario tiene varios asnos... Pero el viejo no estaba donde yo lo dejé.

El mercader parecía eufórico.

–No cabe duda de que el jefe Sobek y su subordinado han inventado esta historia para no pagar por un asno que estaba perfectamente sano, y que habrán ocultado en algún lugar. El jefe Sobek creía que un modesto comerciante como yo no se atrevería a llevarlo ante la justicia y que podría salir airoso de su delito. Pero acaba de demostrarse la verdad y pido reparación, indemnización, pena y destitución de ese policía deshonesto.

–¿Qué puedes decir en tu defensa? –preguntó Kenhir al nubio.

–¡Que este mercader es un mentiroso!

–Añado a mis acusaciones la de difamación –prosiguió el vendedor de asnos–, de la que son testigos todos los miembros de este tribunal.

–¿Tenéis algo más que añadir?

–¡Que se haga justicia! –exigió el mercader.

–Soy inocente y he sido víctima de una maquinación –protestó Sobek, furioso–. Dejadme interrogar a este bandido y confesará.

–¡Ya basta, jefe Sobek! Unos policías os acompañarán a un fortín donde esperaréis el veredicto.

32

Sobek se consumía, prisionero en su propia casa. Había caído en una trampa tan simple como diabólica, y no tenía posibilidad alguna de salir airoso de ella. Sería acusado de robo y mentira, sería condenado a varios meses de prisión y perdería su cargo. El tribunal se mostraría extremadamente severo, ya que un jefe de seguridad debería haber demostrado una honestidad por encima de cualquier sospecha. Y en el fondo había sido así, pero el cepo se apretaba alrededor de su cuello, y acabaría estrangulándole. La cólera, sin embargo, no le impedía ver con claridad: quienes deseaban la destrucción del Lugar de Verdad habían comprado al vendedor de asnos y organizado aquella conjura, destinada a quitar de en medio a Sobek y sus nubios. Nombrarían a otro jefe de seguridad, otro equipo de policías y, sin sospecharlo, la aldea ya no estaría protegida.

No podían matarlo, porque la muerte de Sobek provocaría que se abriera una investigación y haría sospechar la existencia de una conjura. El escriba de la Tumba exigiría que se reforzaran los efectivos y cerraría, más aún, el área sagrada. El método ideal, pues, consistía en desacreditarlo a él, el policía íntegro y molesto.

–El tribunal va a pronunciar la sentencia –le anunció uno de sus hombres, desolado.

El anochecer era dulce y tranquilo. Sobek caminó con pasos lentos para saborear mejor sus últimos instantes en aquel lugar de tan austera apariencia, pero al que tanto había amado. El Lugar de Verdad se había convertido en su patria, un espacio de armonía que había sabido preservar permaneciendo siempre alerta. Y ahora caía por culpa de un viejo asno...

El mercader ya estaba sentado en su taburete con una sonrisa en los labios. Sobek advirtió que la mujer sabia no había vuelto a su sitio.

–Prefiero permanecer de pie para escuchar la sentencia.
–Hela aquí –dijo Kenhir.
El nubio cerró los ojos.
A un largo silencio le sucedió el ruido de unos cascos golpeando el suelo, como si un asno se acercara lentamente al tribunal.
Sobek volvió a abrir los ojos, se dio la vuelta y vio a la mujer sabia que conducía un viejo cuadrúpedo de pelaje desgastado, acariciándole la cabeza.
–¡Es éste...! ¡Sí, es éste! –exclamó Sobek–. Preguntádselo a mi subordinado, él lo reconocerá también.
–Ya lo ha hecho –dijo Clara.
–¿Cómo lo habéis encontrado?
–He ido al palmeral y he interrogado a los campesinos, con muy pocas esperanzas, pues temía que hubieran matado al viejo asno. Afortunadamente para ti, el deseo de ganancias fue más fuerte. El cómplice del mercader conservó el animal para intentar engañar a un nuevo comprador.
El escriba de la Tumba miró con severidad al acusador.
–¿Qué puedes responder a eso?
–¿Qué demuestra que este asno viejo es el que se entregó al jefe Sobek? ¡Lo podéis haber sacado de cualquier parte!
–De ningún modo –repuso la mujer sabia–. Habría podido explicarlo tras las declaraciones contradictorias, pero era preferible mantener la información en secreto hasta ahora.
El mercader titubeó
–¿Qué queréis decir?
–¿En qué fecha concreta fue entregado el asno que vendisteis al jefe Sobek?
–Hace dieciocho días, exactamente.
–Los asnos son animales indispensables –recordó la mujer sabia–; sin ellos, Egipto no se habría convertido en un país rico, pero a veces son animados por la exaltación de Set. Por ello, cualquier asno que penetre en los dominios del Lugar de Verdad debe ser apaciguado mágicamente. Como es habitual, el policía solicitó la intervención de una sacerdotisa de Hator para que le pintara un jeroglífico en la parte interior del muslo delantero iz-

quierdo, y sólo lo llevó al palmeral tras haber cumplido con esta exigencia ritual. El jeroglífico varía en función de las estaciones y las fiestas. Hace dieciocho días, como puede atestiguar toda la cofradía, el signo elegido era un mechón de cabellos rizados. El tribunal puede comprobarlo.

Userhat el León levantó con delicadeza la pata del viejo asno y mostró al mercader el signo, pintado con tinta roja.

–Te lo advertí –le recordó Kenhir–. Has formulado una falsa acusación contra el jefe de seguridad de la aldea y has dicho muchas mentiras para que lo condenaran. ¿Reconoces los hechos?

–No, no... No soy responsable...

–¿Te atreves a negarlo aún?

El vendedor de asnos agachó la cabeza.

–No, imploro vuestro perdón... Simplemente, deseaba obtener ganancias fácilmente.

–En primer lugar, el tribunal te condena a entregar cinco asnos al jefe Sobek.

–¡Cinco! Eso es mucho, yo...

–Y no es todo. Le ofrecerás también dos días de trabajo por semana durante cinco años; si faltaras, una sola vez, a este deber, la pena se doblaría inmediatamente. ¿Deseas apelar ante el tribunal del visir?

–No, no...

–Jura, entonces, respetar esta sentencia.

El condenado juró con voz casi apagada.

–Ahora vete, y mañana por la mañana trae los cinco asnos.

Roto, el mercader se alejó.

–¡Habría que detenerle! –estimó Sobek.

–Si tienes otra acusación, organizaremos un nuevo proceso.

–¿No habéis comprendido que los enemigos de la cofradía han intentado deshacerse de mí?

–¿Eres consciente de la gravedad de tus palabras y de lo que implican?

–¡Seamos realistas! Si me hubieran destituido, ¿a quién habrían nombrado para protegeros?

–Tranquilízate, Sobek. ¿Olvidas que el jefe de seguridad es nombrado por el visir?

–¿Y por qué no van a manipularlo también a él?

–El proceso te ha trastornado. Ve a descansar, ya hablaremos más tarde.

Mientras el nubio regresaba a sus cuarteles, despechado, Kenhir le preguntó a la mujer sabia algo que hacía mucho rato que quería preguntarle.

–No había oído hablar de esa costumbre mágica...

–Consultad a Uabet la Pura –respondió Clara sonriendo–; la idea ha sido suya. Pero lo importante era encontrar el asno y obtener la confesión del cómplice del vendedor.

–Bien hecho... ¿Debemos creer en las obsesiones de Sobek?

La mujer sabia tomó la mano del maestro de obras.

–El cielo se cubrirá de oscuras nubes y los rayos podrían herirnos... Pero ¿acaso las sacerdotisas del Lugar de Verdad no son capaces de conjurar la mala suerte?

El vendedor de asnos no podía conciliar el sueño. Había sido el peor día de su vida, cuando esperaba triunfar sin dificultades.

Aquella misma noche, el emisario del general Méhy le pagaría lo acordado, pero sería una flaca compensación vistos todos sus problemas. La severa sentencia del tribunal no sólo le empobrecería, sino que también arruinaría su reputación.

Méhy tenía que indemnizarle e impedir que le impusieran cualquier otra condena, pues el jefe Sobek no dejaría de reclamarla. Enojado, éste se encarnizaría con su acusador y, si lograba que lo detuvieran, lo interrogaría sin miramientos y acabaría obteniendo su confesión.

Pensándolo bien, debía dirigirse de inmediato a casa del general y colocarse bajo su protección.

Al salir de la cabaña contigua al establo, el mercader se encontró con una campesina.

–¿Qué estás haciendo aquí?

–Soy la esposa de Méhy.

–Pero... ¡vais vestida como una mendiga!

–No quería que me reconocieran.

–¿Sois... sois el emisario?

–Has trabajado para nosotros y debes ser recompensado, tal y como habíamos acordado.

–¡El tribunal no ha condenado a Sobek! Han encontrado el viejo asno y los jueces han descubierto todo el plan... Ahora, tendréis que ofrecerme protección.

–¿Has hablado de Méhy?

–No, creen que soy el único responsable de todo... Pero si Sobek me detiene, lo confesaré todo para salvar mi pellejo.

–Tranquilízate –le dijo Serketa–. El fracaso es lamentable, pero cualquier pena merece ser compensada. Por eso recibirás lo que te prometimos.

–¿Y luego me protegeréis?

–Irás a un lugar donde ya no tendrás nada que temer del jefe Sobek.

El vendedor de asnos, más tranquilo, admiró las dos placas de plata que la mujer acababa de poner sobre un arcón para la ropa. ¡Una verdadera y pequeña fortuna! A pesar de sus sinsabores, había hecho bien aceptando la proposición del general. Mientras el mercader se recreaba la vista con aquellas riquezas, Serketa se puso detrás de él.

Sacó una larga y fina aguja del bolsillo interior del tosco vestido, y la hundió con un golpe seco en la nuca del cobarde, justo entre dos vértebras. Tras haberse entrenado con animales y una reproducción de una cabeza humana, Serketa llevó a cabo con total éxito su primera experiencia de verdad.

El vendedor de asnos sacó la lengua, emitió una especie de estertor, extendió los brazos para agarrarse al vacío y se derrumbó, muerto.

Serketa recuperó la aguja, que había hecho brotar un poco de sangre, y la limpió con cuidado, para no dejar rastro alguno de su crimen. Como su víctima no iba a gozar de una momificación de primera clase, nadie advertiría el minúsculo agujero. Luego, soltó los asnos y, con una de las cuerdas, colgó al vendedor de la viga maestra del establo. El mercader no pesaba más muerto que vivo.

Serketa recuperó las dos placas de plata y desapareció en la noche.

33

El equipo de la derecha estaba reunido en los locales de la cofradía. El escriba de la Tumba les recordaba que la cofradía necesitaba productos raros, como la galena o el asfalto, y el maestro de obras les decía que al menos un artesano debía formar parte de la expedición. Le serían entregadas instrucciones concretas, y regresaría a la aldea con las cantidades necesarias para la realización de un trabajo secreto.

Por lo general, Thuty el Sabio se encargaba de la tarea; pero, dado su reciente luto, el maestro de obras no podía obligarlo a realizarla. Reclamaba, por tanto, un voluntario que estuviera listo para partir a la mañana siguiente.

Kenhir regresó a su despacho y, tal como se temía, Niut la Vigorosa había pasado su escoba por allí. Pero el escriba no tuvo tiempo de enfadarse, pues un mensaje del jefe de seguridad le requería urgentemente en el quinto bastión. Aunque detestaba ir de un lado a otro constantemente, el escriba de la Tumba dejó, sin embargo, sus queridos papiros.

Al jefe de seguridad le costaba dominar su nerviosismo.

–¿Conocéis la noticia, Kenhir?

–Estoy aquí para eso.

–El mercader de asnos...

–¿Acaso ha osado injuriar al tribunal y no te ha entregado los cinco asnos que te debe?

–Acaban de encontrarlo muerto, en su casa. Se ha ahorcado.

–El lamentable mentiroso no ha soportado su caída.

–¡Un nuevo suicidio, después del de Abry! –exclamó el nubio.

–¿Cómo puedes comparar a un administrador principal de la orilla oeste con un vendedor de asnos? Éste ha tenido miedo de ti y de eventuales represalias.

–Estoy convencido de que lo han asesinado para impedir que hablara. Exactamente igual que a Abry.

–¿Tienes alguna prueba tanto en un caso como en el otro? –preguntó Kenhir, irritado.

–Por desgracia, no.

–No es malo que veas conjuras por todas partes, Sobek, pues eso forma parte de tu trabajo. ¡Pero que no te obsesione hasta el punto de hacerte perder la razón! ¿Al menos podrás recuperar los asnos?

–Alguien los ha soltado y corren por todas partes.

–Quizás el propio mercader los haya soltado antes de darse muerte.

–Eso sería muy sencillo.

–¡Y lo es, Sobek! ¿No podrías tomarte unos días de descanso?

–He renunciado a ellos.

–Has hecho mal. Un poco de descanso te hubiera sentado muy bien.

–La seguridad de la aldea es mi única preocupación. Y quienes la tomaron conmigo hicieron mal en fallar.

La página del Diario de la Tumba que Kenhir debía redactar iba a ser tan larga como excepcional. Casa la Cuerda no podía presentarse voluntario porque padecía unos trastornos oculares; Fened la Nariz, porque debía llevar ofrendas a la tumba de sus padres; Karo el Huraño, porque estaba reparando la puerta de su casa; Nakht el Poderoso, porque fabricaba cerveza para la próxima fiesta; Userhat el León, porque había sido picado por un pequeño escorpión; y todos los demás tenían, también, buenos motivos para no salir de la aldea y lanzarse a la aventura.

Todos, excepto Paneb.

–Eres padre de un chiquillo –le recordó Kenhir.

–Crece muy de prisa, y Uabet se encarga muy bien de él. Pero... a fin de cuentas, ¿no seré yo el único voluntario?

–Eso me temo. Vayamos a ver al maestro de obras.

Nefer el Silencioso no ocultó su turbación.

–Gracias por tu valor, Paneb, pero no pensaba que tú... No conoces los parajes ni los productos que debes traer.

–¿Y quién los conoce?

–El más indicado para hacerlo sería el orfebre Thuty, pero su luto...

–¿Forma parte de la cofradía, sí o no? Cuando se nos confía una misión, hay que saber olvidar las alegrías y las penas. He participado de su pesadumbre, pero hoy le necesitamos. Pues supongo que no se trata de un simple paseo por el desierto... Los productos a traer son indispensables para nosotros, ¿no es cierto?

–Aunque el laboratorio y la administración de la orilla oeste no hubieran reclamado la expedición, nos habríamos visto obligados a organizarla. La Morada del Oro utiliza el asfalto y la galena por razones precisas que no puedo desvelarte.

–Iré a ver a Thuty y le convenceré de que vaya. Si somos dos, el viaje será menos penoso.

Daktair no podía estarse quieto. Se mesaba sin parar los pelos de la barba, y contaba una y otra vez los doscientos asnos y los cien mineros dispuestos a partir, flanqueados por unos treinta prospectores especializados en la búsqueda de minerales y piedras preciosas. Estaban acostumbrados al peligro, a resistir a las penalidades; habían establecido sus propios mapas y representaban también el papel de protectores contra eventuales ataques de los «merodeadores de la arena», nómadas crueles y saqueadores. Daktair había exigido la máxima seguridad, y, por ello, veinte soldados experimentados les echarían una mano en caso de agresión.

La pista estaba jalonada por pozos, pero se habían calculado ampliamente las reservas de agua y alimentos. Se había examinado cuidadosamente el estado de salud de cada asno, los cestos eran nuevos y los arreos también.

Ya sólo faltaba el artesano del Lugar de Verdad.

–¡Cuánto tiempo va a hacernos perder aún! –dijo Daktair, indignado–. ¡A fin de cuentas, no vamos a pasar todo el día esperándole!

–¿Deseáis que vaya a la aldea? –preguntó uno de los prospectores.

Las miradas se clavaron en una pequeña embarcación que intentaba atracar. Maniobraba de un modo vacilante, y embarrancó dos veces antes de alcanzar la orilla. De la embarcación saltaron dos pasajeros muy distintos, un joven coloso y un hombre de edad indefinida, casi flaco, que parecía que fuera a romperse.

Los soldados los rodearon en seguida y los amenazaron con sus garrotes.

–¿Quiénes sois? –preguntó Daktair, agresivo.

–¿Acaso no se ve? –se extrañó el joven coloso–. Un marino aficionado que está aprendiendo a navegar... Por ser mi primera travesía, no lo he hecho mal del todo.

–Regresa al lugar de donde vienes, muchacho. Esto es una zona militar.

–¿No es el punto de partida de una expedición?

Daktair se sintió turbado.

–Estás bien informado... ¿Quién te lo ha dicho?

–El maestro de obras del Lugar de Verdad.

–¡Esperaba a un artesano, no dos!

–Me llamo Paneb, y éste es mi compañero, Thuty.

–Tengo que saber algo más sobre vuestros grados y vuestra competencia.

–Pues no te vamos a decir nada más.

–¿Sabes con quién estás hablando? Soy Daktair, el director del laboratorio central de Tebas y el jefe de esta expedición. Me debes total obediencia y te ordeno, pues, que satisfagas mis exigencias.

Paneb miró, uno a uno, a los soldados. Thuty comprendió que su compañero se disponía a lanzarse a la brega y que no sería, forzosamente, vencido.

–Tranquilo, Paneb... –le murmuró–. Recuerda que tenemos una misión que cumplir.

–Es cierto, no tengo derecho a dejarme llevar. Bueno... sólo nos queda regresar a casa.

El joven coloso se volvió hacia la pequeña embarcación.

Daktair se abalanzó sobre Paneb y lo agarró por la muñeca.

–¿Adónde vas?
–Suéltame inmediatamente o no respondo de mis actos.
La amenazadora mirada de Paneb obligó al sabio a obedecer.
–Thuty y yo regresamos a la aldea.
–Pero... ¿no debéis partir conmigo?
–Contigo, pero no a tus órdenes. Somos hombres libres y sabemos lo que debemos hacer.
Daktair se enfadó muchísimo.
–Te recuerdo que soy el jefe de esta expedición y que no podrá tener éxito sin una muy estricta disciplina.
–Aplícala a tus subordinados; nosotros sólo dependemos del Lugar de Verdad. Si no eres capaz de comprenderlo, serás el responsable del fracaso de esta misión.
–¿Vas a desvelarme, al menos, nuestro destino?
–Lo conocerás cuando llegue el momento. Estamos de acuerdo, pues: Thuty irá delante y nos mostrará el camino.
–¡Desprecias mi autoridad, Paneb!
–Pero ¿qué dices? Simplemente, me importa un bledo.
–No estoy acostumbrado a que me hablen en ese tono. Lo quieras o no, la expedición está bajo mi mando y no puedo tolerar tu actitud.
–Entonces, vete sin mí.
Daktair se volvió hacia Thuty.
–Espero que tú seas más razonable que tu amigo.
–De acuerdo con la voluntad de nuestro maestro de obras –dijo el orfebre pausadamente–, conduciré esta expedición hasta las minas, pero hay una condición no negociable: aplicar las instrucciones que yo he recibido. Sean cuales fueren tus títulos y tus prerrogativas, o lo aceptas o te quedas en Tebas.
Daktair, atónito, comprendió por qué era tan difícil luchar contra aquella cofradía.
–Dejemos estas vanas discusiones y marchémonos ya –decretó Paneb.

34

La expedición bajó por el Nilo desde Tebas hasta la altura de Coptos, donde animales y hombres desembarcaron para tomar la pista del desierto. Ésta conducía al mar Rojo y a la península del Sinaí, rica en minas de turquesa y cobre que habían sido explotadas desde el Imperio Antiguo. Thuty, que conocía bien el lugar, desdeñó la pista que conducía a una cantera de granito y se dirigió hacia el Gebel Zeit.

Aunque en aquella región no llovía casi nunca, ésta gozaba sin embargo de cierta humedad gracias al mar Rojo, y algunos islotes de verdor crecían aquí y allá, especialmente al pie de una impresionante cadena montañosa, con picos de mil metros de altura.

La mayoría de los egipcios temían el desierto, ya que estaba poblado por criaturas extrañas y peligrosas, pero todos sabían que preservaba los cuerpos para la eternidad y que albergaba inmensos tesoros, oro, plata, y todas «las piedras puras engendradas en el vientre de las montañas». Era posible atravesar el desierto, pero no vivir en él, ya que era el más allá presente en la tierra, y era necesario cruzarlo con la ayuda de un experto guía para no caer en sus múltiples trampas.

Paneb andaba junto a Thuty que, a pesar de su frágil constitución, iba a un buen ritmo.

–Tengo la impresión de que te gusta el viaje.

–¡Más que eso! –exclamó Ardiente–. Qué magníficos paisajes... La arena parece fuego pero resulta suave para mis pies. Afortunadamente, nuestra aldea está situada en el desierto; es necesario su poder para sacudir a los hombres y librarlos de su molicie.

–¿Qué opinas del tal Daktair?

–Me da absolutamente igual. Es un pequeño funcionario, demasiado gordo, al que sus privilegios embriagan de vanidad.

–De todos modos, debes desconfiar de él. Cuando trabajaba en Karnak, me crucé con individuos como éste, aunque menos peligrosos. No es sorprendente que no le gustemos, pero tengo la sensación de que puede haber algo más grave.

Paneb miró a Thuty con asombro.

–¿Has vivido en el dominio de Amón?

–Allí aprendí a trabajar la madera preciosa, el oro y el electro, a cincelar decoraciones, a forrar con oro puertas, estatuas y barcas, y habría alcanzado un alto grado en la jerarquía si Kenhir no me hubiera llamado. El Lugar de Verdad necesitaba un orfebre experto y yo era el tercero en la lista, pues el tribunal de admisión había rechazado a los dos primeros.

–¿Por qué no te quedaste en Karnak?

–Nunca me había atrevido a llamar a la puerta de la cofradía, pero sabía que detentaba unos secretos del oficio que no se revelaban en ninguna otra parte. Acceder a ellos me parecía imposible. De modo que, cuando se presentó la ocasión, probé suerte.

–¿Habías escuchado la llamada?

–Desde el momento en que tuve el oro en mis manos... Pero ignoraba que era eso y que me hacía distinto a los demás orfebres. La cofradía lo reconoció y fui admitido en el equipo de la derecha. Qué maravilloso día... Ahora, hay que soportar el sufrimiento.

–Podrías tener otro hijo.

–No, prefiero mantener intacto el recuerdo de mi hijo, de su infancia risueña, de sus juegos, de esa felicidad que no supe retener... Y te agradezco que me hicieras salir de mi sopor para tomar parte de esta expedición. Solo, habría estado desamparado; contigo, podré cumplir esta difícil misión.

–¿Por qué temes a Daktair?

–Porque vamos a recoger un producto peligroso cuya utilización ha sido fijada por unas reglas muy estrictas. Como director del laboratorio central, podría tener la intención de violarlas.

–¿Acaso no debemos hacer que se cumplan?

–Ésa es la razón por la que podemos resultarle molestos. A priori, la expedición no tiene por qué ser peligrosa; pero desde que he conocido a Daktair, ya no estoy tan seguro de ello.

Paneb soltó una golosa sonrisa.

–¡A ver si se atreve a meterse con nosotros!

–Sólo somos dos, Paneb.

–Por lo que he podido ver, no te faltan amigos entre los mineros y los buscadores de mineral.

–Haber cruzado varias veces el desierto con los mismos hombres crea vínculos, es cierto. La mayor parte de ellos no se volverían contra nosotros.

–Tranquilo, Daktair no tiene ninguna posibilidad.

Daktair era el único que se desplazaba a lomos de un robusto asno y, a pesar de ese privilegio, bebía más que los otros caminantes. Sospechaba que el viaje no sería, precisamente, una excursión placentera, pero no había previsto que las desérticas extensiones le horrorizarían tanto.

Con un humor de perros, el sabio había intentado, en vano, un plan para librarse del joven coloso. Le sentía más desconfiado que una fiera y capaz de reaccionar con violencia. ¿Y cómo podía deshacerse de él sin levantar las sospechas del orfebre? Si Paneb se negaba a proseguir, Daktair no podría echar mano a uno de los importantes secretos de la cofradía.

Tenía que esperar, pues, a que hubieran recogido los productos. Luego, ya vería.

Los mineros redujeron el paso.

–¡No he ordenado detenerse!

–Ya no avanzan.

Enojado, Daktair avanzó hasta el principio de la fila.

Thuty se había sentado en un bloque de piedra, con la espalda al sol. Hombres y animales bebían agua.

–¿Qué ocurre?

–Una detención imprevista –repuso el orfebre–. En principio, no va a ser muy larga; nos vendrá bien descansar un poco.

–¿Dónde está tu compañero?

–Se ha ido, hacia aquel montículo, con dos buscadores de piedras preciosas.

–Pero... ¡éste no es el objetivo de la expedición!

–Ve a dormir un poco.

–¡Llama inmediatamente a esos hombres!

–Esperemos tranquilamente a que vuelvan. Cuanto más te muevas, más sed tendrás.

Thuty ofreció un higo a Daktair, que lo rechazó y regresó a su lugar, a la retaguardia del grupo. Ningún minero le mostraba una especial simpatía, y muchos de ellos acudían para compartir con el orfebre los recuerdos de anteriores expediciones.

–¡Fabuloso! –exclamó Paneb al regresar del montículo–. Mira lo que me han permitido recoger los prospectores.

Ante los ojos de Thuty, esparció unos cristales en forma de dodecaedros que ocultaban cornalinas, jaspes rojos y granates. Algunos granates ya se habían desprendido de su ganga y parecían rosarios de esferas.

–No se han burlado de ti –consideró el orfebre.

–Nuestros amigos creen que no es necesario enseñar estas piedras a Daktair y hacer que un escriba las registre. A fin de cuentas, sólo son guijarros grandes.

–Desde un punto de vista profano, es cierto. Y hay que llenar tanto papeleo...

–Tal vez pudiéramos repartirlas. Daktair debe de impacientarse.

Un soldado se acercó a los dos artesanos.

–Hemos descubierto a tres merodeadores en la colina... Han estado observándonos durante unos instantes, antes de desaparecer. Sin duda, son exploradores.

–¿Debemos prever un ataque? –preguntó Paneb.

–No forzosamente... Esos bandidos son unos cobardes y sólo atacan las caravanas que están mal protegidas. Sin embargo, tomaremos las precauciones que sean necesarias. Algunos arqueros permanecerán a vuestro lado y estableceremos turnos de guardia por la noche.

Se pusieron en marcha de nuevo, con un paso más lento, no sin observar los alrededores con el miedo de ver aparecer una pandilla armada.

Con el transcurso de las horas, el temor se desvaneció, tanto más cuanto ninguno de los pozos que jalonaban la pista había sido obstruido o ensuciado.

La intendencia estaba asegurada, y la moral de la tropa era excelente. Paneb, que había llevado a hombros a un joven minero que padecía una insolación, se había ganado todas las simpatías, y nadie se lamentaba ya del ritmo que imponía Thuty.

Los prospectores consultaban sus mapas, y llenaban sus bolsas de cuero con muestras de minerales y las etiquetaban cuidadosamente.

–Será nuestra última noche al raso antes de llegar al paraje, mañana a mediodía –anunció Thuty–. Esta noche, festín para todos: cecina de buey y vino tinto.

Mientras los mineros entonaban cantos en honor del faraón y de la diosa Hator, soberana de los metales preciosos, Daktair se aproximó a los dos artesanos.

–No hemos cruzado palabra durante todo el viaje... Creo que ya va siendo hora de firmar la paz –sugirió el sabio.

–¿Por qué no? –respondió Thuty–. Siéntate y bebe.

–Alcohol no, gracias.

–Pues te pondría de mejor humor –sugirió Paneb.

–Supongo que pondremos manos a la obra mañana mismo.

–Eso es –aprobó el orfebre.

–¿No sería hora de que me dijerais cómo pensáis proceder? Estoy aquí para ayudaros y hacer que os beneficiéis de mi ciencia.

–No lo dudamos, Daktair, pero será mejor que te preocupes por nuestra seguridad.

–¡Los soldados se encargan de eso! Lo que me interesa es la naturaleza y la cantidad de los materiales que llevaremos a Tebas.

–Es hora de dormir –decidió Thuty.

35

El Gebel Zeit era un pequeño macizo montañoso apartado de las pistas caravaneras. Estaba situado a trescientos kilómetros de Tebas, muy aislado y dominando el acceso al golfo de Suez. El paraje era explotado muy raramente, cuando se necesitaba galena. Daktair había oído decir a algunos mineros que ésta era tan valiosa como el oro, y se le hacía la boca agua sólo de pensarlo. Ahora comprendía mejor por qué el orfebre Thuty había ido varias veces a aquel lugar perdido, pero seguía ignorando el uso que la cofradía hacía del raro material.

–Rindamos primero homenaje a la diosa Hator y pidámosle su protección –ordenó Thuty.

Daktair maldijo aquella pérdida de tiempo, pero sabía que erradicar las viejas supersticiones no iba a ser empresa fácil. Todos los miembros de la expedición se recogieron ante unas sórdidas estelas de piedra, levantadas ante unos pequeños santuarios de piedra seca edificados entre las sumarias moradas que los mineros ocupaban durante su estancia en el Gebel Zeit. Cada cual hizo una ofrenda a la diosa, un amuleto, un escarabeo de loza, una estatuilla de mujer de terracota o un pedazo de tela de lino, y veneraron también a los dioses Min, protector de los exploradores del desierto, y Ptah, patrón de los artesanos.

Una vez concluido el ritual, Thuty distribuyó las tareas. Mandó cinco prospectores a cazar gacelas, otros cinco a pescar y recoger moluscos, y designó dos intendentes que formaron equipos de limpieza mientras empezaban a descargar los asnos y los soldados ocupaban posiciones para asegurar la protección del paraje.

Paneb se encargó de distribuir las herramientas de piedra, los picos y los percutores, la mayoría de basalto. Luego eligió a unos veinte mineros que, a pesar del viaje, dispusieran de todas sus energías para dirigirse a la mina, que estaba a unos tres kilómetros de las viviendas y los santuarios.

Sorprendido por la eficacia de los dos artesanos, Daktair ya no sabía adónde mirar para no perderse ninguno de sus movimientos. En un momento u otro acabarían revelando el objetivo de su misión y, al mismo tiempo, el secreto del que tanto deseaba apoderarse el sabio.

–Vamos –decidió Thuty–; que cuando volvamos esté lista la comida.

Daktair se unió a la escuadra que se dirigía hacia la mina; ni Thuty ni Paneb le prestaron la menor atención.

Cuanto más se acercaba al objetivo, más advertía el sabio la abundancia de minerales extraños, grises azulados unos, muy oscuros otros. Nunca había visto nada semejante y tuvo otra sorpresa al descubrir la mina, que tenía una parte al aire libre y otra subterránea. Los filones de galena estaban orientados de norte a sur. Habían sido detectados en la superficie y, luego, se habían excavado galerías hasta treinta metros de profundidad. Uno de los puntos de ataque de un filón especialmente rico se hallaba, incluso, cien metros por debajo de la superficie y adoptaba la forma de un estrecho túnel que sólo un minero de poca corpulencia podía recorrer.

Daktair estaba muy excitado, como si estuviera a punto de hacer un gran descubrimiento.

–Esas rocas... ¿son de galena?

–La galena es un sulfuro de plomo, de color gris azulado –precisó Thuty–. Las rocas que varían del pardo oscuro al negro son asfalto. ¿Quieres visitar una galería?

–¡Claro que sí!

–Vas a ensuciarte... Por tu corpulencia, sólo podremos entrar en una sala bastante ancha.

Daktair estaba tan fascinado que habría seguido al artesano hasta el fin del mundo, pero el descenso no fue fácil, y Paneb incluso tuvo que agarrarlo una vez por la cintura porque el sabio dio un peligroso traspié.

La expedición anterior había trabajado bien, y había excavado salas lo suficientemente altas como para andar por ellas sin tener que agacharse. Los orificios de ventilación, de unos treinta centímetros de diámetro, estaban dispuestos de tal modo que por ellos corriera el aire permanentemente.

Un minero arrancó un poco de mineral con un pico y lo rompió para extraer de su ganga las pepitas de galena.

–Eso es lo que llevaremos a Tebas –reveló Thuty.

–¿Para qué se usa?

–El asfalto sirve para impermeabilizar los silos, calafatear cierto tipo de embarcaciones, sellar las tapas de las jarras y poner mango a las herramientas. Aplicado como cataplasma, resulta eficaz contra la tos. La galena, en cambio, nos ofrece el más valioso de los productos: los cosméticos, que permiten que nuestras elegantes esposas se maquillen los ojos. Ellas la adoran, y sólo por eso, nuestro viaje ya estaría justificado.

Tantos esfuerzos para tan poca cosa... Daktair se sentía muy decepcionado. Pero no podía desdeñar la hipótesis más evidente: los dos artesanos se burlaban de él y le mentían descaradamente.

Guardándose mucho de manifestar su desconfianza, Daktair asistió al trabajo de los mineros, se desplazó a su aire por las galerías accesibles y se aventuró, incluso, por un estrecho túnel que acababa de ser excavado, sin conseguir descubrir nada insólito.

Desdeñando las horribles pepitas de galena, espió los hechos y los gestos del orfebre y de su compañero que, por desgracia, se distribuían las tareas y sólo se encontraban, al caer la noche, en su pequeña cabaña, para dormir en sólidas esteras de viaje. ¿Cómo podía saber lo que hacía Paneb cuando Daktair espiaba a Thuty, y viceversa? El sabio había conseguido sobornar a dos mineros, pero sólo le proporcionaban informaciones que no tenían el menor interés.

Bajo la dirección de Thuty, extraían galena; bajo la de Paneb, se catalogaban las pepitas, se guardaban en cestos para el transporte, se limpiaban y se repartían las herramientas.

Los dos servidores del Lugar de Verdad utilizaban su experiencia como hombres de cantera. Organizaban el trabajo adaptándose a las condiciones particulares de cada jornada y economizando al máximo los esfuerzos de los obreros, por lo que su popularidad aumentaba entre ellos día tras día.

Si el secreto sólo se refería a un producto de belleza y a un adhesivo de restringido empleo, los esfuerzos desplegados eran irrisorios. Daktair se negaba a admitir que se hubiera equivocado; el Lugar de Verdad era una institución demasiado importante para entregarse a tan superficiales actividades. Si los dos artesanos participaban en la expedición, con instrucciones concretas de su maestro de obras, si habían abandonado la aldea sabiendo que su cara y su nombre serían, en adelante, conocidos, tenía que haber una razón seria.

De modo que Daktair cambió de estrategia. Durante el día, se concedió largos períodos de descanso; por la noche, permanecía despierto para observar la cabaña de ambos artesanos, con la esperanza de que se descubrieran por fin.

Y después de tres interminables vigilias, su paciencia se vio recompensada.

Cuando todo el campamento dormía, Paneb y Thuty lo abandonaron sigilosamente y se encaminaron hacia la mina.

Daktair los siguió.

Rodearon uno de los puestos de guardia y se dirigieron hacia una colina que no se hallaba en la zona explotada.

Daktair vaciló. Si tropezaba, sería descubierto inmediatamente, y sería incapaz de defenderse del joven coloso. Pero era la única oportunidad de descubrir lo que estaban tramando los artesanos.

Afortunadamente, no caminaban muy de prisa, como si vacilaran sobre el camino que debían seguir. Pero entonces Daktair se dio cuenta de que estaban evitando a los centinelas. Pasaron muy lejos, por detrás del último, que no los descubrió, y comenzaron el ascenso a la colina.

Daktair hizo lo mismo.

De pronto, se detuvieron, como si se hubieran encontrado con un adversario invisible. Paneb se separó de Thuty y cogió una piedra. Cuando levantó el brazo, Daktair creyó que el joven coloso iba a golpear a su compañero. ¿Habría decidido librarse de él para apoderarse, solo, del tesoro?

Paneb arrojó la piedra violentamente, y luego siguieron caminando.

Cuando el sabio pasó por el lugar donde se había producido el incidente, vio el cadáver de una cobra negra, con la cabeza destrozada. El miedo le atenazó la garganta. El desierto era el dominio de los reptiles y los escorpiones y, por lo general, nadie se desplazaba por allí de noche.

Muy a su pesar, Daktair los seguía por inercia, porque se veía incapaz de encontrar el camino hasta el campamento. Ya no se atrevía a mirar a su alrededor y clavaba los ojos en la espalda de los artesanos, con el temor de oír un siniestro silbido.

El ascenso a la colina fue penoso. Daktair estuvo, por dos veces, a punto de resbalar en las rocas húmedas.

Una vez en la cima, los dos hombres desaparecieron.

«La entrada de una mina –pensó el sabio–; han debido de meterse en una galería donde está oculto el tesoro que deben llevar a la cofradía.»

Daktair se olvidó de las serpientes, las resbaladizas piedras y el desierto hostil, y trepó hasta la cima.

Se tumbó boca abajo y, entonces, los vio.

No había ninguna entrada de mina, sino una especie de cráter; Thuty y Paneb lo observaban. Pero ¿qué habría allí?

Daktair abrió los ojos de par en par, pero no conseguía ver nada. ¿No se habrían extraviado los dos hombres?

Lo que heló la sangre del sabio no fue el silbido de una serpiente, sino el de una flecha que le rozó la sien y le hizo una herida.

En cuanto se volvió, Daktair vio a tres hombres armados con puñales que corrían hacia él.

–¡Socorro! –gritó.

36

Paneb, sobresaltado, dio un brinco.

Y entonces vio a los agresores, iluminados por la luz de la luna. Tres merodeadores de la arena, hirsutos, acababan de arrojar al suelo a Daktair, que no dejaba de gritar.

–¡Meteos conmigo, pandilla de cobardes!

Los bandidos dejaron al sabio y atacaron a Paneb.

Pero en vez de desplegarse, cometieron la equivocación de lanzarse juntos contra el insensato que les desafiaba, convencidos de que podrían clavar los puñales en su pecho sin dificultad alguna.

En el último momento, Paneb se inclinó para golpear con la cabeza el bajo vientre del atacante del centro y levantar a los otros dos agarrándolos por los testículos.

Sin dejar tiempo a sus adversarios para levantarse y recuperar el aliento, Ardiente contraatacó rápidamente. Aplastó el cráneo del primero con una piedra, le rompió el cuello al segundo y degolló al tercero con su propio puñal.

–¡No me hagas daño! –suplicó Daktair levantándose.

–¿Qué estás haciendo aquí?

–No soy su cómplice... Me... me he perdido.

–Reconoce que nos estabas siguiendo.

El sabio se llevó la mano a la sien.

–Sangre... ¡Estoy herido, gravemente herido!

–Te curaremos si nos dices la verdad.

–¡No tenéis derecho a tratarme así! Si no me curan inmediatamente, voy a morir.

–Llevémosle al campamento –le dijo Thuty a Paneb–. Si Daktair te denunciara, tendrías graves problemas.

A regañadientes, el joven coloso levantó a Daktair con una mano y se lo echó al hombro como si fuera un saco de grano.

El sabio descansaba en una tienda. Aunque espectacular, su herida era sólo superficial y no ponía en peligro su vida. Los tres hombres que había matado Paneb resultaron ser unos temibles bandidos; un soldado reconoció a dos de ellos, culpables de varios crímenes. Atacaban los campamentos en plena noche, mataban, violaban y desvalijaban. Sus cadáveres fueron abandonados para que se los comieran los chacales.

El incidente había ensombrecido el ambiente y los mineros tenían prisa por regresar a Egipto. Cuando Thuty anunció que sólo quedaban dos días de trabajo, todos se sintieron aliviados.

–Tu artimaña ha resultado muy eficaz –le dijo Paneb a Thuty–. Daktair nos siguió creyendo que le conduciríamos hasta un tesoro. Ya nos hemos librado de esa cucaracha, así que puedes hablarme con sinceridad: ¿existe realmente ese tesoro?

–La galena y el asfalto nos son, efectivamente, indispensables, pero no sólo para los usos que le dije a Daktair. Debo entregar cierta cantidad al maestro de obras.

–¿Tiene alguna relación con la Piedra de Luz?

–Podría ser... Pero no sé nada más.

O Thuty mentía o el respeto del secreto sellaba sus labios.

–El cráter al que hemos llevado a Daktair era sólo un engaño –prosiguió el orfebre–, y podría regresar allí cien veces y seguiría sin encontrar nada; pero hay otro lugar que debo mostrarte.

Ambos hombres caminaron hasta más allá del paraje minero y se aseguraron de que no los seguía nadie. Paneb advirtió que las rocas eran cada vez más negras.

–Camina con prudencia –recomendó Thuty–; el suelo resbala mucho.

–¡Se diría que la piedra es aceitosa!

–Lo es. Estamos en el monte del aceite de piedra, el petróleo, que brota de las grietas. Mira de cerca este manantial.

En la superficie, Paneb advirtió la presencia de una película de grasa que flotaba en el agua sin mezclarse con ella.

–¿Para qué sirve esa extraña sustancia?

–La anima una peligrosa energía que los antiguos nos prohibieron utilizar. El petróleo arde con facilidad, pero mancilla y apesta. En las tumbas, ennegrecería los muros y los techos. Dado el poder de destrucción que lleva consigo, sólo puede ser transformado en ungüento ritual, durante ciertas momificaciones, y utilizado en la preparación de la piedra misteriosa del Lugar de Verdad, donde sufre tal transformación que su parte nociva desaparece. Si algunos hombres tan ambiciosos como Daktair consiguieran explotar el petróleo y propagar su uso, terribles desgracias caerían sobre nuestro país. Los hombres se volverían locos, tal vez incluso los merodeadores de la arena caerían sobre Egipto y los países circundantes y tomarían el poder, acumularían riquezas y esclavizarían a la humanidad. El faraón ha ordenado que ningún técnico profano sea autorizado a utilizar esta terrible sustancia. Ahora, Paneb, formas parte de los que conocen el secreto.

Daktair era transportado por cuatro soldados en una litera, y se quejaba constantemente de dolores de cabeza. La expedición avanzaba tan rápido como podía por el camino de regreso, deseosa de encontrar de nuevo las riberas del Nilo y sus verdes paisajes, tras haber estado en la peligrosa zona donde en cualquier momento podía aparecer una pandilla de merodeadores de la arena, decididos a vengar sus muertos.

En aquella región hostil y desolada, Paneb había notado que su fuerza aumentaba. Los genios que habitaban la arena y las rocas abrasadas por el sol hacían desaparecer su fatiga y multiplicaban sus energías. Pensó en los primeros constructores que habían osado aventurarse por el desierto, para dominar el fuego de sus piedras. ¿Acaso no era Egipto un milagro, realizado día tras día, porque sabía celebrar las bodas de la tierra negra, fértil y generosa, con la potencia del desierto?

–Daktair desea hablar con nosotros –anunció Thuty.

Los dos artesanos llegaron a la altura de la litera.

–Me habéis salvado la vida... Quería agradeceróslo. Los bandidos me habrían matado si Paneb no llega a intervenir.

–¿Por qué nos seguías? –preguntó Thuty.

–Estaba convencido de que en aquel paraje se ocultaba un tesoro y de que vuestra misión era llevarlo a la aldea. No quería apoderarme de él, sólo satisfacer mi curiosidad.

–Cuando lleguemos, haz que registren todos los cestos destinados al Lugar de Verdad: sólo encontrarás bolas de galena. Ése es el tesoro: un material raro, difícil de explotar y que los técnicos utilizarán para aislar los silos donde se conserva el grano en previsión de los años malos. Te lo vuelto a repetir, sirve para fijar los mangos de algunas herramientas. Y claro está, reservaremos la cantidad necesaria para fabricar los afeites que el faraón ofrece, generosamente, a nuestras esposas y nuestras hijas.

–Pero... vuestra presencia en esta expedición rutinaria...

–Un decreto real hace que sea necesaria.

–No comprendo por qué.

Thuty sonrió.

–Pues, es muy sencillo. No confiamos demasiado en la administración que tú representas. Por esta razón, es preferible que uno de nosotros compruebe el número de bolas de galena al que tenemos derecho. Y, como tal vez hayas advertido, sabemos organizar y dirigir una cantera.

El sabio estaba desconcertado.

Los argumentos de Thuty parecían coherentes. Sin embargo, Daktair se sentía burlado en su interior.

–¿Podréis perdonar mi comportamiento?

–Claro –respondió el orfebre–. Se cuentan tantas historias absurdas con respecto a nuestra aldea... Si creyeran a los charlatanes, acabarían convencidos de que poseemos todos los secretos de la creación. La realidad es mucho más sencilla: pertenecemos a una cofradía que está al servicio del faraón, y éste es nuestro orgullo y nuestra razón de existir.

Daktair, convencido, bebió un trago de agua y se adormeció.

Se apagaban las hogueras del último campamento, encendidas en la zona de riesgo, y se preparaban para tomar la gran pista, en dirección a Coptos. Desde la víspera, Thuty había recuperado el apetito y, a pesar de la fatiga del viaje, su rostro estaba menos macilento.

–El viaje me ha ayudado mucho –le reveló a Paneb–. El sufrimiento no desaparecerá nunca, pero ahora tengo más fuerza para soportarlo. Y te lo debo a ti; es como si me hubieras dado algo de tu energía. Te lo agradezco con todo mi corazón.

–Entre hermanos, no hay que agradecer nada. Cuando un miembro de la tripulación está en dificultades, los demás deben ayudarlo para que el barco no zozobre. El maestro de obras no deja de repetirlo y me pregunto si este secreto no será tan importante como el de la Morada del Oro.

Un centinela hizo sonar su trompeta de alarma.

–¡Los merodeadores de la arena! –gritó un minero, aterrorizado.

–¡Calma! –ordenó la poderosa voz de Paneb–. Los soldados y los prospectores formarán un círculo en cuyo interior estaréis a salvo. Tenemos armas y sabremos defendernos.

La seguridad de Ardiente tranquilizó a los mineros, y la maniobra se llevó a cabo limpiamente. Paneb rompió el círculo para ver al enemigo. Eran un centenar, armados con arcos y puñales, y su jefe iba montado en una mula negra. Eran barbudos, melenudos, llevaban ropas de colores chillones y estaban dispuestos a combatir.

Habría numerosas víctimas en uno y otro bando, y el resultado del combate se anunciaba desfavorable para los egipcios.

Paneb avanzó con una piedra en cada mano.

Un arquero disparó una flecha. Ardiente aguardó que cayera hacia él para lanzar la primera piedra y romperla en dos; luego lanzó la segunda hacia el jinete.

A aquella distancia, el bandolero no podía ser alcanzado y sus hombres se divirtieron ante la fanfarronada del egipcio.

La piedra ascendió muy arriba en el cielo sin perder velocidad y luego cayó sobre la cabeza del jefe de los merodeadores de la arena, que cayó al suelo. Como no se levantaba, uno de ellos se apoderó de sus armas y de la mula, y emprendió la huida, seguido inmediatamente por sus camaradas.

Los vítores aclamaron la hazaña de Paneb.

37

Daktair recibía el masaje de una joven siria, de manos muy dulces, cuando Méhy irrumpió en su habitación.

–¿Cuándo has vuelto?

–Ayer por la noche... y en mal estado.

El general hizo una señal a la masajista para que saliera de la estancia. El sabio se volvió penosamente de lado y se sentó gimiendo.

–Durante ese horrible viaje estuve a punto de ser asesinado por un merodeador de la arena. El calor, el desierto, los bandidos... ¡No volváis a contar conmigo para que participe en este tipo de expediciones! La próxima vez, mandaré a uno de mis adjuntos.

El apósito que cubría la sien derecha de Daktair confirmaba sus palabras.

–Estás vivo y te recuperarás de la desventura... Vayamos al grano: ¿qué has descubierto?

–Nada.

–¿Cómo que nada? ¡Detesto que se burlen de mí, amigo!

Y no es en absoluto mi intención... Pero creo que no había nada para descubrir. El Gebel Zeit sólo es un paraje minero donde se extrae galena y asfalto, cuyos usos ahora conozco. He traído las mismas cantidades que mis predecesores y obtendré un buen precio de la venta a los mercaderes de afeites. ¡Allí no hay ningún tesoro ni ningún secreto, creedme!

–Y, entonces, ¿por qué participa el Lugar de Verdad en la expedición?

–Por una razón que ni vos ni yo habíamos imaginado: para obtener un producto para fijar los mangos de las herramientas. Esa gente es más tonta de lo que suponíamos. He tratado con ellos y puedo afirmar que su único objetivo es la buena marcha de una obra y el bienestar de los obreros.

Méhy abofeteó a Daktair. Medio aturdido, al sabio le costó

mucho recuperar el sentido. Su mejilla izquierda ardía y su cabeza zumbaba.

–Pero ¿qué os pasa, general?

–¡Razonas como un imbécil y estás perdiendo la memoria! Te han tomado el pelo, mi pobre Daktair. ¿Olvidas que yo he visto la Piedra de Luz? Los secretos que debemos averiguar están en el Lugar de Verdad y en ninguna otra parte. Nuestros adversarios no son tontos, sino gente astuta que sabe defenderse. Quienes te manipularon han obedecido órdenes de su maestro de obras. Y ese hombre no deja nada al azar.

Los asnos se detuvieron ante la gran puerta del Lugar de Verdad. Ayudado por algunos auxiliares, Paneb descargó los cestos llenos de bolas de galena, y Thuty las contó, una a una, para inscribir la cantidad exacta en el detallado informe que entregaría al escriba de la Tumba. Luego, Nakht el Poderoso y Karo el Huraño felicitaron a los dos viajeros y llevaron el valioso cargamento al interior de la aldea.

–Tú velabas por el orfebre, y por eso no nos preocupábamos demasiado –dijo Karo a Paneb–. Pero, de todos modos... Nos alegramos de que estéis de vuelta.

–¿No hay problemas en la aldea?

–No hemos tenido tiempo de aburrirnos, te lo aseguro; el maestro de obras nos ha hecho reparar las herramientas con vistas al inicio de los trabajos, y los escultores ya han puesto manos a la obra.

Nefer el Silencioso fue al encuentro de los recién llegados y les dio un abrazo.

–¿Ha ido todo bien?

–Más o menos –respondió Thuty–. Los merodeadores de la arena nos atacaron dos veces, pero la intervención de Paneb fue decisiva. Además, Daktair intentó averiguar qué hacíamos en esa expedición, pero conseguimos engañarle.

–¿Estás seguro?

–Bueno, estar seguro de ello, sin duda, sería un error... Es evidente que no le gustamos, y me parece un tipo especialmente retorcido. Tendremos que desconfiar de sus iniciativas.

–¿Has traído lo necesario?

–Una cosecha excelente... Incluso tendrás reservas.

–¿Paneb ha sido puesto al corriente?

–Le he mostrado el petróleo y conoce sus peligros. Quiero subrayar que se comportó siempre de un modo excepcional.

Thuty fue a reunirse con su esposa.

–Si lo he entendido bien –le dijo Nefer a Paneb–, el desierto sigue siendo tu aliado.

–Él y yo nos parecemos y nos comprendemos; sin él, nuestra aldea no existiría. ¿Cuándo empezamos las grandes obras?

–Pasado mañana.

–¡Mejor así! ¿Formaré parte del equipo inicial?

–Yo no lo creía conveniente, pero Thuty me ha hecho cambiar de opinión.

Paneb dio saltos de alegría.

–Voy a besar a mi mujer y a mi hijo.

El joven coloso se puso en marcha, pero no llegó muy lejos.

Turquesa estaba peinando sus largos cabellos en el umbral de su casa. Llevaba un corto vestido rojo y un fino collar de cuentas.

–Una esposa que administra bien su casa es un gran tesoro –murmuró–; deberías felicitarla por las múltiples tareas que lleva a cabo sin desfallecer. ¿Por qué te detienes ante mi casa?

–¿Me dejas entrar?

–¿Eres consciente del riesgo que eso supone?

–¿Puedes imaginar la suerte de un infeliz privado de la compañía de una mujer en medio de un tórrido desierto?

Turquesa se apartó. Paneb la cogió por la cintura y la levantó suavemente para depositarla en el lecho de amor de la primera estancia. Nunca podría resistirse a su encanto y su belleza, pero tampoco deseaba hacerlo.

Cuando estuvo desnuda, Paneb abrió una bolsa de cuero, sacó los granates que había tallado el orfebre Thuty y los depositó sobre el vientre de su amante.

–¿No te parecen soberbios?

–¿Te estás volviendo delicado, Paneb?

–¡En absoluto!

Y, entonces, Paneb la besó apasionadamente, sin darle tiempo a admirar aquellas maravillas. Tampoco ella deseaba resistirse y ofreció a su amante esplendores más conmovedores que las piedras preciosas del desierto.

Uabet la Pura estaba sentada en un alto sitial, provisto de un almohadón. Una sierva le frotaba los pies, mientras un pequeño mono que se había instalado en la aldea degustaba un higo en la cocina. Iba de casa en casa, se quedaba unos días en una, unos días en otra, y nadie lo echaba, pues jugaba con los niños, que lo apreciaban más que a cualquier juguete.

Enfrente de Uabet había una corpulenta nodriza que daba el pecho al enorme retoño de Paneb, que mamaba con avidez.

–Nunca he visto nada igual –reconoció la nodriza–. ¡Muy pronto tendrás dos colosos en tu casa!

La nodriza bebía zumo de higos y comía mucho pescado fresco para asegurar la subida de la leche, que olía a harina de algarrobo. Pero aquel alimento no bastaba para calmar el hambre de Aperti, que ya tomaba alimento sólido.

A veces, Uabet se preguntaba si tendría la fuerza suficiente para cumplir con sus deberes de sacerdotisa, cuidar de su casa y educar al niño; pero se tranquilizaba pensando que el chiquillo pasaría la mayor parte del día fuera y que su padre no dejaría de entrenarlo en la lucha y en actividades similares.

–Mi vecina dice que ha visto a Paneb en la gran puerta –dijo Uabet–; ¿sabes si es verdad que ha regresado ya, nodriza?

Turbada, la mujer evitó mirar a la joven madre.

–Esta mañana no he pasado por allí.

–Entonces habrá ido a ver a Turquesa –concluyó Uabet–. Mejor así; cuando regrese, antes de caer la noche, su fuego se habrá apaciguado.

El monito salió de la cocina y saltó sobre el hombro de Paneb, que acababa de cruzar el umbral de su morada.

Agarrado al gigante, el animal parecía minúsculo.

–Espero que todo el mundo esté bien... ¡Ven a saludarme, hijo mío!

La nodriza le dio el niño a su padre, que lo acunó delicadamente mientras el monito tocaba su melena con vacilantes dedos.

–¡Qué hermoso muchacho! –exclamó Paneb–. Todo el mérito es tuyo, Uabet. Pero ¿qué te ocurre? Tienes mala cara.

–Estoy cansada, es cierto.

El joven coloso le devolvió el niño a la nodriza y puso una bolsa de cuero sobre las rodillas de su esposa.

–¿Qué es esto?

–Ábrelo.

Uabet desató el cordón y miró en el interior de la bolsa.

–¡Cornalinas... y jaspe rojo!

–Llevarás unos collares que harán morirse de envidia a muchas mujeres.

–Tengo que pedirte algo menos oneroso: necesitamos más pescado fresco para la nodriza. Tu hijo es muy voraz, y su ración no le basta.

–Yo me encargo de eso.

Paneb besaba a su esposa en la frente cuando Imuni, el escriba ayudante, golpeó la puerta, que estaba abierta.

–Siento interrumpir este reencuentro familiar... El escriba de la Tumba desea ver urgentemente a Paneb.

38

Paneb hubiera derribado al escuerzo de buena gana, pero no podía desobedecer las órdenes de Kenhir, tanto menos cuanto la imprevista convocatoria le intrigaba. Así pues, siguió a Imuni, cuya envarada actitud le exasperaba.

–Te lo advierto, Paneb, el escriba de la Tumba está de muy mal humor.

–Como siempre.

–Si es por tu culpa, no me gustaría estar en tu lugar.

–Tranquilo, Imuni, no es por mi culpa.

Ardiente apresuró el paso y el escriba ayudante se vio obligado a correr.

Niut la Vigorosa estaba barriendo el umbral de la hermosa mansión de Kenhir.

–Te está esperando –le dijo a Paneb.

Imuni intentó seguirle, pero Niut atravesó su escoba ante la puerta.

–Tú no. Ha dicho: «Paneb y nadie más».

Imuni, muy ofendido, dio media vuelta mientras Ardiente entraba en el despacho donde estaban el escriba de la Tumba, el maestro de obras y la mujer sabia.

–¿He sido convocado ante un tribunal?

–En vez de decir tantas tonterías –respondió Kenhir–, siéntate y pon atención.

Esta vez, el escriba de la Tumba parecía realmente preocupado.

–Debo informaros de una catástrofe, pero tenéis que prometerme que guardaréis silencio absoluto sobre lo que voy a revelaros.

Nefer, Clara y Paneb dieron su palabra.

–Las herramientas más valiosas se guardan en una cámara fortificada de la que el maestro de obras y yo tenemos una llave –precisó Kenhir–. Para evitar robos, hemos mantenido un sistema de cierre que había puesto a punto un maestro carpintero bajo el reinado de Amenhotep III.

–¿Robos? –preguntó Paneb, extrañado–. ¿Robos aquí, en la aldea?

–Los hombres sólo son hombres y acabo de tener otra prueba de ello: alguien ha intentado penetrar en nuestra cámara fortificada.

–Es increíble...

–Lamentablemente, así ha sido. El ladrón rompió el sello de arcilla en el que yo había impreso el sello de la necrópolis, luego intentó serrar el primer barrote de madera. Entonces advirtió que ponía en marcha un segundo dispositivo de cierre y debió de sospechar la existencia de un tercero. Temió ser sorprendido y renunció, pero las huellas de su paso son muy visibles.

–Si no fuera el escriba de la Tumba quien hace semejante acusación –declaró el maestro de obras–, no creería ni una palabra. Pero debemos rendirnos a la evidencia y ser conscientes de que entre nosotros hay un sinvergüenza. O, por lo menos, alguien lo bastante avaricioso para intentar apropiarse de los bienes de la cofradía.

–Es un delito muy grave –afirmó Kenhir–. ¿Debemos avisar al jefe Sobek?

–¡El asunto nos concierne sólo a nosotros! –protestó Paneb–. Resolvámoslo sin intervención exterior.

–Sólo confío en vosotros tres –confesó el escriba de la Tumba–. El maestro de obras y la mujer sabia son el padre y la madre de esta cofradía; y tú, Paneb, no estabas en la aldea cuando se produjo el intento de robo.

–Thuty también...

–Es cierto, pero podría ser cómplice del ladrón.

–¿Y yo no?

–Nunca ayudarías a un malhechor.

–Tal vez no haya que dramatizar –consideró Nefer–. No podemos dudar de que haya habido tentación y falta, pero el culpable no se atreverá a repetirlo.

–¿No estás siendo demasiado optimista? –preguntó Kenhir.

–Mañana reuniré a todos los miembros del equipo de la derecha, tras haber consultado con el jefe del equipo de la izquierda, para distribuir las tareas en nuestras dos grandes obras, y quiero creer que la magnitud del trabajo que debemos realizar nos levantará el ánimo a todos.

«Tiene que haber hombres como Nefer para tocar el cielo –pensó Kenhir–, y tiene que haber otros como yo para mantener los pies en el suelo.»

–¿Qué opina la mujer sabia? –preguntó.

–Tenemos que tener confianza en la obra y vigilar a los hombres.

Paneb se dirigió primero al vivero, que estaba dispuesto en un estanque donde unos especialistas criaban percas, mújoles, mormíridos y otros peces reservados a la cofradía. De este modo, fueran cuales fuesen las condiciones de pesca en el Nilo, en la aldea podían comer siempre pescado fresco. El vivero del Lugar de Verdad estaba rodeado de sauces y sicomoros que preservaban, en cualquier estación, el frescor del agua. La administración de la orilla oeste controlaba rigurosamente el vivero.

Junto al estanque había un almacén de sal utilizado por los pescaderos que abrían el lomo de las más hermosas piezas, las vaciaban y las dejaban secar al sol, antes de salarlas. La fritada y los pescados pequeños se amontonaban en cestos, mientras que los grandes eran colgados de unos bastones que llevaban dos repartidores.

Paneb se dirigió hacia un pescadero que, con un gran cuchillo muy afilado, la emprendía con una enorme perca, mientras otro de sus colegas preparaba mojama, una deliciosa comida compuesta de huevas de mújol saladas.

–Salud, amigo. Soy Paneb, el marido de Uabet la Pura. Necesito un cesto de pescado fresco y una jarra de pescado seco para la nodriza de mi hijo.

–Me da igual quien seas, no te lo puedo dar. Tenemos órdenes concretas: entregar los pescados del vivero a la aldea y hacer que el ayudante del escriba de la Tumba anote la cantidad exacta. Está prohibido proporcionar alimento directamente a un artesano.

–¿Y no se puede hacer una excepción con una nodriza?

–Ninguna excepción.

Paneb podría haber abatido al pescadero y a sus colegas, pero consideró preferible no sembrar el pánico en la apacible asamblea que, además, trabajaba bien para la aldea.

–Ve hasta el río –le aconsejó su interlocutor–; allí, los pescadores se mostrarán más comprensivos.

Sentado a la sombra de un sicomoro, un viejo pescador reparaba las mallas de su red, mientras sus colegas utilizaban distintas técnicas para capturar los peces. Unos utilizaban la red con copo, un gran achicador que se componía de dos tallos cruzados y reforzados por un travesaño; el artilugio era fácil de utilizar pero, cuando estaba lleno de peces, exigía unos musculosos brazos para retirarlo del agua.

–Dime, abuelo, ¿dónde puedo comprar pescado por aquí?

–Aquí, no; mis muchachos trabajan para los sacerdotes del templo de Ramsés el Grande.

–¿Dónde puedo encontrar a los que pescan para el Lugar de Verdad?

–En el canal, un centenar de metros más al norte.

Seis hombres, distribuidos en dos equipos, uno en la orilla y el otro en una barca, habían tendido una larga red a través del canal. Los extremos de la red terminaban en punta, y tenía un sólido cable a ambos lados.

–¡Apretad fuerte, holgazanes! –ordenó el patrón, un barbudo con una gran panza.

–¿Crees que nos estamos divirtiendo? –repuso otro más feo aún.

–¡Vamos, a recoger!

Recogieron mújoles, anguilas, carpas blancas y oxirrincos; la operación había sido un éxito.

–Vaciad la red, matad los pescados que aún se mueven y ponedlos en los cestos que he colocado al pie del sauce. ¡Y de prisa!

El joven coloso se acercó.

–Me llamo Paneb y quisiera comprarte pescado fresco.

El patrón lo miró desde abajo.

–Mi nombre es Nia... ¿Qué precio estás dispuesto a pagar?

–El precio normal: un amuleto por cada cesto de mújoles pescados hoy.

Nia se palpó el vientre.

–De acuerdo... ¿Llevas el amuleto encima?

–Aquí está.

Estaba tallado en una cornalina que Paneb había traído del desierto, y la figura representaba un tallo de papiro florecido, símbolo de la prosperidad.

Nia lo sopesó y cerró la mano.

–Soberbio, realmente soberbio... Tu amuleto merece, en efecto, un cesto de mújoles.

–Dámelo entonces.

–Me gustaría poder hacerlo, pero no es posible. Lo siento, muchacho... No vendo mi pescado a cualquiera. Pero lo que se da no se quita. Además, todos mis empleados son testigos: nunca me has dado un amuleto. Será mejor que te largues.

Los cinco pescadores se reunieron detrás de su patrón.

–¿Así tratáis a un artesano del Lugar de Verdad?

Nia soltó una carcajada.

–He dicho que te largues... de lo contrario, vas a perder la afición al pescado.

El puño de Paneb se hundió con tanta violencia en la panza de Nia que éste salió despedido hacia atrás y chocó con sus aliados. Los dos primeros que se levantaron fueron derribados por el joven coloso, y los demás salieron corriendo.

Paneb puso un cesto vacío en la cabeza del patrón y le pateó las posaderas.

–Cojo mi pescado fresco y te dejo el amuleto, Nia. Ojalá te enseñe a ser menos deshonesto.

39

Durante el viaje de Paneb y Thuty, los artesanos del equipo de la derecha habían renovado el local de la cofradía. Cuando el joven coloso entró, tras el rito de purificación, advirtió las dos ánforas nuevas que estaban en el suelo, el hermoso revoque del techo y las paredes, y respiró el suave olor del incienso.

El maestro de obras invocó a los antepasados, ocupó su sitial e invitó a sus hermanos a sentarse.

–Paneb y Thuty trajeron del Gebel Zeit los materiales indispensables para la elaboración de la piedra divina –reveló–. Así pues, podremos llevar a cabo la obra secreta de la Morada del Oro, y su luz seguirá iluminando nuestro camino. Ha llegado el momento de excavar la morada de eternidad del faraón Merenptah y de construir su templo de millones de años. De acuerdo con el jefe del equipo de la izquierda, he decidido confiaros la primera tarea mientras ellos terminan los trabajos en curso.

Todos los artesanos contuvieron el aliento durante unos instantes. ¡Por fin, la gran prueba!

–¿Ha sido elegido el emplazamiento definitivo de la tumba? –preguntó Unesh el Chacal.

–El rey está de acuerdo con nuestra propuesta.

–Para un trabajo excepcional necesitamos herramientas excepcionales –subrayó Gau el Preciso con su voz ronca–. ¿Realmente dispondremos de lo necesario?

–El escriba de la Tumba me lo ha garantizado –afirmó el maestro de obras.

–¿Tendremos que quedarnos varios días en el collado, lejos de nuestras familias?

–Así es, de este modo podremos ponernos a trabajar rápidamente y ahorraremos fuerzas.

–Pero no es un lugar tan agradable como la aldea.

–Lo siento, Pai, pero la realización de la obra es lo primero.

–Supongo que al principio no será necesario que yo esté presente –dijo Ched el Salvador con desdén.

–Todo el equipo debe estar en el paraje desde el principio, para que la suma de nuestro talento se convierta en poder mágico.

–¿Cuánto tiempo va a durar la obra del Valle de los Reyes? –preguntó Renupe el Jovial.

–No lo sé. Se trata de una tumba de grandes dimensiones, comparable a la de Ramsés.

–Eso pueden ser años de trabajo... –masculló Karo el Huraño–. Y supongo que no se tolerará imperfección alguna.

Nefer sonrió.

–Cuenta conmigo para eso.

–¿Hay noticias de la capital? –preguntó Didia el Generoso.

–Nada nuevo –repuso el maestro de obras–, pero el rey Merenptah ha confirmado por decreto el papel y los deberes del Lugar de Verdad.

–Así pues, tenemos por delante todo el tiempo del mundo –concluyó Userhat el León.

–Actuaremos como si lo tuviéramos, pero también como si cada instante fuera el último. No bastará con dar lo mejor de nosotros mismos; al crear ese monumento, será necesario revelar el misterio sin traicionarlo.

Paneb salía de casa de Turquesa cuando se encontró con Ched el Salvador.

–¿Sigues estando tan enamorado?

–¿Acaso no es Turquesa la mujer más hermosa de la aldea?

–Esperemos que esa belleza te inspire... Pero ¿crees realmente que es el mejor modo de prepararte para tu estancia en el Valle de los Reyes?

–Para serte sincero, Ched, ni siquiera lo he pensado.

–Es por esto que aún eres tan sólo un novicio inconsciente del peligro.

–Puesto que sois mi maestro, ¿qué proponéis?

–Ven al taller conmigo.

Los dos hombres anduvieron lentamente por la calleja principal de la aldea. Ched el Salvador se mostraba más grave y menos irónico que de costumbre, como si se preparara para vivir un momento especial.

–Tal vez sepas que tengo una cabaña cerca del Nilo, un pequeño campo, un almacén para las jarras de aceite, un granero, un establo y algunas cabezas de ganado. No es una gran fortuna, pero me procura rentas lo bastante regulares como para vivir acomodadamente y comprar mis propios colores. Si aceptas, te lego mis bienes.

–Ni hablar.

–¿Por qué los rechazas?

–Vuestras enseñanzas me bastan. Lo demás quiero adquirirlo personalmente.

–Mi propuesta te permitiría ganar tiempo.

–No tengo miedo al tiempo... El tiempo me refuerza. Además, me horrorizan los regalos.

–¿No irás a creer que intento corromperte?

–Mi respuesta es no, y eso es todo. Legad vuestros bienes a vuestra familia y no hablemos más del tema.

Ched empujó la puerta del taller.

Allí reinaba una extraña luz que parecía brotar de los pinceles y los cepillos, tan limpios que parecían nuevos. Contra los muros, muy bien alineados, había algunos esbozos.

–Debes adquirir una técnica perfecta, Paneb, pero no creas que eso equivale al conocimiento. ¿Y acaso hay algo más importante que convertirse en un hombre de conocimiento? Te abrirá las puertas de la magia, de las formas y los colores, te revelará el carácter sagrado del oficio, será tu única y auténtica fuente de alegría y te dictará una forma justa de comportamiento. Vivir Maat es pasar de la ignorancia al conocimiento y, sobre todo, conocer en el corazón y por el corazón.

Ched diluyó un pan de tinta roja, mojó un pincel muy fino y dibujó un ojo de halcón con gran soltura.

–¿Qué ves aquí, Paneb?

–El ojo de una rapaz.

–Pero ¿eres capaz de ver, pintor ayudante? ¿Cuándo comprenderás que nuestro arte necesita videntes y no estériles imitadores?

El ojo está presente por todas partes, en los muros de los templos, en los sarcófagos, en las estelas, en los barcos... Ni por un segundo, el ojo del más allá deja de mirarnos, y te corresponderá a ti, el pintor, distribuir esta mirada. ¿Realmente deseas eso?

–Ponedme a prueba.

–Debes procurar que tu corazón no se envanezca a causa de lo que vas a conocer; recaba tanto el consejo de una sierva como el de un grande, pues nadie alcanza los límites del arte. No olvides que incluso unas gotas de rocío hacen que el campo se vuelva fértil. ¿Realmente estás dispuesto a ver, sabiendo que descubrirás una infinidad de mundos nuevos, sin poder volver atrás?

–Nunca me acusarán de cobardía.

–Entonces, toma esto y no te separes nunca de ello.

Ched el Salvador se quitó el amuleto que llevaba al cuello y se lo entregó a Paneb. Se trataba de un ojo de esteatita en el que, con una forma simbólica, se encarnaban todas las medidas del mundo.

–Iris, pupila, canal lagrimal, córnea... Cada parte de este ojo equivale a una fracción de la unidad. Si sumas todas las partes, sólo obtendrás 63/64. El 1/64 que falta es tu mano de pintor. Si te conviertes en un auténtico vidente, ella te permitirá descubrirlo, pues ver es crear.

Paneb contemplaba fascinado la pequeña obra maestra que, en adelante, lo protegería.

–Quisiera...

–No digas nada y prepárate.

Ched el Salvador salió del taller. ¿Cómo habría podido confesar a su discípulo que estaba perdiendo la vista?

El maestro de obras iba vestido con el delantal de oro y llevaba la peluca de ceremonias. Seguido por los artesanos del equipo de la derecha, se presentó ante el escriba de la Tumba, que llevaba una pesada llave de madera.

–¿Aceptas abrirnos la puerta de la cámara fortificada y entregarnos las herramientas del faraón?

–Dame la contraseña.

–Amor por la obra.

Kenhir utilizó la llave para desbloquear el primer sistema de cierre y la invirtió para anular el segundo.

Luego abrió la puerta de la cámara fortificada que contenía quinientos pinceles de cobre de tamaño ordinario, cincuenta de gran tamaño, treinta azadones y veinticinco azuelas del mismo metal, procedente del Sinaí. Nefer comprobó su calidad antes de hacer la pregunta ritual al escriba de la Tumba.

–¿Este tesoro alberga el metal celeste?

–Que el maestro de obras identifique las herramientas que se utilizarán para los trabajos de eternidad.

Nefer encontró una escuadra y un nivel de metal y los mostró a los artesanos.

Ante la mirada de Kenhir, comenzó la distribución de las herramientas, que cada cual recibió con emoción y respeto.

De pronto, Unesh el Chacal arrojó su cincel al suelo.

–Esta herramienta es inservible... ¡Miradla, está rota!

–También la mía –advirtió con espanto el carpintero Didia.

–¡Nos han echado un mal de ojo! –exclamó Pai el Pedazo de Pan–. ¡Es inútil comenzar a excavar la tumba, sería un terrible fracaso!

Ni el maestro de obras ni el escriba de la Tumba podían desdeñar el argumento. Era evidente que sólo el mal de ojo podía haber deteriorado de ese modo los cinceles que se conservaban en la cámara fortificada.

–Recurramos a la mujer sabia –decidió Kenhir–. Sólo ella es capaz de vencer el maleficio.

40

Las sacerdotisas de Hator se habían reunido delante del templo principal de la aldea. Llevaban un ceñido vestido rojo con tirantes, y cantaban un himno a la diosa, otras tocaban un tambor, mientras siete de ellas formaban un círculo en cuyo interior se encontraba Clara, la mujer sabia.

Luego se produjo un largo silencio, la decana de la cofradía apareció en el umbral del templo, y las sacerdotisas se marcharon.

–Cuando la luz creó la vida, adoptó la forma del sol, cuyos ojos se abrieron en el interior del loto –declaró–. Cuando el agua del ojo cayó a la tierra, se metamorfoseó en una mujer de sublime belleza a la que se le dio el nombre de «oro de los dioses». Ella, el sol femenino, ilumina el mundo; tú, mujer sabia, eres su hija. Pero ¿tendrás el valor de arriesgar tu vida para hacer el trabajo de un hombre, convertirte en la maestra de obras de los artesanos y la venerable de la cofradía, capaz de vencer el mal de ojo?

–El Lugar de Verdad me da la vida, y yo le doy mi vida.

–Tú, que eres la viviente de la ciudad de la Tumba, penetra en este santuario y afronta tu destino.

Clara avanzó sin vacilar. Llevaba puesta su peluca de ceremonias, con una flor de loto encima de ella.

En un zócalo de granito se levantaba la estatua de un babuino, que era la encarnación de Thot; en la mano izquierda tenía un estuche que contenía un papiro. Sus ojos rojos se clavaron en la joven que sostuvo su mirada para recoger las fórmulas de conocimiento que el dios deseaba transmitirle. La mano de piedra parecía animarse para ofrecer el documento a Clara, que lo recogió prosternándose.

–Ven hacia mí –dijo una voz femenina de inquietante tranquilidad–, y cruza mi puerta.

Más allá del babuino de Thot, había un segundo zócalo de

piedra. Clara tuvo que acostumbrarse a la penumbra para distinguir la pequeña estatua de oro de un halcón coronado por un sol del mismo metal a cuyos pies se erguía una cobra con el cuello hinchado como el uraeus presente en la frente de los faraones.

Por su actitud, Clara supo que iba a atacar, pero, sin embargo, no retrocedió. Ya había tenido una experiencia similar en la cima, por lo que no dejó de mirar al reptil, dispuesta a imitar todos sus movimientos.

Pero el monstruo permanecía inmóvil.

Intrigada, se acercó.

La cobra había sido moldeada en piedra con tanto genio que parecía que estuviera viva. Entonces Clara, ya más tranquila, le tocó suavemente la cabeza.

–Toma el disco de oro –dijo la voz tranquila–, y ponlo en tu pecho. Así verás en las tinieblas.

Clara se puso el precioso símbolo, del que emanaba una dulce calidez. La oscura sala se iluminó y descubrió a siete hombres armados con cuchillos, que llevaban horribles máscaras. Sus nombres estaban escritos en el papiro: Rostro al Revés, Quemador, Calumniador, Ladrador, Rostro Cortante, Aullador y Devorador de Gusanos.

Todos juntos dieron un paso hacia la mujer sabia para rodearla. Ella levantó las únicas armas de que disponía: el sol y el papiro. Los siete demonios retrocedieron y desaparecieron, dejando paso a un ritualista que llevaba la máscara del chacal Anubis.

–Camina conmigo por el agua divina –le propuso él.

Clara lo siguió, y avanzó por un suelo de plata que evocaba la extensión acuática en la que habían aparecido las primeras formas de vida.

Anubis lavó los pies de la mujer sabia, y luego la vistió con la túnica blanca de la resurrección, tan ceñida que apenas le permitía respirar.

Después la condujo hasta el umbral de una capilla oscura.

–En este lugar se cumple la transformación del espíritu que sale a la luz entre los vivos, ¿estás dispuesta a sufrir la energía gracias a la que podrías rechazar el mal de ojo?

–Acepto la prueba.

–Ten cuidado: esa energía podría destruirte. Los Antiguos supieron captarla y preservarla en el interior de los templos, pero pocos cuerpos mortales son aptos para recibirla. Nadie sabe si podrás soportarla.

–Estoy dispuesta a hacerlo. Gracias a ella obtendré la fuerza necesaria para ayudar a la cofradía.

–Entra en esta capilla, mujer sabia, y que la diosa decida.

Avanzando con dificultades, Clara hizo frente a una estatua de Neit, cuyas siete palabras habían creado el mundo. La escultura era del mismo tamaño que la mujer sabia, y sus ojos de piedra parecían tener vida. Brillaban como estrellas, y se clavaron en la intrusa, que se detuvo a menos de un metro de la estatua cuyas manos, con las palmas vueltas hacia arriba, se tendían hacia ella.

De pronto, Clara vio los dos rayos de luz que brotaban de las manos de piedra, y que iban dirigidos hacia su corazón; dos líneas onduladas que hicieron vacilar a la joven. Aquella energía circuló por los canales que componían su ser, pero era tan intensa que Clara no estaba segura de poder soportarlo durante mucho tiempo.

Ahora le tocaba a la diosa interrumpir la prueba, y la mujer sabia no debía evitarlo. ¿Acaso no era preciso ser animada por aquella potencia para vencer el mal de ojo?

Kenhir no le había ocultado nada a Nefer el Silencioso.

Antes o después, una mujer sabia debía hacer frente a Neit para saber si su energía vital era de la misma naturaleza que la de la diosa. Pero, por lo general, se preparaba para la prueba durante largos períodos de meditación y no se encontraba con la estatua en una situación de urgencia.

–Alguien intentó penetrar en la cámara fortificada –dijo Kenhir a Nefer–, pero fracasó. El mal de ojo es el responsable del deterioro de las herramientas. Si no podemos deshacernos de él, no conseguirás excavar la tumba del rey.

–¿Por qué no recurrimos a un mago de la corte?

–¿Quién va a tener más posibilidades de conseguirlo que la

mujer sabia? Como madre de la cofradía, luchará con todas sus fuerzas para salvarla.

–Nadie lo duda, Kenhir, pero es mi esposa, la persona a la que más quiero, y a la que habéis puesto voluntariamente en peligro sin advertírmelo.

–Lo admito, pero era mi deber. Cuando las circunstancias lo exigen, el escriba de la Tumba debe olvidar a los individuos para pensar sólo en la cofradía. Nuestro único objetivo, el de todos, es crear la morada de eternidad del faraón; el Lugar de Verdad permanecerá estéril mientras el mal de ojo siga trabando la mano de los artesanos.

Para Nefer, el escriba de la Tumba adquirió su verdadera dimensión. No era un simple gestor de la aldea, sino también, y del mismo modo que los dos jefes de equipo, el garante de sus compromisos esenciales.

–Aunque vuestra decisión me haya sumido en la angustia, Kenhir, no voy a oponerme a ella.

–Y haces bien, maestro de obras. En caso contrario, Clara te desaprobaría, y lo sabes.

Nefer miró el templo donde su esposa era sometida a una irradiación de energía que pocos seres podían soportar. ¿Volvería a ver viva a aquella mujer de dulce sonrisa, mirada tranquilizadora e ilimitado amor?

–Estoy tan nervioso como tú –murmuró Kenhir– y pienso que la ley a la que estamos sometidos, a veces, es muy dura.

Turquesa y Uabet la Pura salieron del santuario sosteniendo a Clara, que se había cambiado el ceñido vestido blanco por una prenda más ancha, sujeta al talle por un cinturón rojo. Tenía los ojos entornados, y parecía incapaz de mantenerse de pie sin la ayuda de las dos sacerdotisas.

Nefer quiso correr hacia ella, pero Kenhir lo retuvo.

–Espera un poco... Es preciso que absorba la luz.

La mujer sabia abrió los ojos, como un ser que nacía a una realidad nueva. Contempló el sol por unos instantes y recuperó su equilibrio.

Las dos sacerdotisas se apartaron, Clara vio a Nefer que, esta vez, corrió a tomarla en sus brazos.

–Creía que me moría –le dijo ella–. La energía de la diosa era tan intensa..., pero me ha salvado de las tinieblas.

–Ven a descansar.

–Más tarde... Vayamos ahora a la cámara fortificada.

–¡Pero estás agotada!

–Debo restituir lo que se me ha ofrecido inmediatamente.

Los artesanos vieron pasar a la mujer sabia, cuya serenidad les tranquilizó.

Las herramientas habían sido colocadas en el suelo, ante la cámara fortificada. Ya nadie se había atrevido a tocarlas, por miedo a que se rompieran aún más al atraer la energía negativa del mal de ojo.

Clara quemó incienso en la estancia cerrada, para purificarla y expulsar cualquier fuerza de destrucción, luego magnetizó, una a una, las herramientas, demorándose en las que tenían algún defecto, por pequeño que fuera. Las grietas se cerraron y el cobre brilló con un nuevo fulgor.

–El mal de ojo ha desaparecido –afirmó–, y ya no impedirá los trabajos de la cofradía.

Aclamada por los artesanos, Clara se acurrucó contra el maestro de obras, que ya no sabía qué sentimiento prevalecía en él, si el amor o la admiración por su esposa.

41

–He aquí el culpable –le dijo Kenhir a Nefer el Silencioso.

El maestro de obras examinó un pequeño rectángulo de cobre, cubierto de cardenillo, que ocultaba parte de las fórmulas grabadas en el metal.

–Conozco esos textos –prosiguió el escriba de la Tumba rascándolos con la uña–; proceden de un manual de magia negra y provocan la descomposición de los objetos que un avaricioso no puede procurarse y que prefiere destruir.

–¿Dónde estaba el maleficio?

–Lo habían introducido en el muro del fondo de la cámara fortificada. Lo he examinado de arriba abajo. Gracias a la energía desplegada por la mujer sabia, ese pedazo de metal se ha vuelto visible y, por lo tanto, inofensivo.

–Así pues, uno de los nuestros tiene el alma lo bastante pervertida como para cometer semejante delito... ¿Y si volviera a intentarlo?

–Es evidente que lo volverá a hacer –dijo Kenhir–, pero esta vez no va a resultarle tan fácil. La mujer sabia y las sacerdotisas de Hator tenderán una red protectora sobre todos los edificios del Lugar de Verdad, y nuestro hombre no podrá cruzarla.

–Es difícil de creer... El ataque sólo puede venir del exterior.

–Ojalá fuera así, Nefer, pero la verdad es, sin duda, mucho más cruel. ¿Eres consciente de que excavar la tumba real será una empresa peligrosa?

–¿Acaso creéis que soy menos valeroso que mi esposa?

–El escriba de la Tumba se preocupa por la seguridad del maestro de obras y exige que se tomen medidas para garantizarla.

–¿Os bastará la presencia de Paneb?

–Es lo mínimo... Pero preferiría algo más.

–Debo pensar en construir, no en mi protección.

De haber existido la menor sospecha contra él, Kenhir y el jefe Sobek habrían intervenido ya. El traidor no sintió, pues, la menor angustia; seguiría trabajando en el seno de su equipo, respetando escrupulosamente las consignas del maestro de obras y reforzando los vínculos de amistad con sus colegas.

Sin embargo, había corrido un gran riesgo al insertar el maléfico rectángulo de cobre entre dos piedras de la cámara fortificada, para inutilizar las herramientas, sembrar la confusión entre los artesanos y retrasar el inicio de la obra. Temía ser sorprendido, por lo que no había podido ocultar aquel «mal de ojo» con todo el cuidado que hubiera deseado; por esta razón, su maniobra había fracasado. El escriba de la Tumba y la mujer sabia habían conjugado sus esfuerzos para rechazar el asalto, y el traidor no repetiría un intento semejante por miedo a ser descubierto.

La creación de una morada de eternidad en el Valle de los Reyes no sólo iba a suponerle un aumento del trabajo, sino también a diferir el instante en el que tomaría posesión de la fortuna que le aguardaba en el exterior de la aldea, sin mencionar la grandeza que Nefer el Silencioso tomaría si tenía éxito.

Al principio, el traidor sólo había pensado en sí mismo y en sus futuras riquezas, y esperaba que no debería luchar contra la cofradía. Pero, a lo largo de su andadura, se daba cuenta de que la confrontación se hacía inevitable. De un modo u otro, tendría que ayudar a quienes querían destruir el Lugar de Verdad para que no se levantara contra él como un implacable acusador.

Los artesanos del equipo de la derecha, vestidos con anchas fajas de tela y taparrabos de cuero, se despidieron de sus mujeres y de sus hijos. Era la hora de partir hacia el Valle de los Reyes, pasando por el collado, donde el equipo dormiría durante nueve noches antes de regresar a la aldea.

Conducidos por Nefer el Silencioso, los artesanos se recogieron ante la tumba del maestro de obras Sen-nedjem[1], y luego atravesaron la necrópolis para tomar un estrecho y pedregoso sendero

1. Tumba número uno de Deir el-Medineh.

que llevaba a la cresta de la colina del oeste. Tuvieron que caminar por el borde de un abrupto acantilado, procurando no dar un mal paso. Para Kenhir, la prueba era penosa, pero disponía de un sólido bastón y avanzaba, sin dejar de maldecir a la montaña.

A su izquierda, al oeste, la cima y su forma piramidal dominaba el panorama con toda su grandeza; a su derecha, al este, se desplegaba un magnífico paisaje, con las tumbas de los nobles, los templos de millones de años y los cultivos que se extendían hasta el Nilo.

Nefer se recreó la vista con aquella visión sublime que él esperaba embellecer con el santuario de Merenptah. Paneb, a su vez, estaba también deslumbrado; ¿sería capaz de agradecer a los dioses que le concedieran una existencia tan exaltante, jalonada por tantas maravillas?

Cuando el maestro de obras reiniciaba la marcha por el sendero, Nakht el Poderoso lo agarró del brazo.

–¡Ten cuidado, puedes caer por la pendiente! El paso es especialmente peligroso, ya ha habido accidentes. Déjame pasar delante.

–Tranquilízate, hombre, seré prudente.

Nakht pareció despechado, pero volvió a la fila y la procesión siguió su camino hasta el collado, la estación de descanso entre la aldea y el Valle de los Reyes. Allí se había levantado un poblado compuesto por setenta y ocho chozas, construidas con grandes bloques de calcáreo unidos con mortero, y unos cincuenta pequeños oratorios adosados al acantilado.

El escriba de la Tumba llevó al equipo hasta la capilla dedicada a «Amón del buen encuentro», al que le dirigieron mudas plegarias por el éxito de los artesanos.

Paneb descubría con asombro aquel lugar extraño, poblado de estelas en las que se veía a los adeptos del Lugar de Verdad venerando a las divinidades. Era evidente que el collado no sólo estaba destinado al descanso sino, sobre todo, a la meditación y al contacto con las potencias invisibles que allí reinaban.

–El viento sopla con fuerza y la voz de Amón se hace más perceptible –le dijo Kenhir–. Si no nos permitiera encontrarnos con él, seríamos incapaces de hallar nuestro camino. Vayamos a instalarnos.

Cada choza, cuyo techo estaba formado por ramas y piedras

planas, comprendía dos pequeñas estancias. En la primera había un banco de piedra en el que se había tallado un sitial en forma de U, a veces con el nombre de su propietario inscrito; en la segunda, desprovista de ventana, había otro banco de piedra en el que el ocupante extendía una estera.

La choza del escriba de la Tumba era la más grande y confortable, ya que tenía una habitación más que le servía de despacho. Estaba situada en la parte este del poblado, bien protegida del viento y el sol.

–¿Alguien tendría la bondad de barrer mi choza? –preguntó Kenhir.

–A vuestro servicio –respondió Paneb.

Pai el Pedazo de Pan, Renupe el Jovial, Casa la Cuerda, Nakht el Poderoso y Unesh el Chacal depositaron en las chozas las provisiones para dos días que habían llevado consigo. Desde la mañana siguiente, y hasta el final de su período de trabajo, unos auxiliares con vigilancia policial les llevarían todo lo necesario.

Karo el Huraño y Gau el Preciso distribuyeron las jarras de agua mientras Didia el Generoso y Thuty el Sabio ponían pan, cebollas, pescado seco e higos en una gran piedra plana que serviría de mesa común. En el pueblo del collado estaba prohibido cocer los alimentos y encender fuego. Ahí, las condiciones de vida eran mucho más duras que en la aldea, y hacían añorar y apreciar mejor la comodidad de una morada y el calor de un hogar.

Fened la Nariz, Ipuy el Examinador y Userhat el León penetraron en los modestos talleres del collado para moldear estatuillas de artesanos orando que se depositarían en las capillas, y amuletos en forma de herramientas, como el nivel, la azada o la escuadra, que cada artesano llevaría al cuello para protegerse de los genios malignos que merodeaban por la montaña.

Sólo Ched el Salvador estaba sin hacer nada. Estaba sentado en el umbral de su choza, dibujando una mesa de ofrendas cargada de vituallas.

El maestro de obras se le acercó.

–Sé lo que estás pensando –le dijo el pintor–, pero te equivocas. Es bueno que uno de nosotros no esté ocupado en bajas tareas para mantener el espíritu libre.

–Y suponiendo que admito tu punto de vista, ¿no soy yo quien debe designar a ese hombre?

–¿Acaso no soy el mejor observador del equipo? Mientras dibujo, velo.

–¿Crees que nos acecha algún peligro?

–Esta montaña no es muy favorable a la presencia humana... Será mejor permanecer alerta.

Paneb había terminado de limpiar la choza del escriba de la Tumba y empezaba con la que le habían atribuido.

–Aquí se debe dormir de maravilla –le dijo al maestro de obras–. Pero pasaré mi primera noche contemplando el cielo. Qué fabuloso lugar... Se puede sentir la presencia de quienes estuvieron aquí antes que nosotros. Meditaron en este lugar antes de crear sus obras maestras, y se alimentaron con el silencio y la grandeza de la cima de Occidente. Me gustaría quedarme aquí para siempre.

–Es un mundo intermedio, Paneb, y nadie puede vivir permanentemente aquí.

–¡A comer! –clamó Pai el Pedazo de Pan.

Los artesanos comieron pero, a excepción de Paneb, no manifestaron demasiado apetito. Todos eran conscientes de la pesada tarea que les esperaba, pues trabajar en el Valle de los Reyes no se parecía a ninguna otra labor. Los humanos no tenían allí su lugar y era precisa toda la magia de la iniciación vivida en el Lugar de Verdad para osar aventurarse en aquel sitio y, más aún, excavar la roca sin importunar a las potencias del más allá. Cada artesano era consciente de que un fracaso arruinaría su carrera y pondría en cuestión la propia existencia de la aldea.

–¿Por qué tenéis esas caras tan largas? –dijo Paneb, irritado–. Se diría que pronto vais a morir de una muerte indigna.

–Tú no eres consciente de las pruebas que están por venir –repuso Gau el Preciso.

–¿Qué pruebas? Estamos juntos, vivimos con un mismo corazón y participamos en una aventura que nos hará tocar la eternidad. ¿Qué más se puede pedir?

–Mi discípulo no carece de humor –observó Ched el Salvador–, y hace bien fustigando nuestros temores.

–¡Porque tú no temes nada! –se rebeló Casa la Cuerda.

–Tal vez sea el que más se preocupa de todos nosotros, pero ¿de qué serviría mostrarlo?

–Sigo sin comprenderos –prosiguió Paneb–. Preocupación, miedo, temor... ¿Cómo pueden obsesionaros semejantes sentimientos? Lo desconocido es tan poderoso como el amor y es preciso zambullirse en ello con todas nuestras fuerzas.

–En vez de hablar tanto –observó Kenhir–, id a descansar. Nos pondremos en marcha hacia el Valle de los Reyes dentro de cuatro horas.

42

La subida hacia el collado había sido tan dura como fácil el descenso hacia el Valle de los Reyes. El maestro de obras marchaba en cabeza, seguido por un Paneb loco de alegría al penetrar en «la gran pradera donde quienes habían cometido faltas no podían entrar». Y ése era, precisamente, uno de los motivos de preocupación de Nefer el Silencioso: si era cierto que uno de los miembros de su equipo había intentado echarle el mal de ojo, iba a introducir un ser maléfico en aquel lugar sagrado. Pero no estaba seguro de ello ni disponía de un método seguro para identificar al culpable; así pues, debía avanzar llevando aquel peso sobre sus hombros.

–La violencia de la luz hace brotar fuego de las piedras... ¿Soy el único que lo ve? –preguntó Paneb al maestro de obras.

–Todos lo sentimos, en distintos grados, y sabemos que nos destruirá si no somos dignos de la obra que vamos a realizar. Que la cima de Occidente nos proteja.

–¿Tú también cederás a la melancolía del ambiente?

–Tranquilízate, Paneb, tengo demasiadas cosas que hacer.

–Pero no es la magnitud de la tarea lo que temes, ¿verdad?

–Muy al contrario, eso me exalta... Tal vez haya entre nosotros un traidor con la intención de hacernos fracasar.

–¿Lo crees realmente?

–Aún no he descartado esa hipótesis.

–Si semejante monstruo existe, utilizará una estrategia sencilla pero eficaz: la emprenderá contra ti. Sin capitán, la tripulación quedaría desamparada. Pero esa serpiente ha olvidado mi presencia. Mientras yo siga vivo, nada te sucederá.

–Quisiera decirte que...

–No olvides que te llamas Silencioso.

La entrada del Valle de los Reyes era un paso bastante estrecho, abierto en la roca y permanentemente custodiado por policías del jefe Sobek, que había acudido al lugar para recibir al equipo. El nubio saludó al escriba de la Tumba y al maestro de obras, y luego identificó a cada uno de los artesanos.

–¿Algún incidente que destacar? –preguntó Kenhir.

–Ninguno. Todos mis efectivos están en estado de alerta. Ningún intruso podrá aventurarse por los parajes sin ser descubierto inmediatamente.

–Necesito tus dos mejores hombres para custodiar el taller y la obra.

–Penbu y Tusa... Sus hojas de servicio son excelentes y nadie los cogerá por sorpresa.

Los dos nubios se presentaron al escriba de la Tumba; tenían una mirada franca y respiraban salud.

–Id –ordenó el maestro de obras.

Uno a uno, los artesanos cruzaron el paso que separaba «la gran pradera» del resto del mundo. Allí, el reinado de la luz y de lo mineral era absoluto, y lo efímero daba paso a lo eterno. Los acantilados verticales moldeaban un silencio del más allá, alimentado por el azul del cielo.

–Tú, Penbu, custodiarás el depósito del material –decretó el escriba de la Tumba–. Sólo el maestro de obras y yo mismo tenemos la llave, y nosotros distribuiremos las herramientas. Si faltara una, aunque sólo fuera una, te consideraríamos responsable de ello.

Kenhir abrió la puerta del almacén y comprobó el número de picos, cinceles, panes de color y mechas para las lámparas. Correspondía exactamente al inventario que él mismo había realizado en su última estancia en el Valle. Desconfiado, contó de nuevo y verificó el buen estado de los picos y los cinceles. Con los que había llevado el equipo de la derecha, la cantidad era suficiente para iniciar los trabajos.

El reparto del instrumental se efectuó en silencio, y Kenhir anotó en una tablilla de madera el tipo de material entregado a cada artesano que, al llegar la noche, tendría que devolverlo. No sería posible robo alguno y las herramientas dañadas se llevarían a la aldea para ser reparadas.

–Tú, Tusa –ordenó el escriba de la Tumba al policía nubio–, vigilarás la obra desde que la abandonemos hasta que regresemos. Si alguien consiguiera cruzar todas las barreras y burlar el sistema de seguridad instalado por Sobek, golpea al intruso sin avisarle, sea quien fuere. E insisto en este punto: sea quien fuere.

Junto a la puerta del almacén del material, el jefe escultor Userhat el León depositó una estela en la que se habían grabado siete orejas, que permitirían que los policías pudiesen escuchar cualquier ruido sospechoso.

Guiado por Nefer el Silencioso, el equipo de la derecha se dirigió al emplazamiento elegido para excavar la morada de eternidad del faraón Merenptah, al oeste de la tumba de Ramsés el Grande.

Fened la Nariz e Ipuy el Examinador contemplaron la roca durante un buen rato.

–No será fácil –consideró Ipuy–. ¿No podríamos empezar un poco más lejos?

–La decisión del faraón y la mía son definitivas –precisó Nefer.

–Nos arreglaremos... Pero será necesaria tanta precisión como fuerza. En este lugar la roca es caprichosa, y nos tenderá trampas.

Fened la Nariz puso la mano en una excrecencia de la piedra.

–El primer golpe de pico debe darse aquí. Su resonancia modificará la resistencia de la pared y podremos seguir las líneas de fractura con más facilidad.

El escriba de la Tumba entregó al maestro de obras un pico de oro y plata que, desde la creación del Valle de los Reyes, servía para dar el impulso ritual. Nefer lo blandió y hundió la punta en el lugar que Fened le había indicado. Luego, amplió el agujero con un escoplo de plata.

La roca emitió un extraño sonido, parecido a un canto, quejumbroso y lleno de esperanza al mismo tiempo.

Fened sonrió; una vez más había tenido buen olfato.

Nakht el Poderoso le dio el primer golpe verdadero a la roca con un pico de piedra dura. Sus colegas lo imitaron, pero sólo Paneb se mostró tan eficaz. Molesto, Nakht golpeó con más fuerza, pero Ardiente no tuvo que hacer ningún esfuerzo para igualarle. La competición duró largo rato y fue Nakht quien se fatigó primero.

–Vosotros dos, descansad –ordenó el maestro de obras–. Los demás utilizad los picos ligeros.

Éstos, que pesaban de uno a tres kilos, tenían un núcleo de bronce en una envoltura de cobre que amortiguaba el choque e impedía que el metal se fracturase.

Y las jornadas de trabajo se sucedieron, exaltantes; los canteros emplearon pesados rascadores con mangos de madera y cinceles de cobre para desprender la roca a pequeños fragmentos. Poco a poco, fueron apareciendo los estratos blancos de calcáreo superpuestos estriados por capas de sílex más oscuras, y la visión alegró a Nefer: la roca era de buena calidad y sería un excelente soporte para la escultura y la pintura.

A la izquierda de la entrada de la tumba, Kenhir había hecho excavar una hornacina con una inscripción desprovista de ambigüedad: «Sitio del escriba Kenhir». Desde allí, sentado a la sombra, podía observar la marcha de los trabajos.

–A excepción de Ched el Salvador –le dijo a Nefer–, todos los miembros del equipo trabajan con empeño; la entrada monumental va tomando forma y ya falta poco para iniciar el descenso.

–No es bueno que corramos mucho, o la roca podría sufrir daños –anunció Nefer–. Sin duda perderemos tiempo, pero evitaremos graves errores. Y Ched no está de brazos cruzados: está preparando la futura decoración de la tumba y realiza numerosos esbozos.

–Siempre hace lo mismo... Sin embargo, cuando se pone delante de una pared no vacila lo más mínimo. ¡Qué extraño carácter!

–¿Acaso Ched no cumple con su trabajo?

–Ciertamente, ciertamente... Pero su extravagante comportamiento no me gusta demasiado.

–¿Podéis reprocharle algo en concreto?

–No... todavía.

–Dicho de otro modo, sospecháis que puede perjudicar a la cofradía.

–Es sólo una impresión muy vaga... Tal vez no debería haberte hablado de ello.

–En absoluto, no debéis ocultarme nada; aunque lo que deba saber me desgarre el corazón, siempre será mejor que la ignorancia.

–De acuerdo, Nefer... Pero deberás estar preparado para recibir crueles desilusiones. No todos los hombres, ni siquiera los del Lugar de Verdad, están a la altura de lo que esperas de ellos.

–Pero, si la obra se lleva a cabo, ¿qué importa eso?

–¿Y si no se lleva a cabo?

–Así pues, pensáis que voy a fracasar.

–Sinceramente, no lo sé... Pero he tenido pesadillas y temo que esta obra termine de un modo trágico. Y la agresión del mal de ojo confirma mis temores.

–¿No lo destruyó la mujer sabia?

–Me gustaría creerlo.

–Seguid siendo escéptico, desconfiado y pesimista, Kenhir; así no tendré mejor aliado.

El escriba de la Tumba masculló unas palabras incomprensibles y se arrellanó en su asiento de piedra. Gracias a su vigilancia, no había desaparecido ninguna herramienta y se habían afilado puntualmente.

Su verdadero motivo para esperar era Nefer el Silencioso. Deseaba admirar su rigor y su paciencia, y su mando propio de un jefe.

La perforación de la roca avanzaba al ritmo que él había decidido, y examinaba cada pulgada de la roca como si le fuera la vida en ello. Los artesanos eran conscientes de que el maestro de obras no aceptaría ningún tipo de imperfección y, por ello, ponían todo su empeño en la realización de la obra.

Con una palabra o con un gesto, Nefer resolvía una dificultad o evitaba un error. Los canteros comprobaban que su maestro de obras tenía el sentido de aquella roca, tan caprichosa a veces, que percibía sus respiraciones, y sabía someterla a su plan sin humillarla.

Ya habían excavado más de cinco metros. Les tocaba a Paneb y Unesh el Chacal recoger los restos para llenar unos sacos de cuero que cargarían en sus hombros o sobre unas narrias montadas sobre patines de madera y jaladas por cables, mientras Karo el Huraño y Nakht el Poderoso manejaban el pico.

Llevado por su impulso, Nakht estuvo a punto de perder el equilibrio y la punta de su herramienta rozó la sien de Huraño.

–¡Podrías haberme matado, imbécil!

Furioso, Huraño amenazó a Poderoso con el puño. Paneb se lanzó a sus piernas para impedir que cometiese lo irremediable, mientras Nefer ponía a Nakht contra la pared.

–¿Te atreverás a levantar la mano contra tu maestro de obras?

Nakht se calmó, y Paneb permitió que Karo se levantara.

–Reconciliaos inmediatamente –ordenó Nefer–. El incidente se ha terminado y no volverá a repetirse.

43

Serketa llevaba el pelo teñido de color caoba, y su opulento pecho, más atractivo que nunca, estaba apenas cubierto por un velo de lino. Cuando su marido entró en casa, ella comenzó a excitarlo con movimientos insinuantes.

–¿Crees que estoy guapa esta noche?

Méhy lanzó a lo lejos sus papiros contables.

–Eres una verdadera hembra –dijo manoseándole los pechos.

–¿Has tenido un buen día, dulce amor mío?

–¡Excelente!

–El poder te sienta tan bien...

Como de costumbre, Méhy desgarró el velo de lino y se comportó como un macho cabrío en celo. Así le gustaba a ella, brutal e insaciable. La vida era sólo violencia y siempre era preciso mostrarse el más fuerte; gracias a su total complicidad, Méhy y Serketa no temían a ningún adversario.

–Ya no tenemos ninguna información seria sobre el Lugar de Verdad –deploró ella.

–De todos modos, sabemos que la cofradía ha iniciado la excavación de la tumba de Merenptah en el Valle de los Reyes.

–¿Y de qué nos sirve eso? Ninguno de sus secretos ha caído en nuestras manos.

–Paciencia, leona mía... Sabes muy bien que nuestra posición oficial nos prohíbe dar cualquier paso en falso. No desespero de conseguir confidencias pero, para lograrlo, es preciso que el escriba de la Tumba y el maestro de obras tengan realmente confianza en mí.

–Se te ha ocurrido una idea, ¿no es cierto?

–Una idea genial, ya verás.

Con su hijo en brazos y un pequeño mono verde encaramado en su hombro, Paneb veía bailar a las sacerdotisas de Hator que acompasaban sus movimientos a los de Turquesa, cuya gracia y soltura deslumbraban a Ardiente.

Al monito se le consideraba un genio bueno. Era libre de ir de casa en casa, donde degustaba los mejores alimentos, y le gustaba mucho jugar con los niños. Se había encaramado al hombro de Paneb para poder examinar de cerca al chiquillo y tocar delicadamente su cabeza. Aperti se reía y daba grititos de satisfacción, por lo que su nuevo compañero de juegos seguía haciéndole monerías para provocar la intervención del padre.

Paneb llevaba el amuleto que le había dado Ched el Salvador, y tenía la sensación de ver la realidad con mayor amplitud y precisión, como si la abordara desde varios ángulos al mismo tiempo. Así, disfrutaba mejor de la danza de las siete sacerdotisas, destinada a proteger la aldea y el trabajo de los artesanos mágicamente.

Sin desvelar «el secreto de las mujeres del interior» más que a los miembros de la cofradía, las siete danzarinas, que llevaban unos taparrabos cortos y abiertos por delante, iban tocadas con pelucas de largas trenzas que sujetaban un globo de loza evocando el sol.

Turquesa llevaba un bastón acabado en una mano que sujetaba un espejo. Giró sobre sí misma e hizo frente a las demás danzarinas. Una de ellas adelantó la pierna izquierda y se contempló en el espejo, que otra sacerdotisa ocultó con ambas manos. Turquesa dirigió entonces la superficie reflectante hacia el cielo, para que recibiera los rayos del sol y los irradiara a su alrededor.

–No nos contemplemos a nosotras mismas –salmodió la hermosa sacerdotisa–, y volvamos nuestro espejo hacia la luz. Así estaremos protegidas del mal.

Tras haber examinado durante largo rato al pequeño Aperti, Clara se lo devolvió a su padre.

–Tu hijo goza de una excelente salud, Paneb.

–¿Estás segura?

–Está muy sano y fuerte como un roble. En la aldea no hay ningún niño como él.

–¡Mejor así! En cuanto aprenda a andar, le enseñaré los rudimentos de la lucha.

Clara no tuvo tiempo de expresar su opinión sobre aquel programa educativo, pues Unesh el Chacal entró en su gabinete con muy mala cara.

–Me duele la parte de arriba de la espalda –explicó–. He debido de lastimarme algún músculo a fuerza de manejar el pico.

La mujer sabia posó la mano derecha en el lugar dolorido.

–Se te ha salido una vértebra del sitio –diagnosticó–. Voy a ponértela bien.

Siguiendo las instrucciones de la terapeuta, Unesh cruzó las manos por detrás de la nuca. Clara pasó los brazos por debajo de los del paciente y, haciendo palanca y tirando hacia ella, hizo que le crujiera la espalda.

–Noto una sensación de calor en todo el cuello –advirtió Unesh.

–Excelente.

–Esta técnica me interesa –dijo Paneb–. ¿Me la enseñarías?

–Para serte franca, pensaba coger un ayudante, porque tus colegas son demasiado fuertes para mí. La mujer sabia que me precedió me enseñó los gestos adecuados, pero yo no tengo fuerza para llevarlos todos a cabo. Si deseas que te enseñe las manipulaciones que libran la espalda de dolores, necesito a alguien con quien ensayar.

Unesh intentó desaparecer, pero Paneb lo agarró del hombro.

–Estoy seguro de que te duele otra cosa y de que te presentas voluntario.

–¡No, no, estoy muy bien!

–Debemos sacrificarnos, siempre, por el bien de la comunidad. ¿Acaso no tienes confianza en mí?

–Cómo decirlo, yo...

–Gracias por tu cooperación, Unesh –dijo Clara con una hermosa sonrisa y una gentileza que excluía el rechazo.

La mujer sabia enseñó a Paneb cómo tratar las malas posturas y las desviaciones de la columna vertebral, de origen cervical, dorsal o lumbar. Le enseñó los gestos necesarios para curar un lumbago o una tortícolis, le reveló que cada vértebra correspondía a un órgano y podía causar múltiples trastornos, que iban desde la arritmia cardíaca a los ardores de estómago.

Paneb demostró tener dotes excepcionales, y asimiló fácilmente las enseñanzas de Clara, y consiguió, incluso, devolver la cadera de Unesh a su lugar, que le hacía sufrir desde mucho tiempo atrás.

–Por todos los dioses –exclamó su primer paciente–, me has devuelto la juventud. Nos serás útil en las obras. Bueno, regreso a casa.

Tras la marcha de Unesh, más enérgico que nunca, Clara reveló a Paneb otros secretos del oficio.

–Necesitaremos varias sesiones de perfeccionamiento. Haré que trates a algunos pacientes durante tus días de descanso, y, luego, serás autorizado a manipularlos sin mi presencia.

–¡Estoy tan contento de poder ayudarte!

–Tu fortaleza es un don del cielo, Paneb, pero no te impongas por la fuerza o, de lo contrario, se te impondrán por la fuerza.

Clara iba a cerrar su gabinete cuando Ched el Salvador salió de la oscuridad.

–¿Puedes concederme unos instantes?

–Pues claro, pasa.

El pintor se escurrió hacia el interior como si temiera ser visto.

–¿Qué te sucede, Ched?

–Nada grave... Sufro un poco de los ojos y mis párpados están doloridos.

Tras examinarlo, la mujer sabia dio al pintor un pequeño bote que contenía una pomada compuesta por hojas de acacia machacadas, serrín de madera, galena y grasa de oca.

–Por la noche –le dijo–, la aplicas en los párpados y los cubres con un apósito. Además, con una pluma de buitre hueca, deberás ponerte en cada ojo tres gotas de un colirio de áloe y sulfato de cobre tres veces al día. Aliviará la irritación, pero no hará milagros... Porque no me lo has dicho todo.

Ched miró a Clara como si no la hubiera visto nunca antes. Tenía el aspecto de una reina.

–¿Puedo mentirle a la mujer sabia?

–¿Acaso no conoces la respuesta a tu pregunta?

–Me gustaría que las lámparas estuvieran apagadas.

Clara hizo reinar la oscuridad.

–Lo mismo ocurre con la vida –dijo Ched el Salvador con voz cansada–. Nace de lo invisible, se alimenta de luz y vuelve a las tinieblas, donde se disuelven las formas, ya se trate del granito más duro o del sentimiento más tierno. Mi discípulo Paneb lo ignora aún, pues está convencido de que su fuerza será inagotable y que le permitirá vencer en cualquier combate. Se equivoca, pero ¿de qué le serviría ser más lúcido? Es mejor que destruya paulatinamente los obstáculos, hasta que su voluntad y sus puños sean inútiles. Sólo entonces comprenderá que se ha agitado sin actuar y que la muerte es la más acogedora de las amantes. Pero primero debe abrir nuevos caminos, pintar como nadie ha pintado nunca y creer que el hombre puede ser creador. Habrá que ayudarle, Clara, no permitir que lo dominen los demonios, pues el Lugar de Verdad necesitará a Paneb.

–¿Estás perdiendo la vista, no es cierto?

–Te has convertido en nuestra madre y tienes que amar a cada uno de tus hijos, aunque uno de ellos pierda cualquier esperanza. A menos que no puedas darme una...

–No tengo derecho a mentirte: es una enfermedad que conozco pero que no sé curar. La evolución será lenta, incluso conseguiré frenarla, pero nada más.

–¿Qué dios es lo bastante cruel como para infligir ese castigo a un pintor? Sin duda no he venerado bastante la cima de Occidente, pero es demasiado tarde para los remordimientos. Sobre todo, que nadie sepa nada. Me llamo Ched el Salvador y no quiero que me socorran.

–Deberías acudir a los oftalmólogos de Tebas y Menfis.

–Para qué... Ellos no tienen tu magia. Sufriré mi suerte mientras no me convierta en un tullido y sólo aceptaré tus cuidados si me los prodigas en el mayor secreto. Nadie debe saberlo.

–Sólo hay un ser al que no puedo ocultarle nada.

–Tu marido, nuestro maestro de obras... Es Silencioso y confío en él.

–En estos momentos, no tengo el medio para curarte, Ched. Pero no me doy por vencida.

44

La buena cocina de Niut la Vigorosa, que sabía asar las aves con inigualable destreza, devolvía la vitalidad a Kenhir. Desde que ella se ocupaba de la casa, disponía de la suficiente energía para llevar el Diario de la Tumba, vigilar los trabajos del Valle de los Reyes y proseguir su obra literaria. Tras haber terminado una nueva versión de *La batalla de Kadesh* en la que magnificaba el papel sobrenatural de Ramsés el Grande, estaba estableciendo una lista de los reyes que habían hecho construir un templo en la orilla oeste y daba los últimos toques a una historia de la decimoctava dinastía. Mezclando poesía, erudición y simbolismo, intentaba dar vida a las múltiples dimensiones de la extraordinaria civilización, cuyo hijo tenía la suerte de ser.

–Tenéis una visita –anunció la joven sierva.

–¡Ah, no, ahora no! ¿No ves que estoy escribiendo?

–¿Debo despedir entonces a Nefer el Silencioso?

–¡No, claro que no! Que entre.

El maestro de obras, que habitualmente estaba muy tranquilo, parecía irritado.

–El convoy de asnos encargado de traernos cobre para fabricar cinceles acaba de llegar –indicó.

–¡Excelente noticia! Lo esperábamos mañana.

–Hay asnos, pero no cobre.

–¡Imposible!

–Venid a comprobarlo.

El escriba de la Tumba abandonó su obra para dirigirse a la gran puerta de la aldea en compañía de Nefer.

El jefe de los arrieros estaba sentado en su estera de viaje, discutiendo con Obed, el herrero.

–¿Qué has hecho con el cobre que debías entregarnos? –preguntó Kenhir.

–El convoy fue registrado por la policía de Coptos y ésta consideró que el cargamento no era adecuado. Como tenía órdenes de llegar hasta aquí, he venido. Yo no quiero problemas... Firmadme la orden de misión y regresaré a Tebas.

–¿Que no era adecuado...? ¿Qué significa eso?

–¡Yo no sé nada! Bueno, ¿firmáis?

Kenhir lo hizo, y el convoy abandonó la zona de los auxiliares para tomar la barcaza.

–¿Y yo qué hago? –preguntó el herrero con los puños en las caderas–. Sin materia prima, tendré que tocarme las narices.

–Hay picos y cinceles viejos que deben ser afilados –respondió Nefer–. Los canteros te los entregarán.

El escriba y el maestro de obras se alejaron.

–Si no nos entregan la cantidad de cobre prevista en menos de dos meses, no dispondré de bastantes herramientas de precisión y me veré obligado a interrumpir el trabajo –dijo Silencioso.

–No es la primera vez que se produce un incidente de este tipo –recordó Kenhir–, pero hoy llega en el peor momento. Sólo veo una solución: avisar a Méhy.

Los despachos de la administración central de la orilla oeste eran un verdadero hormiguero. Entraban escribas que llevaban mensajes urgentes, otros salían corriendo para transmitir a los interesados las órdenes de la jerarquía, otros recibían a los contribuyentes descontentos, campesinos que discutían el catastro o proveedores de géneros diversos que había que controlar.

Un policía armado con un bastón se dirigió a Kenhir.

–¿Quién eres?

–El escriba de la Tumba. Quiero ver inmediatamente al administrador principal.

No faltaban audaces que solicitaban aquel privilegio, y el policía los conducía hasta un escriba, que los hacía esperar más o menos tiempo antes de recibirlos. Pero aquel personaje merecía todas las consideraciones.

–Seguidme, os lo ruego.

El policía acompañó a Kenhir hasta el edificio central, donde el administrador recibía a sus huéspedes más distinguidos. Su secretario particular fue avisado de la presencia del escriba de la Tumba, advirtió de inmediato a su patrón y éste salió al encuentro de su visitante.

–¡Mi querido Kenhir, es un placer volver a veros! ¿Acaso necesitáis mis servicios?

–Es muy posible.

–Entrad, os lo ruego.

Muebles de preciosa madera, numerosas lámparas de aceite, armarios y anaqueles para los papiros y las tablillas de madera, ánforas de agua y de cerveza... El despacho de Méhy era lujoso y confortable.

–Sentaos.

–Tengo prisa y debo ir directamente al grano.

–¿Algún problema grave?

–El cargamento de cobre que debía recibir el Lugar de Verdad ha sido detenido en Coptos.

–¿Por qué razón? –preguntó Méhy, sorprendido.

–Por no ser adecuado.

–¿No tenéis otras indicaciones?

–Desgraciadamente, no. La cofradía necesita el cobre para fabricar ciertas herramientas y proseguir su trabajo.

–Lo comprendo, lo comprendo... ¡Pero deberían haberme informado del incidente!

–Así pues, ¿no estabais al corriente?

–De haber sido así, querido Kenhir, habría intervenido sin demora. Temo que alguno de mis subordinados haya cometido una falta grave. ¿Podéis concederme unos instantes? Voy a aclarar este asunto.

Por la furibunda mirada de Méhy, el escriba de la Tumba comprendió que no le gustaba demasiado ser cogido en falta.

Las sombras invadían el patio cuando Méhy regresó a su despacho como una tromba. Llevaba un papiro en la mano.

–En efecto, me habían enviado un documento informándome de cierto litigio referente a vuestro cargamento de cobre, pero el responsable de las relaciones con la región de Coptos lo clasificó entre los «no urgentes». Sobra deciros que ese funcionario ya no forma parte de mis servidores. Aprenderá de nuevo su oficio en una oficina de provincias y velaré, personalmente, para que se le impida cualquier ascenso durante varios años. Os presento mis excusas, Kenhir; sean cuales fueren las faltas de mis empleados, me considero responsable de ellas.

–¿Sabéis por qué el cargamento ha sido declarado no adecuado?

–Un estúpido error administrativo... El patrón de la explotación minera no rellenó correctamente el albarán de transporte, y la policía de Coptos se temió un fraude. Ha abierto una investigación que puede durar varios meses.

–¡Varios meses! Eso causaría una catástrofe... ¿Qué podéis hacer?

–Redactar una queja en términos muy duros y ordenar a la policía de Coptos que envíe inmediatamente a Tebas el cargamento de cobre.

–¿Y esa gestión tiene posibilidades de ser efectiva?

Méhy puso mala cara.

–Tal vez, pero no es seguro... Y, sobre todo, no impedirá que la investigación siga su curso.

–¿Podéis obtener un nuevo cargamento de cobre?

–Imposible. Os habían atribuido esa cantidad y no otra. Las cuotas se fijan de un modo bastante estricto, y yo no tengo poder para modificarlas.

–Pero está en juego el Lugar de Verdad –recordó Kenhir–; ¿no podríais hacer una excepción?

–Si sólo dependiera de mí, ya estada hecho. Pero la decisión depende de un sistema administrativo cuya complejidad conocéis.

–Me veré, pues, obligado a dar una muy mala noticia al maestro de obras –deploró Kenhir.

–Tal vez quede una solución –insinuó Méhy.

–¿Cuál?

–Dirigirme personalmente a Coptos. Hablaré con las autoridades y les expondré nuestro punto de vista. El éxito no está garantizado, pero procuraré mostrarme convincente.

Méhy enrolló el papiro donde se comunicaba el motivo del litigio y se dirigió hacia la puerta de su despacho con paso marcial.

–Saldré inmediatamente –decidió–, y espero no regresar con las manos vacías.

–Pase lo que pase, Méhy, la cofradía os estará muy agradecida.

–¿Acaso no tengo el deber de protegerla? Perdonadme por acortar así nuestra entrevista, pero no puedo perder ni un minuto.

Méhy salió corriendo al patio, llamó al auriga de su carro y se puso en camino inmediatamente, muy satisfecho de la estratagema que había puesto a punto con tanta minucia. No le costaría nada resolver un problema que él mismo había planteado y se erigiría en el salvador de los artesanos.

Era evidente que Kenhir no sospechaba nada. Méhy había representado tan bien su comedia que el escriba de la Tumba había caído en la trampa. Al maestro de obras le presentaría al general como el mejor defensor del Lugar de Verdad, capaz de salir de su despacho y abandonar todos sus asuntos para correr en su ayuda.

Y cuando regresara a Tebas, a la cabeza del convoy que traería el cobre, Méhy alcanzaría la categoría de un héroe.

45

El maestro de obras había decidido proseguir la excavación de la tumba de Merenptah con las herramientas que le quedaban. Había explicado la situación al equipo, algunos de cuyos miembros, como Gau el Preciso o Fened la Nariz, habrían cedido al desaliento si no hubiera sido por la intervención de Paneb, que estaba convencido de que Nefer conseguiría arreglar el asunto.

Así pues, el ritmo de trabajo no había bajado.

Siete semanas más tarde, el ambiente se ensombreció. Al bajar del collado hacia la aldea para tomarse dos días de descanso, el equipo se preguntaba si volvería pronto al Valle de los Reyes.

–Con herramientas gastadas no se trabaja bien –se lamentaba Karo el Huraño.

–Tranquilízate, el maestro de obras no lo permitirá –consideró Nakht el Poderoso–. Quiero decir que se interrumpirá el trabajo.

–Eso no me gusta –dijo Fened la Nariz–. Sin duda, lo reanudaremos un día u otro, pero habremos perdido el ritmo. Un incidente como éste es una mala señal... Hay algo malo en el ambiente.

–Si la entrega de cobre no llega –afirmó Gau el Preciso–, tal vez exista un motivo grave por el que preocuparse. Si no hay metal, no hay herramientas y no hay trabajo... ¿Y si las autoridades hubieran decidido cerrar la aldea?

–Tened confianza –recomendó Paneb–. Todo se arreglará.

–¿Por qué estás tan seguro? –preguntó Pai el Pedazo de Pan.

–Porque no puede ser de otro modo. El faraón vino a la aldea y cumplirá su palabra.

–Eres muy ingenuo –objetó Casa la Cuerda–. Si se producen trastornos en la corte, Merenptah se preocupará de preservar su poder y nos olvidará.

–Y tú olvidas que el faraón no puede vivir sin morada de eternidad.

La discusión prosiguió durante todo el camino.

Al acercarse a la aldea, Paneb fue el primero en darse cuenta.

–¡Mirad, asnos!

–No te emociones –intervino Didia el Generoso–. Sin duda, se trata tan sólo de un simple convoy de alimentos.

–¡Al caer la tarde, me extraña!

El joven coloso bajó la pendiente corriendo y estuvo a punto de derribar a Obed, el herrero, que llevaba una pesada caja de madera.

–¿Es cobre?

–¡Hay suficiente para fabricar centenas de cinceles, puedes creerme! Voy a empezar ahora mismo.

El general Méhy se mantenía modestamente aparte, tras el último asno que descargaban los ayudantes del herrero. El escriba de la Tumba y el maestro de obras se acercaron a él.

–Gracias por vuestra valiosa ayuda –dijo Kenhir–; el cargamento llega justo a tiempo.

–Tengo una buena noticia para vosotros: la cantidad es mucho mayor de lo que esperabais. Indiqué que teníais previstas grandes obras y que al Lugar de Verdad no debía faltarle material en ningún momento. Las autoridades de Coptos intentaron hacer oídos sordos, pero les amenacé con proseguir mi camino hasta Pi-Ramsés y entregar un detallado informe sobre sus manejos. Mis interlocutores comprendieron que no bromeaba y se mostraron mucho más comprensivos. Lo aproveché para exigir reparaciones del perjuicio sufrido, y aquí está el resultado. Vuestro agradecimiento me conmueve, pero sólo he cumplido con mi deber.

–Escribiré al visir poniendo de relieve vuestra intervención en favor nuestro –prometió Kenhir–, y también será informado el faraón. Sabed que habéis cooperado de modo eficaz en los trabajos de la tumba real.

–Será uno de mis más hermosos timbres de gloria –afirmó Méhy–, y sin duda tendré la debilidad de alardear de ello. ¿Deseáis examinar el albarán de entrega?

–Será mejor.

Mientras Méhy entregaba el documento a Kenhir, Nefer el Silencioso se alejó sin haber dicho una sola palabra.

«Mala señal –estimó el general–; ese maestro de obras parece más desconfiado aún que el escriba, y es muy difícil saber qué piensa. Hacerle admitir que soy un aliado incondicional exigirá nuevos esfuerzos por mi parte.»

–El cartero Uputy ha traído un mensaje con el sello del rey –le dijo Niut la Vigorosa a Kenhir.

–¡Podrías haberme avisado antes!

–Acabáis de llegar –recordó la muchacha sin desconcertarse.

El escriba de la Tumba refunfuñó mientras rompía el sello. La lectura del documento lo dejó sin aliento.

–Voy a casa de Nefer –anunció.

–La cena está lista –se lamentó Niut.

–Que los platos estén calientes cuando vuelva.

La sierva se encogió de hombros, y Kenhir prefirió ignorarlo. A pesar de la fatiga, apresuró el paso, marcando su ritmo con el bastón.

Cuando entró en casa de Nefer, éste salía de la sala de duchas. Clara, agotada por una larga jornada de consultas, se había tendido en el lecho de la primera estancia.

–Lamento importunaros, pero se trata de algo muy urgente: ¡un mensaje del rey!

–Sentaos –le dijo Nefer–, os daré de beber.

–Tienes razón, tengo la garganta seca... Pero ¿quién podía imaginar algo así? Merenptah exige que se empiece a construir inmediatamente su templo de millones de años, sea cual fuere el estado de su tumba, pero ni él ni la reina pueden abandonar la capital para sacralizar el comienzo de los trabajos.

–En ese caso, ¿cómo podremos ejecutar la orden? –preguntó la mujer sabia.

–Puesto que está investido de una función religiosa, el maestro de obras representará al faraón. Y la mujer sabia, superiora de las sacerdotisas de Hator, actuará en nombre de la reina.

–¿Lo habéis leído bien? –inquirió Nefer.

–El texto no presenta ambigüedad alguna.

–¿Disponemos del ritual necesario?

–Es nuestro documento más antiguo. La prisa del rey parece

indicar que necesita la energía que generará ese templo cuando esté en funcionamiento.

–Sin duda, debe librar un duro combate para preservar la herencia de Ramsés.

–Advirtamos inmediatamente al jefe del equipo de la izquierda –decidió Nefer–, y tomemos las disposiciones necesarias.

Paneb acunaba a su hijo, que estaba molesto porque le estaba saliendo un diente. La nodriza nunca había visto crecer a un niño tan rápidamente y con un carácter tan impetuoso; sólo su padre conseguía calmar a Aperti.

–Ocurre algo raro –advirtió Uabet la Pura al regresar del templo de Hator–. La mujer sabia nos ha convocado a todas para esta noche, y tus colegas están discutiendo en grupitos.

–En cuanto Aperti se haya calmado, iré a enterarme.

Aunque tuviera que compartir a su marido con Turquesa, Uabet era feliz. Allí, en su hogar, Paneb encontraba el reposo. Turquesa le embriagaba los sentidos de tal manera que Uabet había renunciado a luchar en ese campo. Fueran cuales fuesen los correteos de Paneb, siempre regresaría a la apacible morada que la madre de Aperti hacía tan coqueta y acogedora.

Pocas mujeres habrían aceptado semejante sacrificio, pero Uabet amaba al hombre que le había dado un hijo tan excepcional como él mismo. No creía que con la edad fuera a ser menos fogoso y más razonable; y pensaba que le tocaba a ella impedir que el fuego que ardía en Paneb los abrasara.

–Tienes la mirada rara –advirtió él.

–Os estaba mirando, a ti y a tu hijo...

–Me diste un apuesto mocetón, Uabet, ¡pero le cuesta mucho conciliar el sueño!

–Quizás hayas encontrado a alguien más fuerte que tú.

–Eso ya lo veremos. Ah... Por fin lo he conseguido.

El chiquillo se había dormido. Paneb lo dejó dulcemente en brazos de su madre y, luego, salió de casa.

Pai el Pedazo de Pan le interpeló.

–Acabo de despertar de la siesta... ¿Parece que hay problemas?

–No lo sé.

–Con esta historia del cobre, esperaba que por fin estuviéramos tranquilos.

La mayoría de los miembros del equipo de la derecha se habían reunido ante la casa de Nefer, y Nakht el Poderoso no ocultaba su descontento.

–¡Parece que ahora debemos excavar varias tumbas de nobles! ¿Cuándo tendremos algún día de descanso? Con la tumba real teníamos de sobras. ¿Por qué no apelar más al equipo de la izquierda?

–¿Quién te ha hablado de ello? –preguntó Casa la Cuerda.

Nakht reflexionó.

–Bueno... No lo sé. Es un rumor...

–Yo he oído otro –dijo Unesh el Chacal–. Al parecer, el rey ha ordenado que algunos de nosotros vayamos a la capital para construir un nuevo templo a Amón.

–¡Ni hablar! –interrumpió Userhat el León–. Nací en Tebas y aquí moriré.

–Yo pienso igual que tú –aprobó Didia el Generoso–. Nadie me hará abandonar esta aldea.

–¿Y si esperáramos las instrucciones del maestro de obras...? –propuso Paneb.

La evidencia sorprendió a los artesanos.

–No sabemos dónde está –indicó Renupe el Jovial–. Lo que demuestra que algo va mal.

–Estará en casa del equipo de la izquierda –supuso Karo el Huraño–. Deben ponerse de acuerdo antes de anunciarnos una mala noticia.

–¡Muy bien, vamos! –declaró Paneb.

El grupito no tuvo que recorrer mucho camino, pues Nefer el Silencioso salió a su encuentro.

–Queremos saberlo todo –exigió Casa la Cuerda muy enfadado–. ¿Van a interrumpir el trabajo del Valle de los Reyes y mandarnos a otra parte?

–¿No recomiendan los sabios que no se escuche ningún rumor?

–¿Cuál es la verdad, entonces?

–El faraón nos ha ordenado comenzar inmediatamente la construcción de su templo de millones de años. Por esta razón, los dos equipos se reunirán en el paraje para inaugurar los trabajos. Luego, volveremos a la tumba.

–¿Por qué tanta prisa? –preguntó Thuty–. ¿Acaso quiere decir que ha pasado algo en la corte?

–Como cualquier faraón, Merenptah necesita la energía que le procurará ese templo, y a nosotros nos toca hacer que el edificio tenga vida.

–¿Vendrá el rey a Tebas?

–La mujer sabia y yo mismo nos encargaremos de representar a la pareja real.

46

El artesano que traicionaba a la cofradía tenía una certeza: cuando se inauguraba una obra tan importante como la de millones de años, era preciso utilizar la Piedra de Luz. El maestro de obras la sacaría de su escondrijo, y ésa era una inestimable ocasión para descubrir su emplazamiento.

Aunque el proyecto parecía seductor, su realización se anunciaba difícil. La manipulación se produciría, por fuerza, de noche, poco antes de la salida del sol y el despertar de los artesanos. El traidor tenía que salir de casa sin alertar a su esposa y, sobre todo, sin ser descubierto por Nefer el Silencioso.

Para resolver el primer problema, el traidor pensó primero en verter un somnífero a base de hipérico en la leche caliente que su esposa bebía en la cena, pero no conocía la dosis exacta y temía fracasar. El artesano lo pensó mejor y decidió revelarle sus intenciones.

–¿Confías en mí?

–¿Por qué me haces esa pregunta? –se extrañó ella.

–Porque he decidido hacerme rico.

–Muy bien... Pero ¿de qué modo?

–No como mis colegas, que se conforman con muy poco. No puedo decirte nada más, y no deberás hacerme ninguna pregunta sobre mis negocios. No acabaremos nuestros días en esta aldea, donde se niegan a reconocer mis méritos. La paciencia no conduce a nada, y por ello tomo otro camino distinto.

–¿Y no corres demasiados riesgos?

–Sabes que soy muy prudente. Algún día viviremos en una hermosa mansión, tendremos criados, tierras y rebaños, y tú no volverás a cocinar ni a limpiar.

–Creía que la fortuna no te interesaba y que sólo te apasionaba tu oficio.

–La aldea entera debe seguir creyéndolo.

La mujer reflexionó largo rato.

El traidor la miraba. Si su esposa se mostraba reticente, se convertiría inmediatamente en un peligro para él.

–Jamás habría imaginado que te comportarías de este modo, pero te comprendo –dijo–. Más aún, te apruebo. Yo también tengo ganas de ser rica.

Su esposa no era bella ni inteligente, pero se convertía en su cómplice y cedía, como él, ante una pulsión contenida durante demasiado tiempo: el deseo de riqueza. El traidor sólo le había hablado de proyectos de futuro y de bienes ya adquiridos, sin mencionar para nada a sus socios. Cuanto menos supiera su mujer, mejor sería; pero ahora estaba seguro de que mantendría la boca cerrada y que él iba a tener las manos libres.

Afortunadamente, la noche era oscura. Oculto tras una enorme jarra de agua, el traidor tenía los ojos clavados en la puerta de la morada del maestro de obras. Si su razonamiento era acertado, el propio Nefer iría a buscar la Piedra de Luz y la llevaría hasta el acceso principal de la aldea, antes de despertar a los artesanos.

De no haber estado muy atento, el traidor no habría advertido la furtiva salida de su jefe de equipo, que había tomado la precaución de no hacer ruido.

El maestro de obras se dirigió, pegado a la fachada de las casas, hacia el local de reunión. Se dio la vuelta dos o tres veces y estuvo a punto de descubrir a su perseguidor.

Pero Nefer prosiguió su camino.

El local de reunión... El traidor había pensado en ello, puesto que cuando los artesanos estaban reunidos la piedra debía de estar en el naos; a veces se advertía su brillo.

El artesano había descartado aquel escondrijo, porque era demasiado previsible, y se había equivocado.

Nefer abrió la puerta del local con una llave de madera y permaneció en su interior durante bastante rato. Cuando volvió a salir, llevaba un pesado objeto oculto bajo un velo. El traidor experimentó un profundo sentimiento de satisfacción.

Una enloquecida idea le cruzó por la cabeza: ¿y si mataba al maestro de obras para robarle la piedra y huir con aquel inestimable tesoro?

Por desgracia, no llevaba ninguna arma o herramienta; además, el Oriente comenzaba a aclararse y la noche retrocedería de prisa. Si no conseguía derribar a Nefer de un solo puñetazo y estrangularlo, éste se defendería y pediría socorro. Era muy arriesgado.

El traidor siguió al maestro de obras para saber qué iba a hacer con la piedra. Tal vez iba a ocultarla en otro lugar más accesible que el local de reunión, antes de encontrarse con los artesanos. Pero caminaba a buen ritmo hacia la puerta principal.

Allí estaban ya el escriba de la Tumba y la mujer sabia. A sus pies, había una forma cúbica envuelta en una tela ocre que dejaba filtrar una extraña luz.

La piedra... ¡Sin duda era Kenhir quien la había llevado!

El maestro de obras descubrió su fardo: un cofre de madera del que sacó algunas placas de metal. Las examinó y luego las volvió a poner en su lugar.

El traidor se había equivocado de pista, pero ya tendría otras oportunidades.

–¿Te han seguido? –preguntó Kenhir a Nefer.

–Es posible, pero no estoy seguro.

–Sigo convencido de que quien lanzó el mal de ojo sobre las herramientas intentará descubrir el escondrijo de la Piedra de Luz.

–Y suponiendo que lo consiga, ¿de qué le serviría ese descubrimiento? No podría huir con ella.

–Lo intentará –estimó Kenhir–, y debemos multiplicar las precauciones. Si te ha seguido, ha descubierto que se equivocaba de presa; y muy pronto comprenderá que le hemos burlado porque nos hemos vuelto muy desconfiados.

–Razón de más para que no haga nada que nos permita identificarlo. Admito que un criminal se oculta en la aldea, pero creo que tiene las manos atadas.

–Eres demasiado optimista –juzgó Kenhir.

–¿Acaso olvidáis la irradiación de la mujer sabia? Ella sabrá protegernos de cualquier atentado, provenga del interior o del exterior.

Una serie de violentos puñetazos quebró la tranquilidad del amanecer. Paneb recorría la aldea golpeando todas las puertas para despertar a los que aún dormían.

–Salida inmediata –gritaba el joven coloso–. Yo mismo iré a buscar a los retrasados.

Tras haber engullido un enorme desayuno compuesto de tortas calientes, leche fresca, queso y oca confitada, Paneb había besado a su esposa y a su hijo. Estaba de un humor excelente, y se prometía devolver la alegría a quien careciera de ella.

Cuando estaba comenzando su recorrido, distinguió a alguien que ponía pies en polvorosa, como si quisiera escapar. ¿Un marido infiel con prisa por regresar a casa o el brujo que merodeaba por la aldea para propagar sus maleficios?

Durante una cena, la mujer sabia y el maestro de obras no habían dejado de recordarle la triste realidad que debían admitir: había un traidor entre los artesanos que estaba decidido a perjudicar a la cofradía.

Paneb estaba muy dolido, pero por fin había decidido abrir los ojos. Incluso en el seno de una elite como la del Lugar de Verdad, los hombres serían siempre hombres y algunos olvidarían, incluso, sus deberes sagrados.

Esta toma de conciencia no había disminuido, en absoluto, el entusiasmo de Paneb, pues ningún traidor, por muy hábil que fuera, conseguiría impedirle realizar la obra mientras siguiera brillando la Piedra de Luz.

Y aquella piedra estaba allí, ante él.

–Si aún hay alguien durmiendo en la aldea, prometo no beber ni una gota más de vino.

–Deberías ser más prudente, Paneb –recomendó la mujer sabia–. Supón que yo haya administrado un poderoso somnífero a alguno de mis pacientes...

–Mi promesa no tendría valor alguno, puesto que no tenía conocimiento de los hechos.

–Tus análisis jurídicos dejan mucho que desear –estimó Kenhir.

–Creo que lo he visto –dijo el joven coloso con súbita gravedad.

–¿Hablas del traidor? –preguntó Nefer.

–Sí, creo que era él.

El maestro de obras notó que se le hacía un nudo en la garganta.

–¿Lo has identificado?

–No, sólo he visto a alguien que corría. Sin embargo, cuanto más lo pienso, más seguro estoy de que era él.

Clara intentó leer en el pensamiento de Paneb para percibir algo que hubiera podido descuidar, pero no había rastro alguno de aquel fantasma.

–De modo que, efectivamente, ha seguido al maestro de obras –concluyó Kenhir.

–¡Es extremadamente peligroso! –protestó Paneb–. ¿Por qué no me habéis llamado para proteger a Nefer?

–Porque había decidido servir de cebo –explicó éste.

–¡Es una locura! ¿Cómo puedo velar por ti, en estas condiciones?

–Mi vida no corre peligro. El triste personaje no tiene más objetivo que robar nuestros tesoros y, tal vez, dañar nuestros trabajos.

–Siempre tan optimista –deploró Kenhir.

Los artesanos se reunían. Con su habitual frialdad, el jefe Hay había solicitado a los del equipo de la izquierda que llevaran los objetos indispensables para la ceremonia de inauguración de la obra; y se organizó la procesión, con el maestro de obras a la cabeza.

La jornada se anunciaba cálida. Paneb iba cargado con una decena de grandes odres, y lamentaba que avanzaran con tanta lentitud, mientras que el apacible ritmo favorecía a Pai el Pedazo de Pan y Renupe el Jovial, cuyas panzas crecían día tras día.

–La noche ha sido corta –se lamentó Renupe.

–¿Hiciste una fiesta? –preguntó Paneb.

–Con mi mujer, comimos y bebimos un poco... Esta mañana tengo jaqueca. Es por culpa de todo ese trabajo que nos espera. En cambio, tú eres tan fuerte que ni te enteras...

–Esforzarte te ayudará a ponerte en forma.

–Al parecer, vamos a utilizar la Piedra de Luz –supuso Renupe.
–Eso parece.
–¿Nunca te has preguntado dónde se guarda?
–No, nunca.
–No eres curioso, Paneb.
–¿Y tú?
–En el fondo, yo tampoco. Todo eso es sólo cosa del maestro de obras.

47

Daktair había sido humillado por el general Méhy, pero no se lo reprochaba, pues sus quejas estaban fundadas. Él, un hombre de ciencia con el espíritu crítico siempre despierto, se había dejado tomar el pelo por dos artesanos del Lugar de Verdad.

Herido en lo más hondo de sí mismo, Daktair detestaba aún más la institución a la que combatiría por todos los medios hasta su completa destrucción.

Sin embargo, antes sería necesario apoderarse de sus secretos y sus técnicas, tan celosamente guardados. A pesar de su obstinación y sus múltiples contactos oficiales, Daktair había chocado contra un muro impenetrable.

Quizá la galena y el asfalto pudieran darle alguna pista. Daktair estaba seguro de que los productos que Paneb y Thuty habían traído no sólo servían para calafatear las barcas, fijar el mango de las herramientas o fabricar afeites; en cuanto a los usos rituales, eran sólo costumbres antañonas destinadas a desaparecer.

Según el reglamento en vigor, Daktair debería haber entregado a los templos la totalidad del cargamento procedente del Gebel Zeit, del que había sido sólo transportista y depositario temporal; pero falsificando su informe y modificando ligeramente las cantidades, para no llamar la atención, había conseguido sustraer algunas bolas de galena con las que había hecho numerosos experimentos.

Decepcionado por los resultados, había acabado descubriendo algo tan extraordinario que debía contárselo inmediatamente al general Méhy.

–¿Cuándo estará de regreso? –preguntó Daktair a su secretario particular.

–A última hora de la tarde, cuando haya terminado la inspección del cuartel general de Tebas.

–¿Puedo esperarlo aquí?

–Como queráis.

Daktair no había tomado notas. Sólo Méhy y él debían estar al corriente, sin dejar ningún rastro.

Caía la noche cuando el carro del general se detuvo en el patio. Daktair corrió a su encuentro.

–¡Debo hablaros en seguida!

–Tengo que dictar la correspondencia. Vuelve mañana.

–Cuando lo sepáis, me agradeceréis que haya interrumpido vuestras actividades.

El general, intrigado, hizo subir a Daktair hasta su despacho, cuya puerta cerró personalmente.

–Explícate.

–Esta mañana se ha declarado un incendio en mi laboratorio. Los daños son importantes, pero no ha habido víctimas.

–¿Cuál ha sido la causa del siniestro?

–Yo mismo.

–¿Qué significa esto, Daktair?

–¡Que he descubierto el secreto del asfalto! Es una sustancia inflamable que produce calor y luz.

–¿Es una luz limpia o desprende hollín?

–Ensucia, es cierto, pero...

–¿Imaginas las pinturas de las tumbas y los templos mancilladas por esa sustancia?

–Claro que no, ¡pero los artesanos le habrán encontrado alguna utilidad!

Méhy pensó en la Piedra de Luz, pero la galena sólo podía ser uno de sus ingredientes.

–El aceite de piedra nos será muy útil –prosiguió Daktair–. Nos permitirá incendiar cualquier edificio, incluidos los fortines, y sembrar el terror en un ejército enemigo.

–Debes desechar esa idea.

El sabio se crispó.

–Os aseguro que...

–El faraón acaba de ordenar que se cierren las minas del Gebel Zeit. El paraje estará permanentemente custodiado y nadie se acercará a él sin una autorización de palacio.

–¡Apuesto a que el Lugar de Verdad ha inspirado esta decisión!

–Sin duda alguna, Daktair. Los artesanos han comprendido que no pondrías límites a tus investigaciones, el escriba de la Tumba ha avisado al visir y ha conseguido prohibir el acceso a ese peligroso aceite.

–Hay que intervenir y solicitar al rey que modifique su decreto.

–No cuentes conmigo para emprender una gestión tan estúpida. No es momento de chocar de frente con Merenptah y hacer, así, que nos acusen de rebelión.

–¡Pero, general, el petróleo sería un arma muy poderosa para nosotros!

–Para obtenerlo, debemos conquistar el poder supremo, el único que nos permitirá utilizar todos los recursos naturales del país.

–¡De todos modos, he descubierto uno de los secretos del Lugar de Verdad!

–Sólo lo has rozado... El maestro de obras, sin duda, necesita una pequeña cantidad de asfalto para moldear la Piedra de Luz, pero es probable que éste sea tan sólo un ingrediente más. ¿Has hablado del descubrimiento con tus subordinados?

El barbudo se enfureció.

–Sois el único que lo sabe, y ni siquiera he tomado notas.

–Está bien, Daktair; eres listo, y llegarás muy lejos. Voy a darte la orden, de manera oficial, de trabajar en la mejora del armamento de las fuerzas tebanas. Necesito mejores espadas, mejores lanzas, mejores puntas de flecha. Tendrás tanto cobre como necesites, e incluso hierro. En cuanto obtengas resultados interesantes, no digas nada a nadie y avísame en seguida.

Thuty el Sabio miraba el cielo en compañía del maestro de obras y de la mujer sabia. Observaban la posición de Mercurio, que estaba bajo la protección de Set, la de Venus, vinculado al renacimiento del fénix, la de Marte, el Horus rojo, la de Júpiter, que se encargaba de iluminar las Dos Tierras y de abrir la puerta de los misterios, y la de Saturno, el toro del cielo. Thuty había consultado los libros de astronomía y de astrología, donde se estudiaban las estrellas imperecederas y las que aparecían y desaparecían en el horizonte, formando la franja zodiacal dividida en treinta y seis decanatos. Cada diez días se levantaba un nuevo decanato que, tras haber pasado por el taller de resurrección del cielo, volvía a ser visible.

–La hora es favorable –declaró Thuty.

Si efectuaban la observación correctamente, la ubicación del templo de Merenptah estaría en perfecta correspondencia con la armonía del cielo, y el edificio terminado lo reflejaría en todas sus partes.

El maestro de obras había depositado la Piedra de Luz, velada, en el emplazamiento del futuro naos, luego había confiado al jefe del equipo de la izquierda el plano inscrito en un rollo de cuero que, cuando se hubieran terminado los trabajos, se ocultaría en una cripta.

Nefer comprobó que los ángulos fueran a escuadra. Luego trazó un ángulo recto en el suelo con una cuerda dividida por nudos en doce partes iguales y, después, formó un triángulo 3/4/5 que simbolizaba la tríada Osiris el Padre, Isis la Madre y Horus el Hijo.

Con una azada, el maestro de obras excavó la trinchera de fundamentos que ponía el templo en contacto con el *Nun,* el océano de energía primordial, y luego moldeó el ladrillo madre, del que nacerían las piedras sillares.

Paneb observaba los ritos desde lejos. No estaba tranquilo, y presentía que algún peligro acechaba a los dos equipos, que estaban reunidos en el paraje. Gracias al amuleto de Ched, el joven coloso tenía la impresión de que podía ver en la oscuridad, como un felino.

Sin embargo, la ceremonia transcurría sin incidentes y con una profunda tranquilidad que impregnaba el alma de los artesanos, conscientes de participar en un acto fundamental que desafiaba el paso del tiempo.

Con un mazo en la mano, Nefer y Clara se situaron delante de dos estacas clavadas a lo largo de la trinchera de fundamento y entre las que se había tendido el cordel que daba las medidas del templo. Cumpliendo las funciones del faraón y de la gran esposa real, dieron un golpe seco en lo alto de la estaca para hundirla aún más.

Desde aquel momento, la llama del ojo divino, oculta en la Piedra de Luz, comenzaba a crear el templo.

–¡Qué hermosa es esta morada! –dijo Nefer–. No existe otra igual. La fiesta ha presidido su nacimiento, y lo concluiremos también con alegría. ¡Que sea igual de eterna que el cielo!

–Que la obra brille y deslumbre al país entero –deseó Clara–; que la luz le dé felicidad y que este templo crezca constantemente para expresar la vida del universo.

El maestro de obras depositó, en los fundamentos, unas placas de metal precioso y unos modelos a escala de herramientas, entre los que había una escuadra, un nivel y el codo en el que se había grabado el juego de proporciones específicas del templo de Merenptah. Una losa cubrió aquel tesoro, que a partir de ese momento sería invisible.

Nefer fumigó el paraje con incienso para purificarlo, abrió la boca del templo con un cetro, tocó sus puntos neurálgicos y, de acuerdo con la antigua fórmula, «entregó la morada a su dueño», el principio creador que había aceptado encarnarse en aquel lugar.

Paneb miraba fijamente un montículo, convencido de que alguien los estaba observando, pero no vio ningún movimiento sospechoso. La ceremonia estaba concluyendo y, muy recogidos, los dos equipos del Lugar de Verdad se encaminaron hacia la aldea.

El joven coloso se volvió. Nadie lo seguía.

Daktair estaba muy decepcionado.

Excepto el cristal de aumento importado de Fenicia, cuyo uso se reservaba, no había visto nada interesante. Había elegido un emplazamiento ideal para observar las distintas fases del ritual, pero éste era sólo una sucesión de costumbres ancestrales sin ningún tipo de interés científico.

La Piedra de Luz estaba constantemente vigilada, y nadie la había tocado hasta el momento. Al terminar la inauguración, el maestro de obras la había cogido de nuevo para colocar en su lugar la primera piedra del naos, el centro vital del edificio que se construiría en primer lugar, para que se celebraran allí los ritos matinales.

«Protocolo, puro protocolo antañón –pensó Daktair–; los verdaderos secretos siguen ocultos en el interior de la aldea.»

48

Un acontecimiento tan importante como la sacralización de un paraje en el que se levantaría un templo de millones de años, necesariamente iba acompañado por una fiesta que se añadiría al calendario ritual de los festejos en honor de los dioses. A petición del maestro de obras, el escriba de la Tumba había concedido a los dos equipos una semana de descanso, durante la que se consumirían carnes, legumbres, pasteles y vino que habían sido entregados por el visir, muy satisfecho con el trabajo del Lugar de Verdad.

Era muy improbable que el traidor aprovechase aquel período de descanso para desaparecer, pues se trataba de una fiesta familiar que ningún artesano de la aldea quería perderse. Las casas se adornaban con flores, se cocinaban los alimentos, se ponían mesas al aire libre, se llenaban las jarras con vino fresco y se depositaban ofrendas en los altares de los antepasados, que estaban asociados a las festividades. Las risas de los hombres, las mujeres y los niños eran la mejor prueba de que la obra avanzaba a buen ritmo. Incluso *Negrote* había pactado una tregua con los gatos. Harto de comer carne de buey y legumbres frescas, el perro ya no tenía ganas de perseguir a aquellas inaprensibles criaturas. En cuanto al monito verde, éste seguía haciendo las delicias de los niños, que habían sido reunidos por Paneb para aprender los rudimentos de la lucha con los puños y la ayuda de pequeños palos.

–¿No has encontrado adversarios más temibles? –le preguntó Nakht el Poderoso con sarcasmo.

–¿Sigues buscando pelea?

–Una fiesta sin concurso de lucha no es una fiesta... Todo el mundo sabe que tú y yo somos los más fuertes. De modo que pasaremos, directamente, a la final; ¿esta noche, junto a la forja?

–No me interesa.

–Yo estaré allí. Pero sin duda haces bien en dudar... ¿Por fin has comprendido que no das la talla? El miedo es un buen consejero y, en ciertos casos, la cobardía es la única solución.

Si Paneb no hubiera estado rodeado de niños, Nakht no habría seguido insultándolo.

–De todos modos, ten cuidado –recomendó Poderoso–: uno de esos chiquillos podría herirte. No me gustaría tener que enfrentarme a un adversario tullido.

Turquesa acarició los cabellos de Paneb, que la había amado como si fuera la primera vez.

–¡Qué pasión! ¿Se te pasará algún día?

–¿Algún día dejarás de ser tan bella?

–Pues claro... Los años no perdonan.

Paneb la contempló, desnuda en el lecho perfumado, sensual como nunca lo había sido.

–Te equivocas, Turquesa. En ti hay una belleza especial que el tiempo no podrá estropear.

–Tú eres el que se equivoca, pues ese milagro sólo está en manos de la mujer sabia.

–Mi instinto no me engaña... Y sé que nuestros deseos seguirán siendo siempre tan intensos.

Creer sus palabras divertía a la soberbia pelirroja, a la que su amante procuraba tanto placer como el que obtenía. Era excesivo e insoportable, pero generoso, tan enamorado de la vida que era agradable arder en su fuego.

–Voy a pelear con Nakht y a darle una buena lección. Después me dejará tranquilo.

Turquesa dejó de acariciar a Paneb.

–Deberías renunciar a la pelea.

–¿Por qué?

–Tengo miedo.

–Te pareces a mí, Turquesa, ¡no tienes miedo a nada!

–Acepta mi consejo.

–Si no me enfrento a Nakht, el equipo creerá que soy un cobarde y mi reputación se irá al traste. Tranquilízate, Poderoso no tiene ninguna posibilidad de vencerme.

En el calor de la noche, la fiesta estaba en pleno apogeo.

El hijo de Paneb no perdía detalle. Estaba sentado en una silla de juncos trenzados y sujeto con unas correas. Uabet la Pura había renunciado a acostarlo, para evitar que comenzase a berrear de nuevo.

–Ignoraba que fueras astrónomo –le dijo Paneb a Thuty, que había abusado un poco del vino tinto de Khargeh.

–Para serte sincero, la mujer sabia me enseñó a observar lo que vive en el cielo y a conocer las estrellas «entre las que no hay falta ni error». He sido destinado al servicio de las horas para hacer que los ritos comiencen en el momento justo, observar cada diez días la aparición helíaca de un nuevo decanato y señalar su influencia al maestro de obras. El Lugar de Verdad debe mantenerse constantemente unido a los movimientos del cielo, para no perder su rectitud. ¿Sabes que las estrellas imperecederas giran alrededor de un centro invisible y que este mismo conjunto se mueve a causa de la precesión del eje del mundo? Conocer los movimientos de las estrellas y los planetas, comprender cómo se desplazan en el inmenso cuerpo de la diosa Nut, es percibir el modo como el arquitecto del mundo lo modela.

Paneb sintió que una mirada se clavaba en su espalda. Se dio la vuelta y vio a Clara, que no participaba en el jolgorio general, sino que se dirigía hacia el templo de Hator.

–Quédate aquí –propuso Thuty–, el banquete todavía no ha terminado.

El joven coloso se levantó y siguió a la mujer sabia. Sentía una irresistible llamada, como si fuera a tener la suerte de abrir una puerta que hasta entonces había estado herméticamente cerrada.

Paneb no vio a Ched el Salvador, que estaba apoyado contra una pared y tenía una sonrisa en los labios.

Clara cruzó el umbral del templo, atravesó el patio al aire libre, penetró en la primera sala cubierta, que estaba iluminada por lámparas cuyas mechas no humeaban, y subió por una estrecha escalera con unos peldaños muy pequeños, que hacían que el ascenso resultara sencillo.

Cuando Paneb llegó al tejado del santuario, Clara contemplaba la luna llena.

–El universo es inteligente –dijo ella–; él nos imagina y nos crea. La vida procede de ese espacio sin límites, y nosotros somos hijos de las estrellas. Mira atentamente el sol de la noche, el ojo de Horus que Set, vanamente, intenta romper en mil pedazos. Se cree que la luna va a morir, pero siempre renace para iluminar las tinieblas. Cuando es llena, encarna Egipto a imagen del cielo, con todas sus provincias, es el ojo completo que permite que Osiris regrese vivo de entre los muertos. Tú, pintor, apacigua este ojo y reconstrúyelo con tus obras, para que se vuelvan miradas capaces de iluminar nuestro camino. Por tres veces, cada año, Thot encuentra el ojo perdido, lo reúne y vuelve a ponerlo en su lugar[1], y ahora estamos precisamente en esa tercera vez. En adelante, el amuleto que te dio Ched el Salvador te unirá a los dibujos que están grabados en el cielo, y hará que tu mano pueda ver.

Paneb se había quedado solo en el tejado del templo, bañado por la luz de la luna llena, y sordo al ruido de los festejos que ascendía de la aldea. Por consejo de Clara, Ardiente había expuesto su amuleto al sol de la noche.

En aquellos instantes, cuando la luna llena de Thot abría su mirada de pintor, Paneb ya no soñaba con un mundo maravilloso; a partir de ese momento, sería capaz de hacer realidad aquel mundo. A las técnicas aprendidas se les añadía lo esencial: una visión interior que sus manos sabrían traducir.

Los responsables de la nueva metamorfosis de Paneb eran Ched el Salvador y la mujer sabia.

Él, tan cínico a veces, se había mostrado de una inigualable generosidad al ofrecer a su discípulo el signo de poder que aún le

1. El vigésimo primer día del segundo mes de la primera estación, el quinto y el vigésimo noveno día del mes de la segunda estación.

faltaba, aquel modesto amuleto cuyo significado le había revelado la mujer sabia.

Ella, la madre espiritual de la cofradía, le había permitido renacer.

Al regresar a su casa, con lentos pasos, Paneb iba pensando en los centenares de figuras que pronto brotarían de sus pinceles y estaba impaciente por hablar con Ched. Sin duda tendría la suerte de poder plasmarlos en los muros de una tumba real.

–Has olvidado nuestra cita, Paneb.

La voz de Nakht el Poderoso era tan avinada como agresiva.

–Ve a acostarte, estás borracho.

–¡Aguanto la bebida mejor que tú, chiquillo! Y he apostado un taburete a que voy a vencerte.

Precisamente, Uabet la Pura deseaba adquirir uno para poner los pies cuando acunaba a Aperti. Pero Paneb recordó la advertencia de Turquesa.

–No estropeemos la fiesta, Nakht. No tengo ganas de lastimarte.

–Sólo eres un cobarde... A fuerza de dibujar, tus músculos se han vuelto blandos. ¡Yo soy un cantero, no una niña!

–Ante todo, eres un cretino que va a presentarme excusas.

El pintor sólo recibió una carcajada gutural.

–De acuerdo, Nakht. Arreglemos el asunto en seguida.

Junto a la forja estaban sentados los demás canteros, Casa la Cuerda, Fened la Nariz y Karo el Huraño, con una copa en la mano.

–¡Por fin habéis llegado! –exclamó Casa–. Nosotros tres seremos los jueces del combate... ¡Legal!, ¿eh?, ¡nada de golpes bajos!

A los tres artesanos se les cerraban los ojos, pero cuando Nakht lanzó el primer puñetazo, se despertaron de repente.

Paneb dio un salto hacia un lado y esquivó los puños de su adversario.

–¡Huyes, niña, tienes miedo de mí! ¡Ven, acércate, si te atreves!

La masa muscular de Nakht era impresionante, pero le faltaba agilidad. De modo que Paneb decidió arrojarse a sus piernas para levantarlo del suelo y hacer que perdiera el equilibrio. Pero sus manos resbalaron en la piel de su adversario y Ardiente se dio de morros contra el suelo.

Aunque se soltó rápidamente, Nakht tuvo tiempo de soltarle una violenta patada en las costillas, acompañada de una sonora carcajada.

–Me he untado el cuerpo con aceite y no podrás agarrarme... ¡Soy invencible! ¡Ahora sabrás lo que es sufrir!

Si Nakht hubiera podido advertir la rabia contenida en los ojos de Paneb, habría abandonado el combate inmediatamente. El joven coloso lo golpeó con tal violencia en el pecho que el cantero cayó de espaldas, con los brazos en cruz. Luego, Paneb se arrodilló y le sujetó los hombros contra el suelo.

–Que el taburete esté en mi casa mañana por la mañana –dijo el joven a los espectadores–. De lo contrario, derribaré la casa de Nakht ladrillo a ladrillo.

49

Didia el Generoso llamó a la puerta de la morada de Paneb, y en seguida le abrió Uabet la Pura con su hijo en brazos.

–Traigo el taburete –declaró el carpintero.

–Pero... ¡yo no te encargué nada!

–Los canteros me han dicho que era muy urgente. Por eso he elegido éste, lo tenía en reserva. ¡Es sólido, puedes creerme!

–Paneb todavía está durmiendo, voy a despertarlo.

El joven coloso salió de un sublime sueño en el que había cubierto muros enteros con pinturas que representaban a Turquesa adorando el sol y la luna.

Cuando despertó, sintió un leve dolor en el flanco izquierdo: el bruto de Nakht le había roto una costilla.

–Didia pregunta por ti –le dijo Uabet con dulzura.

–¿Por qué nos molesta tan pronto, en un día de fiesta?

–Por un taburete.

Con el ánimo nebuloso, Paneb recordó y rió de buena gana, estrechando contra su pecho a su mujer y su hijo.

–¡Un regalo para ti, Uabet!

–Deseaba uno, pero no era tan urgente.

–No hay que dejar escapar las buenas ocasiones. ¡Tengo hambre! ¿Invitamos a Didia a comer, para festejar tu taburete?

De la calle llegaron los ecos de un altercado. Paneb acudió rápidamente y descubrió a Imuni peleándose con Didia. El escriba ayudante era pequeño y tiñoso, y no parecía temer la gran humanidad del carpintero.

–Me estás tocando las narices, Imuni. Vuelve a tu despacho y deja en paz a mi colega.

Furibundo, el escriba acusó a Paneb.

–¡Hay leyes en esta aldea, y ni tú ni él tenéis derecho a violarlas!

–Pero ¿qué estás diciendo?

Imuni puso un pie sobre el taburete con gesto conquistador.

–¿Y este mueble, acaso me lo he inventado yo?

–Es de mi propiedad, no es cosa tuya.

–¡Ya lo creo! Debo saber si no pertenece al mobiliario fúnebre previsto para una tumba y si el carpintero y tú no estáis traficando ilegalmente con el material.

Paneb cruzó los brazos y observó a Imuni con curiosidad.

–No me sorprende que digas estupideces, pero sí que estés aquí precisamente en el momento de la entrega... ¿No te habrán informado de ello, por casualidad?

–Eso importa poco. Quiero que Didia me proporcione inmediatamente la prueba de que el taburete no es un objeto robado, ¡de lo contrario, os denunciaré a los dos!

–Antes de ducharme, estoy de muy mal humor... –confesó Paneb–. Y esta mañana aún no he tenido tiempo de hacerlo. ¿Quién te ha informado, Imuni?

El escriba ayudante advirtió que el tono del coloso había cambiado, y comprendió que no debía jugar con fuego.

–Nakht... Me ha dicho que habías obligado a Didia a darte un taburete y me ha dicho que podría acusarte de robo y de extorsión.

–Conociéndote como te conozco, supongo que la acusación ya está lista.

Imuni bajó la mirada hacia la bolsa de cuero que contenía un papiro.

Los hechos me parecen claros.

–A mí también –concluyó Paneb con inquietante calma.

–¿Confiesas, entonces?

–No deberían permitir que escribieras mentiras, Imuni; si sigues por ese camino, puede que salgas muy perjudicado. Debo ayudarte a regresar al buen camino.

Paneb arrancó el material de las manos del escriba, desgarró la bolsa y el papiro, rompió los pinceles, los panes de tinta y el cubilete de agua.

Imuni temió sufrir la misma suerte que sus objetos, y salió corriendo como alma que lleva el diablo.

Paneb cogió el taburete.

–Uabet estará encantada –le dijo a Didia–. Ven a desayunar con nosotros.

–Me arde la garganta –se quejó Ipuy el Examinador, más nervioso aún que de costumbre–. A mi esposa le parece que tengo el cuello hinchado y que he perdido peso. Creo que me sube la fiebre y no sé si seré capaz de volver a trabajar en el Valle cuando termine el período de fiestas...

Clara le tomó el pulso a Ipuy, en varios lugares. Examinador no pertenecía al clan de los comodones que, al menor dolor, intentaban que la mujer sabia les concediese unos días de descanso suplementarios.

–La palabra del corazón está turbada –concluyó–. Deberías haber venido antes.

–¿Es grave?

–Abre la boca y echa la cabeza hacia atrás.

La terapeuta esperaba ver exactamente lo que vio.

–Es un mal que conozco bien y que voy a curar –afirmó–, pero has sufrido mucho tiempo en silencio. Este tipo de valor no sirve de nada, Ipuy. La infección podría haber degenerado y provocar un tumor irreversible.

La mujer sabia preparó una mixtura compuesta de ajos, guisantes, comino, sal marina, levadura, harina fina, granos de pelitre, miel, aceite y vino de dátiles, observando las proporciones que su predecesora había consignado en su libro sobre las enfermedades infecciosas.

–Tomarás esta medicación, en forma de bolitas –le dijo–. Deberás tomar veinte por día durante una semana. El pus desaparecerá, y te sentirás aliviado rápidamente. Luego, reduciré las dosis hasta que el mal desaparezca por completo.

Unas llamadas de socorro turbaron el fin de la consulta.

El escriba ayudante Imuni se desgañitaba para alborotar a los aldeanos.

Nefer el Silencioso había conseguido devolver la calma y obtener acusaciones claras por parte de Imuni, que no dejaba de temblar, ante la sorprendida mirada de los artesanos.

–Ha roto mi material... ¡Es un loco, un vándalo!

–¿De quién estás hablando?

–¡De Paneb! Hay que llamar a la policía y detenerlo, de lo contrario, arrasará la aldea entera.

A excepción de Nakht, que estaba en cama, los canteros se morían de risa. Imuni había caído en su trampa y la reacción de Paneb había colmado con creces sus esperanzas.

–Ve a buscar a Paneb –le ordenó el maestro de obras a Thuty el Sabio.

Éste regresó en compañía del joven coloso y de Didia, que masticaba una torta llena de habas calientes.

–¡Protegedme! –gritó Imuni refugiándose entre los canteros.

–¿Has roto el material del escriba ayudante? –preguntó Nefer a Paneb.

–Sencillamente, he borrado sus mentiras y creo haber prestado un servicio a la cofradía. Si no le hubiera dado una buena lección a Imuni, habría acabado creyéndose omnipotente. Que se quede en su sitio, ejecutando las órdenes del escriba de la Tumba, y todo irá bien.

Imuni atacó, iracundo.

–Paneb es un ladrón, un chantajista, y ha destruido las pruebas incluidas en mi escrito de acusación.

–¡Deja de decir sandeces! –rugió el acusado.

El maestro de obras se interpuso.

–¡Nada de violencia, Paneb! ¿Qué respondes a eso?

–¿Me obligas a responder a esa cucaracha?

–Sólo me importa la verdad.

–Yo te diré la verdad –intervino Didia–. El grupo de los canteros me ha pedido que entregara, urgentemente, un taburete a Paneb, y le he llevado un mueble que había fabricado para venderlo en el exterior. No ha habido robo ni chantaje, ¡y me gustaría saber quién va a pagarme!

–Nakht el Poderoso –respondió Paneb.

–Las cosas no están muy claras –estimó Unesh el Chacal–. ¿No deberíamos convocar el tribunal?

–Bastará con el bastón del dios Amón –decidió el maestro de obras–, pues el caso parece mucho más claro de lo que piensas.

Paneb se sentía herido en su fuero interno.

–Tengo un testigo, Imuni me ha acusado en falso y los canteros han intentado vengarse de la derrota de Nakht... ¿Y, sin embargo, quieres juzgarme?

–Has cometido un error al romper el material del escriba ayudante –recordó Nefer–. El Lugar de Verdad nos enseña a construir, no a destruir. Debes recordarlo, sean cuales fueren las circunstancias.

El jefe del equipo de la izquierda, severo como un guardián de las puertas del otro mundo, se presentó ante el joven coloso con un pesado bastón que terminaba en una cabeza de carnero. Estaba admirablemente esculpida y coronada por un sol pintado de un rojo muy vivo.

La mujer sabia se puso a la altura del emblema.

–Paneb, ¿te atreverás a aguantar la mirada del divino carnero afirmando que no has mentido?

–Confío en ti.

El coloso miró la cabeza de madera dorada, cuyos ojos de jaspe negro parecían tener vida. Al carnero de Amón se dirigían los aldeanos para rogar o formular peticiones, y a su oculto poder confiaba el maestro de obras el cuidado de juzgar a su amigo ante la comunidad allí reunida.

Paneb sintió en seguida que el mago que había creado aquella efigie, cuando nació la aldea, le había otorgado un poder capaz de quebrar la voluntad de un humano.

Para evitar la invisible llama de aquella mirada implacable, tuvo ganas de bajar la vista y de suplicarle al dios que se mostrara indulgente.

Pero la fuerza de su verdad le permitió mantener la cabeza bien erguida y no ceder ante el carnero sagrado.

El disco solar, de pronto, pareció menos vívido y el pesado bastón se alejó.

–Paneb no ha cometido ninguna falta grave contra la comunidad –decretó la mujer sabia–, y no ha despertado la cólera del dios.

–Sin embargo, exijo que entregue material nuevo a Imuni –ordenó el maestro de obras.

El joven coloso permaneció en silencio.

Oculto tras los canteros, el escriba ayudante pensó que la amistad entre Nefer y Paneb no sería para siempre.

50

El escriba de la Tumba había reunido en su casa a la mujer sabia y a los dos jefes de equipo. El período de descanso terminaba y era preciso tomar decisiones.

–El equipo de la izquierda emprenderá la construcción del templo de millones de años, de acuerdo con el plano trazado por el maestro de obras y aprobado por el rey. ¿Tienes que hacer alguna observación, Hay?

–Ninguna.

–Las obras quedarán cerradas y custodiadas por la policía. Al menor incidente, debes avisar al jefe Sobek.

El jefe del equipo de la izquierda asintió con la cabeza.

–Los otros dos puntos que debo comentaros son más delicados: ¿es oportuno reanudar los trabajos en el Valle de los Reyes y confiar a Sobek lo que hemos descubierto?

–Es esencial excavar la tumba real –afirmó Nefer–. Proseguiré con la tarea, sean cuales sean los riesgos.

–En ese caso, debemos comunicar a Sobek que entre nosotros se oculta un traidor.

–No estoy de acuerdo –declaró secamente el jefe del equipo de la izquierda–. Son problemas nuestros y sólo nos conciernen a nosotros.

–Comprendo tu punto de vista –dijo Clara–. Pero Sobek no es nuestro enemigo. Ama la aldea, desea su supervivencia y necesitamos su ayuda.

–¡Qué vergüenza para nosotros! ¿No será eso quebrar la unidad de la cofradía?

–El que intenta quebrarla es el miserable que ha traicionado su juramento. Y debemos esta vergüenza a nuestra falta de vigilancia.

–Sólo pongo una condición –exigió Hay–; que Sobek guarde absoluto secreto sobre lo que va a saber.

Sobek estaba sentado en una estera y escuchaba perplejo a Kenhir, que ocupaba el único asiento confortable del quinto fortín.

–Vuestras revelaciones no me sorprenden en absoluto –le confesó al escriba de la Tumba–. Hace más de diez años que busco en vano al asesino de uno de mis hombres, y he llegado al convencimiento de que se oculta en la aldea. ¿Qué mejor cubil podría haber encontrado? Y, ahora, el devorador de sombras intenta perjudicaros, en el propio interior de la cofradía. Rendíos a la evidencia, Kenhir: se trata de una conspiración, que se viene preparando desde hace mucho tiempo. Yo no estoy autorizado para investigar en el Lugar de Verdad, por lo que os corresponde esa tarea. Debéis ser muy prudentes... El devorador de sombras ha matado ya, y no vacilará en volver a hacerlo si siente que su seguridad y su anonimato están amenazados.

–Por lo que a ti respecta, ¿qué piensas hacer?

–Nuestro hombre está obligado a mantener contactos con sus cómplices del exterior, y acabará cometiendo algún error.

–Hasta hoy, no ha sido así.

–Lo sé, Kenhir, lo sé... Se diría que es inaprensible, y eso me quita el sueño. Pero es mi única esperanza.

–Debes prometerme que guardarás silencio.

–Debería redactar informes para mis superiores y...

–Tus únicos superiores son el faraón, el visir y yo mismo. Te protegeré, Sobek, y si es necesario le daré explicaciones al rey. Pero no se trata de que otros cuerpos de policía sean informados de lo que ocurre en la aldea. Sólo tenemos confianza en ti.

El nubio pareció conmovido.

–En nombre del faraón, juro que guardaré silencio.

Alguien se acercaba. El policía Tusa era el encargado de custodiar la tumba de Merenptah, y estaba seguro: alguien se acercaba. Los pies desnudos no hacían casi ruido alguno en la arena, pero el nubio tenía el oído lo suficientemente fino como para advertir el peligro.

Tusa desenvainó su puñal y se pegó a la roca para asestarle un golpe decisivo al intruso.

Paneb, que era el primero en llegar a las obras, se extrañó al no ver al guardián.

Conociendo la seriedad de los hombres de Sobek, sólo podía llegar a una conclusión: habían matado a Tusa.

Si el agresor estaba todavía allí, Paneb no permitiría que huyera. Y si el otro le había oído acercarse, se ocultaría contra la pared, junto a la entrada de la tumba.

El artesano se agachó y avanzó sigilosamente a lo largo de la roca.

El otro estaba allí, lo presentía. Percibía, al mismo tiempo, su miedo y su deseo de matarlo.

Paneb se abalanzó hacia la entrada de la tumba, arrojándose al suelo y rodando sobre sí mismo. Sorprendido, el nubio golpeó el vacío. El joven coloso le segó las piernas y le dio un golpe tan violento en la muñeca que soltó el arma.

–Pero... ¡si eres el policía!

–¡Y tú perteneces al equipo!

–Haces bien tu trabajo, amigo.

–Pues tú, si quieres cambiar de oficio, Sobek te alistaría de buena gana.

–Me extrañaría.

El maestro de obras y los demás artesanos llegaron al lugar. El nubio y Paneb se levantaron.

–¿Qué ha ocurrido? –preguntó Nefer.

–Un simulacro para poner a prueba las medidas de seguridad –respondió Paneb–. Gracias a Tusa, la tumba no corre ningún peligro.

Kenhir se instaló en el sitial excavado en la roca, al abrigo del sol, y supervisó la distribución del material. Los miembros del equipo de la derecha seguirían excavando bajo la dirección del maestro de obras, a excepción de Ched el Salvador y Paneb, que recibió unos finos cinceles de cobre.

–Para nosotros comienza el trabajo de precisión –reveló Ched–. En la parte desbrozada, prepararemos una pared tan lisa como sea posible. ¿Qué sería de la pintura sin un excelente soporte?

Paneb tocó el amuleto que llevaba colgado del cuello.

–Has cambiado –observó Salvador–. Tienes el mismo ardor de siempre, pero mucha más fuerza.

–Me has abierto los ojos, Ched. ¿Cómo podré agradecértelo?

–Convirtiéndote en un pintor mejor que yo mismo. Los demás dibujantes ejecutarán mis órdenes; de ti espero más.

–Tengo centenares de esbozos que enseñarte.

–Probablemente no aceptaré ninguno de ellos. Quiero que aprendas a aplicar la imaginación al programa simbólico que exige una tumba real. Si le eres fiel, ninguno de los secretos de nuestro arte estará ya fuera de tu alcance.

Durante la noche pasada en el collado, Paneb había observado las estrellas y la luna. El amuleto del ojo estaba cargado de energía, y Paneb notaba que le renovaba las fuerzas. El joven coloso terminó de raspar las últimas excrecencias de piedra con una azuela corta, y luego pulió la superficie con la ayuda de unos guijarros. Después tendría que aplicar un revoque de escayola fina y cola transparente. Más tarde, los dibujantes procederían al cuadriculado de la pared para que cada figura estuviera en armonía con el conjunto de la escena.

Los escultores estaban dando los últimos retoques al dintel de la monumental puerta. En ella se veía un escarabeo y un carnero que evocaban la resurrección de un sol con el que se identificaría el alma del faraón, por la que velaban Isis y Neftis.

Y el equipo avanzaba, mientras Ched el Salvador comenzaba a desvelar a su discípulo el tema de las pinturas que animarían los muros.

Serketa se quitó el vestido verde con flecos púrpura y, con calculada lentitud, se puso otro, de un rojo agresivo, que dejaba los pechos al desnudo.

–¿Soy bella, dulce amor mío?

–Soberbia –afirmó Méhy, que se complacía con el espectáculo tras una dura jornada de trabajo durante la que, gracias a su innato sentido de la corrupción, se había asegurado el agradecimiento de algunos. Tanto en la orilla oeste de Tebas como en la del este, cada vez tenía más fervientes partidarios, que alababan su dinamismo y su excelente gestión. Y como su encantadora esposa sabía incitar a los notables durante los banquetes, le ganaba los favores de algunos vejestorios que apreciaban a aquella pareja rica e influyente. Méhy seguía, así, tejiendo su tela para que ningún personaje influyente de la gran provincia del Sur se le escapara. Aquello le servía como experiencia previa antes de emprenderla con el país entero.

Mientras Serketa se desnudaba de nuevo, adoptando poses lascivas, el intendente se vio obligado a avisar a Méhy.

–Un oficial procedente de la capital desea veros.

–Hazle pasar a la sala de recepción y dale de beber.

Serketa se restregó contra su marido.

–¿Puedo escuchar vuestra entrevista, desde detrás de una cortina?

–Claro.

–¿No deberíamos librarnos de ese militar? –susurró.

–Probablemente, pero aún es demasiado pronto.

Serketa se sintió tan excitada ante la idea de cometer un nuevo crimen, que no dio a Méhy la posibilidad de ignorarla. El oficial podía esperar.

–¿Hay noticias? –preguntó el general.

–Merenptah reina con mano de hierro –respondió el oficial–, pero se rumorea que su salud no es excelente.

–¿Quién tiene más puntos para ser su sucesor?

–Su hijo Seti, pero hay algo más serio: en los cuarteles, se ha intensificado la actividad, y el rey ha ordenado a los armeros de Pi-Ramsés y Menfis que fabriquen gran cantidad de espadas, lanzas y escudos.

–¿Hay maniobras a la vista?

–Es probable. Una demostración de fuerza en Siria-Palestina calmaría eventuales rebeliones. Los jefes de tribu podrían creer que Merenptah es más débil que Ramsés y fomentar graves disturbios.

–¿Hay algo más?

–Nada más, general. A mi modo de ver, deberíais ir a Pi-

Ramsés para apreciar mejor la situación. No es recomendable permanecer aislado en Tebas, tanto más cuanto vuestra fama crece y varios dignatarios próximos al rey desearían conoceros.

El oficial tenía razón, pero necesitaba un buen pretexto para realizar el viaje. Y el pretexto se lo proporcionaría el Lugar de Verdad.

51

Tras ocho días de encarnizado trabajo, los artesanos del equipo de la derecha disfrutaban de sus cuarenta y ocho horas de descanso en la aldea, antes de regresar al Valle de los Reyes.

Su tranquilidad se vio brutalmente turbada por los gritos de una pareja que se lanzaba injurias y piezas de vajilla a la cabeza.

–Parece que es en la casa de Fened –dijo Uabet la Pura a su marido, que se divertía lanzando a Aperti por los aires y recogiéndolo en el último momento, lo que provocaba que el chiquillo se riera a carcajadas.

–Una pequeña riña con su mujer... Al parecer, ella no tiene un carácter fácil.

–Más bien parece un pugilato. ¿No deberías intervenir?

Como Paneb apreciaba a Fened la Nariz, entregó su hijo a Uabet, salió de su casa y recorrió la calleja hasta la morada del cantero, cuya puerta estaba abierta.

Un hermoso plato de alabastro rozó la sien del joven coloso.

–¡Tranquilizaos! –ordenó.

Fened salió apresuradamente de la pequeña casa blanca y chocó con Paneb.

–¡Huyamos –recomendó–, mi mujer se ha vuelto loca!

Dada la abundancia de proyectiles, Paneb siguió a su colega, que corría sin mirar atrás. Una vez fuera de alcance, recuperó el aliento.

–Gracias por tu ayuda, pero incluso un ejército de gigantes se vería impotente ante una esposa desenfrenada. Esta vez ha ido demasiado lejos... Pediré el divorcio.

–Piénsalo bien, de todos modos... ¿Qué problema tenéis?

–No estamos de acuerdo en nada; será mejor que nos separemos.

–Es una decisión muy importante, Fened; tal vez podáis reconciliaros.

–Ya no me comprende, ni yo la comprendo ya a ella.

Con pasos decididos, Fened la Nariz entró en la sala de audiencias de Kenhir, que estaba redactando el Diario de la Tumba.

–Quiero el divorcio.

El escriba de la Tumba ni siquiera levantó la vista.

–¿Eres consciente de que tendrás que cambiar de domicilio y dejar, por lo menos, un tercio de tus bienes a tu esposa que, sin duda, exigirá más?

–Es una cuestión de vida o muerte.

–Si es así... Mi ayudante preparará todos los papeles.

Kenhir llamó a Imuni, que estaba clasificando papiros. Ante la sorpresa de Fened, el escriba ayudante se mostró delicado y comprensivo; gracias a él, el cantero se enfrentó a la prueba con cierto optimismo. El tribunal de la aldea tendría que intentar una última reconciliación, escuchar a los antiguos esposos y repartir sus bienes. Mientras tanto, Imuni alojaría en su casa a Fened la Nariz.

Paneb, muy pensativo, se reunió con su mujer y su hijo.

–¿Nada serio? –preguntó Uabet.

–Fened se divorcia.

–¡Es... es horrible!

–Viéndolo, nadie lo diría. Es extraño... Incluso he tenido la sensación de que hacía comedia.

–Los divorcios son más raros aquí que en las demás aldeas, pues antes de casarse los artesanos avisan a sus futuras esposas de lo que les espera, y ellas conocen la magnitud de sus tareas materiales y rituales. ¿Por qué iba Fened a intentar darnos el pego?

–Para hacer creer que está en desacuerdo con su mujer.

–¿Con qué propósito?

–No lo sé.

–Me intrigas, Paneb. Hablaré con ella e intentaré descubrir la verdad.

Paneb había ido a buscar agua para la cocina. Al caer la noche, el joven encendió las lámparas y, en ese momento, Userhat el León e Ipuy el Examinador llamaron a su puerta.

–El maestro de obras pregunta por ti.

Era la última noche de descanso antes de regresar al Valle de los Reyes, y Uabet había pensado preparar una sabrosa cena.

–¿Es una orden?

–Eres muy libre de negarte –respondió Userhat.

La respuesta intrigó a Paneb, que se volvió hacia su esposa. Uabet la Pura le sonrió.

–Cenaremos más tarde –dijo con una voz extraña, como si fuera cómplice de los visitantes.

–¿Qué quiere Nefer?

Userhat se encogió de hombros.

–No sabemos nada. ¿Vamos o no?

–Vamos...

–Buena suerte –murmuró Uabet.

El trío tomó la dirección del gran templo, cuya entrada estaba custodiada por Nakht el Poderoso.

Paneb pensó que tal vez se tratara de un arreglo de cuentas ante el equipo, y si así era, estaba preparado.

–Acompañamos a un artesano que desea recorrer los dos caminos –declaró Userhat–. Déjanos pasar.

Nakht se hizo a un lado, y los tres hombres penetraron en el patio al aire libre, donde se había instalado una cuba llena de agua.

–Quítate la ropa y sumérgete en este líquido para purificarte –le exigió Ipuy.

Tras haberse zambullido por completo, Paneb salió de la cuba y fue invitado a cruzar el umbral de la primera sala del templo.

Los miembros del equipo de la derecha estaban sentados en la penumbra, en los bancos de piedra que había a lo largo de los muros.

De pronto, brotó una llama.

–¿Te atreves a superar este obstáculo y a entrar en el círculo de fuego? –le preguntó Userhat.

Paneb iba a hacerlo, pero Ipuy lo retuvo.

–Toma este remo, en el que se ha dibujado un ojo. No arde en las llamas, nuestros antepasados lo utilizaron para recorrer los caminos de agua y de fuego.

Paneb atravesó la cortina de llamas utilizando el remo a modo de escudo.

Los artesanos se levantaron y formaron un círculo a su alrededor.

En el suelo del templo se habían trazado dos sinuosos caminos, uno azul y otro negro. Entre ambos, había una cubeta de la que salían más llamas.

–Dos caminos difíciles conducen al sagrado recipiente de Osiris –declaró el maestro de obras–. El camino de agua es azul, el camino de tierra es negro, y están separados por un lago de fuego donde se regenera el sol y el espíritu del iniciado. Los dos caminos se oponen el uno al otro, y sólo podrás recorrerlos por el Verbo y la intuición de las causas. ¿Deseas ver el secreto del conocimiento?

–Lo deseo de todo corazón.

–Que la cuerda de las metamorfosis se desenrolle y el ser justo siga el camino de Maat.

Userhat recuperó el remo, Gau el Preciso y Unesh el Chacal tendieron un cordel en ambos caminos.

–Sígueme, Paneb –pidió Nefer el Silencioso.

Los dos hombres penetraron en las tinieblas de una sala que terminaba con tres capillas cerradas por unas puertas.

–Voy a correr el cerrojo –anunció Nefer–. Nunca podrás olvidar lo que estás a punto de ver, y tu mirada quedará transformada. Aún estás a tiempo, puedes retirarte tras haber escuchado la voz del fuego.

–Corre el cerrojo.

El maestro de obras abrió la puerta de la capilla del centro.

Sobre la Piedra de Luz, recubierta con un velo, se hallaba un vaso de oro sellado, de un codo de altura.

–El fuego protege el vaso del conocimiento en el corazón del silencio y la oscuridad. En él se depositaron las linfas de Osiris, inaccesibles para siempre a los profanos. Cualquier ser que contemple este misterio no morirá de la segunda muerte, pues será portador de las fórmulas del conocimiento gracias a las que no se descompondrá en el Occidente.

Nefer se acercó al vaso, del que Paneb creyó ver brotar agresivos fulgores, y le ofreció una estatuilla de Maat.

–Somos los hijos del Lugar de Verdad y te ofrecemos la diosa de la rectitud que, por sí sola, disipa las tinieblas. Que el alma de Paneb ascienda al cielo, atraviese el firmamento y confraternice con los astros.

La capilla se iluminó.

En su frontón, Paneb descubrió un sol alado, cuya luz era tan viva como la del mediodía.

–Ilumina los senderos para que el servidor del Lugar de Verdad pueda ir y venir sin que las tinieblas se interpongan en su camino –imploró el maestro de obras.

Nefer quitó el sello que cerraba el vaso y el velo que cubría la piedra. Su fulgor obligó a Paneb a cerrar los ojos, pero volvió a abrirlos muy pronto protegiéndose con el antebrazo.

–Esta piedra no puede ser sometida –reveló el maestro de obras–. En ella están tallados los escarabeos que se encargan de reemplazar el corazón humano para realizar el viaje por el más allá, pero no pierde parcela alguna de su sustancia, pues la luz permanece eternamente semejante a sí misma. Sabe que el cielo es nuestra cantera y nuestra mina, de donde obtenemos los materiales para la obra.

Nefer inclinó el vaso hacia la piedra. Del gollete brotó una llama dorada de increíble belleza.

Cuando se volvió hacia Paneb, el maestro de obras tenía en sus manos un pequeño escarabeo tallado en piedra verde de excepcional dureza.

–Ya tenías el ojo, he aquí tu corazón.

52

Ched el Salvador y sus dibujantes estaban instalados en el primer corredor cuidadosamente excavado, estudiando las representaciones del faraón y de los dioses que figurarían en las paredes, así como los textos jeroglíficos que iban a trazar. Comenzarían por las *Letanías del sol*, cuyas enigmáticas fórmulas desvelaban las múltiples formas de la luz divina.

–Jefe, hemos dado con un buen hueso –clamó Karo el Huraño con voz angustiada.

Nefer, que hablaba con los escultores en el exterior de la tumba, entró en seguida para reunirse con los canteros.

–Mira eso –deploró Karo–: ¡un enorme bloque de sílex! Si seguimos avanzando en línea recta, de acuerdo con tu plan, habrá que excavar un surco alrededor para desprenderlo de la masa, y eso puede llevarnos mucho tiempo.

El maestro de obras observó el bloque.

–Es magnífico.

–Estoy de acuerdo –aprobó Fened la Nariz–; sin duda, no hay otro tan hermoso en todo el Valle.

–Lo dejaremos aquí y proseguiremos en línea recta –decidió Nefer–. La roca pertenecerá a la tumba y la protegerá.

Cuando el equipo de la derecha se acercó a la aldea para disfrutar de dos días de descanso, oyó unos ladridos y unos gritos de indignación.

Nefer advirtió que las mujeres corrían por la calle principal y por las callejas secundarias. Por un instante creyó que el Lugar de Verdad había sido atacado e invadido, pero no vio ningún hombre armado.

La hermosa Turquesa salió al encuentro de los artesanos.

–Venid, pronto... ¡Hay tantos monos que no podemos con ellos! ¡Desvalijan las cocinas y juegan con la vajilla!

La persecución duró más de media hora y concluyó con la captura de unos veinte babuinos hembra.

Estaban aterrorizados, y emitían pequeños gritos. Los artesanos los reunieron delante de la casa de Nakht el Poderoso. Ante la amenaza de los perros, que obedecían a *Negrote,* y de los palos enarbolados por los artesanos, se apretujaban unas contra otros.

–¡Exterminemos a estas bestezuelas! –propuso Casa la Cuerda–. De lo contrario, volverán a empezar.

El cantero estaba plantado sobre sus enormes pantorrillas, y miraba con furor a una de las fierecillas, que temblaba aterrorizada.

El pequeño mono verde saltó sobre su hombro, como si implorara clemencia. La mano de Casa apretó el cuello del animal, cuyos ojos se llenaron de pánico.

–¡No le hagas daño! –exigió Paneb–. ¿Acaso ignoras que es nuestro genio bueno?

–Un genio bueno que atrae a sus congéneres para sembrar el caos en la aldea. Librémonos de estos monos antes de que hagan daño a nuestros hijos.

La mujer sabia intervino.

–¿No veis que estos animales son recolectores de higos? ¡Calmarlos es muy sencillo! Coge esa flauta, Turquesa, y toca.

La sacerdotisa de Hator comenzó a tocar una melodía al pie de una higuera, e inmediatamente los monos se tranquilizaron y contemplaron a los humanos con dulces ojos.

Casa la Cuerda, apesadumbrado, regresó a su morada. El pequeño mono verde se refugió en el hombro de Paneb.

–¿A qué viene todo esto? –le preguntó al travieso que había atraído a los babuinos para enseñarles un nuevo campo de juegos.

El monito se encogió.

–No vuelvas a hacerlo –le advirtió Paneb–. Aquí no nos gusta el desorden.

Clara designó a cuatro mujeres para devolver los babuinos hembras a sus propietarios. Unas franjas de tela sirvieron de correa y el cortejo se puso en marcha con alegría.

–¿Ha terminado ya el jaleo? –preguntó Kenhir al escriba ayudante.

–Los monos se han marchado –repuso Imuni.

–¡A fin de cuentas, no puedo encargarme de todo! Si seguimos por este camino, pronto reinará la anarquía en la aldea.

–Os aseguro que todo está bajo control. Debo deciros que acabamos de recibir un mensaje del general Méhy; desea veros a vos y al maestro de obras.

–Pero ¿cuándo me dejarán tranquilo de una vez?

–Además...

–¿Qué pasa ahora?

–Niut la Vigorosa insiste en limpiar vuestro despacho.

Abrumado, el escriba de la Tumba prefirió salir de su casa e ir a buscar a Nefer el Silencioso, para llevarlo a casa del administrador principal de la orilla oeste.

Méhy cerró las contraventanas de madera para impedir que entrara el sol en la sala de audiencia donde recibía a Kenhir y Nefer.

–Hoy hace un calor insoportable; espero que no sufráis demasiado.

–¿A qué viene esta entrevista? –preguntó Kenhir.

–Debo ir a Pi-Ramsés para presentar al rey un informe de mis actividades. La protección del Lugar de Verdad es lo primero, y me gustaría saber si estáis satisfechos con la actuación de mi administración.

–Lo estamos –reconoció Kenhir–. Supongo que deseáis un testimonio escrito.

–Si no es pedir demasiado... Y también me gustaría poder dar al faraón noticias sobre las obras que están en curso.

–Nosotros y sólo nosotros debemos comunicarle esas informaciones.

–Soy consciente de ello, pero ¿no podría serviros de mensajero?

Kenhir consultó al maestro de obras con la mirada, que no puso objeción alguna.

–¿Cuándo pensáis partir, Méhy?

–En cuanto me hayáis entregado el informe.

–Lo tendréis pasado mañana.

A la luz de una gran lámpara, el escriba de la Tumba acababa de redactar el informe que confiaría a Méhy.

–¿Aún desconfías de nuestro protector? –le dijo a Nefer, que estaba estudiando el plano del templo de millones de años de Merenptah.

–Sólo soy prudente.

–Es cierto que al administrador principal de la orilla oeste y general de las fuerzas armadas tebanas le devora la ambición, pero en el asunto de la entrega del cobre nos ayudó de un modo decisivo.

–Estoy de acuerdo contigo.

–Creo haber comprendido lo que Méhy busca realmente: poder hablar con el faraón y pertenecer al círculo de los cortesanos y, tal vez, al de los consejeros del rey. Es evidente que, aunque no deje de hacernos la pelota, le importa un pimiento el Lugar de Verdad y sólo piensa en la capital, donde se decide la política del país.

–Es posible, pero ¿crees que es prudente confiarle un informe detallado de las obras? El procedimiento habitual consiste en enviarlo al faraón por correo especial.

–Temes que la curiosidad de Méhy le lleve a romper el sello del papiro y a leerlo, ¿no es cierto?

–Así es.

–¡No conoces al viejo Kenhir! Sé que la administración central está llena de trampillas y poblada por ambiciosos que son maestros en el arte de la zancadilla y del golpe bajo para asegurar su ascenso. He aceptado la proposición para quedar bien con Méhy. Pero si comete el error de leer mi texto, recibirá una desagradable sorpresa. El informe detallado será transmitido por la vía habitual, cuando hayamos dejado atrás el bloque de sílex y terminado el santuario del templo de millones de años.

Impelido por una fuerte corriente, el confortable barco de Méhy lo llevaría a la capital en unos diez días, si el capitán de la tripulación cumplía su promesa.

Serketa comía uva y bebía vino blanco fresco de Sais, ligero y afrutado, en el interior de una cómoda cabina, de techo corredero. Estaba encantada con el viaje, y no dejaba de salir a cubierta, muy ligera de ropa, para suscitar el deseo de los marinos.

El jueguecito divertía a su marido, que la tomaba con la habitual brutalidad y se alegraba del efecto que producían en la tripulación los gritos de éxtasis de Serketa.

–Realmente, no parece que Nefer el Silencioso me aprecie demasiado –le dijo a su esposa mientras ella volvía a maquillarse.

–Es una estrategia –consideró ésta–. Mientras el escriba de la Tumba conversa contigo, el maestro de obras te observa para juzgarte mejor. Lo importante es que hayan aceptado entregarte un documento confidencial destinado al rey.

Méhy palpaba el papiro, enrollado y sellado.

–Deberías leerlo, dulce amor mío. Mi padre me enseñó a imitar los sellos de un modo tan perfecto que nadie lo advertía. No puedes correr ningún riesgo si abres el papiro y utilizas la información que contiene.

El general vacilaba.

–Me lo han dado con demasiada facilidad...

–¿Acaso no les demostraste tu indefectible amistad?

–¡Desconfían de mí, lo presiento! Y, además, son artesanos, hábiles en manipular cualquier material. Supón que me hayan tendido una trampa y que, al romper el sello, les proporciono la prueba de que he sido demasiado curioso... Nunca más volverían a confiar en mí.

Serketa se sentó en las rodillas de su marido y palpó, a su vez, el documento.

–¿Crees que son lo bastante astutos como para haber imaginado semejante artimaña? ¡Sería tan emocionante! Tienes razón, dulce amor mío, no toques el papiro. Cuando el rey lo lea, sabremos si hemos adoptado la decisión adecuada. Entretanto, ¡divirtámonos un poco!

Serketa echó a Méhy en la cama y se puso encima de él.

53

A Méhy y a Serketa no les decepcionó en absoluto Pi-Ramsés, «la ciudad de turquesa» que Ramsés el Grande había construido en el Delta. La nueva capital estaba cerca de los turbulentos protectorados de Siria-Palestina, y albergaba una enorme guarnición dispuesta a intervenir rápidamente en caso de disturbios. El difunto faraón había comprendido que el flanco nordeste del país era un perfecto corredor de invasión para los pueblos de Asia que, desde hacía siglos, pensaban en apoderarse de las riquezas de Egipto.

El sol hacía brillar las azules tejas barnizadas que adornaban la fachada de las casas, y el palacio real tenía un aspecto soberbio, rodeado de jardines donde crecían olivos, granados, higueras y manzanos. «Qué gozo residir en Pi-Ramsés –afirmaba una canción popular–; aquí el pequeño es igual que el grande, la acacia y el sicomoro dispensan sus sombras, el viento es suave, y los pájaros juegan alrededor de los estanques.»

La capital estaba comunicada por dos brazos del Nilo, «las aguas de Ra» y «las aguas de Avaris». Tenía cuatro templos dedicados a Amón, Set, Uadjet, «la verdeante», y Astarté, la diosa siria, y cuatro cuarteles donde los soldados estaban bien alojados. Grandes almacenes recibían las mercancías transportadas por el río, y la administración se beneficiaba de imponentes edificios.

Un oficial acompañó al administrador principal de la orilla oeste de Tebas hasta la sala de audiencias real, a la que daba acceso una monumental escalera adornada con figuras de enemigos derribados, símbolos de las tinieblas contra las que el faraón debía luchar sin descanso.

Méhy admiró las representaciones de los florecidos jardines y de estanques poblados por peces de vivos colores y sobrevolados por pájaros. Pero su mirada fue muy pronto atraída por la del dueño de Egipto.

Merenptah tenía unos rasgos muy marcados, y daba la impresión de poderío y gravedad.

–Majestad, permitidme que os felicite por el primer aniversario de vuestra coronación y que os desee muchos años de reinado.

–Que los dioses decidan, Méhy. Has adivinado mis intenciones al hacerme esta visita: iba a ordenarte que vinieras a Pi-Ramsés para darme cuentas de la situación en Tebas.

–La situación es excelente, majestad. La prosperidad perdura, vuestros súbditos os sirven con fidelidad.

–¿Y el ejército?

–Ya conocéis la especial atención que le concedo, majestad. Las tropas están bien entrenadas y disponen de material en buen estado. Los oficiales son competentes y la seguridad de la región está garantizada.

–¿Y la flota de transporte?

–Dispuesta a entrar en acción cuando lo ordenéis.

–¿Tienes confianza en tus subordinados?

–Son buenos profesionales afectos, como yo mismo, a la grandeza y salvaguarda de nuestro país.

–En cuanto regreses a Tebas, deberás intensificar el ejercicio. Los infantes y los aurigas deben estar listos para intervenir.

–¿Debo comprender, majestad, que se anuncia un conflicto?

–Si se produjeran disturbios en nuestras fronteras, sabremos hacerles frente.

–¿Puedo entregaros una misiva de parte del escriba de la Tumba?

Merenptah pareció sorprendido.

–No es un procedimiento habitual.

Méhy entregó el papiro al monarca, que quitó el sello, lo desenrolló y lo leyó.

–Kenhir te felicita por tu comportamiento para con el Lugar de Verdad y está convencido de tu absoluta lealtad, puesto que me has entregado el documento intacto. Quien hubiera intentado leerlo, habría hecho que los jeroglíficos se volvieran verdes en contacto con el aire, dada la tinta especial que ha utilizado el escriba. Ponte en contacto con tus homólogos, en el cuartel principal, y asiste a mi próximo consejo de guerra, que tendrá lugar pasado mañana.

El general se inclinó ante su soberano y se retiró, con la espalda empapada en sudor.

La recepción era brillante; los manjares, suculentos. Gracias a su facundia, Méhy había conquistado a dos generales, uno de carros y otro de infantería. Por su parte, Serketa divertía con sus arrumacos al director de la armería, que se dejaba atrapar por sus caprichos infantiles.

La pareja saboreaba aquella invitación a una velada de alto copete, que le permitía codearse por primera vez con la alta sociedad de Pi-Ramsés y conocer a notables civiles y militares.

Al finalizar el banquete, los servidores les acercaron unos boles de calcáreo llenos de agua perfumada, con la que los invitados se lavaron las manos antes de pasear por los jardines, donde deliciosos aromas enriquecían la suavidad de la noche.

Un joven de unos veinte años, elegante y orgulloso, se aproximó a la pareja.

–Soy Amenmés. ¿Vos sois el general Méhy, no es así?

–Para serviros... Ésta es mi esposa, Serketa.

–¡No tenéis por qué servirme, querido amigo! Sólo soy el hijo de Seti, hijo y sucesor designado de nuestro amado faraón. Me han dicho que estáis haciendo un trabajo excelente en Tebas, la ciudad donde nací y que yo tanto quiero.

–Trabajo lo mejor que puedo.

–¿Vuestras fuerzas armadas son, realmente, las mejor equipadas del Sur, como afirman vuestros amigos?

–Procuro que no les falte de nada.

–Me gustaría tanto volver a Tebas... Aquí, el ambiente es demasiado serio. La seguridad de nuestras fronteras, el arsenal, los cuarteles... ¡Qué aburrimiento!

–¿Acaso teméis un conflicto? –preguntó Serketa con tono inocente.

–Los oficiales no dejan de ir y volver entre la capital y las guarniciones encargadas de velar por el nordeste. Por mucho que interrogo a mi padre sobre las razones de esa agitación, se niega a responderme porque considera que soy un joven ocioso, incapaz de interesarse por los asuntos de Estado.

–Estoy convencida de que se equivoca –susurró Serketa.

–¡Claro que se equivoca! Pero no le conocéis... ¡No ha adoptado en vano el nombre de Seti! Su carácter es sombrío y se enfada muchísimo si se desprecia su autoridad. En Pi-Ramsés me asfixio.

–¿Sois aficionado a los caballos? –preguntó Méhy.

–Cabalgar es mi pasatiempo favorito.

–¿Puedo invitaros a Tebas para montar un soberbio semental de inigualable rapidez?

–¡Qué idea tan fantástica, Méhy! Por fin tengo algo interesante que hacer... Venid, os presentaré a algunos amigos.

El general y su esposa conocieron a los principales miembros del clan del joven Amenmés, la mayoría de los cuales eran hijos de dignatarios que habían servido fielmente a Ramsés el Grande. Serketa desplegó sus encantos, y Méhy explicó su gestión para demostrar su competencia.

Cuando la recepción hubo terminado, Amenmés parecía encantado con su nueva amistad.

Méhy y su esposa se alojaban en un lujoso apartamento reservado a los notables de provincias que visitaban Pi-Ramsés. Serketa se tumbó en la cama.

–Estoy agotada, ¡pero qué fabulosa estancia! Hemos visto al rey y ya has sido admitido en la alta sociedad de la capital.

–No debemos lanzar las campanas al vuelo tan de prisa. Debemos desconfiar de la hipocresía de los mundanos... Además, la jornada aún no ha terminado.

Serketa se sintió intrigada.

–¿Qué tienes en mente?

–Espero una visita.

El informador de Méhy, un oficial superior que había sido destinado a Pi-Ramsés, llamó a la puerta.

–¿Te ha seguido alguien?

–He sido muy prudente y saldré por el jardín.

–¿Realmente hay riesgo de guerra?

–Es imposible asegurarlo. Ciertamente, las tropas de la capital han sido puestas en estado de alerta y las de la frontera noroeste han sido reforzadas, pero puede tratarse de una simple demostración de fuerza, muy habitual a comienzos de un reinado. Merenptah quiere demostrar a los eventuales revoltosos que gobernará con la misma mano dura que Ramsés y que no tolerará revuelta alguna en Siria-Palestina. A mi entender, la situación no es alarmante; y si lo fuera, no nos cogería por sorpresa.

–Merenptah asienta, pues, su poder...

–Es innegable. Quienes le creyeron débil se han equivocado.

–De todos modos, tiene sesenta y seis años –recordó Serketa–; en la corte deben de circular numerosos rumores referentes a su sucesión.

–Merenptah ha intentado disiparlos designando oficialmente a su hijo Seti como futuro faraón. A sus cuarenta y seis años, es un hombre maduro, experto, veterano en el arte de dirigir, pero afligido por un carácter difícil.

–¿Alguna oposición seria?

–Contra Merenptah, ninguna. Contra Seti es distinto... Y bastante inesperado. Su principal adversario es su hijo, Amenmés: odia a su padre.

–¿Por qué?

–Tras la muerte de la madre de Amenmés, Seti volvió a casarse con una mujer tan hermosa como inteligente, Tausert. Su hijo no le ha perdonado lo que él considera una traición. Además, al joven le duele que no lo tomen en consideración, y se ve reducido a llevar la vida de un rico ocioso.

–¿Llegaría Amenmés a levantarse contra su padre si Merenptah muere?

–No creo que sea capaz de hacerlo, pero algunos opinan que el conflicto entre ambos es inevitable. Contrariamente a lo que Seti cree, Amenmés no permanece inactivo; ha formado un clan de jóvenes decididos que lo empujan a reafirmarse y a reivindicar el poder.

El oficial informó a Méhy sobre las tropas acuarteladas en Pi-Ramsés y, luego, se retiró.

–El tal Amenmés me parece bastante influenciable –consideró Serketa.

–Eso creo yo también, pero debemos ser muy prudentes. Si metiéramos la pata tan cerca de la cima del Estado, las consecuencias podrían ser nefastas para nosotros. Antes de regresar a Tebas, haremos una visita de cortesía a Seti. Debemos apostar tanto por él como por su hijo, así saldremos ganando, sea cual sea el vencedor de su duelo.

54

El pez gato era enorme. Si Kenhir se zambullía para escapar, se ahogaría. Sólo había una salida: lanzarse contra el monstruo y clavarle los dientes en la carne para devorarlo; cuando tragaba el primer bocado, el escriba de la Tumba despertó de su pesadilla.

«Mal empieza el día –pensó–; comer pez gato en sueños significa que algún funcionario va a molestarte.» La pesadilla habría podido ser peor: según una antigua *Clave de los sueños*, que Kenhir había copiado, soñar que te convertías en funcionario significaba que la muerte estaba cerca.

Con la nuca dolorida y la lengua pastosa, el escriba de la Tumba anduvo penosamente hasta la mesita en la que había depositado el papiro redactado el día anterior. Kenhir, que era muy escrupuloso, lo leyó una vez más para comprobar que cada palabra fuera correcta. El texto aseguraba al rey que los dos equipos del Lugar de Verdad habían trabajado sin descanso en la creación de su templo y su tumba, y que las dificultades habían sido superadas por el maestro de obras.

Niut la Vigorosa le sirvió leche fresca y una torta caliente.

–Os habéis levantado tarde, esta mañana.

–¿No hay nada más para comer?

–A vuestra edad, no debéis engordaros. El cartero os está esperando desde hace media hora.

–Los sueños no me engañan nunca –murmuró Kenhir–. Hazlo pasar.

Seguidamente apareció Uputi, provisto del bastón de Thot.

–La carta que debes entregar al faraón está lista –advirtió Kenhir–. Traes malas noticias, ¿no es así?

–No son excelentes, en efecto; en Pi-Ramsés, los cuerpos de ejército han sido puestos en estado de alerta.

–¿Es la guerra?

–Es muy pronto para decirlo... Sirios y palestinos nunca dejaron de ser turbulentos, y Merenptah debe demostrarles que no será menos firme que Ramsés.

–Espero que no vayas solo hacia el Norte.

–Como tu correspondencia está destinada al rey, me beneficiaré de una escolta. Quédate tranquilo, tu mensaje llegará a buen puerto.

Paneb había fabricado peonzas, soldados de madera articulados, cocodrilos e hipopótamos en miniatura, con los que Aperti se divertía mucho. Al chiquillo le gustaba abrir y cerrar las fauces del saurio, pero ya había roto varias figuritas porque las sacudía con excesiva violencia.

–Te regalaré la maqueta de un barco –le dijo–, pero tendrás que cuidarla. Y si eres bueno, jugaremos con una pelota de trapo.

Paneb pensaba incluso en fabricar un jinete que montara un caballo enjaezado y tirara de un carro de guerra, pero su hijo tenía que merecerlo.

–Romper es un grave error –le enseñó el coloso al chiquillo, que lo miraba atentamente, como si comprendiera cada una de sus palabras–. Puedes hacer maravillas con tus manos.

Entonces, Uabet la Pura entró en la casa con dos cestos llenos de legumbres frescas, y se quedó mirando con emoción al padre que jugaba con el hijo. Para ella no existía mayor felicidad.

–He hablado largo rato con la esposa de Fened –reveló–; ya no lo soporta más y ha tomado la firme decisión de divorciarse.

–¿Abandonará la aldea?

–No, se queda. Por desgracia, hay noticias más graves que esta separación.

Como si advirtiera la inquietud de su madre, el chiquillo intentó apretar con sus deditos el pulgar derecho de su padre.

–Según el cartero –prosiguió Uabet–, las tropas de elite de la capital han sido puestas en estado de alerta.

El recuerdo de la batalla de Kadesh, librada por Ramsés el Grande contra los hititas, estaba presente en la memoria de todos.

El tratado de paz firmado con aquella potencia militar no había sido violado, pero otros pueblos igualmente belicosos pensaban apoderarse de las tierras y las riquezas de Egipto.

Paneb se dirigió en seguida a casa del maestro de obras, para saber más detalles; se cruzó con Userhat el León, que blandía una estela en la que se representaba una diosa extranjera, Kadesh. Estaba de frente, de pie sobre un león, desnuda, con un disco lunar en la cabeza, flores en la mano derecha, una serpiente en la mano izquierda. La extraña figura incomodaba.

–La mujer sabia me ha pedido que pusiera esta estela en la puerta de entrada de la aldea –explicó–; nos protegerá de la violencia procedente del exterior.

–¿Ha hablado de un conflicto en el Norte?

–No, pero prefiere tomar precauciones. Si quieres mi opinión, eso huele mal.

Clara se acercó a Paneb.

–Te buscaba –dijo.

–¿Ha empezado la guerra?

–No lo sé, pero es preciso proteger la aldea mágicamente. Afortunadamente, entramos en el séptimo mes del año y nos acercamos a la gran fiesta de Amenhotep I.

Amenhotep I era el fundador del Lugar de Verdad y venerado patrón de la cofradía, cuyo retrato figuraba en las estelas, los dinteles, las mesas de ofrenda y los paneles pintados[1].

En los festejos con los que se celebraba su memoria, los sacerdotes de su culto, es decir, los propios artesanos, llevaban su estatua en procesión, que lo representaba sentado, con el taparrabos tradicional, y las palmas de las manos apoyadas en los muslos.

–¿Qué quieres que haga, Clara?

–Pintarás de negro la estatua de su gran esposa real, Ahmes-Nefertari, que se mantiene siempre a su lado como Maat junto a Ra, el padre de la luz divina. Renupe el Jovial concluirá hoy mismo su efigie de cedro, en la que ha estado trabajando desde hace varias semanas, y tú tendrás que pintarla.

1. Amenhotep I, el segundo faraón de la decimoctava dinastía (hacia 1514-1493 a.C.).

Paneb se sintió turbado.

–¿Por qué debe ser negra esa reina?

–Porque es la madre espiritual de la cofradía, portadora de todas las potencialidades creadoras, como nuestra tierra negra y fecunda[1]. Nos guía en las tinieblas y nos hace descubrir la inmensidad del cielo nocturno donde brilla la luz de los orígenes de la vida.

La reina negra, animada por una leve sonrisa, sujetaba un cetro flexible que terminaba en una flor de loto. Llevaba una larga y lujosa peluca y una larga túnica de lino.

La estatua parecía tener vida, y Paneb había conseguido un tinte brillante cuyo negro azulado suscitaba miradas de admiración.

–Tu reputación va en aumento –observó Ched el Salvador–; tus colegas acabarán creyendo que tienes talento.

La procesión se puso en marcha. Canteros y escultores llevaron las estatuas de Amenhotep I y la reina negra, saludados por los gritos de júbilo de los niños. *Negrote* permanecía prudentemente al margen, al igual que el monito verde.

La pareja real fue depositada ante la entrada del gran templo, y los habitantes de la aldea les ofrecieron flores y frutas.

–En tiempos de los antepasados –recordó la mujer sabia–, la abundancia y la rectitud reinaban en la tierra, la espina no pinchaba, la serpiente no mordía y el cocodrilo no devoraba a su presa. Los muros eran tan sólidos que no se derrumbaban. Que nuestro fundador y nuestra madre real nos den la fuerza necesaria para construir como en tiempos de los dioses primordiales, que nos animen con el aliento de la edad de oro.

El traidor participaba en las festividades como sus colegas e intentaba poner buena cara a pesar de su angustia. Si Egipto entraba en guerra, ¿qué suerte le esperaba al Lugar de Verdad? Sin duda, las autoridades lo colocarían bajo vigilancia, al igual que

1. La palabra *kemet,* «Egipto», está formada con la raíz *kem,* «negro», por alusión al limo, la tierra negra y rica depositada por la crecida del Nilo.

el Valle de los Reyes, y le sería imposible mantener contactos con el exterior.

El día en que podría gozar de las riquezas adquiridas parecía alejarse. ¿Y si sus protectores eran arrastrados por la tormenta? Sus esfuerzos por cambiar de vida y convertirse en un hombre acomodado se verían reducidos a la nada. Tal vez no debería mostrarse tan pesimista; el general Méhy tenía muchos recursos y sabría sacar provecho de la situación.

El traidor haría mal desesperándose. Debía seguir actuando en la sombra para apoderarse de los secretos que el maestro de obras le ocultaba; cuantos más poseyera, más fuerza tendría.

Nefer el Silencioso contemplaba la aldea desde su terraza. Los aldeanos olvidaban sus preocupaciones y festejaban su santo patrón y la reina negra con gran entusiasmo. Pai el Pedazo de Pan entonaba canciones que los demás repetían a coro; los suculentos platos no dejaban de salir de las cocinas al aire libre, vigiladas de cerca por *Negrote* y los demás perros. Los pasteles de Uabet la Pura tenían mucho éxito, y Paneb llenaba las copas con un embriagador vino tinto que impulsaba a Unesh el Chacal y Casa la Cuerda a contar historias subidas de tono, que deberían haber ruborizado a las sacerdotisas de Hator.

Clara se arrimó a su marido con ternura.

–Son felices –murmuró él–, pero no puedo olvidar que un ser maléfico merodea por la aldea. ¿Podrías leer su pensamiento y conseguir identificarlo?

–Por desgracia, no; está protegido por un grueso caparazón que se ha ido forjando con el paso de los años.

Nefer acarició el pelo de su esposa.

–Sólo tu amor me permite afrontar las pruebas y cumplir con las obligaciones de mi cargo. Sin ti, sólo sería un viajero perdido por caminos oscuros.

–¿Acaso crees que, sin tu presencia, yo podría asumir la herencia de las mujeres sabias que me han precedido?

–Todos los aldeanos son tus hijos, Clara, y esperan que su madre los cuide y los consuele, sean cuales fueren las circunstancias. Esa gran familia es muy exigente..., pero la tarea que lleva a cabo es tan esencial que debemos pensar más en sus cualidades que en sus imperfecciones.

–Le hemos dado nuestra vida –recordó Clara.

–Sin embargo, uno de nosotros ha faltado a su palabra.

–Pero ¿realmente la dio de corazón? El juramento que salió de sus labios sólo era una trampa, tanto para sí mismo como para los demás. El Lugar de Verdad se lo ofreció todo, pero él sólo buscaba la mentira.

–Si alguna vez fracaso o desaparezco, no permitas que se extinga la llama del Lugar de Verdad. En nombre de nuestro amor, Clara, prométeme que seguirás sin mí.

Ella lo besó con tanta pasión que Nefer también olvidó las ideas que lo atormentaban.

55

–Necesito bloques de gres de primera calidad para seguir construyendo el templo de millones de años –dijo Hay, el jefe del equipo de la izquierda, al maestro de obras–. En esta etapa del trabajo también es indispensable que la diosa Hator ilumine el naos y los materiales que utilizamos.

–Estoy de acuerdo contigo –estimó Nefer–. Cuanto antes obtengáis ese material, mejor.

–¿Qué propones? –preguntó Kenhir, que se hacía cortar el pelo por Renupe el Jovial.

–Vos vigilaréis la obra del Valle de los Reyes, Hay se ocupará del templo y yo iré a la cantera del Gebel Silsileh.

–Necesitamos el consentimiento de la administración y algunos soldados para proteger tu expedición.

–Pedídselo al general Méhy.

El escriba de la Tumba suspiró, en vez de ocuparse de su obra literaria, se veía obligado, de nuevo, a ir hasta el despacho de la administración principal de la orilla oeste.

–También tengo la intención de dirigirme a los Dos Braseros –anunció Nefer.

–Hay santuarios de Hator más asequibles que ése.

–La energía que contiene éste es especialmente potente. Y lo sabéis muy bien, Kenhir.

–Tal vez... ¿Llevarás a la mujer sabia?

–Sabréis velar por la aldea durante nuestra ausencia.

Kenhir ni siquiera intentó discutir.

Nefer no levantaba la voz, pero era aún más tozudo que él. Y cuando se trataba de la obra, jamás cedía una pulgada de terreno.

–Ningún problema –estimó Méhy, con vehemencia–. ¿Cuántos soldados deseáis, querido Kenhir?

–En la región no hay guerra... Con diez bastará.

–Os daré cuarenta, pues la seguridad del maestro de obras debe estar perfectamente garantizada. ¿Cuál es el destino de la expedición?

–La cantera de gres del Gebel Silsileh.

–La mejor del país, según creo.

–Es cierto. Avisad a los soldados de que no participarán en el transporte de los bloques.

–Tomo nota. Permitidme que os agradezca la amabilísima nota que enviasteis al rey, en mi favor. Merenptah en persona leyó vuestro mensaje ante mí, y me sentí muy halagado, lo reconozco. Sobra deciros que tengo ambición y deseo hacer una buena carrera, tanto en el ejército como en la administración, no sólo por mi satisfacción personal sino, sobre todo, para servir a mi país. Me gusta mi trabajo y deseo ser útil: ésas son las claves de mi éxito. Ciertamente me acusarán de vanidad, pero sólo los resultados cuentan.

La franqueza de Méhy sorprendió al escriba de la Tumba y fortaleció su convicción: Tebas se le iba a quedar pequeña muy pronto. Pero se sintió tranquilizado, puesto que el general debía realizar una carrera impecable y garantizar, por tanto, el bienestar del Lugar de Verdad.

–¿Os está permitido decirme si el estado de los trabajos os satisface?

–Los bloques de gres del Gebel Silsileh se destinarán al templo de millones de años del faraón Merenptah. Es decir, que va a iniciarse la elevación de los muros, y que los artesanos del Lugar de Verdad cumplen sin descanso con sus deberes.

–Me alegro.

–Circulan múltiples rumores... Como acabáis de regresar de la capital, ¿qué hay de cierto en lo que dicen de la guerra?

–¡También a mí me gustaría saberlo, Kenhir! Nuestras tropas apostadas en las fronteras han sido reforzadas, pero ello no significa forzosamente que se aproxime un conflicto. Al contrario, creo que se trata de una medida de precaución para evitarlo. Por lo demás, os aseguro que el rey tiene en alta estima vuestra cofradía y que puede proseguir su tarea tranquilamente.

Mientras pronunciaba estas palabras, Méhy trazaba un plan que, tal vez, le permitiría librarse del molesto maestro de obras sin que pudieran sospechar de él.

La estación cálida del segundo año del reinado de Merenptah tocaba a su fin cuando Nefer el Silencioso grabó, personalmente, dos estelas en honor de la familia real en la gran cantera de gres del Gebel Silsileh, a ciento cincuenta kilómetros al sur de Tebas. En aquel lugar, los acantilados que flanqueaban el Nilo se estrechaban y la corriente se aceleraba. Paneb había apreciado la delicada maniobra del capitán, que había atracado suavemente en la orilla este, donde varias capillas anunciaban el carácter sagrado del lugar.

Primero habían desembarcado los soldados para colocarse a uno y otro lado de la entrada de la cantera, cuyas dimensiones impresionaron al joven coloso.

–Manos a la obra –ordenó Nakht el Poderoso–; no estamos aquí para holgazanear.

Nefer y Fened la Nariz eligieron el lecho de piedras que les pareció más maduro, y transmitieron sus instrucciones a los canteros que encuadraban a Nakht y Paneb. El banco rocoso fue parcialmente enrasado y se excavaron surcos de unos veinte centímetros alrededor de los futuros bloques, cuyos costados fueron cortados así. Luego, en las muescas regularmente espaciadas, se hundieron cuñas de madera y se mojaron; al dilatarse, harían estallar la roca y la desprenderían de la pared. Los bloques fueron extraídos línea a línea y capa a capa.

–Son de excelente calidad –dijo Nefer, marcándolos con el nombre de los canteros del equipo de la derecha.

Paneb ayudó a instalar los bloques en las narrias de madera. La mujer sabia se dirigió a los artesanos, antes de que abandonaran la cantera para ser jalados hasta las embarcaciones de transporte.

–Dios se construyó cuando la tierra se hallaba en el océano primordial y creó los minerales en el vientre de las montañas. Que las piedras que han salido hoy a la luz sean restituidas a los dioses y sirvan para construir la morada que los albergue. La cantera acaba de dar a luz, cuidemos a sus hijos y que éstos se conviertan en piedras vivas del templo y permanezcan eternamente jóvenes.

Los canteros y los artesanos del Lugar de Verdad se habían dicho pocas cosas. Paneb, que siempre estaba atento, había comprobado incluso los cabos y los frenos de las narrias, sin descubrir nada anormal.

Al final de la última jornada de trabajo, se encendió una hoguera a la entrada de la cantera y Nefer ofreció cecina a los canteros, que estaban encantados con el inesperado festín.

Incluso cuando cayó la noche, la atmósfera seguía siendo asfixiante, como si las paredes de gres restituyeran el calor acumulado durante la jornada. Paneb era el único que no sufría por ello.

–¿De qué material estás hecho? –le preguntó uno de los canteros–. Se diría que naciste en un horno.

–Tengo la suerte de no tener la lengua y el culo helados, como tú y tus colegas.

Todos los canteros se levantaron, y Paneb siguió comiendo.

–No hagáis tonterías, amigos. ¿Aún no os habéis dado cuenta de que soy indestructible?

Uno de los canteros soltó una carcajada, y los demás le imitaron.

–¡Bebamos, entonces, un trago a tu salud!

El joven coloso hizo circular la jarra de cerveza.

–Dime, amigo, tengo la impresión de que no estáis todos... Falta un nubio que tiraba de las narrias.

–A ése acabábamos de contratarle... No sé adónde habrá ido, pero que eso no nos impida beber.

Mientras la pequeña fiesta estaba en pleno apogeo, el maestro de obras tomó una hogaza de pan y se dirigió al corazón de la cantera.

Paneb cogió una antorcha y fue con él.

–Debo depositar una ofrenda ante las estelas para alimentarlas –explicó Nefer.

Mientras avanzaban entre las altas paredes verticales, a Paneb le invadió un repentino nerviosismo.

–Presiento un grave peligro.
–Las serpientes, sin duda... Tu antorcha las ahuyentará.
–Volvamos atrás.
–Sin la ofrenda, las estelas no serían animadas.

Para el arquero nubio que estaba apostado en lo alto del acantilado de gres, el plan se desarrollaba tal y como había previsto. El maestro de obras iba a depositar su ofrenda, acompañado por un artesano que llevaba una antorcha para ahuyentar a los reptiles.

El arquero no podía esperar un mejor cómplice involuntario, porque Paneb iluminaba el blanco de un modo ideal.

Los dos hombres se detuvieron unos instantes. Si retrocedían, el nubio corría el riesgo de que su disparo no fuera certero. Pero continuaron avanzando, y el arquero tensó su arco. Unos pasos más y estaría seguro de dar en la cabeza del maestro de obras.

Paneb tocó el amuleto del ojo por precaución.

De pronto, Ardiente tuvo una visión: de la pared brotaba una llama que abrasaba al maestro de obras. Una llama que se unía a la de la antorcha para formar una sola y devorar a Nefer.

El coloso empujó con violencia al maestro de obras precisamente cuando la flecha disparada por el arquero hendía el aire.

Ésta rozó los cabellos de Nefer y se estrelló contra una piedra.

Paneb saltó hacia la pared e intentó escalarla en vano, furioso al no poder perseguir al agresor.

El nubio bajó por la pendiente rápidamente y se dirigió a la orilla donde lo aguardaba la mujer que le había encargado el crimen.

Lo estaba esperando al abrigo de un tamarisco, fuera de la vista de una embarcación dispuesta a aparejar.

–¿Lo has conseguido?

–No –respondió–; he fallado por poco. Debemos marcharnos en seguida, me están persiguiendo.

–Tienes razón... Pasa tú primero.

Serketa clavó su puñal en el cuello del arquero, entre dos vértebras. El hombre se tambaleó de un modo ridículo antes de derrumbarse, con los brazos en cruz y la lengua colgando.

La esposa de Méhy recuperó el arma, limpió la hoja en el tronco del tamarisco y escupió sobre el cuerpo de aquel inútil. Luego se dirigió con tranquilos pasos hasta el barco que la devolvería a Tebas.

56

Paneb iluminó con su antorcha el cadáver del arquero que había buscado durante buena parte de la noche.

–Está muerto –advirtió Clara–. Su asesino lo ha apuñalado por la espalda.

–Dicho de otro modo, el criminal ha hecho mal confiando en su comanditario.

Paneb se dirigió a la ribera, sin grandes esperanzas.

–Aquí hay pisadas –le dijo a Nefer–; el asesino ha huido en un barco, hace ya mucho rato.

–Has vuelto a salvarme la vida.

–La trampa estaba bien tendida, Nefer... Tendremos que aumentar las precauciones.

–Pero ¿por qué la toman conmigo?

–Cada vez resultas más molesto –dijo Paneb–. Él o los que intentan eliminarte piensan que tu desaparición resultará fatal para el Lugar de Verdad.

–Qué error... Me sucedería un nuevo maestro de obras.

–Sin duda, pero ¿sería igual de bueno que tú? Me he dado cuenta de que en nuestra cofradía no hay nadie reemplazable, y menos aún un maestro de obras. Hay alguien a quien no le gusta cómo pilotas nuestro navío y desea eliminarte para hacerlo zozobrar, alguien lo bastante cruel y decidido como para cometer un crimen.

Nefer y su esposa habían escuchado con atención la apasionada declaración de Paneb.

–Debemos llevar este cadáver a Tebas –estimó.

–¿Por qué no lo enterramos aquí?

–Porque el arquero era nubio... Debemos esperar, pues, lo peor.

El capitán se extrañó.

–Recibí órdenes de protegeros y no puedo...

–Regresad a Tebas –repitió Nefer–, y entregad el cadáver del nubio al general Méhy.

–Pero... ¿Y vos, cuándo pensáis regresar a Tebas?

–Muy pronto. Buen viaje, capitán.

Mientras Nakht y Fened supervisaban el estibado de los bloques en los barcos de transporte, el maestro de obras se reunió con Clara y Paneb, que había alquilado una barca de pescador. Remó con fuerza, jugando con la corriente hasta los Dos Braseros, un pequeño santuario de la orilla este que se levantaba al pie de una imponente roca que se destacaba de la cadena montañosa.

El silencio reinaba en aquel lugar, y los halcones lo sobrevolaban. Paneb tuvo la impresión de que ningún ser humano había hollado aquel suelo sagrado desde hacía mucho tiempo.

–¿Recuerdas la primera vez que viste la luz de la piedra? –preguntó la mujer sabia.

–¡Ya lo creo! Fue en nuestro local de cofradía e intentaron hacerme creer que no la había visto.

–En esta capilla, la diosa Hator creó un medio favorable para el nacimiento de la Piedra de Luz. Y aquí fue iniciado el maestro de obras. Antes de que empieces a pintar las paredes de una morada de eternidad, debes percibir mejor la importancia de nuestro más valioso tesoro.

Paneb siguió a la mujer sabia, que atravesó un pequeño patio con dos columnas y abrió la puerta del santuario, de un solo batiente. En los muros había pinturas que representaban a Osiris y al faraón ofreciendo sistros a Hator. Al fondo de la estancia, de unos cinco metros de profundidad y tres de anchura, había una extraña estatua de la diosa, que desprendía una suave luz.

–Hator es el oro de los dioses y la plata de las diosas –dijo la mujer sabia–; esta efigie está compuesta por todos los metales cuya claridad revela. Toca el pie de la estatua, Paneb, y tu mano se iluminará. Cuando haya llegado la hora, tal vez sea llamada a contemplar la obra que se realiza en la Morada del Oro.

–Ven conmigo –exigió Paneb.

El jefe Sobek se puso tenso.

–Hemos hecho las paces, pero ésa no es razón suficiente para que puedas darme órdenes.

–El maestro de obras quiere verte.

–¿Dónde está?

–En casa del general Méhy, con la mujer sabia.

–¿Qué ocurre, Paneb?

–¿Te niegas a acompañarme?

–Si me molestas por una tontería, lo lamentarás.

–¿Te he decepcionado alguna vez?

Nefer, Clara y Méhy estaban muy serios.

–¿Qué queréis de mí? –preguntó Sobek con menos seguridad que de costumbre.

–Síguenos –ordenó Méhy.

Se dirigieron a la enfermería dc la administración central. Sobre un banco de piedra estaba el cadáver del arquero que había disparado contra Nefer.

–¿Conoces a este hombre? –preguntó el general.

–No.

–¿No es uno de tus policías?

–Claro que no.

–¿Estás seguro de que dices toda la verdad?

–¿Adónde queréis ir a parar?

–Eres un nubio, como este asesino...

–¿Os atrevéis a acusarme de complicidad? Para vuestro buen gobierno, debéis saber que no basta con ser nubio para ganarse mi amistad. Los policías que sirven a mis órdenes pertenecen a mi tribu y son completamente leales. Nunca he visto a este hombre.

–Por tu bien, así lo espero.

–¿Debo entender que estoy despedido?

–No –intervino el maestro de obras–. Este interrogatorio era indispensable y tus respuestas nos bastan. Sigues siendo el jefe de seguridad de la aldea.

–Si aún sospecháis de mí, prefiero dimitir.

–Pero no es así –afirmó Clara.

Sobek se inclinó ante la mujer sabia y se retiró.

–El asunto de este arquero nubio es muy preocupante –observó el general Méhy–. Aunque la gestión sea muy molesta, debo hacer una investigación a fondo de cada uno de los policías que están bajo las órdenes de Sobek. Seré discreto y os comunicaré los resultados en cuanto los tenga.

La belleza y la innata nobleza de la mujer sabia subyugaban a Méhy. Viendo la pareja que formaba con Nefer, sentía más celos que admiración y unas feroces ganas de destruir aquella armonía que se cruzaba en su camino. A causa de esos dos, los secretos del Lugar de Verdad seguían siendo inaccesibles.

Pero el general sintió que aquellos dos seres estaban unidos por vínculos más poderosos que los de un simple amor humano. Romperlos no sería fácil y debía esperar una encarnizada resistencia por parte de unos adversarios que disponían de semejante ventaja.

–También investigaré a los canteros –prometió Méhy–; ¿contrataron al nubio sin conocer sus intenciones o participaron en una especie de conspiración?

–También habría que descubrir quién era realmente el arquero –sugirió Paneb.

–Claro está... Podéis contar conmigo.

Méhy se felicitaba por la habilidad de Serketa, que había aplicado sus consignas al pie de la letra. Aunque el nubio hubiera conseguido matar al maestro de obras, habría terminado con él para desacreditar a Sobek y a sus policías. En adelante, el maestro de obras ya no confiaría plenamente en ellos, y esa fisura no dejaría de ampliarse.

–No soporto a ese general –declaró Paneb, enojado–. Su suficiencia no tardará en asfixiarlo.

–Lo esencial es que no nos sea hostil como su predecesor –observó Nefer–. ¿Qué piensas de él, Clara?

–Mi opinión no está muy lejos de la de Paneb.

–Según Kenhir –recordó Nefer–, la ambición es la principal

fuerza que lo mueve, y sólo piensa en obtener un cargo de prestigio en la capital.

–Cuanto antes mejor –estimó Paneb–, ¡y que le aproveche!

–¡El próximo administrador puede ser peor! Éste, por lo menos, debe preocuparse del bienestar de nuestra aldea para no disgustar al rey, mientras espera un ascenso.

–Debemos mantenernos tan lejos de él como sea posible –recomendó Clara.

El trío avanzaba a buen paso por el camino que llevaba a la aldea. En el primer fortín les aguardaba Sobek, con el rostro deshecho.

–Nunca había vivido semejante humillación –reconoció ante el maestro de obras–. Si sospecháis de mí, por favor, sed sincero y me iré inmediatamente.

–En absoluto –aseguró la mujer sabia–; te repito que tenemos plena y entera confianza en ti.

La luminosa mirada de Clara disipó la angustia de Sobek.

–Hay mucha agitación, esta mañana –indicó–. Unas veinte «mujeres de la ciudad» han venido a moler grano a cambio de una buena retribución.

Clara y Nefer se miraron, extrañados.

–¿Una inspección del visir?

–No me han informado –dijo Sobek.

En la zona de los auxiliares, se lavaba, se limpiaba y se ordenaba afanosamente. Lo mismo ocurría en la aldea, activa como en sus mejores días.

–¡Por fin habéis llegado! –exclamó Kenhir, que recorría la calle principal apoyándose en su bastón–. Me preguntaba si os decidiríais a regresar de la cantera.

–Hemos tenido algunos problemas –deploró Nefer.

–¡Pues bien, olvídalos! ¿Cuándo se entregarán los bloques de gres al equipo de la izquierda?

–Se están descargando. Pero ¿a qué viene ese alboroto?

–El faraón Merenptah acaba de anunciar su llegada. Quiere comprobar por sí mismo que los trabajos progresan a buen ritmo.

57

–¡Cuidado! –gritó Paneb–, ¡la narria se desliza con demasiada rapidez!

Nakht el Poderoso accionó el freno de la narria, pesadamente cargada con seis toneladas de bloques de gres, y consiguió reducir su velocidad.

Sólo eran seis para jalar semejante masa, que se desplazaba por una rampa de limo, regada constantemente por Renupe el Jovial y Pai el Pedazo de Pan.

–¡Ponéis demasiada agua, estúpidos!

–¡No vas a enseñarnos tú el oficio! –se rebeló Pai.

–Seguid así y la narria volcará.

–Nunca hemos tenido un accidente.

–Pues no empecéis ahora.

Ofendidos, Renupe y Pai observaron, sin embargo, las recomendaciones de Paneb, y la maniobra se reanudó ante la inquieta mirada del jefe del equipo de la izquierda, que esperaba los bloques de gres del Gebel Silsileh.

–¡Un momento! –exigió Casa la Cuerda–. Aquí hay algo raro.

El especialista en transporte de materiales se inclinó hacia la narria.

–Lo sospechaba... ¿Quién ha sido el inútil que ha atado esta cuerda? Hay que atarla lo más abajo posible, en la parte delantera de la narria, para que la fuerza de tracción se ejerza desde el ángulo más favorable. Os lo he repetido cien veces y no es tan difícil de comprender.

Casa la ató de nuevo, y los seis hombres volvieron a ponerse en marcha cantando canciones cuyo ritmo les permitiera coordinar sus movimientos.

Aquella misma mañana, los dos equipos habían puesto en su lugar un coloso de un centenar de toneladas, de siete metros de altura, que representaba al faraón Merenptah sentado, con las palmas de las manos apoyadas en su taparrabos y el rostro grave, animado por una ligera sonrisa. Con el mismo método, consistente en utilizar una rampa de arcilla, permanentemente mojada, los especialistas habían conseguido desplazar la enorme masa con la ayuda de Paneb, que se había encaramado en las rodillas del coloso para llevar el compás.

El sol comenzaba a declinar cuando Paneb escaló de nuevo la monumental efigie para quitar las cuerdas que la envolvían y hacerla aparecer en todo su esplendor.

Ardiente cantó hasta desgañitarse, y tardó algún tiempo en advertir que la cantera se había sumido en un absoluto silencio.

Cuando se dio la vuelta, con un moribundo estribillo en los labios, vio a sus colegas inmóviles, con los ojos clavados en el zócalo del coloso ante el que se hallaba el faraón Merenptah, tocado con una corona azul. Alrededor del monarca había unos «sacerdotes puros», con el cráneo afeitado y vestidos con túnicas blancas.

A Paneb sólo le quedaba saltar al suelo e inclinarse, con la esperanza de que el rey no descargara su cólera sobre él.

–Ven junto a mí –le ordenó.

Paneb, petrificado, permitió que sus piernas avanzaran muy a su pesar.

–Cuando las ofrendas descienden a la tierra –dijo el monarca–, el corazón de los dioses se alegra y el rostro de los hombres se ilumina. Ofrecer es un acto luminoso que debe realizarse cada día, siempre que las ofrendas sean hermosas y puras. Sólo ellas pueden dar vida a este coloso que encarna el poderío sobrenatural de la realeza.

Paneb cogió un ramo de lotos de manos de un sacerdote y se lo dio al rey, que lo depositó a los pies del coloso. Luego hizo lo mismo con un pan redondo, un cesto de frutas, incienso y una jarra de vino.

–Que circule la energía que se oculta en las venas de la piedra –dijo Merenptah.

Los sacerdotes y los artesanos se retiraron para dejar al rey solo ante su colosal imagen, que iba más allá de lo humano. Paneb fue el último en abandonar el paraje, subyugado por aquella misteriosa comunión entre el dueño del país y su encarnación en la piedra.

Merenptah había ofrecido estatuas al templo de Amón y había presidido una procesión que fue de Karnak a Luxor; pero sobre todo, había pasado largos ratos con Nefer el Silencioso en el Valle de los Reyes, para examinar los trabajos realizados en su tumba.

Tal vez, su presencia en Tebas significaba que cualquier riesgo de guerra se había disipado. Al permanecer en la orilla oeste y haber manifestado, por segunda vez, su afecto por la cofradía del Lugar de Verdad, el monarca acallaba cualquier crítica contra él.

El rey había asistido, incluso, a un banquete que se organizó en la aldea para subrayar su posición de jefe supremo de la cofradía y la importancia de su trabajo.

Así pues, el traidor tascaba el freno, despechado por la suerte de la cofradía y haciendo responsables de ella a la mujer sabia y al maestro de obras. Como los demás, tenía que participar en los festejos haciendo creer que estaba con ellos de todo corazón.

Frente a aquel panorama, sin embargo, había dos cosas positivas: conseguía fingir con una bella amante y su esposa había respetado el pacto. Era una buena ama de casa, llevaba a cabo las tareas cotidianas con abnegación y esperaba, sin impaciencia, su futura existencia de mujer rica.

Tras la marcha del rey, el escriba de la Tumba había concedido a los artesanos un día de descanso suplementario. ¡Por fin, tenía una oportunidad para salir de la aldea y dirigirse a la orilla este para hablar con sus cómplices!

De buena mañana, cruzó la gran puerta y tomó el camino que pasaba a lo largo del Ramesseum. Justo antes de girar a mano derecha, para tomar la arteria principal que se dirigía al Nilo, descubrió a un nubio sentado a la sombra de un tamarisco.

Era imposible acercarse para ver mejor su rostro y saber si se trataba de uno de los hombres de Sobek. El traidor se sintió incómodo, y decidió no correr ningún riesgo.

Se dirigió hacia un pequeño mercado ambulante, compró habas y volvió sobre sus pasos.

Al entrar de nuevo en la aldea, se cruzó con Uabet la Pura, que sacaba agua de una gran jarra.

–¿No vas a la ciudad? –le preguntó.

–No tengo nada que hacer allí... y prefiero descansar en casa.

–Con las nuevas obligaciones administrativas, haces bien.

–¿Qué quieres decir?

–Antes, Kenhir se limitaba a anotar los motivos de la ausencia en el Diario de la Tumba; ahora, también anota los movimientos de unos y otros. Realmente tiene tiempo que perder, aunque vele por nuestra seguridad... Además, a los escribas les gusta escribir y no vamos a cambiar eso.

–Así es, Uabet, que tengas un buen día.

De modo que los policías de Sobek trabajaban en estrecha colaboración con el escriba de la Tumba. El traidor se planteó una angustiosa pregunta: ¿desde cuándo tomaba Kenhir ese tipo de notas?

–Mis hombres han trabajado sin descanso –declaró el general Méhy en la penumbra de su vasto despacho–. Por eso os he rogado que vinierais hasta aquí para que fuerais los primeros en conocer los resultados de la investigación.

El escriba de la Tumba y el maestro de obras eran todo oídos.

–Por lo que se refiere a los canteros del Gebel Silsileh, no se ha establecido complicidad alguna. Ninguno de ellos tenía vínculos con el nubio, al que contrataron como peón por algunos días, dada su fuerza física. El hombre se comportó con absoluta normalidad antes de llevar a cabo su intento de asesinato.

–¿Habéis conseguido identificarlo?

–He tenido un golpe de suerte... Existe un poblado nubio cerca de la cantera; mis soldados interrogaron a sus habitantes, y uno de ellos confesó que su compatriota era un fugitivo de la justicia, evadido de la cárcel de Asuán, donde había sido detenido por atentado con daños contra un pescador. El bandido se había refugiado en la aldea durante algunas semanas y luego buscó trabajo.

–¿Había hablado con alguien de sus siniestros proyectos?

–No, pero siempre actuaba del mismo modo: encontrar un lugar interesante, hacer amigos y desvalijar al más rico de ellos. Además, se sospecha que fue el autor de varias agresiones, algunas de las cuales se saldaron con la muerte de la víctima.

–¿Nada más? –preguntó Kenhir.

–Creo no haber omitido detalle alguno.

–Así pues, se puede suponer que el bandido no atacó al maestro de obras del Lugar de Verdad en su calidad de tal, sino sólo como la presa que le pareció más interesante.

–Es una de las hipótesis, en efecto, pero carecemos de pruebas para afirmar que es la buena.

Mostrándose reservado en este punto, Méhy demostraba a sus interlocutores que no intentaba influenciarlos en absoluto. El general esperó una reacción de Nefer, pero éste no dijo nada.

–¿Habéis investigado a los hombres de Sobek? –preguntó Kenhir.

–He reunido el máximo de informaciones y puedo daros una noticia excelente: no hay motivo alguno para sospechar de que hayan cometido ningún delito. Sus hojas de servicio son impecables, no se les puede reprochar nada.

–¿Y vuestros elogios pueden extenderse al propio Sobek?

–No tengo nada que reprocharle al jefe Sobek. Su expediente sólo contiene menciones halagadoras sobre su rigor y su probidad. El rey en persona me ha comunicado su satisfacción por las medidas que Sobek ha tomado para garantizar la seguridad de los artesanos. Desde mi punto de vista, es inimaginable que haya podido cometer algún delito.

Méhy se había mostrado tan tajante con respecto a la seguridad de la aldea que no disiparía por completo la sospecha de sus interlocutores, pero les tranquilizaría con respecto a su objetividad.

–¿A qué conclusión llegáis? –preguntó Kenhir.

–Un bandido ha muerto, asesinado por un cómplice, sin duda alguna, otro nubio que ha conseguido huir y al que nos costará mucho identificar, salvo si es denunciado. Debemos desear que se trate tan sólo de un incidente puntual, pero sin embargo debemos actuar como si el peligro siguiera acechando.

Permaneced muy atentos en el interior de la aldea mientras Sobek sigue vigilando el territorio que está bajo su responsabilidad, y yo me encargaré de la orilla oeste.

–La visita del faraón nos ha tranquilizado –reveló el escriba de la Tumba.

–Es cierto, los rumores de guerra se han alejado y la paz se consolida. ¿Necesitaréis aún a mis soldados para el transporte de bloques de gres?

–Hay otra expedición programada, en efecto, pues el jefe del equipo de la izquierda trabaja más rápido de lo previsto. El faraón Merenptah pronto dispondrá de la energía mágica que le proporcione su templo de millones de años.

58

Todos los artesanos del equipo de la derecha dormían en sus chozas del collado, su lugar de reposo entre la aldea y el Valle de los Reyes donde proseguía la excavación de la morada de eternidad de Merenptah. En aquella noche de luna nueva, sólo el maestro de obras estaba despierto. Como cada anochecer, antes de dormirse, Nefer pensaba en cada uno de los artesanos, en sus preocupaciones, en los problemas particulares que habían surgido durante la jornada y que él debía resolver para mantener la coherencia y la eficacia del equipo.

Entre ellos había un ser lo bastante vicioso como para fingir que amaba su trabajo y a sus hermanos con un corazón tan mentiroso como sus labios, un ser que intentaba corroer la cofradía desde el interior. A Nefer le costaba cada vez más soportar aquel peso. Su mundo era el de la fraternidad entre los artesanos y el de la Piedra de Luz, y no el de la hipocresía y aquel mal solapado al que no sabía cómo combatir. Día tras día, iba perdiendo sus fuerzas en aquella lucha, en la que el adversario avanzaba enmascarado, y se preguntaba sobre su capacidad para llevar a cabo la obra en condiciones tan difíciles.

Una brisa suave y perfumada se levantó en la cima, que Nefer contempló largo rato. La agitación interior del maestro de obras se apaciguó y recordó las palabras que había pronunciado el escriba Ramosis en su iniciación a la función suprema: «El dios oculto viene en el viento, pero no se le ve, mientras que inunda la noche con su presencia. Lo que está arriba es como lo de abajo, y él lo realiza. Qué bueno es estar en manos de Amón, el protector de Silencioso, que da el soplo de vida a aquellos a quienes ama».

Ni dios ni el hombre conocían la verdadera forma de Amón, el único médico capaz de curar a un ciego; probablemente, cuando alguien lo viese, caería muerto de embelesamiento. Aunque era invisible, se revelaba hinchando la vela de los barcos; sin haber nacido nunca, nunca moriría.

En aquel instante, Nefer percibió la potencia mágica de aquella montaña de Occidente que respondía a su llamada y aliviaba su fardo, permitiéndole comunicarse con Amón, la fuente de energía que necesitaba.

–¿Tú tampoco duermes? –murmuró Paneb–. Pasar la noche en el collado es la máxima recompensa... Aquí, la vida es más intensa que en cualquier otro lugar.

Nefer no dijo nada. Y Paneb sintió que aquel hombre, a quien creía conocer, no sólo era su amigo y su superior, sino sobre todo un ser excepcional al que se le había encargado una misión que procedía del más allá del tiempo, una misión que transía su espíritu y su mano como un fuego devorador. Ciertamente, el maestro de obras poseía cualidades como la tranquilidad y el autodominio, pero, a la vez, había una llama en su interior que ardía intensamente.

Paneb compartió el silencio de Nefer, y percibió el soplo de Amón en la brisa nocturna.

–Estás muy enfermo –reconoció Clara.

Karo el Huraño temblaba.

–He cogido frío en mi cabaña del poblado... ¡Y pensar que algunos aprecian las noches pasadas allí arriba! Cuando el viento sopla, en invierno, se te hielan los huesos. Voy a verme obligado a guardar cama y me perderé el próximo período de trabajo.

–Espero que no.

La mujer sabia disponía de una vasta farmacopea para detener la infección. El depósito recogido en el fondo de los jarros de cerveza y el jugo de cebolla entraban en la composición de los remedios que curaban los dolores de vientre y los golpes de frío, y aliviarían rápidamente a Karo; pero, sobre todo, utilizaría el antibiótico natural que se obtenía gracias a una manera especial de almacenar los granos. La capa inferior de los silos era impregnada con una sustancia curativa, y luego era recogida con cuidado y prescrita a los enfermos.

–A juzgar por tu robusta constitución, soy muy optimista.

–¿Y si todavía tengo fiebre dentro de dos días?

–Volveré a examinarte.

Karo regresó a casa. Clara etiquetó unas redomas que contenían un líquido exudado por los poros de la piel de una rana del Gran Sur, que poseía virtudes analgésicas y antiinfecciosas que había utilizado el día anterior para curar a la esposa de Nakht, que sufría una afección renal. A menudo, incluso durante sus consultas, la mujer sabia pensaba en Ched el Salvador. Había vuelto a leer los tratados de oftalmología y preparaba nuevas mezclas de sustancias, aunque sin grandes esperanzas.

Durante los rituales celebrados en el templo de Hator, la superiora de las sacerdotisas dirigía la magia de la comunidad femenina hacia el pintor, pues la ciencia de los humanos no bastaría para luchar contra su ceguera. El equipo de la derecha necesitaba el genio de Ched el Salvador sin el que la decoración pintada de la tumba de Merenptah no llegaría a buen término, a pesar del ardor de Paneb y del talento de los dibujantes.

–Una semana de descanso... ¡Ni lo pienses! –exclamó Kenhir.

–Es lo mínimo que debéis concederme –recordó Niut la Vigorosa–. Podría exigiros más, pero no quiero poneros en un compromiso.

–Pero y la limpieza, la cocina...

–Dejo vuestra casa perfectamente limpia, y también dejo comida preparada. Haced que os inviten dos o tres veces a comer y, por la noche, comed lo menos posible. No estaré aquí para impedir que cometáis excesos y temo que, cuando vuelva, os encontraré enfermo.

–¿No vas a marcharte en seguida, de todos modos?

–Hasta la próxima semana.

De pronto, al escriba de la Tumba le pareció que su casa estaba muy vacía. Ciertamente, aquella pequeña peste era insoportable, pero la echaba en falta; debía reconocer que le era de gran utilidad, salvo cuando se permitía sembrar el desorden en su despacho.

Kenhir apartó de su mente el recuerdo de su sierva, y quiso tomarse el tiempo de redactar algunas páginas de su *Clave de los sueños*, pero la llegada de su ayudante le impidió escribir las primeras palabras en el papiro.

–¿Qué ocurre, Imuni?

–¡Paneb ha vuelto a pedir panes de color!

–¿Y qué hay de raro en ello?

–Calculé el número exacto que debe utilizar un pintor diariamente, y Paneb lo supera con creces. Si los demás artesanos se comportaran como él, sería imposible administrar esta aldea.

–Sin duda, sin duda...

–Y eso no es todo –prosiguió Imuni–, Paneb no sólo se niega a aceptar el reglamento sino que, además, me ha amenazado.

–¿Y tú que has hecho?

–He preferido alejarme... Pero deberíais decirle cuatro palabras.

–Arreglaré este asunto –prometió Kenhir.

–¿Puedo decirle que ya no tendrá autorización para utilizar tantos panes de colores?

–Acabo de decirte que yo me encargaré de eso.

Imuni no comprendería nunca que las leyes deben aplicarse con inteligencia, y Kenhir se sentía incapaz de explicárselo.

Como le había enseñado Ched el Salvador, Paneb necesitaba gran cantidad de colores, como suplemento de los que él mismo fabricaba, sin contar el impresionante número de pinceles y cepillos que usaba con notable rapidez. El coloso se mostraba implacable con su propia técnica y realizaba numerosos esbozos antes de pintar la figura definitiva. El resultado era tan deslumbrante que incluso Ched el Salvador sólo hacía pequeños retoques. Así pues, no importaba que Paneb utilizara una gran cantidad de material, pero era inútil intentar explicárselo a Imuni.

El traidor estaba tomando el fresco en su terraza cuando vio pasar al escriba de la Tumba, que golpeaba el suelo con su bastón para acompasar una enérgica marcha.

–¿Adónde irá tan de prisa? –le preguntó a su esposa.

–Supongo que irá a cenar a casa del maestro de obras, como

ayer por la noche. Desde que Niut la Vigorosa está de vacaciones, se da la gran vida. Cuando nos acostumbramos a que nos sirvan, ya no sabemos arreglárnoslas solos.

–¿Cuándo volverá la sierva?

–Al final de la semana.

–Saldré en cuanto anochezca.

–¿Adónde piensas ir?

–A apartar un peligro que podría amenazarnos. Si alguien pasa a vernos, dile que me encuentro mal y que ya me he acostado.

Nervioso, el traidor caminaba pegado a las fachadas con los pies desnudos, con la esperanza de no ver a nadie. Pero si así era, alegaría tener jaqueca para justificar su paseo nocturno.

La suerte le benefició y llegó sin problemas a la morada de Kenhir.

Si la puerta principal estaba cerrada, no insistiría. Pero ésta se abrió a la primera, y el traidor se deslizó en el domicilio del escriba de la Tumba.

¿De cuánto tiempo disponía? Clara cocinaba bien, Kenhir era un buen invitado... Pero, sin embargo, debía apresurarse. Si lo sorprendían, sería acusado de robo, expulsado de la aldea y encarcelado; y todos sus sueños se irían al traste.

Sólo le quedaba encontrar el lugar donde Kenhir guardaba los papiros que componían el Diario de la Tumba.

Antes de dormirse, al escriba de la Tumba le gustaba leer algún viejo texto clásico que le hiciera olvidar las preocupaciones de la jornada. Después de la suculenta cena que le había ofrecido Clara, sintió ganas de trabajar un poco más y de consultar el Diario de la Tumba para comenzar a establecer la lista de los artesanos que habían acudido con más frecuencia a la orilla oeste durante los diez últimos días.

Primero creyó que se había equivocado, pero luego debió rendirse a la evidencia: el papiro en el que había tomado aquellas notas había desaparecido.

59

Mientras concluía el cuarto año del reinado de Merenptah, sin que hubiera estallado ningún conflicto en las fronteras, la excavación y la decoración de su tumba habían avanzado mucho. Ya estaban terminados los tres primeros «pasos del dios» que jalonaban la primera parte del corredor, y que terminaban en el pozo del que ascendía la energía del *Nun,* el océano cósmico, con la que quedaría impregnado el sarcófago real cuando lo bajaran hacia su última morada; la primera sala de columnas, destinada a rechazar a los rebeldes y las fuerzas maléficas; un nuevo corredor donde el alma del resucitado subiría al zenit; la sala de Maat, que la mantendría eternamente en el buen camino; y el inicio del último corredor que llevaría a la sala del oro, donde reposaría la momia de Merenptah.

Los dibujantes habían trazado los jeroglíficos que componían las *Letanías del Sol,* algunos extractos del *Libro de las Puertas* y del *Libro de la Cámara oculta,* que ofrecerían al faraón las fórmulas indispensables para enfrentarse a los guardianes del más allá y penetrar libremente en los paraísos abiertos a los justos.

Ched el Salvador y Paneb el Ardiente habían pintado las figuras de Merenptah ofreciendo ungüentos e incienso a Osiris y vino a Ptah, Ra y Anubis dando vida al monarca, la diosa Maat alada, y luminosos diálogos entre el faraón y las divinidades.

Gracias a las numerosas lámparas que no humeaban, la iluminación era excelente en el interior de la tumba. Los dos pintores preparaban sus colores en el exterior y rivalizaban en virtuosismo para superponer capas de grosor variable y crear sutiles matices, especialmente rojos y azules abrillantados por una capa de barniz cuyo secreto de fabricación Ched había revelado a su discípulo.

Paneb destilaba tanta energía que el Salvador ya no sentía el cansancio cuando trabajaba a su lado; incluso le parecía que su vista mejoraba mientras su mano daba vida a la barca de oro donde los dioses navegaban durante la noche.

–¡Esta vez, es demasiado! –exclamó Unesh el Chacal–. Solicito la intervención de Ched.

Éste se acercó al dibujante, rodeado por sus dos colegas, Pai el Pedazo de Pan y Gau el Preciso, que miraban un soberbio personaje con una peluca azul y un taparrabos de oro que estaba de pie en la proa de la barca solar. Sobre su cabeza estaba escrito su nombre, Sia, «la intuición creadora» que era la única en descubrir el camino.

–¿Qué tienes que reprocharle a esta pintura? –preguntó Ched.

–Yo dibujé la cuadrícula, con unas indicaciones precisas que Paneb no ha respetado.

–Así es –reconoció Gau.

Molesto, Pai permaneció mudo.

–Mira el conjunto –recomendó Salvador–: la barca, Sia, y las entidades celestes que sujetan la cuerda de sirga.

Unesh frunció el ceño.

–No veo...

–Por esta razón no eres pintor. Inscribiste en la pared un esquema rígido, respetando los datos técnicos, y Paneb les ha dado vida transgrediéndolos un poco. El trabajo ha desaparecido, y ha nacido la belleza.

–¿Entonces, Paneb puede hacer cualquier cosa? –se rebeló Unesh.

–Muy al contrario. Vamos tan lentos por su culpa, porque debe estudiar la cuadrícula minuciosamente. A veces, su mano se libera de una obligación formal y hace brotar lo que aún no existía.

–De todos modos, se toma libertades inadmisibles –objetó Gau.

–Te equivocas, sabe modelar las proporciones, sin las que una pintura está condenada a perecer. ¿Acaso crees que le permitiría que perdiese el tiempo en una tumba real? Mejor mirad y decidme lo que podéis reprocharle a esta escena.

Los tres dibujantes intentaron, en vano, formular una crítica.

–Vayamos a preparar la siguiente cuadrícula –recomendó Pai.

–¿Cómo se encuentra esta mañana? –preguntó Clara a Niut la Vigorosa.

–Mucho mejor. Por fin ha recuperado el apetito y no deja de refunfuñar sobre todo y sobre nada. A mi entender, vuestro tratamiento lo ha curado por completo.

El escriba de la Tumba salió de su habitación con aspecto huraño.

–Se ha retrasado el trabajo. Ah, Clara... Que las divinidades os sean favorables. ¿Tendré que tomar aún durante mucho tiempo esas vitaminas?

–No, puesto que ya habéis recuperado la vitalidad.

–Tras el robo del papiro, creí que me moría... ¡Un robo en mi casa, en mi despacho! ¿Quién pudo realizar semejante fechoría?

Tras el descubrimiento del horrible latrocinio, Kenhir había sido víctima de una profunda depresión que había durado muchas semanas, durante las que Imuni le había sido de gran ayuda para asumir las tareas cotidianas, mientras la mujer sabia, utilizando al mismo tiempo el magnetismo y la medicación, le devolvía la salud.

–Me siento con fuerzas para regresar al Valle de los Reyes –afirmó.

–Eso no debéis decidirlo vos –objetó Niut la Vigorosa–, sino la mujer sabia.

Clara sonrió.

–Creo que eso terminará de curaros, y el equipo se alegrará de volver a veros.

El escriba de la Tumba estaba conmovido.

–Has creado una obra maestra –le dijo a Nefer–. ¡Esta tumba es tan hermosa como la de Ramsés el Grande!

–Aún queda lo más difícil –advirtió el maestro de obras–. Hasta que la sala del sarcófago no esté terminada, no estaré tranquilo.

Kenhir iba y venía por los corredores de la morada de eternidad, sin saber qué detalle admirar en la proliferación de colores.

–Dibujantes y pintores han sobrepasado sus límites... Nunca reinará la muerte en este lugar.

–Todo el equipo ha puesto el alma en esta obra.

En el exterior de la tumba, comieron pescado seco, ensalada, cebollas y pan. A mediodía, sólo estaba permitido tomar una cerveza muy ligera. Kenhir había vuelto a ocupar su lugar en el asiento excavado en la roca y, a pesar de su mal carácter, todos se alegraban de que hubiera vuelto.

Después del breve descanso, el equipo regresó a la tumba.

–No he dejado de pensar en el papiro que me robaron –confesó el escriba de la Tumba al maestro de obras–. Allí había anotado todas las salidas de las que me había enterado y pensaba establecer su frecuencia, artesano por artesano. El traidor al que buscamos debió de presentirlo y ha destruido el documento.

–¿Y no recordáis lo que habíais anotado?

–No me gusta retener demasiadas cosas en la memoria, prefiero confiar los detalles materiales al papiro. Sin esas notas, soy incapaz de establecer los hechos con seguridad.

–Nuestro hombre será cada vez más desconfiado... Sin duda, ha descubierto que Sobek había tomado nuevas medidas de seguridad.

–Su situación se hace difícil. Si no puede salir de la aldea, ¿cómo va a comunicarse con sus cómplices?

–Sobek tiene razón: en un momento u otro dará un paso en falso. Debemos estar atentos.

–¿Cuándo piensas utilizar de nuevo la Piedra de Luz?

–Cuando la sala del sarcófago haya sido excavada y abovedada –respondió Nefer–. Sus muros quedarán impregnados de energía antes del trabajo de los dibujantes y los pintores.

–Para serte sincero, se hace casi imposible distinguir el trabajo de Paneb del de Ched... El alumno iguala al maestro. Los colores de esta tumba son, incluso, más vivos que los de la última morada de Ramsés.

–Según Ched, Paneb ha preparado nuevos tintes, jugando con los matices del rojo. Y, al parecer, eso es sólo el principio.

–¿No está algo celoso Salvador?

–Muy al contrario, Kenhir. Hacer progresar al alumno le ha devuelto la juventud y el entusiasmo que había perdido. Salvador es un hombre de grandes obras, y nada le amarga tanto como la rutina. Durante largo tiempo, perdió la esperanza de encontrar un sucesor que estuviera a su altura.

–Y entonces llegó Paneb... Un nuevo milagro del Lugar de Verdad. Debes procurar que la vanidad no destruya su corazón y su mano.

–Es el peligro que nos acecha a todos. De momento, Paneb se ve confrontado a tantas dificultades que está obligado a superarse constantemente. Mientras luche con y contra sí mismo por una obra que le supera, su fuego será creador. Y podemos contar con Ched para que amplíe, día tras día, los límites de su discípulo.

El maestro de obras cruzaba el umbral de la tumba cuando la solución apareció en su cabeza.

–¡El correo!

–¿Qué quieres decir? –preguntó Kenhir.

–El traidor se comunica con el exterior por carta.

El cartero Uputi quedó escandalizado ante la demanda del escriba de la Tumba.

–Juré guardar el secreto del correo. Si traiciono mi palabra, el bastón de Thot me golpeará y perderé mi empleo. A menudo han intentado corromperme, pero nadie lo ha logrado.

–Te felicito, Uputi, pero no intento corromperte en absoluto.

–De todos modos, queréis conocer el contenido de las cartas escritas por los artesanos y el nombre de sus destinatarios. Mi respuesta es no, Kenhir, un no rotundo y definitivo.

–Comprendo tu actitud, pero puedes estar seguro de que mi honradez no es menos firme que la tuya y que actúa en el superior interés de la cofradía.

–No pongo en duda vuestra palabra, pero mi decisión es irrevocable y adecuada a los solemnes compromisos que acepté al entrar en el oficio.

En el marco de una investigación criminal, el escriba de la Tumba, sin duda, habría sido autorizado a consultar la correspondencia que Uputi transportaba, pero debía preservar el honor de la cofradía y no sacar ese oscuro asunto a la luz, mientras los dos equipos estuvieran trabajando.

–Dime al menos una cosa, Uputi: durante los tres últimos meses, ¿cuál es el artesano que te ha confiado más correspondencia?

–¿Por qué queréis saberlo?

–Para anotarlo en el Diario de la Tumba, hacer comparaciones con los años anteriores y preparar un expediente sobre nuestro volumen de correspondencia. El visir me lo pedirá.

Aquella mentira piadosa tranquilizó a Uputi.

–En ese caso... el que escribe más es Pai el Pedazo de Pan. Pero no os diré nada más.

60

–¿No tomas un poco más de asado, Pai? –dijo su esposa, extrañada.

–No, esta noche no.

–¿Ni callos tampoco?

–No, me siento algo pesado.

–Pero si casi no has comido nada, y yo te había preparado una comida de fiesta por nuestro aniversario de bodas.

–Está bien así, te lo aseguro.

–¡Seguro que estás enfermo!

A juzgar por la panza del dibujante, sus mejillas redondas y su aspecto floreciente, nadie habría dicho que estaba enfermo.

–Voy a dar una vuelta.

–No vuelvas muy tarde, despertarías a los niños.

–No te preocupes.

Le era imposible resistir por más tiempo el aroma de los manjares; era mejor tomar un poco de aire e intentar olvidar. El dibujante caminó por la arteria principal de la aldea con el estómago en los pies.

–Me vienes al pelo –exclamó Paneb–; quería verte.

–¿A mí... por qué?

–El maestro de obras y el escriba de la Tumba quieren hablar contigo.

–¿Ahora mismo?

–Sí, ahora.

–Iba a acostarme y...

–Salías de tu casa, ¿no?

–No, en fin, sí, pero regresaba...

–Me han mandado a buscarte y te llevo conmigo. ¿Entendido?

–Sí, sí, entendido...

La fingida amabilidad del coloso era más temible aún que su cólera. Pai prefirió seguirlo y entró, con aprensión, en la morada de

Nefer y Clara, cuya mirada le pareció más inquisitiva que amistosa.

–No tienes muy buen aspecto –le dijo ella–; ¿mala digestión?

–No, estoy bien, muy bien...

Kenhir estaba de pie, con las manos apoyadas en su bastón, y prescindió por completo de las fórmulas de cortesía.

–Escribes mucho, en estos últimos tiempos.

–Tal vez... Pero eso es cosa mía.

–También es cosa del Lugar de Verdad. ¿A quién escribes?

–No tenéis por qué saberlo.

–¡Ya lo creo que sí! Y si te niegas a respondernos, convocaré el tribunal.

Pai pareció atónito.

–Pero... ¡esto es ridículo!

–Si estás en paz contigo mismo –intervino Nefer–, responde. ¿No significará tu negativa que ocultas actos indignos de un servidor del Lugar de Verdad?

Pai agachó la cabeza.

–Lo sabéis todo, ¿no es cierto?

Le respondió un pesado silencio.

–Todo comenzó hace un año, aproximadamente, cuando celebramos que mi madre, que vive en la orilla oeste, cerca del mercado de pescado, cumplía ochenta años. Abusé de los callos y el asado, lo admito, y ella me echó en cara esta célebre frase de la *Enseñanza para Kagemni*: «La glotonería es despreciable, hay que señalarla con el dedo. Una copa de agua puede bastar para calmar la sed y un bocado de legumbres para fortalecer el corazón. Ay de aquel cuyo vientre es ávido cuando ha pasado el momento de la comida». Y se ha negado a verme mientras no siga un régimen. Le he escrito más de veinte cartas hablándole de mis sobrehumanos esfuerzos, pero me quiere esbelto, con veinte kilos menos. Esta misma noche, de nuevo, sólo he picado un poco... ¡Y me muero de hambre!

–Pai es inocente –dijo Nefer.

–¿Y si fuera un excelente actor? –dudó Kenhir–. Sabiendo que se arriesgaba a ser desenmascarado, tenía preparada una explicación tan grotesca que a nadie se le ocurriría dudar de ella.

–Yo estoy seguro de que Pai ha dicho la verdad –intervino Paneb–, pero creo que debemos comprobar su historia. Mañana por la mañana iré a ver a su madre, y lo aclararemos todo.

–¿La madre de Pai? Vive en la tercera calleja, a tu izquierda.

Paneb saludó al pescadero, que preparaba su puesto, y tomó la dirección indicada, pero dejó atrás la tercera calleja y echó a correr.

A su espalda, oyó un ruido de pasos precipitados.

Lo estaban siguiendo desde que había tomado la barcaza, tal vez desde antes incluso.

De modo que Pai el Pedazo de Pan había mentido. Sus argumentos eran sólo un montón de mentiras y, como temía que mandaran a alguien a comprobar su fábula, había ordenado a un cómplice del exterior que se deshiciera del curioso.

Paneb estaba encantado, pues su perseguidor, sin duda, tendría muchas confidencias que hacerle.

Se ocultó en una esquina, y acto seguido vio a un nubio que se detenía y miraba en todas direcciones.

–¿Me buscas a mí, amiguito?

El puño del nubio se movió con rapidez. Paneb paró el golpe con el antebrazo y su pie derecho golpeó el vientre de su adversario, que retrocedió más de diez pasos aunque permaneció de pie.

–Sabes luchar y eres resistente –reconoció el joven coloso–. Me veré obligado a golpearte fuerte, salvo que prefieras revelarme en seguida el nombre de tu patrón.

El hombre hinchó sus pectorales y se lanzó contra Paneb, con la cabeza por delante.

En el último momento, el artesano se apartó y dejó caer sus dos puños unidos en la nuca del agresor, que terminó su carrera contra un muro.

Aunque tenía la frente ensangrentada, logró incorporarse titubeando.

–¡Eres duro!

El nubio respiraba con dificultad.

–Si me matas... no escaparás de nosotros... Nadie escapa... a los policías de Sobek.

Con los ojos en blanco, el nubio se desmayó.

Unas amas de casa lanzaron una prudente ojeada a la calleja.

–¡Traedme agua! –exigió el coloso.

Fue necesaria toda una jarra para despertar al nubio.

–¿Realmente eres policía?

El infeliz se estremeció de espanto.

–¿Vas a golpearme de nuevo?

–Si dices la verdad, no. ¿Por qué me seguías?

–Es mi misión... Debo seguir a los artesanos que se dirigen a la orilla este para saber adónde van.

–¡También yo cumplo una misión!

–El jefe Sobek no me lo ha dicho.

Nadie había pensado en avisarlo... Paneb ayudó al nubio a levantarse y a caminar hasta la tienda de un mercader de plantas medicinales para que le aplicase un bálsamo.

–Debo redactar un informe –dijo el policía–. ¿Qué voy a contarle a Sobek?

–Dile que hable con el escriba de la Tumba. Kenhir sabrá explicarle la situación.

–¿Sois la madre de Pai?

La patrona era pequeña, su piel estaba muy arrugada, y no parecía tener un carácter fácil.

–¿Qué queréis de mí?

–Soy amigo de vuestro hijo.

–¿Se ha adelgazado ya?

–Un poco, pero...

–¡Que deje de escribirme y que haga algo! El muy glotón es la vergüenza de mi familia. Que no vuelva a aparecer por aquí si no está más presentable.

–Os aseguro que se esfuerza mucho y...

–Esforzarse no basta. Tiene que conseguirlo.

Dicho esto, la madre de Pai cerró la puerta en las narices de Paneb.

El general Méhy tensó su arco, apuntó al centro del blanco y disparó. La flecha se hundió profundamente en la dura madera.

–Buen tiro –apreció Daktair.

Méhy arrancó la flecha y comprobó que la punta estaba casi intacta.

–Buen resultado, Daktair: la aleación que has obtenido tiene una resistencia excepcional. Con puntas de flecha de semejante calidad, los arqueros tebanos tendrán una arma inigualable. ¿Y las espadas?

–Estoy en ello.

–Y sin embargo, pareces decepcionado y descontento.

–Me veo reducido a la condición de técnico superior... ¡Me parecen tan lejanos nuestros sueños de grandeza!

–Te equivocas, Daktair.

–Merenptah reina sin oposición, os veis obligado a proteger el Lugar de Verdad y no hemos obtenido ninguno de sus secretos. Los muros de esta aldea son realmente infranqueables.

–¿Crees que he renunciado a ello?

–Creo que estáis haciendo una brillante carrera y que la mía concluirá en ese laboratorio.

–Triunfaremos porque sabemos tomarle medidas al adversario –aseguró Méhy–; y éste es mucho más temible de lo que suponíamos. El maestro de obras y la mujer sabia dan a la cofradía una coherencia semejante a la que une las piedras de un templo entre sí, y no será fácil destruirla. Las pequeñas victorias que hemos obtenido son insuficientes, lo admito, y hemos soportado serios reveses cuyas lecciones debemos extraer. La principal consiste en privar a Nefer de sus apoyos fundamentales. Gracias a nuestro aliado del interior, sabemos que el escriba de la Tumba ha estado enfermo. Pero Nefer tiene un perro guardián muy molesto, el joven Paneb, que se negó a enrolarse en el ejército. Pues peor para él.

61

Paneb acarició el largo pelo rojizo de Turquesa tras haberle hecho el amor con una pasión intacta, que ella había sabido compartir. Y ella, en su triunfante desnudez, lo miraba como si lo viera por primera vez.

–Sólo la diosa Hator puede inspirarte esos juegos amorosos, Turquesa. ¿Seré capaz de seguirte, si continúas así?

–¿Acaso te estás volviendo modesto?

–Ponme a prueba.

Tan infatigables el uno como el otro, se lanzaron a una nueva justa, importándoles muy poco salir vencedores o vencidos de ella. Se divertían sorprendiéndose y se deleitaban con su deseo cada vez que se abrazaban.

–¿Eres feliz con Uabet?

–Ella decidió ser feliz conmigo... ¿Por qué voy a tener la crueldad de contrariarla? Además, está mi hijo. Haré del mozalbete un verdadero guerrero, y nadie le plantará cara.

–¿No es también el hijo de Uabet? Tal vez ella tiene otros deseos para él.

–¡Con Aperti, imposible! Ya tiene ganas de luchar.

Paneb se tendió sobre Turquesa.

–¿Y si dejáramos de hablar? La noche caerá muy pronto y me pondrás de patitas en la calle.

–Si yo no fuera una mujer libre, ¿seguirías amándome?

Las manos del pintor, llenas de dulzura, le respondieron siguiendo sus curvas. De pronto, ella se apartó.

–Llaman a la puerta.

Paneb escuchó: llamaban con insistencia. Turquesa se cubrió con un chal y fue a abrir.

–¿Está Paneb contigo? –preguntó Gau el Preciso.

–¿Por qué quieres saberlo?

–Me temo que pronto tendrá grandes problemas... Según Unesh, que ha sorprendido una conversación, los canteros piensan presentar una denuncia contra él. Están discutiendo con el escriba de la Tumba.

Entonces apareció Paneb, furioso.

–¿Qué estás diciendo?

–No sé nada más, pero los otros dos dibujantes y yo tenemos la impresión de que alguien está conspirando a tus espaldas y que se preparan para darte un golpe bajo.

–Voy a ver a Kenhir.

Nakht el Poderoso y Casa la Cuerda miraban a Paneb con animosidad. Karo el Huraño le daba la espalda y Fened la Nariz lo señalaba con el dedo.

–¡Tú eres el ladrón y será mejor que lo confieses!

–Trágate inmediatamente esas injurias o...

–El asunto parece serio –intervino Kenhir.

Paneb se volvió hacia el escriba de la Tumba.

–¿Qué asunto?

–El gran pico que sirve para atacar la roca ha desaparecido.

–¡Y lo ha robado Paneb! –precisó Fened–. ¿Quién otro hubiera podido cometer semejante fechoría? Él llevó la herramienta a la cámara fortificada.

–Es cierto –reconoció el coloso.

–¿Y cómo explicas que ya no esté allí? –preguntó el escriba de la Tumba.

–¡No tengo que explicar nada! Dejé el pico con las demás herramientas delante de la puerta de la cámara fortificada. Los canteros las colocaron dentro del local, no yo.

–No desvíes la acusación –protestó Nakht–; todos estamos de acuerdo en decir que tú fuiste el último que fue visto con el pico.

–Robar una herramienta es un delito grave –recordó Kenhir–. Si la has utilizado para trabajos personales, será mejor que lo reconozcas inmediatamente.

–¡Pero si no es verdad!

–Presentamos denuncia contra Paneb –declaró Casa la Cuerda–, y exigimos una investigación inmediata.

–¿Qué significa esto?

–Que estoy obligado a registrar tu casa en compañía del maestro de obras y en presencia de dos testigos –indicó el escriba de la Tumba.

–¿Registrar mi casa? ¡Ni hablar!

Casa la Cuerda le respondió con ironía:

–¿No es ésta la reacción de alguien que es culpable?

–¿Si eres inocente –insistió Nakht–, por qué te niegas a que la registren?

–¡Todos sabéis que no tengo nada que reprocharme!

–En ese caso, establezcamos la prueba de tu inocencia.

Paneb lanzó una mirada incendiaria a los canteros.

–Regreso a casa y os espero allí.

–¡Ni hablar! –interrumpió Casa la Cuerda–. ¡Harías desaparecer el pico! Te quedas aquí, Kenhir designará a los dos testigos, iremos a buscarlos y la comisión investigadora al completo se personará en tu casa.

Cuando el escriba de la Tumba, el maestro de obras, la esposa de Pai el Pedazo de Pan y Thuty el Sabio cruzaron el umbral de la morada de Paneb, toda la aldea ya conocía la grave acusación que recaía sobre el joven coloso.

El traidor, que se comunicaba con sus comanditarios por cartas codificadas, había aplicado el plan que había trazado: lograr que condenaran a Paneb por un delito indiscutible y provocar, así, su expulsión de la cofradía. Aprovechando la enfermedad de Kenhir y un momento de descuido de su ayudante, el traidor había robado el pico para ocultarlo en casa de Paneb, en el lugar que se disponía a transformar para ampliar la cocina y que tenía acceso desde el exterior. Después había hecho que una amiga de su mujer divulgara el rumor.

Uabet la Pura salió a abrir con su hijo en los brazos, y se quedó atónita al ver a tanta gente frente a su puerta.

–¿Qué queréis?

–Tu marido está acusado de robo –explicó Kenhir–. Debemos registrar la casa de arriba abajo.

–¡Es... es imposible! ¡No tenéis derecho a hacer esto!

–Sé razonable, Uabet. Ésa es nuestra ley y debemos aplicarla por las buenas o por las malas.

Paneb cogió a su mujer por los hombros.

–Vayamos a sentarnos afuera y dejémosles que actúen: el que desea mi perdición cree haberlo conseguido, pero le identificaré y le romperé los huesos.

El registro fue interminable. Paneb enseñaba a Aperti los distintos modos de apretar el puño y le incitaba a golpear la palma de su enorme mano. El chiquillo se reía a carcajadas y lo repetía una y otra vez sin cansarse.

Kenhir fue el primero en salir de la casa secándose la frente con un trapo de lino.

–No hemos encontrado nada, Paneb. Estás libre de cualquier sospecha.

Paneb se levantó.

–Eso no cambia nada, porque ni vos ni los demás habéis creído en mi palabra.

–Si quieres una disculpa, la tendrás.

–Eso no será suficiente.

–¿Qué más quieres?

–Ya no tengo nada que hacer en esta aldea, Kenhir; puedes tachar mi nombre del equipo de la derecha.

–Yo no quiero marcharme –declaró Uabet la Pura–. Aquí nací y aquí moriré.

–Eres muy libre de quedarte; por lo que me concierne, mi decisión es irrevocable.

–¿Porque eres culpable?

El tono de la joven se había endurecido.

–¿Qué significa eso, Uabet?

–¿Robaste el pico?

–¡También tú te atreves a acusarme!

–¿Lo robaste o no?

–¡Te juro por mi hijo que soy inocente!

–Puedes agradecérselo a tu hijo; él te ha salvado.

–Explícate...

–Ha ido a jugar, sin mi permiso, a la parte de la casa que quieres arreglar. Lo he encontrado rascando el suelo y dejando al descubierto un mango de madera.

–El del gran pico...

–He pensado avisarte, pero estabas divirtiéndote con Turquesa. De modo que he avisado al maestro de obras.

–¡Nefer! ¿Y qué ha hecho?

–Se ha llevado la herramienta.

Paneb corrió hasta la morada de Silencioso, que estaba fabricando un amuleto en forma de escuadra.

–¿Dónde has escondido el pico, Nefer?

–¿Qué pico?

–El que habían ocultado en mi casa para perderme.

–Estoy perdiendo la memoria... Ya se ha probado que no estabas involucrado en esta triste historia.

–Si me has ayudado, es que crees que soy inocente.

–Tienes muchos defectos, Paneb, pero no eres un ladrón. Además, conoces el difícil período por el que estamos pasando, y has sido designado para protegerme. Si te mataran, nuestros adversarios habrían derribado una sólida muralla.

–Kenhir y los canteros me han arrastrado por el fango, y su convicción es firme. La aldea entera está convencida de que soy un ladrón, todos me mirarán de otro modo. Sé que ya no tengo lugar en esta cofradía.

–Olvida la humillación y no te conviertas en esclavo de tu vanidad.

–Tu intervención habrá sido inútil, Nefer. El mal está hecho, el desgarrón es irreversible.

–Te comportas de un modo muy derrotista, Paneb.

Los dos hombres se desafiaron largo rato con la mirada.

–Gracias por haberme evitado un juicio inicuo, maestro de obras. Pero ya no tengo ganas de codearme con hombres que me odian y a los que desprecio.

–Lo perderás todo, Paneb, y tu existencia será de nuevo semejante a un bastón torcido.

–Al menos me servirá para romperle la cabeza a quien se cruce en mi camino. Te compadezco por estar encadenado a esta aldea, obligado a servir a unos mediocres... Yo reconquisto mi libertad.

62

–¿Aceptas partir conmigo, Turquesa?

–No, Paneb.

–¡Haré que lleves una vida tan fabulosa que ni siquiera puedes imaginártelo!

–No me interesa.

–En esta aldea sólo reina la injusticia y los celos. Si te quedas aquí, lo lamentarás.

–Reaccionas así porque estás enfadado y porque te han herido tu vanidad.

–¡Ah no, tú no!

El coloso tomó a la soberbia pelirroja en sus brazos.

–Te llevaré conmigo, Turquesa.

–¿Has olvidado que soy una mujer libre y que ningún hombre puede imponerme su voluntad?

–Pero ¿qué más esperas de esta cofradía?

–Cada día, aquí, es realmente un nuevo día. Y, como sacerdotisa de Hator, presté juramento de fidelidad a la diosa.

Paneb se apartó de su amante.

–¿Estás acusándome de perjurio?

–Tú decides.

–Te echaré en falta, Turquesa.

–No he conseguido convencer a Paneb de que se quede –confió Nefer a su esposa–. La humillación ha sido demasiado profunda y ha perdido la confianza en sus hermanos.

–¿Incluso en ti?

–Sabe que creo en su inocencia y que le he permitido evitar la trampa donde querían hacerle caer, pero su rebeldía ante esa injusticia es demasiado intensa.

–¿Le necesitas, no es cierto?

–Se ha convertido en un pintor excepcional y no estoy seguro de que Ched aún tenga la energía necesaria para terminar la decoración de la tumba de Merenptah. Pero Paneb es libre de abandonar el Lugar de Verdad, y tú eres la única que puede convencerlo de que sirva a la obra que ha comenzado.

–«Cuando me haya dirigido al Occidente –me advirtió la mujer sabia que me inició–, que la diosa de la cima, aquella que ama el silencio, sea tu guía y tu mirada.» Esta noche, iré a consultar con ella.

La enorme cobra real de enrojecidos ojos salió del santuario, en lo alto de la cima, y se irguió mientras la mujer sabia se inclinaba ante ella.

El reptil se balanceaba suavemente de izquierda a derecha y de derecha a izquierda, iluminado por la luz plateada del sol nocturno. No dejaba de mirar a Clara, cuya frente estaba ceñida por una cinta dorada. Si atacaba, no tendría oportunidad alguna de escapar.

Más allá del miedo se instauraba un diálogo entre la mirada de la mujer sabia y la de la cobra hembra, encarnación de la diosa del silencio.

Clara le habló de Paneb, de la morada de eternidad de Merenptah y le imploró que le indicara el camino que debía seguir para preservar la armonía de la cofradía.

Las estrellas fueron desapareciendo una a una, como si las cubriera un velo negro. La noche estaba tocando a su fin, y una gota de agua cayó en los cabellos de Clara.

La mujer sabia comprendió que la respuesta de la diosa iba a ser terrible, pero a la medida de Paneb.

Uabet la Pura ya no conseguía contener las lágrimas.

–No te marcharás, Paneb...

–Ven conmigo, si quieres, pero no voy a cambiar mi decisión.

El coloso enrollaba su estera de viaje.

–Y tu hijo..., ¿lo abandonas sin más?

–Eres una buena madre, sabrás educarlo muy bien, y estoy seguro de que sabrá arreglárselas, como su padre.

–¿Y tu pintura, el enorme trabajo que has hecho... ya no te importa todo eso?

–No insistas, Uabet.

–¿Por qué te niegas a admitir que eres más tozudo que una mula porque han herido tu amor propio? ¿Qué importa, incluso, que ya no te entiendas con los canteros? El maestro de obras es tu mejor amigo y, puesto que es preciso recordártelo, en esta aldea hay, por lo menos, dos mujeres y un niño que te quieren.

Paneb ató la estera a una bolsa de viaje que contenía una hogaza de pan, un odre de agua, unas sandalias y un taparrabos nuevo, y salió de su casa sin mirar a la llorosa Uabet y sin besar a su hijo, que estaba dormido.

Se levantaba el día. En el templo, la mujer sabia iba a celebrar los ritos matinales y, en cada morada, se preparaban para venerar a los ancestros.

Pero no era un amanecer como los demás.

En el vigésimo séptimo día del primer mes de la estación de estío del cuarto año del reinado del faraón Merenptah, grandes nubes negras oscurecían el Oriente e impedían que luciera el sol. La atmósfera era pesada, casi irrespirable, y el aire estaba cargado de una tensión que hacía que dolieran los huesos.

Un relámpago desgarró el cielo y el rayo cayó en la forja de Obed. El herrero se despertó sobresaltado, y pidió socorro a los escasos auxiliares que estaban durmiendo allí. Y entonces se sembró el terror en la aldea.

Un diluvio cayó sobre el Lugar de Verdad con inaudita violencia. La lluvia era tan fuerte y espesa que Paneb tuvo la impresión de que miles de agujas caían sobre él.

Una monstruosa tormenta se concentraba en la orilla oeste de Tebas, una sucesión de relámpagos cruzaba las amenazadoras nubes, y la precipitación se intensificó aún más.

En la calle principal de la aldea se estaba formando un torrente con increíble rapidez. Junto a Paneb se derrumbó un murete que estaba en construcción.

Varias amas de casa salieron al umbral de sus moradas y

observaron, incrédulas, la corriente de agua que crecía y crecía.

–¡Subid a las terrazas! –gritó Paneb.

Unos niños comenzaron a gritar. Delante de la casa de Pai el Pedazo de Pan, un chiquillo, con agua hasta las rodillas, perdió el equilibrio y gritó. Paneb lo agarró por los pies y lo entregó a Nakht, que acudía en su ayuda.

Por un instante, ambos hombres se miraron con rencor.

–Lleva al chiquillo a su casa –ordenó Paneb–, y asegúrate de que no haya ningún otro por la calle. Haz correr la voz, de prisa: que suban todos a las terrazas.

A la velocidad con que subía el nivel del agua, pronto invadiría las plantas bajas y provocaría grandes daños. En la zona de los auxiliares, los muros de barro seco se transformarían en corrientes, densas y pegajosas, y los talleres parecían deshacerse ante el embate de una ola furiosa.

Paneb palideció.

A juzgar por la fuerza de la tormenta, se estaba preparando otra catástrofe más grave aún.

Ardiente corrió, pues, hasta la casa del maestro de obras.

–Vayamos inmediatamente al Valle de los Reyes –exigió–. La tumba de Merenptah está en peligro.

En plena tempestad, los dos hombres cruzaron la puerta de la aldea y corrieron hasta el collado. Si no hubieran conocido perfectamente la pista por la que bajaban, nunca habrían podido cruzar la cortina de lluvia y se habrían extraviado en la montaña, donde el rugido del trueno era ensordecedor.

Pero ni Nefer ni Paneb disponían de tiempo para tener miedo o pensar en los múltiples cortes que los sílex les estaban haciendo en los pies. A riesgo de romperse el cuello, bajaron por la pendiente que desembocaba en la entrada del Valle de los Reyes.

El policía nubio había permanecido estoico en su puesto, aunque calado hasta los huesos.

–¡Ven con nosotros, Penbu, pronto!

Los tres hombres corrieron hasta la tumba de Merenptah, donde el segundo policía de guardia recogía restos de calcáreo para formar un murete ante la entrada. Una corriente de barro y piedras se dirigía hacia la frágil barrera.

–No aguantará –afirmó Tusa–; larguémonos antes de que nos engulla.

La corriente entraría en la tumba de Merenptah y causaría graves daños.

–Marchaos –dijo Paneb–. Yo me quedo.

Los dos nubios vacilaron unos segundos antes de salir de la trampa que había provocado la monstruosa tempestad cuya fuerza no se debilitaba.

–Vete, Nefer; ya no puedes aguantar más.

–¿Acaso un capitán abandona el barco cuando éste se está hundiendo? ¡Hagamos algo en lugar de hablar tanto!

La única solución consistía en levantar un muro con pedazos de roca, lo bastante gruesos para que el barro se rompiera al chocar contra él.

Nefer se olvidó del cansancio y multiplicó sus fuerzas, a pesar de los resbalones y de la lluvia que, de vez en cuando, lo dejaba ciego. Ante él, el joven coloso levantaba montones de piedras y construía, sin descanso, la muralla destinada a salvar la tumba.

De vez en cuando, Paneb lanzaba gritos de rebeldía contra el cielo desencadenado, pero no reducía la cadencia que el maestro de obras seguía a duras penas. Utilizando sus últimos recursos, Nefer consiguió, sin embargo, serle de gran ayuda a su amigo. Silencioso se zambullía en el barro y extraía grandes piedras que Paneb amontonaba, una sobre otra.

Un relámpago de inaudita violencia desgarró las nubes, y el rayo tocó la cima.

–¡Clara! –aulló Nefer.

–¿Está allí arriba?

–Quería consultar a la diosa del silencio y aún no había bajado cuando has venido a buscarme.

La lluvia se calmó de pronto y apareció un retazo de cielo azul.

–La tumba de Merenptah está intacta –advirtió Paneb cubierto de barro.

–Clara...

El coloso arrancó al maestro de obras de la ganga, cuyos últimos embates se rompían contra el muro.

–Hay que subir a la cima –dijo Nefer–, saber si el rayo la ha herido.

–Eres incapaz de dar un paso. Descansa, yo me encargo de ella.

El sol apareció y ambos hombres bebieron las últimas gotas de lluvia que les lavaron el rostro.

–¡Mira, Nefer, ahí está!

La mujer sabia descendía de la cima con una aureola dorada alrededor de la cabeza y el gran pico, capaz de perforar la roca más dura, en las manos.

63

La mujer sabia blandió el pico delante de todos los aldeanos.

–¡He aquí el objeto por el que acusasteis a Paneb de ladrón! Lo he expuesto en la cima para conjurar la cólera del dios Set, cuya tormenta ha estado a punto de destruir la tumba del faraón y nuestras moradas. El rayo ha caído sobre el pico y su terrible luz ha trazado algunos signos en él.

Thuty el Sabio se acercó y distinguió la cabeza del animal de Set, con las dos largas orejas y el prolongado hocico trazados por el fuego del cielo.

–Paneb ha salvado la morada de eternidad del faraón –reveló Nefer–; sin su valor, la obra comunitaria habría quedado reducida a la nada y el Lugar de Verdad habría sido acusado de negligencia. En nombre de Set, el hijo del cielo y señor de la tormenta, que este pico le pertenezca para siempre.

–Habrá que anotar esa donación excepcional en el Diario de la Tumba –intervino Imuni–. De lo contrario, Paneb tendría problemas con la administración.

Nakht el Poderoso agarró al escriba ayudante por el cuello de su camisa plisada.

–¿Y si aprendieras a tener la boca cerrada, estúpido?

–Estoy de acuerdo con él –aprobó Paneb–; que los acontecimientos sean anotados y que nadie pueda discutir que esa herramienta me pertenece.

Y, acto seguido, el coloso levantó el pico hacia el cielo cerúleo, soltando una carcajada.

–¿Debo entender que te quedas? –le preguntó el maestro de obras.

–¿Quién ha dicho que me marchaba?

–Me invitasteis, general Méhy, y he venido –declaró el joven príncipe Amenmés con seguridad.

–Es un gran honor para Tebas y para mí mismo.

–Estoy impaciente por montar el garañón que me prometisteis.

–Está a vuestra disposición.

–¿Aceptáis abandonar vuestro despacho para mostrarme el más hermoso paseo por el desierto?

–Por supuesto.

Contento como un niño con zapatos nuevos, Amenmés saltó a lomos de un magnífico corcel negro que le había traído el palafrenero personal del general. Méhy había elegido un animal menos fogoso, aunque muy resistente, y ambos jinetes galoparon hacia el oeste para tomar el lecho de un ued seco.

Después de una loca carrera, Amenmés se detuvo, ebrio de placer.

–¡Qué región tan hermosa! La prefiero mil veces al Delta... Tenéis mucha suerte de vivir aquí, general.

Los dos hombres bajaron del caballo y se sentaron en un montículo para calmar su sed con el agua que un odre de viaje mantenía fresca.

–¿Vuestra visita, príncipe Amenmés, significa que nuestro rey ha logrado consolidar la paz?

–Os equivocáis, general... Es exactamente lo contrario. El faraón acaba de enviar grandes cantidades de trigo a los hititas, que están muy inquietos por las veleidades de conquista de ciertos principados asiáticos. Egipto debe alimentar a sus aliados para que formen la primera muralla contra una invasión procedente del Norte.

–¿El procedimiento es raro?

–Más o menos; pero hay algo más preocupante, a mi entender: la agitación de los libios.

–¿No son demasiado débiles y están demasiado divididos para amenazar seriamente Egipto?

–Eso es lo que muchos creen... pero no mi padre. Los informadores de Seti, en la región, consideran que las tribus libias son capaces de aliarse. Si lo hicieran, podríamos echarnos a temblar.

–¿Ha sido informado el faraón?

Amenmés pareció molesto.

–En parte...
–¿Está tan inquieto como vuestro padre?
–Sí y no... Desconfía más de Asia que de Libia.
–Voy a mostraros un objeto sorprendente, príncipe Amenmés.
Méhy le mostró una punta de flecha, y Amenmés la examinó durante largo rato.
–¡Es de una increíble dureza!
–Más de lo que suponéis. Esta arma ha sido puesta a punto por el laboratorio de la orilla oeste y muy pronto equipará las tropas tebanas...
–Impresionante... muy impresionante.
–Sois el primero que ve esta pequeña maravilla.
–¿Queréis decir que... antes incluso que el faraón?
Méhy no dijo nada.
–¿Consideráis que debo ser el único que conozca este invento?
–Tal vez os sea útil si accedéis al poder supremo.
De pronto, Amenmés vio que un vasto horizonte se abría ante él.
–¿Me serían fieles las tropas tebanas si reclamara su apoyo en circunstancias excepcionales?
–Estoy convencido, príncipe, de que tenéis cualidades de jefe y de que lo demostraréis al servicio de Egipto.
Amenmés estaba trastornado. Méhy le permitía tomar conciencia de sus verdaderas ambiciones, que todavía no había osado confesarse de un modo tan claro. Merenptah era viejo, Seti demasiado autoritario y poco apreciado por los cortesanos... Él, Amenmés, era joven, conquistador y seductor.
–Voy a mostraros Tebas en profundidad –prometió Méhy–. Y visitaremos también el cuartel principal, donde asistiréis a los ejercicios de mis tropas de elite.

Paneb había devorado el lechón asado, que estaba en su punto y perfumado con salvia, y había bebido el mejor vino de fiesta, digno de un gran banquete.
–Gracias por esta excelente comida –les dijo a Clara y a Nefer–. Me comporté como un estúpido y, sin embargo, no estoy

seguro de haber vencido mi vanidad ni de poder quedarme de brazos cruzados ante las injusticias.

–Hemos tomado una decisión muy importante que tiene que ver contigo –reveló el maestro de obras.

–¿Una sanción?

–Espero que no lo consideres así... Pero debemos convocarte ante el tribunal.

El rostro del joven coloso se ensombreció.

–¿Al menos, tendré derecho a defenderme y a explicar por qué deseaba partir?

–No será necesario. Bastará con que respondas sí o no.

–Los canteros me acusaron en falso, ellos...

–No se trata de eso.

–¿De qué... entonces?

–Clara y yo deseamos adoptarte, de acuerdo con una costumbre que, a menudo, se pone en práctica en nuestra aldea. Si oficialmente eres nuestro hijo, gozarás de nuestra protección; si alguien te ataca, nos atacará también a nosotros. Además, serás nuestro heredero... ¡Aunque no esperes hacerte rico!

–Tú eliges –insistió la mujer sabia con una sonrisa cuya luz habría apaciguado al más vindicativo de los demonios.

Paneb vació su copa de un trago.

–¿Habéis dudado un solo instante de mi respuesta?

El general Méhy estaba furioso y muy inquieto.

Estaba furioso porque el plan que había puesto en práctica para librarse de Paneb había fracasado. Y por si fuera poco, el joven coloso había sido adoptado por el maestro de obras y la mujer sabia, según le había comunicado su informador por medio de una carta codificada. En adelante, atacar a su hijo sería casi imposible, salvo si éste cometía una falta grave; tal vez Paneb se mostrase cada vez más desconfiado. La mala noticia no había desanimado a Serketa, sino muy al contrario; nada la excitaba más que un combate difícil y estaba encantada de enfrentarse con un adversario de su talla.

Y estaba inquieto porque iba a recibir, en el embarcadero de la orilla oeste, a Seti, el hijo de Merenptah, que iba a Tebas en visita oficial, unas semanas después que su hijo Amenmés, que había quedado encantado con su estancia y convencido de su capacidad para gobernar. Durante un suculento banquete, Serketa le había presentado a una joven danzarina nubia, cuya ciencia amorosa había encantado al príncipe que, ahora, ya sólo veía por los ojos de Méhy y de su esposa.

La inesperada llegada de Seti estaba llena de amenazas. El general hubiera preferido mantener la iniciativa, yendo a Pi-Ramsés para entrevistarse con él, y el viaje le cogía desprevenido. Tal vez, Amenmés había hablado demasiado delante de su padre y había provocado su intervención.

Ni siquiera los sensuales delirios de Serketa habían conseguido calmar a Méhy, que temía ver su carrera destrozada. Sin embargo, le había recomendado al joven Amenmés que mantuviera la boca cerrada, que no revelara sus ambiciones y que mantuviera su amistad en secreto.

Seti era un hombre poderoso, de edad madura, con el rostro armonioso pero severo y ademanes seguros.

Méhy se inclinó ante él con deferencia.

–Me alegro de volver a veros, general, tras nuestra corta entrevista en Pi-Ramsés. Me han hablado muy bien de vuestras tropas de elite, y me gustaría comprobarlo por mí mismo. Un resto de escepticismo, sin duda... Pero ¿acaso no recomiendan algunos sabios la duda constructiva? No perdamos tiempo, tanto el mío como el vuestro son muy valiosos. Mostradme vuestros cuarteles.

–¿He de entender... que debo dar orden de movilización general?

–¡En absoluto, general! El faraón Merenptah mantiene a raya a nuestros potenciales enemigos, y la situación está en calma. Sin embargo, concedo todo mi interés a las guarniciones tebanas, pues nadie puede prever el futuro. Sólo una cosa es segura: el envejecimiento. Mi amado padre, como todo el mundo, sufre el peso de los años; el día en que yo deba sucederle, espero poder contar con la fidelidad de todos los dignatarios y los oficiales superiores. ¿Me he explicado bien, general?

–Tebas está a vuestros pies, señor.

–¿Se divirtió aquí mi hijo Amenmés?

–Creo que le gustó la región, pero sobre todo el garañón que tuve el placer de ofrecerle y que se llevó a la capital.

–Amenmés es un buen jinete y un soñador al que le gusta divertirse. Si sabe permanecer en su lugar, llevará una vida agradable, libre de preocupaciones. ¿Podría desear un destino mejor?

64

Bajo la presidencia del escriba de la Tumba, el tribunal del Lugar de Verdad ratificó la adopción de Paneb por la pareja formada por Clara, la mujer sabia, y Nefer el Silencioso, jefe del equipo de la derecha y maestro de obras de la cofradía. En adelante, se le designaría como Paneb, hijo de Clara y de Nefer en todos los documentos oficiales, sería el heredero de sus padres adoptivos y el servidor de su *ka* después de su muerte.

Naturalmente, el feliz acontecimiento iba acompañado de una fiesta en la aldea y de algunos días de descanso suplementario, muy apreciado tras un intenso trabajo, tanto en las obras de la tumba como en las del templo de Merenptah.

Fened la Nariz y los demás canteros se presentaron ante Paneb, con la cabeza baja.

–No se nos da muy bien pedir disculpas... pero metimos la pata y queremos que sepas que lo sabemos. En fin, tal vez sería oportuno hacer las paces. A fin de cuentas, lo importante es que formamos un equipo y podemos decir que, hoy, has sido adoptado definitivamente.

–Realmente tienes dotes para los discursos –estimó Paneb dándole un abrazo.

–¿Recuerdas la promesa que te hice hace varios años? –preguntó el maestro de obras a su hijo adoptivo.

–Las has cumplido todas, y mucho más de lo que esperaba.

–Ésta, todavía no. Para serte sincero, esperaba que estuvieras preparado para recibir plenamente lo que vamos a ofrecerte.

Y entonces Paneb recordó.

–¿Te refieres... a un viaje a las pirámides de Gizeh, junto a Menfis?

–Tu memoria es excelente.

–Pero la tumba... Mis pinturas...

–La sala del sarcófago ya está excavada, hay que pulir los muros y prepararlos para el cuadriculado. Ched el Salvador dirigirá el equipo en nuestra ausencia.

Paneb le dio un abrazo tan fuerte a su padre adoptivo que estuvo a punto de ahogarlo.

–Hasta mi regreso, asumirás la función de maestro de obras de la cofradía, además de la de mujer sabia –le dijo Nefer a su esposa–. Siento imponerte nuevas responsabilidades, pero ahora es necesario hacer que Paneb descubra el mensaje de las pirámides. No debería surgir ninguna dificultad importante, ni en la tumba ni en el templo.

–¿Está el Norte tan tranquilo como dicen? –dijo Clara, preocupada.

–La reciente visita de Seti demuestra que la inminencia de un conflicto está descartada. Y aunque la situación empeorase, Menfis no se vería afectada.

–De todos modos, sé muy prudente...

–Con nuestro hijo a mi lado, ¿qué peligro puedo temer? Kenhir y tú seréis los únicos que conozcan nuestro destino y la duración del viaje. El escriba de la Tumba ha alquilado un barco en nombre del jefe de los auxiliares, y partiremos mañana, antes del amanecer.

–Es extraño... Algunas veces siento este viaje como un suave sol poniente; otras, como una tempestad imprevisible. Prométeme que no correrás ningún riesgo, Nefer.

El maestro de obras besó a su esposa con ternura.

Paneb admiraba los paisajes con atención, y apreciaba el creciente calor de abril, aún atemperado por el viento del norte. Siempre estaba en la proa del barco, y tenía la sensación de tomar posesión de una tierra nueva cuyos aspectos grababa en su memoria, uno a uno.

El viajero descubría pequeñas aldeas de casas blancas levantadas en colinas, fuera del alcance de la inundación, palmerales y una apacible campiña sembrada de pequeños santuarios e imponentes templos con sus respectivos embarcaderos.

Pero todas esas maravillas no eran nada comparadas con el prodigio que Paneb descubrió al amanecer, bañado por la luz del Oriente: la altiplanicie de Gizeh donde se levantaban las pirámides de Khufu, Kha-ef-Ra y de Men-kau-Ra[1], custodiadas por una gigantesca esfinge, con rostro de faraón y cuerpo de león.

El joven coloso, atónito ante tanta belleza y tanta grandeza, permaneció largo rato contemplando los gigantes de piedra, cuyo revestimiento de calcáreo brillaba bajo el sol.

–Los constructores del Imperio Antiguo recrearon así los orígenes de la vida –indicó Nefer–: la unidad primordial se transformó en tres eminencias, que habían brotado del océano primordial.

–¿Es por esta razón que una pequeña pirámide corona las tumbas de los servidores del Lugar de Verdad?

–Aun de forma modesta, el símbolo nos une con nuestros predecesores de la edad de oro. La pirámide es un rayo de luz petrificado que procede del más allá, donde la muerte no existe.

Nefer llevó a Paneb hasta el antiguo taller de los planos, donde se habían concebido las gigantescas pirámides; allí trabajaban los canteros encargados del mantenimiento de las tumbas de los dignatarios que habían servido fielmente a los monarcas constructores.

El jefe de taller, un hombre calvo y rechoncho, recibió a los visitantes.

–¿Quiénes sois?

–Me llamo Nefer el Silencioso y éste es mi hijo adoptivo, Paneb el Ardiente.

El jefe del taller dio un paso atrás.

–¿No serás... el maestro de obras del Lugar de Verdad?

1. Khufu, «que él (el dios) me proteja», conocido por el nombre griego de Keops; Ka-ef-Ra, «Ra se levanta en gloria», Kefrén, y Men-kau-Ra, «la potencia creadora de Ra es estable», Micerinos.

Nefer le mostró su sello.

–Todos los canteros del país han oído hablar de ti... ¡Es un gran placer recibirte aquí!

–Me gustaría que revelaras a Paneb la geometría sacra de las pirámides. Podíamos haberlo hecho en la aldea, pero he preferido que el secreto le fuera revelado delante de los propios monumentos.

La enseñanza se inició en seguida.

Paneb descubrió la realidad del triángulo 3/4/5, donde el Tres corresponde a Osiris, el Cuatro a Isis y el Cinco a Horus; en el corazón de la piedra vivía la tríada divina, que actuaba gracias a la proporción dorada, clave del principio de armonía inscrito en las formas naturales y de la coherencia de un edificio. Aprendió las leyes del equilibrio dinámico de la arquitectura, donde la simetría no tenía lugar, y consiguió reproducir cálculos complejos, entre ellos, el del volumen del tronco de una pirámide.

Paneb, entusiasmado, demostró a Nefer que había asimilado las lecciones correctamente.

–No te dejes atrapar por la teoría –le recomendó el maestro de obras–. Confía sólo en la verdad de la materia y en la experiencia de la mano; considera cada monumento como un ser vivo y único, ya se trate de una pequeña estela o de un templo inmenso.

–Pero... ¡ante todo soy pintor!

–Estamos aquí para ampliar tus conocimientos, Paneb. Un artesano del Lugar de Verdad debe saber hacerlo todo, pues nadie puede prever a qué tarea será destinado para el bien de la cofradía.

Cada anochecer, el padre y el hijo asistieron a la puesta de sol en las pirámides de Gizeh, y Paneb vivió horas inolvidables allí.

El faraón Merenptah salía del templo de Amón, donde había celebrado el ritual matutino, cuando fue abordado por el jefe de su guardia personal.

–Un mensajero procedente de Siria acaba de llegar a palacio, y desea veros urgentemente, majestad.

El rey lo recibió en la sala de audiencias.

–La situación es muy grave, majestad; una enorme coalición se prepara para atacar Egipto cruzando nuestra frontera del nordeste.

–¿Quiénes son los coligados?

–Según nuestros espías en la región, aqueos, anatolios, etruscos, licios, sardos, israelitas y cretenses, a quienes se han unido los libios y los beduinos. Forman una masa de varios millares de hombres decididos a invadirnos, arrasándolo todo a su paso.

–¿Por qué no he sido avisado antes?

–Dificultades de comunicación... unidas a la incredulidad de los funcionarios destinados a la región. Nuestros diplomáticos consideraban que el recuerdo de Ramsés el Grande estaba lo bastante vivo como para impedir que se organizase semejante coalición.

Merenptah convocó de inmediato su consejo de guerra, al que el mensajero proporcionó el máximo de detalles sobre la posición del enemigo y el armamento del que disponían.

–¿Qué proponéis? –preguntó el rey.

–Sólo hay una salida, majestad –estimó el más viejo de los generales–: acumular tropas en la frontera hasta hacerla infranqueable.

Sus colegas asintieron.

–Si actuáramos así –observó Merenptah–, los coligados arrasarían numerosas aldeas y matarían a muchos civiles que creían estar bajo nuestra protección.

–Son las desgracias de la guerra, majestad.

–¡General, si optamos por la pasividad nos arriesgamos a la derrota! Adoptaremos otra estrategia: atacaremos al enemigo durante su avance, en plena Siria-Palestina.

–Sería una maniobra muy arriesgada, majestad, y...

–Ésta es mi decisión, general, mandaremos todas nuestras tropas a este combate, para golpear rápidamente y con fuerza.

El ayuda de campo de Merenptah avisó al rey de que otro mensajero quería verlo de inmediato. El jefe de la seguridad militar de la frontera del noroeste fue invitado a hablar ante el consejo de guerra.

–¡La situación es muy preocupante, majestad! Las tribus libias acaban de federarse y, sin duda alguna, se disponen a atacarnos.

El este y el oeste del Delta estaban amenazados, el norte de Egipto estaba atrapado en una tenaza de la que no saldría indemne, una civilización milenaria que amenazaba con derrumbarse...

–Según tú, ¿cuánto tiempo crees que tardarán los libios en estar listos para iniciar el combate?

–Un mes, aproximadamente... Sobre todo si su objetivo es Menfis, como suponen nuestros espías.

Los miembros del consejo de guerra se estremecieron.

–Debemos recurrir al refuerzo de las tropas tebanas para proteger la ciudad –propuso uno de ellos.

–Ni hablar –decidió el rey–. Si los nubios aprovecharan los disturbios para rebelarse, Tebas estaría perdida.

–Pero entonces, majestad...

–Nuestra línea de conducta está muy clara: nos queda un mes para destruir la coalición y regresar a toda prisa de Siria-Palestina para salvar a Menfis de la agresión libia. De ello depende la supervivencia de Egipto.

65

Una vez terminada la formación geométrica de Paneb, los canteros de Menfis lo habían invitado, al igual que a Nefer, a visitar la vieja ciudad, primera capital de Egipto. El hijo adoptivo del maestro de obras había descubierto la antigua ciudadela de blancos muros, los templos de Ptah, Hator y Neit, los palacios reales y el barrio de los artesanos. Al anochecer, fueron a una taberna donde servían una deliciosa cerveza fresca.

La alegre pandilla no andaba escasa de historias chuscas; Paneb se disponía a contar una cuando un oficial, seguido por una decena de soldados, entró en la taberna.

–¡Silencio! –ordenó–. Escuchadme todos con atención.

Un montón de miradas inquietas convergieron en el oficial.

–Las tropas acuarteladas en Menfis han sido puestas en estado de alerta, pues se espera un ataque libio de un día para otro. Dada la gravedad de la situación, necesitamos el máximo de voluntarios para defender la ciudad; si cayera en manos del enemigo, la población sería exterminada. Espero que sepáis estar a la altura de las circunstancias.

Nefer quiso levantarse como los demás, pero Paneb se lo impidió agarrándolo firmemente por el hombro.

–Tú, no, padre mío. Eres el maestro de obras del Lugar de Verdad, no debes arriesgar tu vida.

–Y tú eres pintor y...

–Si muriera en combate, Ched el Salvador terminaría el trabajo.

Uno de los canteros de Menfis habló en nombre de sus camaradas.

–Paneb tiene razón y el oficial lo aprobará también. Todos conocemos la importancia que el rey concede al Lugar de Verdad. Tu lugar está allí, Nefer.

–Pero Paneb es un miembro de mi equipo y...

–Precisamente por eso –lo interrumpió Paneb–. Debo defender el honor de nuestra cofradía. Quédate tranquilo, los libios recibirán su merecido.

Merenptah había golpeado rápidamente y con fuerza, lanzando casi la totalidad de sus tropas a un asalto decisivo, cuando los jefes de los coligados se peleaban por problemas de primacía y reparto del maravilloso botín que ya consideraban suyo.

El primer ejército egipcio había atacado por el este, el segundo por el sur y el tercero por el oeste. El cuarto se había limitado a intervenir como refuerzo, cuando la batalla ya estaba ganada. Los coligados estaban muy desorganizados, y habían estallado como una manzana demasiado madura. Algunos fugitivos se habían refugiado en las ciudades de Gezer y Askalón, que los egipcios asaltaron rápidamente; otros habían conseguido escapar para reunirse con el grueso de las tropas libias, acantonadas a la altura del Fayum, al suroeste de Menfis. El rey no había permitido que sus ejércitos recuperaran el aliento. Y una vez eliminadas las últimas bolsas de resistencia y bajo control la Siria-Palestina, se había dirigido de nuevo a Menfis a marchas forzadas.

Su hijo Seti lo estaba esperando a la entrada de la ciudadela de muros blancos.

–Menfis resistirá cualquier asalto, majestad.

–No debemos quedarnos de brazos cruzados –decidió el monarca–, sigamos aplicando la misma estrategia que nos ha dado una primera victoria. Utilizaremos la totalidad de nuestras fuerzas.

–¿Dejaremos a Menfis indefensa?

–Esta noche, el dios Ptah se me ha aparecido en sueños y me ha dado una espada que ha apartado de mí la duda y el miedo. Que los exploradores me comuniquen la posición exacta de los libios y los aplastaremos antes de que ataquen.

Tras un último turno de palabras, por fin se había tomado la decisión: el jefe de tribu Merié llevaría a los diez mil combatientes libios a la conquista de Menfis.

La derrota de la coalición en el nordeste de Egipto no los había hecho titubear. La batalla había sido dura, las tropas egipcias estaban agotadas, y Menfis, desmantelada. Cuando sus defensores vieran desencadenarse una feroz horda de guerreros tatuados y barbudos, con la cabellera trenzada en la que habían clavado dos grandes plumas, tendrían miedo y se rendirían.

Cuando se hubiera apoderado de Menfis, Merié saquearía la ciudad santa de Heliópolis, cuya destrucción desmoralizaría al adversario. Luego, se sucederían las victorias antes de conquistar todo el Delta, a lo que seguiría una invasión nubia por el sur.

La derrota de los coligados no había sorprendido al jefe de los libios; su papel principal consistía en debilitar al enemigo, alejándolo de Menfis para dejar el campo libre a la principal oleada de asalto.

Merié borraría siglos de humillación. Por primera vez, Libia vencería a Egipto y se apoderaría de sus tesoros. Tal vez matara él mismo a Merenptah, atravesándole el cuerpo con la lanza, y no respetaría a ningún miembro de su familia, hasta aniquilar completamente su dinastía.

El nuevo rey de Egipto se llamaría Merié.

El tercer día del tercer mes de la estación cálida era tórrido, como solía suceder a finales de mayo. Merié se había puesto un abigarrado vestido, con motivos florales; un tahalí le cruzaba el pecho y llevaba brazaletes en las muñecas. De su cinturón colgaban un puñal y una espada corta. Su peluquero había igualado los pelos de su puntiaguda barba y dividido su abundante cabellera en tres partes. Luego, formó una larga trenza central, bien enrollada en su parte inferior, y le puso dos plumas de avestruz, separadas una de otra.

Los soldados libios esperaban la orden de partida, tras un copioso desayuno, que había fortalecido una moral que ya estaba muy alta.

Cuando Merié salía de su tienda, un jinete penetró como una tromba en el campamento y se detuvo ante su jefe.

–Los egipcios... ¡Ahí llegan!

–¿Exploradores?

–¡No, un ejército, un enorme ejército con el faraón a la cabeza!

–¡Eso es imposible! No ha podido regresar tan pronto de Palestina.

–¡Estamos rodeados!

La primera andanada de flechas se cobró muy pocas víctimas, pero sembró el pánico en el campamento libio. A Merié le costó mucho reunir a sus hombres, que se desperdigaban en todas direcciones. Los primeros infantes egipcios ya cruzaban las sumarias empalizadas, cubiertos por los arqueros.

–¡Al canal, pronto!

Intentar defender el campamento hubiera sido un suicidio. Era preciso refugiarse en los barcos y batirse en retirada.

Las llamas que ascendían hacia el cielo dejaron petrificado a Merié. El faraón había atacado por todos lados e incendiado las embarcaciones. Alrededor del jefe de los libios, sus hombres caían bajo los golpes de un adversario implacable que avanzaba con fulgurante rapidez.

La batalla entraba en su sexta hora y pronto habría terminado. Tras la desbandada inicial, los libios se habían rehecho y habían combatido codo con codo, sabiendo que el enemigo no retrocedería. Merié había reunido sus últimas fuerzas para intentar un contraataque, con la esperanza de romper el cerco.

Paneb se había divertido como un loco viendo cómo los libios se desparramaban por los diques como ratones, y había alcanzado a la carrera a más de cincuenta.

Ni las espadas ni los puñales asustaban al joven coloso, que rompía alegremente los antebrazos de sus adversarios antes de derribarlos de un puñetazo. Iba amontonando a sus prisioneros ante la atónita mirada de los infantes.

El campamento libio ardía y el humo favorecía la huida de los vencidos. Paneb deslomó a una decena de hombres que cometieron el error de huir en su dirección.

Descubrió a un mocetón, vestido con una toga multicolor y calzado con unas sandalias de lujo, que intentaba subir a un carro tirado por un caballo demasiado asustado para avanzar. El animal se encabritó, relinchando, y el libio renunció a escapar.

–¡Eh, tú! –aulló Paneb–. ¡Ríndete o te rompo todos los huesos!

Merié lanzó su jabalina, pero le temblaba el brazo y el arma sólo rozó el hombro del coloso. Paneb, irritado, se arrojó contra el salvaje que había estado a punto de herirle. Un libio intentó proteger la huida de su jefe, pero Paneb le reventó la nariz de un codazo. Asustado, Merié se había quitado las sandalias para correr más de prisa; su perseguidor pisoteó las dos plumas, caídas en el suelo manchado por la sangre de los libios, dio un brinco y se lanzó sobre su espalda.

Después de la victoria, una larga serie de escribas habían iniciado la contabilidad para entregar al faraón un detallado informe de la situación.

Su superior se presentó ante el rey, que contemplaba el campo de batalla donde sus hombres acababan de salvar Egipto.

–A reserva de ulteriores comprobaciones, majestad, he aquí las primeras estimaciones de los bienes arrebatados al enemigo: 44 caballos, 11.594 bueyes, asnos y carneros, 9.268 espadas, 128.660 flechas, 6.860 arcos, 3.174 jarrones de bronce, 531 joyas de oro y plata y 34 piezas de tela. 9.376 libios han muerto, 800 han sido hechos prisioneros, y los demás han desaparecido.

–¡Añadid un prisionero más, su jefe! –gritó la poderosa voz de Paneb que empujaba, ante sí, a un tembloroso Merié.

Éste se lanzó a los pies de Merenptah para implorar su perdón.

–Te conozco –le dijo el rey al coloso–. ¿No eres un artesano del Lugar de Verdad?

–Soy Paneb, hijo de Nefer el Silencioso y de Clara, la mujer sabia, majestad –repuso el pintor inclinándose.

–¿Por qué estás aquí?

–Nefer quería que conociera las pirámides y Menfis... La benevolencia de los dioses me ha permitido participar en este combate y traeros a este cobarde que intentaba huir.

La hazaña de Paneb sería muy pronto celebrada en todo el

país, y se sabría que el Lugar de Verdad no vacilaba en combatir junto a los soldados del faraón.

–Te encomiendo una importante misión, Paneb. Un escriba te entregará un papiro que contiene el relato de mi victoria sobre los libios y de la luz sobre las tinieblas. Deberás ir a Karnak y grabar el texto en la pared interior del muro este del patio del séptimo pilono del templo de Amón. Venerémosle, todos los aquí presentes, por haber guiado nuestros corazones y habernos dado fuerzas para afrontar la batalla.

Una muda plegaria se elevó hacia el cielo azul de aquel cálido atardecer de mayo, en el que las Dos Tierras saborearían la paz salvaguardada.

66

La carta del gobernador de Asuán era alarmista: según informadores dignos de confianza, se estaba preparando una revuelta en Nubia. Ciertos agitadores afirmaban que una gran coalición había vencido a Merenptah y que Menfis no tardaría en caer en manos de los libios. Varias tribus consideraban que era un momento favorable para invadir Egipto por el sur e intentar una unión con los conquistadores del norte. Entonces llegaría el momento de iniciar negociaciones y repartirse los despojos del gigante caído.

Méhy no podía intervenir sin la orden del faraón, que tal vez necesitaría las tropas tebanas en el Delta, donde el resultado de los combates seguía siendo incierto. El general se limitó, pues, a poner las guarniciones en estado de alerta y mandar un mensajero a Pi-Ramsés, solicitando instrucciones precisas.

La llegada del príncipe Amenmés disipó las dudas.

–¡Victoria absoluta, general! Los libios y sus aliados han sido exterminados. La estrategia del rey ha causado estragos: atacar al enemigo antes de que él atacara.

Pero las noticias no alegraron demasiado a Méhy.

–Parecéis contrariado, general... ¿Acaso no os satisface el triunfo de Merenptah?

–Me alegra en grado sumo, pero acaba de aparecer otro peligro: una revuelta en Nubia.

–El faraón ya lo había previsto y he regresado, precisamente, para comunicaros sus órdenes: atacar de inmediato dejando el mínimo de soldados en Tebas. Compartiremos el mando.

Merenptah sólo había enviado al príncipe Amenmés porque contaba con la autoridad de Méhy y el poderío del ejército tebano para aplastar a los nubios, valientes pero mal organizados. Al general le interesaba la aventura, pues así probaría, en un verdadero conflicto, las nuevas puntas de flecha y las espadas cortas que acababan de ser fabricadas con la nueva técnica de Daktair.

–Mis hombres están listos para partir, príncipe.

–¡Ésta será mi primera victoria, general!

Los auxiliares del Lugar de Verdad ya habían sido informados de las hazañas de Paneb, y todos lo recibieron con gran entusiasmo a su llegada a la aldea.

–¿Es cierto que mataste a más de cien libios? –preguntó Nakht.

–No maté a nadie, pero hice algunos prisioneros, entre ellos, su jefe.

–¿Viste al rey? –preguntó Pai el Pedazo de Pan.

–Me ordenó que grabara el relato de su victoria en un muro de Karnak.

Los artesanos se apartaron para dejar paso al maestro de obras.

–Me metieron a la fuerza en un barco que zarpaba hacia Tebas –explicó–, aunque yo quería permanecer en Menfis.

–Excelente iniciativa por parte de nuestros colegas –consideró Paneb–. Como ya te dije, no tenías nada que temer. Además, el faraón ha decidido recompensar a la cofradía a través de mí.

–¿Nos ofrece alimentos selectos y grandes caldos? –preguntó Renupe el Jovial.

–Nos los entregarán mañana; y también recibiremos una buena cantidad de metales preciosos, una parte de los cuales servirán para fabricar herramientas.

–¿Y la otra? –quiso saber Fened la Nariz.

–Se repartirá entre nosotros.

–¡Entonces, seremos ricos! –exclamó Didia el Generoso.

–Yo compraré una vaca lechera –decidió Karo el Huraño en seguida.

Mientras cada cual anunciaba en voz alta sus proyectos de artesano acomodado, Paneb besó a su hijo, que le había acercado Uabet la Pura, muy orgullosa de las hazañas de su esposo.

–He sentido miedo –reconoció–, pero sabía que volverías.

–¡Incluso una mujercita como tú habría vencido a los libios! Sólo saben correr, y los tatuajes es lo más temible que poseen.

He traído las dos plumas del jefe para Aperti; le recordarán que nunca debe huir.

–Te has convertido en un héroe –dijo Ched el Salvador, no sin ironía.

–¿Sabes en qué pensaba antes de matar a un libio? En las pinturas de la tumba real que todavía debemos crear.

–En tu ausencia, no he avanzado mucho.

–Ipuy y Renupe me ayudarán a grabar los jeroglíficos en Karnak; y en cuanto me sea posible, regresaré al Valle de los Reyes. Si supieras los colores que tengo en la cabeza...

Paneb creyó descubrir una especie de alivio en la mirada de Ched el Salvador, como si el maestro hubiera esperado con impaciencia el regreso de su discípulo. Pero, sin duda, se engañaba.

La fiesta había durado toda la noche y todos habían comprendido que, fueran cuales fuesen sus excesos, Paneb era un hombre indispensable para la cofradía. Incluso sus más resueltos adversarios debían reconocer que su valor les había enriquecido.

Nefer entró primero en la alcoba. Estaba muy fatigado, y ya iba a tumbarse en la cama cuando la voz de Clara lo dejó petrificado.

–¡Quédate donde estás, te lo ruego!

Clara encendió una lámpara y fue junto a su marido.

La llama les permitió distinguir un enorme escorpión negro sobre la almohada, en posición de ataque. Si el maestro de obras se hubiera acostado, el escorpión le hubiera picado en la nuca y hubiera tenido muy pocas posibilidades de sobrevivir.

–Retrocede poco a poco –le recomendó ella.

–Iré a buscar un bastón.

–No intentes luchar contra él... He percibido que le habita una energía maligna.

La mujer sabia avanzó, y el escorpión también.

–¡No te muevas; te cierro la boca! –dijo ella recitando una antigua fórmula revelada por la diosa Isis–. Que tu veneno cuaje, de lo contrario corto la mano de Horus y ciego el ojo de Set. Estáte tranquilo, como Set el vengativo delante de Ptah, el señor de los artesanos. ¡Vuelve tu veneno contra ti mismo! ¡Regresa a las tinieblas de donde procedes!

El monstruo giró sobre sí mismo y pareció disminuir de tamaño. De pronto, con una violencia que sorprendió a la mujer sabia, se picó a sí mismo y murió ante sus ojos.

Clara quemó el cadáver.

–Alguien ha introducido este asesino en nuestra alcoba –dijo ella–, y ha pronunciado un hechizo sobre él que todos los artesanos conocen para no ser picados en la montaña. Pero ha invertido las palabras mágicas para que el escorpión creciera y fuera más agresivo.

–De nuevo, el devorador de sombras... ¿Cuándo dejará de hacer daño?

–Ya ha ido demasiado lejos para renunciar. En adelante, llevarás un amuleto que representa el nudo de Isis; en su interior pondré un minúsculo papiro en el que estarán escritas unas fórmulas de protección.

Gracias al viento constante, la flota egipcia avanzaba rápidamente hacia el Gran Sur. Méhy había hecho embarcar una importante cantidad de víveres, como si previera una dura y larga campaña. El príncipe Amenmés estaba impresionado por el número de flechas, arcos, jabalinas y espadas almacenadas en el barco carguero.

–Hemos hecho algunas innovaciones –reveló el general a Amenmés–; la punta de las jabalinas es ahora tan dura y sólida como la de las flechas, y es capaz de atravesar una armadura. En cuanto al filo de las espadas, éste también os sorprenderá.

–Cuántas armas nuevas... ¡Es extraordinario!

–Nos serán útiles para vencer a los nubios... Pero ¿no creéis que, durante un tiempo, su uso debería limitarse a las tropas tebanas?

–Prudente sugerencia, general.

A Amenmés le gustaba, cada vez más, la actitud de Méhy, que le hacía depositario de un secreto militar de la mayor importancia. En cuanto se abriera la sucesión de Merenptah, se iniciaría una lucha sin cuartel entre Seti y su hijo; y éste dispondría de una ventaja que podía resultar tanto más decisiva cuanto su padre ignoraba su existencia. Méhy había elegido su bando, el de la juventud y la ambición justificada, y Amenmés sabría recordarlo cuando subiera al trono.

–Este paisaje es soberbio pero angustioso –consideró el príncipe–; podría haber arqueros ocultos en los bosquecillos de palmeras.

–He enviado varios exploradores a caballo. Unos han tomado la pista que sigue el Nilo, los otros las del desierto. En cuanto descubran al enemigo, darán media vuelta para avisarnos.

–Vuestros hombres parecen muy confiados...

–Sencillamente, están bien entrenados y dispuestos a reaccionar ante el menor peligro. Es el resultado de la reforma que he puesto en práctica desde hace varios años.

Amenmés admiraba al general. Su corte sólo se compondría de caracteres bien templados como el suyo.

A lo lejos, vieron una nube de polvo.

Un explorador.

Gracias al detallado informe del jinete, las tropas tebanas atacaron el campamento nubio por sorpresa. Y las nuevas armas habían demostrado una aterradora eficacia; las flechas y las lanzas habían perforado fácilmente los escudos nubios, mientras que las espadas quebraban jabalinas y puñales enemigos.

A pesar de su valor, los guerreros negros no resistieron mucho y pronto se vieron reducidos a un último cuadro que, a pesar de las órdenes del vencedor, se negó a rendirse.

Méhy ordenó a sus arqueros que se alejaran, y los nubios creyeron que iba a respetarles la vida.

Pero el general quería saber desde qué distancia darían en el blanco las nuevas puntas de flecha. El experimento no lo decepcionó, pues ningún nubio sobrevivió a los disparos.

Advertida de la matanza, la segunda tribu rebelde depuso las armas y su jefe suplicó al general Méhy que le concediera el perdón. Éste se apartó ante el príncipe Amenmés que, para dar pruebas de su autoridad, condenó a los insurrectos a trabajos forzados de por vida en las minas de oro.

–Príncipe –le dijo el general con deferencia–, podéis escribirle al rey diciéndole que habéis terminado con la revuelta nubia, que Egipto ya no tiene nada que temer del Gran Sur. Mis hombres y yo mismo os felicitamos por esta magnífica victoria que, sin duda, será celebrada por todo lo alto, tanto en Pi-Ramsés como en Tebas.

La primera victoria de un futuro faraón... Amenmés se deleitaba escuchando las palabras del general, que había sabido discernir su verdadera naturaleza.

67

Paneb siguió al maestro de obras por la larga serie de corredores rectilíneos que llevaban a la cámara funeraria del faraón Merenptah, iluminada por unas lámparas cuya mecha no humeaba.

Ambos hombres se detuvieron en el umbral de la gran sala abovedada, con dos hileras de columnas, al este y al oeste. Al norte y al sur se habían excavado cuatro pequeñas estancias donde se depositarían los elementos del tesoro real, mientras que dieciséis pequeñas hornacinas dispuestas en los muros este y oeste recibirían estatuillas destinadas a velar por el sarcófago donde, noche tras noche y día tras día, se cumpliría el misterio de la resurrección, lejos de los ojos de los humanos.

Más allá de la vasta estancia había una especie de cripta formada por tres capillas, la más pequeña de las cuales era axial y se hundía en la roca.

–El trabajo de los canteros ha terminado –declaró Nefer–. Ahora, los dibujantes y los pintores deben dar vida a estos muros, excepto a los de la última estancia.

–¿La tumba debe quedar inconclusa?

–Sólo en apariencia, como todas las del Valle. Lo invisible y la roca madre, y no el hombre, deben posar la mirada postrera sobre una morada de eternidad.

La superficie que había que decorar era considerable, y Paneb sintió que en su interior despertaba un intenso deseo de animar aquellas paredes.

–¿Cuánto tiempo concedes a los pintores?

–Las figuras simbólicas elegidas por Ched serán especialmente difíciles, pero acordes con las dimensiones del lugar. Aquí estamos en el cielo y el tiempo no cuenta; sólo importa la calidad de la obra.

A los seis años, la estatura de Aperti era la de un adolescente. Tenía un apetito feroz, y ya comenzaba a poner en práctica las enseñanzas de su padre. Era el cabecilla de sus compañeros de juegos y no dudaba en utilizar los puños para demostrar su supremacía.

Pero su padre, que tenía las ideas muy claras sobre su educación, no se conformaba con estos primeros éxitos. Como los demás niños nacidos en el Lugar de Verdad, Aperti podría abandonar la aldea para ejercer la profesión que eligiera, tras haber aprendido a leer y a escribir; algunos decidían proseguir sus estudios en la escuela de los escribas de Karnak, otros se convertían en gestores de propiedades o se instalaban en la ciudad, como artesanos. Las muchachas que decidían salir al exterior solían encontrar un buen marido, orgulloso de casarse con una mujer educada, y algunas se lanzaban a los negocios.

Paneb se mostraba intransigente con los resultados escolares de Aperti, y él mismo le hacía repetir los ejercicios que había hecho mal. También le enseñaba a colorear alfarería, a fabricar sandalias, a ayudar a su madre en la cocina y a ser útil a cualquier artesano que necesitara que le echaran una mano.

Uabet la Pura vio que su hijo llevaba una pesada jarra de agua fresca, y consideró oportuno intervenir.

–¿No le exiges demasiado a tu hijo, Paneb?

–No hay que ahorrar fuerzas cuando se es joven. Este mocetón tiene energía para dar y vender, y siendo útil aprenderá a vivir. Las manos blandas y los pies cansados sólo producen incapaces.

–¡Aperti sólo tiene seis años!

–Ya tiene seis años... Por fortuna, Gau el Preciso y Pai el Pedazo de Pan han aceptado enseñarle los rudimentos del cálculo. A menudo, Aperti está en las nubes, y le irá bien recibir algunos bastonazos para que se le abra el oído que tiene en la espalda.

Al regresar de la cocina, el chiquillo hundió el puño en la pantorrilla de su padre.

–¡Más fuerte, muchacho! Te falta entrenamiento. Ven, vamos a boxear.

Las paredes y los techos de la cámara funeraria de la tumba de Merenptah ya estaban listos para recibir una decoración de excepcional complejidad. Ched el Salvador había aplicado todos sus conocimientos en aquel proyecto, cuya magnitud había asombrado a Paneb.

El joven pintor quería prepararse para una tarea que tal vez superara su capacidad, y había decidido pasar la velada solo, a orillas de un canal que bordeaba los cultivos. El sol se ponía, los campesinos regresaban de los campos con sus rebaños y algunos sones de flauta se entrecruzaban en la calidez del crepúsculo.

Cuando salió del agua, Paneb creyó que era la temible diosa de la que hablaban los cuentos, que seducía a los hombres para apartarlos del camino recto y arrastrarlos a una muerte tan dulce que se adormecían en sus brazos, escuchando su canción.

Pero la reconoció por la larga melena roja, que caía sobre su cuerpo desnudo como una cascada. Turquesa se movía con una gracia tan sensual que Paneb corrió hacia ella. Pero cuando iba a tocarla, su amante se apartó y se zambulló en el canal.

Nadaba más despacio que Ardiente, pero con más agilidad, y pudo escapar varias veces cuando él creía asirla. Luego se dejó alcanzar y subieron a la superficie, abrazados y enloquecidos de deseo. Con el rostro bañado por los últimos rayos del poniente, se amaron con pasión antes de tenderse en la ribera.

–¿No sabías, Paneb, que hay peligrosas criaturas que habitan en las aguas y que es necesario conjurarlas con fórmulas mágicas?

–¿Cuáles te gustaría escuchar?

–Las de un pintor que no se duerme en la comodidad de su familia. Muy pocos seres han tenido el privilegio de decorar la cámara de resurrección de un faraón. ¿No estarás estropeando esa milagrosa suerte al desperdiciar tus energías en ocupaciones mundanas? Cualquiera es capaz de amar a su esposa y ser un buen padre de familia. Pero tú fuiste elegido por Ched para dar vida a los símbolos de eternidad en el corazón del Valle de los Reyes.

Paneb cerró los ojos.

–¿Si te dijera que tengo miedo de lo que me espera, me creerías? No dejo de pensar en esa sala que me enseñó el maestro de obras y en las escenas esbozadas por Ched... He realizado mis sueños, sé dibujar y pintar, pero esa tumba exige mucho más de mí. Tal vez no salga vivo de ella... Por eso lego a mi hijo todo lo que he aprendido, ¿comprendes?

Ella no respondió y Paneb abrió los ojos.

Turquesa había desaparecido.

Por un instante, Paneb se preguntó si no había sido víctima de la aparición de la temible seductora que vivía entre dos aguas; pero ni los actos ni las palabras de Turquesa le habían arrastrado hacia la nada.

En la gran sala de audiencias del palacio de Pi-Ramsés, el general Méhy compareció ante el faraón Merenptah para darle cuenta de las medidas de pacificación que había adoptado en Nubia y de su gestión de la provincia tebana, cuyos resultados parecían excelentes.

El rey lo escuchó con distraído oído, no hizo comentario alguno y se retiró a sus aposentos privados en cuanto Méhy hubo terminado el informe.

Decepcionado e inquieto, éste abandonaba lentamente el palacio cuando Seti lo interpeló.

–¡Parecéis contrariado, general! Y, sin embargo, en Pi-Ramsés sólo se habla bien de vos.

–Para seros sincero, he tenido la sensación de que mi informe no satisfacía a su majestad.

–¿Os ha hecho el rey alguna crítica?

–No, ninguna.

–¡No temáis, pues! A mi padre no le gusta demasiado la diplomacia. Cuando no está contento con algo, ya lo hace saber.

Seti bajó la voz.

–Confidencialmente, el rey no se encuentra muy bien estos últimos días. Había reducido al mínimo sus audiencias y el mero hecho de haberos recibido prueba que os tiene en muy alta estima. Muchos otros dignatarios no han tenido vuestra suerte.

–Espero que la salud de nuestro soberano vaya mejorando...

–Nuestros médicos son muy competentes y la constitución de

mi padre es robusta, pero el destino de todos nosotros está en manos de los dioses. Decidme, general... Al parecer, vuestras tropas se comportaron de un modo notable en Nubia.

–Su valor fue ejemplar, en efecto.

–¿Y mi hijo Amenmés estuvo a su altura?

–Participó en el combate con gran fervor; podéis estar muy orgulloso de él.

–¿Aceptaríais hacerme un gran favor, general?

–Si mi modesta capacidad me lo permite...

–El ambiente puede cargarse mucho en Pi-Ramsés y temo que Amenmés no sepa reaccionar, dada su juventud y su inexperiencia. Me parece indispensable alejarlo por algún tiempo de la capital, hasta que la situación se aclare... Creo que un hombre de vuestra calidad podría ayudar a mi hijo, para que madurara y tomara conciencia de sus responsabilidades. Estoy seguro de que Amenmés estaría muy bien en Tebas. ¿A quién no le gustaría vivir en esa soberbia ciudad, bajo la protección del dios Amón?

–¡De modo que me condenan al exilio! –dijo el príncipe Amenmés, muy enojado.

–Vuestro padre no me ha presentado vuestra estancia en Tebas como un castigo –indicó Méhy.

–Me toma por imbécil y quiere alejarme de la corte, en la que van a producirse acontecimientos decisivos. Sin duda ignoráis que el rey está enfermo y los médicos no se muestran muy optimistas. ¡Seti y su ambiciosa esposa ya se imaginan coronados!

–Probablemente, príncipe, pero ¿por qué desesperar? Vuestro padre ha tomado esta decisión porque considera que sois un rival peligroso. Tebas está lejos de la capital, pero la ciudad del dios Amón domina todo el Alto Egipto, y el faraón no puede prescindir de sus riquezas y de la protección del divino señor de Karnak. ¿Acaso el equilibrio del país no descansa en la unión entre el Norte y el Sur?

–¿Suponéis que Tebas podría serme fiel aun corriendo el riesgo de oponerse a mi padre?

–Mientras Merenptah reine, acataré sus órdenes con fidelidad.

Amenmés sonrió.

–Iré a Tebas con mucho gusto, general. Con un aliado de vuestra envergadura, mi porvenir se anuncia menos oscuro. Y en Pi-Ramsés conservaré apoyos suficientes para defender mi causa.

Méhy se preguntaba quién obtendría la sucesión, si el padre o el hijo. Seti parecía el favorito, pero la ambición del joven Amenmés aumentaba día tras día, y el general debía jugar con astucia para salir vencedor de esa confrontación.

68

Ched el Salvador había terminado el retrato de Merenptah, tocado con la antiquísima peluca a franjas azul y oro. Acababa de retocar por última vez la cobra erguida en la frente del monarca, que también era de color dorado. Ched tenía la vista bastante cansada; bajó hasta la cámara funeraria, donde Paneb estaba dando los últimos retoques a la escena esencial que representaba los tres estados de la luz, correspondientes a las tres etapas de la resurrección: un niño desnudo, de un rojo vivo, un escarabeo negro y un disco rojo que iluminaba el nombre de Merenptah. Debajo, la figura más difícil de realizar: un carnero con unas alas inmensas que evocaban, al mismo tiempo, la potencia creadora del primer sol y la capacidad de vuelo del alma del rey resucitado.

–Has sabido cuidar hasta el más mínimo detalle, Paneb, simplificando el trazo y haciendo que los colores sean brillantes.

El cumplido sorprendió al coloso.

–¿Crees que debo rectificar algo?

–No, nada. Hoy puedo confesarte que el plan del maestro de obras me asustó: una tumba más vasta que la de Ramsés, volúmenes más importantes, un eje único y un amplio programa de escultura y pintura... Nefer no se ha limitado a copiar a su predecesor, sino que ha creado una morada de eternidad de un estilo nuevo, que servirá de modelo a las futuras generaciones. Yo mismo he tenido que cambiar mi modo de pintar, al tiempo que te enseñaba las bases de nuestro oficio. Has nacido con esta tumba, Paneb, tu mano se ha formado en ella y ya no me necesitas.

–Te equivocas, Ched; sin tu mirada, estaría perdido.

–Sólo yo sé que, a veces, Paneb el Ardiente necesita tranquilizarse cuando debe avanzar por caminos desconocidos...

Pero nunca has vacilado, y por esta razón te he dado todo lo que me dieron a mí. Ya no eres mi discípulo, Paneb, sino mi colega.

–Siento mucho importunaros –deploró Imuni–, pero debo denunciar unas prácticas intolerables.

–Te escucho –dijo Kenhir mientras seguía escribiendo su capítulo sobre los templos construidos o restaurados durante el reinado de Amenhotep III.

–Gau el Preciso ha utilizado demasiados papiros tomados de las existencias de la cofradía.

–No, Imuni; se los di yo para que dibujara unos esbozos para el jefe del equipo de la izquierda.

–Habrá que especificarlo en el Diario de la Tumba.

Kenhir contempló a su ayudante desde abajo.

–¿Pretendes enseñarme mi oficio?

Imuni se ruborizó.

–No, claro que no...

–¿Has terminado ya?

–También debo comunicaros que Userhat el León ha recibido un bloque de alabastro cuyo destino no se indicaba en el albarán de entrega.

–Es completamente normal, puesto que está destinado a la preparación del ataúd real.

–No me habían avisado...

–También eso es normal. Si no me equivoco, no eres el escriba de la Tumba ni el jefe escultor.

Imuni tragó saliva, pero siguió soltando acusaciones.

–Por otra parte, el comportamiento de Paneb es inadmisible. Se niega a decirme el número de panes de color que fabrica, utiliza más mechas de las necesarias y estropea muchísimos pinceles. Si los demás miembros del equipo hicieran como él, en la aldea reinaría el caos más absoluto.

–Vayamos por partes –decidió Kenhir–. ¿Se han producido disturbios en la obra?

–No, no, todavía no...

–¿Puedo escribir en el Diario de la Tumba que Paneb no ha faltado ni un solo día?

–Sí, eso es cierto, pero...

–¿Admites que la obra ha avanzado a buen ritmo y que puedo redactar un informe oficial dirigido al faraón para anunciarle excelentes noticias?

–Es cierto, sí, pero...

–Si supieras diferenciar lo esencial de lo que no lo es, Imuni, serías más feliz.

–¡Es preciso adoptar sanciones contra Paneb!

–Tranquilízate, yo me ocuparé de ello.

–¿Puedo saber en qué consistirán?

–Le dirigiré una advertencia oral y le pediré que no cambie en absoluto su método de trabajo.

Una vez terminadas sus consultas, Clara proseguía con las investigaciones. Hasta el momento, sólo había conseguido frenar la degeneración de los ojos de Ched el Salvador, sin conseguir encontrar el remedio que impidiera que se quedase ciego.

Cuando Nefer entró en su laboratorio, ella estaba consultando de nuevo un papiro médico de la época de las pirámides que ofrecía una serie de prescripciones para vencer los agentes patógenos capaces de destruir el ojo humano.

–Trabajas demasiado, Clara.

Ella sonrió, mientras su esposo la abrazaba con ternura.

–¿Acaso no hay que intentarlo todo para salvar la vista de Ched?

–Nunca te rindes... Tienes una pista, ¿no es cierto?

–Sus ojos van muriendo poco a poco porque unos parásitos peligrosos se han introducido en ellos y van desnaturalizando la sangre y los líquidos. Para apartar la oscuridad que amenaza con invadir el ojo, he utilizado un colirio compuesto de incienso, resina, aceite blanco, médula ósea y jugo de balsamero. El resultado no me satisface por completo, y creo saber por qué: falta un producto que dinamice el conjunto y destruya las sustancias patógenas sin dañar el ojo.

–¿De qué producto se trata?

–De un mineral al que los Antiguos dieron el nombre de «sabiduría».

–Dicho de otro modo, la Piedra de Luz.

–Ésa es mi conclusión, en efecto; he probado muchos otros minerales, pero no han mejorado el remedio.

–Deseas, pues, que tomemos un extracto de la Piedra de Luz y lo añadamos a tu fórmula para intentar curar a Ched.

–Sé lo que me vas a decir: la Piedra de Luz debe permanecer intacta para dar vida al sarcófago, y debemos dar preferencia a la morada de eternidad del faraón.

–Así es, Clara; además, creo que hay algo muy importante que no debemos ignorar: Ched podría ser el traidor que se oculta entre nosotros.

–No, Nefer, no es él.

–¿Por qué estás tan segura?

–Lo sé. Su carácter podría hacer pensar lo contrario, de acuerdo, y siente muy poca estima por algunos miembros del equipo, pero deseo curarlo.

–¿Es una exigencia de la mujer sabia?

–La decisión está en manos del maestro de obras.

El escriba de la Tumba había escuchado la exposición de la mujer sabia, en presencia de Nefer el Silencioso.

–Desplazar la Piedra de Luz antes de transportarla bien custodiada a la tumba de Merenptah, no me gusta demasiado –dijo Kenhir refunfuñando–. En las actuales circunstancias, es muy peligroso. ¿No podemos esperar a que terminen las obras?

–Para entonces, Ched estará ciego –anunció Clara–. Hoy tiene todavía una posibilidad de salvar la vista.

–Una posibilidad... No una certeza.

–Necesitamos vuestro consentimiento –precisó Nefer.

–¿No debemos preferir el éxito de la obra al bienestar de un individuo?

–Ched es un pintor excepcional que dará el último toque a las escenas principales de la tumba, y aún no ha terminado con la formación de Paneb, aunque ya le considere su igual. Si

Ched se cura, la obra y la cofradía se beneficiarán de su talento.

–¡Ése es un razonamiento propio de un maestro de obras!

–¿Y no convence al escriba de la Tumba?

–Bueno... Pero ¿cómo pensáis actuar?

–Cogeré una muestra de la piedra con un cincel de cobre cuando salga el sol, mientras se esté recargando de luz –respondió la mujer sabia–. Es el momento en que los artesanos y sus esposas celebran el culto de los antepasados, y nadie me verá.

–También podríamos tenderle una trampa al traidor –aventuró Nefer–; si el devorador de sombras busca realmente la piedra, debería de dar un paso en falso que le resultara fatal.

El equipo de la derecha estaba reunido en el local de la cofradía, y Nefer había anunciado el próximo fin de los trabajos en la tumba de Merenptah. Los pintores y los dibujantes daban los últimos retoques a su obra, mientras los escultores terminaban las estatuas y los sarcófagos, y Thuty modelaba las últimas joyas destinadas a acompañar el alma real al otro mundo.

Todos sabían que sólo la Piedra de Luz podía dar vida a las estatuas creadas en el taller de la aldea. Y nadie se sorprendió al ver que el local estaba cerrado y custodiado por Paneb, la víspera de su transporte al Valle de los Reyes.

Como la jornada prometía ser dura, se acostaron pronto.

El traidor esperó a que la aldea estuviera dormida para ir al taller donde, forzosamente, se encontraba la piedra. Evitar la vigilancia del joven coloso resultaría imposible, pero no podía resistir el deseo de acercarse al tesoro.

Ante su inmensa sorpresa, el traidor advirtió que Paneb había abandonado su puesto. ¡Sólo había que romper un cerrojo de madera para tener acceso a la piedra! El devorador de sombras avanzó, casi al descubierto, cuando una repentina idea lo dejó petrificado. ¿Y si se trataba de una añagaza?

¡Pues, claro, le habían tendido una trampa! Y seguro que el tesoro ni siquiera estaba oculto en el interior de aquel local vigilado por Paneb, que desde su escondrijo acechaba a su presa.

El traidor dio media vuelta y se alejó sigilosamente.

69

Userhat el León hinchó el pecho al contemplar la estatua de esquisto, bañada en oro, que representaba a la diosa Hator. Su cuerpo sería eternamente joven y esbelto, y su sonrisa celestial iluminaría la noche de la tumba.

–Pule un poco más el talón izquierdo –le dijo a Renupe el Jovial.

Renupe usó un guijarro redondo envuelto en cuero para pulirlo, mientras el jefe escultor verificaba, una a una, las estatuas de madera dorada con ojos incrustados de cornalina, calcáreo brillante y alabastro. Osiris, Isis y otras divinidades velarían por los tesoros de Merenptah y participarían, diariamente, en su resurrección.

De pronto, Ipuy el Examinador irrumpió en el taller.

–¡Espero que todo esté listo! Mañana nos enviarán algunas lumbreras para asistir al transporte de las estatuas.

–¿Alguna vez le ha fallado Userhat el León al maestro de obras? En vez de mariposear, ayúdanos a terminar.

–Me preocupan los sarcófagos...

–Las directrices que les di a los canteros eran muy precisas.

–Karo padece una bronquitis y Fened se ha lastimado el pie.

–¡Que visiten a la mujer sabia y vuelvan al trabajo!

–Ya lo han hecho, Userhat, pero temo que se retrasen de todos modos.

–Encárgate de las estatuas, iré a ver.

En el otro taller, donde se habían tallado los sarcófagos reales, Nefer el Silencioso ya estaba ayudando a Nakht el Poderoso, Karo el Huraño, Fened la Nariz y Casa la Cuerda.

Al ver a los jefes de obra, el jefe escultor se tranquilizó.

–Ya sólo faltan unos pequeños detalles –estimó.

–El levantado y el descenso a la tumba pueden causarnos problemas –dijo el maestro de obras.

–¡Ésa es mi especialidad! –afirmó Casa–. Yo mismo comprobaré las cuerdas y os aseguro que no tendremos ningún problema.

–¿Y cómo está lo de los pintores y los dibujantes? –preguntó Userhat.

–Esta noche habrán terminado ya –respondió Nefer.

Todos los artesanos pensaban lo mismo: hasta el momento, los dioses les habían sido favorables. ¿Ocurriría lo mismo durante la última etapa del trabajo?

Ched el Salvador se había puesto en los ojos el nuevo colirio que le había preparado la mujer sabia. Al principio había sentido una quemazón, que desapareció pronto, pero, sin embargo, no había apreciado ninguna mejoría. Desde la víspera, los colores tendían a esfumarse y parecía que veía peor que antes.

Ched se encontraba en la tumba, contemplando las pinturas de brillantes colores. Paneb había conseguido dominar el oficio más de lo que él esperaba, haciendo vibrar los matices con una intensidad que sólo el Salvador era capaz de sentir y de recrear.

De pronto, el detalle de una corona real le pareció más preciso, y los contornos del ojo real, parecido al del halcón, se hicieron más claros. Los colores brillaron más aún, como si acabaran de encender nuevas lámparas.

Ched vaciló, pero no se atrevió a apoyarse en una pared ni en una columna. El brazo de Paneb lo sostuvo.

–¿Te encuentras mal?

–No, no, al contrario...

–¿No deberías ir a ver a la mujer sabia?

Ched esbozó una amplia sonrisa.

–¡Qué buena idea, Paneb, qué maravillosa idea! Es lo primero que haré en cuanto regresemos a la aldea.

Kenhir observaba las idas y venidas de los artesanos desde su hornacina de piedra. Por fortuna, ningún artesano del equipo de la derecha había faltado a la llamada. Clara había cuidado a los enfermos durante los dos días de descanso y no había creído que ninguno fuese incapaz de trabajar.

El maestro de obras llevó agua fresca al escriba de la Tumba.

–¡Menos mal que alguien piensa en mí en esta cofradía! Los demás me dejarían morir de sed de buena gana. Tal vez piensen que es agradable estar siempre controlándolo todo para que no falte nada y no nos hagan ningún reproche... En fin, a cada cual su ración de preocupaciones. Si el tribunal del más allá nos juzga por lo que hayamos soportado, yo no tengo nada que temer.

–Nuestra trampa no ha funcionado –deploró Nefer.

–No dejo de pensar en ello –reconoció Kenhir–, y el fracaso me parece más bien tranquilizador.

–¿No querrá decir acaso que el devorador de sombras es tan desconfiado como astuto?

–Tal vez, pero sobre todo tengo la sensación de que se ha dado cuenta de su incapacidad para hacernos daño.

El maestro de obras pensó que uno de los miembros del equipo había tomado el mal camino, olvidando la voz de Maat y su llamada. Pero ¿el suyo sería un comportamiento irreversible o bien había tomado conciencia de que sólo forjaría su desgracia y había decidido permanecer fiel a la aldea?

–Sobre todo, no debemos bajar la guardia –recomendó Kenhir–, especialmente porque se acerca el final de la obra.

–¿Conocéis a los dignatarios que asistirán al transporte de las estatuas?

–Una pandilla de chupatintas pretenciosos, imbuidos de sus prerrogativas, que estarían encantados de poder entregar al visir un informe que demostrase que los artesanos del Lugar de Verdad no tienen ningún talento especial.

–No es muy tranquilizador, la verdad.

Kenhir lo miró con seguridad y dijo:

–¿Has dado lo mejor de ti mismo, Nefer, y piensas que la obra realizada se adecua al plan adoptado por el faraón y por ti mismo?

–Mi respuesta a vuestras dos preguntas es sí.

–En ese caso, puedes dormir tranquilo.

–El gesto te parecerá irreverente, y te ruego, de antemano, que me perdones –dijo Ched el Salvador a la mujer sabia–; pero ahora que no está tu marido, ¿puedo darte un par de besos?

El paciente y su médica compartieron una intensa emoción, y los dos derramaron algunas lágrimas de felicidad.

–Tendrás que instilar dos gotas en cada ojo, mañana y tarde, hasta tu último día –recordó Clara.

–¡Eso no me supone ningún esfuerzo si vuelvo a ver como antes! He aprendido mucho durante ese período, en el que me preparaba para abandonar el mundo de los colores, sin los que mi existencia no tiene ningún sentido; ahora ya estoy listo para morir.

–Te encuentras en perfecto estado –recordó la mujer sabia–, y me pareces un serio candidato para alcanzar la edad provecta.

Ched el Salvador pareció molesto.

–Siento muy poca estima por el género humano, Clara, pues me parece muy mediocre ante el cielo, la luz del día y la noche, los animales, las plantas y toda esa prodigiosa creación en la que los dioses dejan oír su voz... Incluso me pregunto si el soberano arquitecto no habrá errado su pincelada cuando nos dibujó, tanto a mí como a los demás. Pero, de todos modos, he conocido a un hombre que casi podría hacerme creer que un ser humano es digno de admiración. Nunca se lo diré a Nefer el Silencioso... Pero la mujer sabia, a la que admiro sin reservas, guardará mi secreto.

La inundación había resultado muy oportuna, no había sido demasiado fuerte ni demasiado débil, y el pueblo de Egipto dispondría, también ese año, de alimentos abundantes y variados. Como administrador principal de la orilla oeste, Méhy había estado sobrecargado de trabajo, y se veía obligado a velar por la preparación de los diques y las albercas de retenciones. No se había producido ningún incidente importante, y el general podría presumir de ser un excelente administrador.

Serketa estaba tumbada sobre unos almohadones, consultando el mensaje codificado del artesano que informaba a sus aliados, a intervalos regulares, de los acontecimientos importantes que se producían en la aldea.

–El maestro de obras lo ha conseguido –comentó–; la tumba del rey está casi terminada.

–Merenptah y el visir han dado la orden de que altos funcionarios del Tesoro asistan a la instalación de las estatuas y los sarcófagos –precisó Méhy.

–¡Y seguimos sin saber nada de esa Piedra de Luz! –dijo la esposa del general, muy enojada–. Nuestro informador es un inútil.

–Yo no soy tan pesimista como tú... No olvides que debe ser muy prudente y que su ayuda está muy lejos de ser desdeñable. Gracias a él, conocemos el funcionamiento de la aldea y la cofradía.

–¿Los altos funcionarios crearán problemas a los artesanos?

–Nefer el Silencioso tendría que haber cometido faltas graves, y ciertamente no es así.

–¿No puedes apoyarlos?

–La situación es demasiado tensa... Según nuestros amigos de Pi-Ramsés, la salud de Merenptah empeora, y el advenimiento de su hijo Seti no gusta al conjunto de la corte. Algunos consideran que es inflexible, que está desprovisto de inteligencia y que es incapaz de gobernar. El partido del príncipe Amenmés se fortalece y él mismo cree, cada día más, en su buena estrella. Por mi parte, no debo comprometerme de un modo demasiado evidente para preservar mi reputación de protector del Lugar de Verdad, cuyo papel parece más esencial que nunca.

–El tal Amenmés no tiene madera de rey –juzgó Serketa.

–Sin duda, tienes razón, dulce amor mío, pero ¿acaso no podemos sacar partido de ello? Un monarca como Ramsés, como Merenptah incluso, impediría que nos acercásemos al poder. Con Amenmés, tendremos el campo libre.

–De todos modos desconfiemos de ese chiquillo nervioso y violento, y no olvides a Seti; tiene numerosos y sólidos apoyos.

–¿Por qué no soñar con una guerra civil que debilite a ambos adversarios y nos permita salir vencedores?

Serketa pasó lentamente el índice por sus golosos labios.

–Deberíamos pedir a nuestro aliado del Lugar de Verdad un favor que debilitara la posición del maestro de obras.

La esposa del general le reveló su idea.

Aunque escéptico, Méhy asintió.

70

El undécimo día del tercer mes de la estación de la inundación, en el año siete del reinado de Merenptah, una delegación oficial, enviada por el faraón, se presentó ante la puerta principal del Lugar de Verdad, donde fue recibida por el escriba de la Tumba. A su cabeza iba el intendente del Tesoro, cuyo único placer residía en la asidua práctica de la contabilidad. Había nacido en Tebas y raras veces salía de allí; aquélla era la primera vez que se aventuraba por el desierto, y tenía la esperanza de que aquella tortura durase lo menos posible. Se dirigió a Kenhir en un tono de suficiencia.

–¿Está todo listo?

–¿Qué esperáis que os responda?

El alto funcionario, desconcertado por las palabras de Kenhir, se volvió hacia sus colegas.

–¿Acaso existe un procedimiento particular que no me han indicado mis servicios?

Un adjunto del visir le habló al oído.

–El escriba Kenhir tiene muy malas pulgas, no le contrariéis.

El intendente del Tesoro intentó sonreír.

–¿Por qué hacéis muecas? –preguntó Kenhir–. Si tenéis que hacerme algún reproche, vaciad el saco. Los examinaré uno a uno.

–Pero... ¡si no tengo ninguno! Sencillamente vengo a registrar un depósito de estatuas y a traeros algunas jarras de aceite de calidad superior y una hermosa cantidad de pasteles, de parte del visir, para recompensaros por el trabajo realizado.

–Es una suerte que se haya respetado la costumbre... Muy bien, vamos a ello.

Ayudándose con su bastón, el escriba de la Tumba comenzó a caminar, empujando a algunos oficiales que no se apartaban con bastante rapidez.

–¿No... No nos quedamos en la aldea?

–No estáis autorizado a entrar en ella y la tumba del faraón no se ha excavado aquí. Nos dirigimos al Valle de los Reyes pasando por el collado y protegidos por la policía.

–¿Realmente estamos obligados a trepar por esta montaña, con este calor y este polvo?

–Así podréis hacer un informe sobre el estado de nuestras instalaciones.

Las viejas piernas de Kenhir lo soportaron mejor que las de sus compañeros de escalada, que, sin embargo, eran más jóvenes y robustas. Al escriba no le disgustaba verlo sufrir, con las lujosas ropas empapadas en sudor; demasiadas horas de oficina habían separado a los notables de la naturaleza, y aquella pequeña prueba les haría ser menos arrogantes.

–Sobre todo, no os salgáis del sendero –recomendó Kenhir–; por aquí hay muchos escorpiones y su picadura es mortal. También está plagado de víboras cornudas...

El miedo se unió a la fatiga y la inspección de la estación del collado sólo duró unos minutos. El intendente del Tesoro estaba dispuesto a certificar el perfecto estado del lugar, siempre que aquel abominable paseo terminara en seguida.

–Ahora –advirtió Kenhir–, bajaremos hacia el Valle de los Reyes. Pisad firme, pues corremos el riesgo de resbalar, caer por la pendiente y rompernos algún hueso.

El viejo Kenhir descendió con la misma agilidad que una cabra, y debió esperar varios minutos a la delegación, en la entrada del Valle.

–¿Tendremos que volver por el mismo camino? –preguntó el intendente del Tesoro, muy preocupado.

–No, unos carros os llevarán por la pista que llega junto al Ramesseum. Y, ahora, el registro.

–¡No vale la pena! –protestó el alto funcionario.

–El reglamento tiene que aplicarse al pie de la letra –precisó Kenhir–, y sólo autorizo a dos personas a cruzar el umbral del Valle: vos y el delegado del visir. Los demás se quedarán fuera.

Un concierto de protestas no consiguió que el escriba de la

Tumba cediera, y los policías nubios procedieron al registro.

Al otro lado de la puerta de piedra, el maestro de obras recibió a los dos dignatarios, que estaban muy impresionados por la solemnidad del lugar.

Sin decir una palabra, Nefer los condujo hasta la monumental entrada de la tumba de Merenptah, junto a la que se habían colocado los artesanos del equipo de la derecha, formando una hilera de portadores de ofrendas. A la cabeza estaba Userhat el León, que llevaba «el bastón venerable» de madera preciosa chapada en oro, con el que animaría a las estatuas para que abrieran los ojos e iluminaran al faraón, el dueño del paraje de luz, cuando partiera hacia el cielo.

El intendente del Tesoro y el delegado del visir perdieron, de nuevo, el aliento, pero esta vez fue debido a las maravillas que contemplaban.

–Los dioses y las diosas han viajado de la Morada del Oro en el Lugar de Verdad a la del Valle de los Reyes –declaró el maestro de obras–. Ocuparán el lugar que les está reservado en esta morada de eternidad, donde velarán por el faraón.

Maravillados, los dos verificadores quedaron boquiabiertos al ver pasar las principales figuras del panteón egipcio, cubiertas todas de oro; fueron necesarias numerosas idas y venidas de los artesanos para bajar las estatuas de tamaños y pesos diversos hasta las salas de la tumba.

Cuando la procesión ascendió de las profundidades por última vez, el intendente del Tesoro se preguntaba cómo un grupo tan pequeño de hombres había podido crear tantas obras maestras.

El informe que debía ser entregado al visir era especialmente elogioso. Los dos testigos del descenso de las estatuas destacaban el excelente trabajo llevado a cabo bajo la dirección de Nefer el Silencioso y se felicitaban por el modo como se había realizado el transporte. Ya sólo quedaba la última etapa: introducir los sarcófagos en la tumba.

Nefer, que estaba muy cansado, se lavaba la cara mientras su esposa hacía las camas.

–Hasta la última estatua –reconoció–, he temido un golpe bajo... Me parece que a nuestro devorador de sombras ya no le quedan muchas ganas de destruir.

–Pues yo me temo todo lo contrario.

–¿Por qué, Clara?

–Porque tu cabezal ha desaparecido.

El cabezal de madera, sobre el que se colocaba un almohadón, no estaba en su lugar habitual.

–Tal vez lo haya guardado, sin darme cuenta, en el arcón de sicomoro.

Clara levantó la tapa.

–Desgraciadamente, no.

Buscaron por toda la casa, pero no lo encontraron.

–Alguien ha entrado en casa para robar sólo ese modesto objeto... ¡Eso no tiene sentido! –estimó Nefer.

–Muy al contrario. El ladrón sólo buscaba el cabezal para utilizarlo contra ti.

–¿De qué modo?

–En la madera están impresos tus sueños y tus pensamientos secretos... Quien sepa descifrarlos tendrá poder sobre ti y podrá orientar tus decisiones futuras.

–¿Existe algún tipo de defensa contra eso?

–Otro cabezal en el que estén inscritas fórmulas que protejan el sueño y aparten a los ladrones de pensamientos.

–Mañana mismo lo fabricaré.

–También habrá que inscribir algunas fórmulas en tu lecho. Esta noche no debes dormir en él.

–¿Me haces un lado en el tuyo?

En compañía de las demás esposas de los artesanos, la del traidor acudió al mercado que se celebraba cerca del Ramesseum, en el lindero de los cultivos. Allí se vendían deliciosas lechugas y una gran variedad de especias.

Como era la costumbre, largas discusiones preludiaban la compra. Una campesina empujó a la esposa del traidor, que dejó su serón en el suelo inmediatamente. En su interior, estaba el cabezal que su marido había robado en casa del maestro de obras. La esposa del traidor cogió el serón vacío que la campesina había colocado junto al suyo y lo llenó de provisiones.

–He aquí el objeto –le dijo Serketa a Méhy–. ¡Me he divertido mucho en el mercado, disfrazada de campesina!

–Como puedes ver, nuestro aliado puede resultar eficaz.

–¿Qué piensas hacer con este cabezal?

–Pedirle a un especialista que extraiga los sueños que contiene y apoderarme de los pensamientos de Nefer el Silencioso. Entonces, lo manipularemos como a esos juguetes de miembros articulados con los que juegan los niños, y sabremos dónde oculta la Piedra de Luz.

Serketa se encogió de hombros.

–¿Dónde vas a encontrar a ese especialista?

–Tran-Bel, el mercader de muebles, conoce a un hechicero sirio que obtiene resultados notables.

–¿Esa profesión no está prohibida en nuestro territorio?

–Así es, y quienes se entregan a la magia negra son severamente condenados. Pero sólo el sirio corre un gran peligro, dulce amor mío.

–¿Están listos los sarcófagos? –preguntó el escriba de la Tumba al maestro de obras.

–Desgraciadamente, no –respondió Nefer, abatido–. Al examinarlos detenidamente, he descubierto unos pequeños defectos que no puedo tolerar.

–¿Quién es el responsable?

–Yo mismo. Tendría que haberlos descubierto antes...

–Humm... ¡Cargas con el error de otro!

–Es el deber de un jefe de equipo.

–Tienes suerte, Nefer; el visir ha sido retenido en Pi-Ramsés y me ha comunicado que el descenso de los sarcófagos a la tumba se retrasaría.

–¿Cuál es la nueva fecha?

–Todavía no se ha fijado.

–¿Significa eso que debemos prever graves trastornos en la cumbre del Estado?

–Eso me temo –dijo Kenhir con gravedad.

71

El mago negro oficiaba en una casita que Tran-Bel le alquilaba a precio de oro, sin contar el porcentaje que cobraba sobre las consultas. El sirio había depositado el material necesario para sus siniestras prácticas en un gran sótano. Allí tenía desde muñecas de cera, en las que clavaba agujas, hasta bastoncillos de marfil cubiertos de signos maléficos, para golpear a distancia al enemigo que se le designara.

Aquel hombre tenía el cráneo desproporcionado con respecto al resto del cuerpo, los labios gruesos y el mentón puntiagudo. Le gustaba ponerse una túnica negra con franjas rojas y asustar a la gente, pero la mujer que estaba ante él no parecía muy impresionada.

–Harás que este cabezal hable –le ordenó Serketa–. Quiero conocer los pensamientos del hombre que lo ha utilizado.

–¿Cuál es su nombre?

–No tienes por qué saberlo.

–Muy al contrario, es indispensable.

–¿Juras que guardarás absoluto secreto sobre nuestra entrevista?

–La discreción absoluta es una de las claves de mi éxito.

Con el consentimiento de Tran-Bel, que de paso obtenía una comisión, el mago vendía a los clientes que consideraba demasiado peligrosos a la policía. Así, todos salían beneficiados y las autoridades lo dejaban tranquilo.

Con su aspecto de niña que se negaba a envejecer, aquella mujer era temible; una buena pieza, sin duda alguna. Esta vez, el mago probaría suerte denunciándola personalmente, a cambio de una buena prima.

–Se llama Nefer el Silencioso.

–¿Dónde vive y qué hace?

–¿No eres capaz de adivinarlo?

–Me llevaría tiempo. Si tenéis prisa, ¿por qué no vamos al grano?

–¿No serás un charlatán?

El mago negro cerró los ojos. Luego, con voz monocorde, describió la alcoba de Serketa con increíble precisión, sin omitir un solo mueble.

–¿Estáis satisfecha? De lo contrario, puedo contaros con todo detalle vuestra velada de ayer. Es tarea fácil, porque estáis delante de mí. Me basta con leer vuestro pensamiento. Pero si deseáis que extraiga los pensamientos de este objeto, tendréis que darme más detalles.

–Nefer el Silencioso es el maestro de obras del Lugar de Verdad.

El mago se pasó la lengua golosamente por los gruesos labios.

–Es un personaje importante, muy importante... Tal vez deberíamos acordar, primero, el precio de mis servicios.

–Un lingote de oro.

–Añadid una casa en el centro de la ciudad... Es una minucia comparado con vuestra fortuna.

–¿Qué sabes tú de mi fortuna?

–Vuestra ropa y vuestra peluca sólo son un disfraz... No olvidéis que, cuanto más os miro, más cosas sé sobre vos.

–Haz que el cabezal hable y tendrás lo que pides.

La fortuna... ¡El mago conseguía por fin su objetivo! Cuando hubiera cobrado, avisaría en seguida a la policía, que estaría encantada de capturar aquella buena pieza y no discutiría la prima.

El sirio cubrió el cabezal con un aceite amarillento y, luego, lo metió en una cuba de alabastro en la que flotaban flores de adormidera. Murmuró una serie de fórmulas en un lenguaje incomprensible y posó las manos en los extremos del objeto.

–¿Qué queréis saber?

–¿Dónde oculta Nefer el Silencioso el tesoro más valioso de la cofradía?

–Debéis ser más concreta... ¿Se trata de oro, de documentos o de otra cosa?

Serketa sólo lo dudó un instante.

–Es una Piedra de Luz.

Intrigado, el mago pensó que semejante maravilla le sería muy útil... Pero primero tenía que hacer que el cabezal hablara, y se concentró en ello.

–¿Dónde se oculta esa piedra? –preguntó Serketa, impaciente.

–No lo... no lo entiendo.

–¿Qué ocurre?

–Hay una barrera... Una barrera que no consigo franquear... Han hecho que el cabezal enmudeciera... Alguien ha utilizado una ciencia más fuerte que la mía.

–¡Vuelve a intentarlo!

En la frente del sirio aparecieron gruesas gotas de sudor.

–Me esfuerzo en vano, y esto comienza a ser peligroso para mí... El cabezal está definitivamente inerte, no me dirá nada.

–No eres más que un charlatán, y un charlatán que sabe demasiado.

Serketa se apoyó con todas sus fuerzas en la nuca del mago, y le hundió la cabeza en la cuba. El sirio, que estaba agotado, sólo pudo resistirse durante unos instantes, tragó agua cuando quiso pedir auxilio y murió ahogado.

A la espera de la orden real referente al descenso de los sarcófagos a la tumba, el propio Nefer había rectificado algunos defectos y verificado cada uno de los detalles de la morada de eternidad, en compañía de ambos pintores.

La puerta de cedro dorado había sido instalada y cerrada: dos policías nubios custodiaban permanentemente el paraje.

Como cada mañana, el maestro de obras pasó por la casa de Kenhir, cuyos locales eran limpiados, siempre con el mismo cuidado, por Niut la Vigorosa.

–¿Hay noticias?

–Aún no –respondió Kenhir–. Si en la capital hubiera disturbios graves, el rumor ya habría corrido... Ya no sé qué pensar.

–¿No deberíamos consultar al general Méhy para obtener informaciones fiables?

–Iré a verlo esta tarde.

–La protección de la tumba está asegurada, por lo que me llevo el equipo de la derecha al templo de millones de años de Merenptah. Los ritos ya se celebran allí y muy pronto estará terminado.

El templo de millones de años de Merenptah, aunque mucho menor que el Ramesseum, no tenía nada que envidiarle a este último en lo referente a la calidad de los materiales y el esplendor de los pilonos, los pórticos y las columnas. El maestro de obras y el jefe del equipo de la izquierda habían utilizado del mejor modo el tiempo de que disponían para realizar el edificio concebido por el rey que, por su avanzada edad, no había podido aspirar a un monumento tan colosal como el de su padre, Ramsés el Grande.

Lo esencial no era el tamaño del edificio, sino su funcionamiento simbólico, asegurado por la presencia de tres capillas consagradas a Amón, «el Oculto», a su esposa Mut, «la Madre», y a su hijo Khonsu, «el Atravesador» del cielo, y por las salas osíricas donde renacía el alma real. El templo estaba mágicamente unido a la tumba del Valle de los Reyes, y las dos entidades cooperaban en el mantenimiento de la inmortalidad del faraón gracias al poder de los jeroglíficos y las pinturas.

Amón y Osiris no eran los únicos que reinaban en el santuario; a ellos se añadía el dios de la luz, Ra, cuya presencia completaba el proceso de transmutación. Mientras avanzaba por el patio al aire libre que le estaba consagrado, Nefer el Silencioso advirtió hasta qué punto el reino subterráneo de Osiris y el imperio celestial de Ra eran las dos caras, indisociables, de una misma realidad, cuya síntesis formaba la Piedra de Luz.

De buena gana, el maestro de obras hubiera meditado jornadas enteras en aquellas apacibles salas, lejos de las tribulaciones de lo cotidiano, pero los artesanos le devolvieron pronto a las exigencias de su cargo. Debía ocuparse de terminar el palacio que estaba junto al primer patio, el lago sagrado y los almacenes de ladrillo. Allí vivirían muy pronto sacerdotes, escribas y diferentes gremios que convertirían el templo en un emisor de energía espiritual y un polo de regulación económica.

–Siendo dos equipos –estimó Fened la Nariz–, no tardaremos mucho. Los muchachos de estribor trabajan a buen ritmo, y no he descubierto ningún defecto en la construcción.

Nefer confió a los canteros el paramento del lago sagrado; a los escultores, la colocación de las estatuas, y a los dibujantes, el trazado de las figuras astronómicas y astrológicas en el techo de la sala que precedía el naos.

–Los colores no son suficientemente vivos –criticó Paneb–; ¡los de la tumba son mucho más intensos! Yo reharía todo el conjunto y le imprimiría más fuerza.

–Los dioses que están en las paredes se encargarán de ello –predijo Nefer.

–El equipo está inquieto –reveló el joven coloso.

–¿Por qué razón?

–El descenso de los sarcófagos no se lleva a cabo porque el faraón ya no está en condiciones de ordenarlo.

–No saques conclusiones tan de prisa, Paneb.

–¿Acaso tienes tú otra explicación?

–Sabremos algo más en cuanto el escriba de la Tumba haya hablado con el general Méhy, nuestro protector.

–Me necesitan en el pilono para tirar de los bloques; no hay ninguna diversión mejor cuando tengo ganas de descansar de la pintura.

De pronto, Nefer tomó conciencia de que aún no había hablado con Hay, el jefe del equipo de la izquierda. Así pues, recorrió el camino en sentido inverso y se cruzó con todos los artesanos de babor, a excepción de su jefe. Les preguntó dónde estaba, pero nadie supo decírselo. Hay los había llevado al templo muy de mañana, pero luego se había esfumado.

No quedaba más remedio que avisar a Sobek, el jefe de seguridad.

Cuando el maestro de obras salía del área sagrada, vio al policía nubio que se dirigía hacia él.

–Estoy preocupado, Sobek. Hay ha abandonado la obra sin avisar a nadie... Tal vez esté en peligro.

–No lo creo.

–¿Qué sabes?

–Hace mucho tiempo que espero que el criminal que intento identificar dé un paso en falso... Hay acaba de dar, por fin, ese paso.

72

Nefer estaba atónito.

–Te equivocas, Sobek... El jefe del equipo de la izquierda no puede haber traicionado a la cofradía.

–Tengo pruebas de lo que digo.

–¿Qué pruebas tienes?

–Durante los dos últimos meses, Hay ha ido cinco veces a la orilla este. Ha tomado numerosas precauciones para descubrir si lo seguían y ha conseguido despistar a mis hombres. Y hoy ha abandonado, incluso, su puesto de trabajo, probablemente porque las informaciones que debía transmitir tenían un carácter de urgencia.

El maestro de obras estaba profundamente turbado.

En su calidad de jefe de equipo, Hay conocía el emplazamiento secreto de la Piedra de Luz. ¿No habría corrido a avisar a sus cómplices para intentar un golpe de fuerza contra el Lugar de Verdad?

–He tomado todas las medidas de seguridad –afirmó Sobek, como si leyera el pensamiento de Nefer–. Si Hay no regresa a la aldea, ya no cabrá ninguna duda de su culpabilidad.

–A pesar de la simpatía que me inspiráis, mi querido Kenhir, creo que me pedís demasiado.

El general Méhy andaba de un lado para otro por su despacho, con las manos a la espalda.

–¿La cofradía no debe estar informada de lo que ocurre en la capital? –insistió el escriba de la Tumba.

–¿A qué viene esa acuciante petición?

–La morada de eternidad y el templo de millones de años del faraón Merenptah están terminados. Estamos esperando la inauguración del templo y la orden de bajar los sarcófagos a la tumba.

–Comprendo, comprendo...

–¿El rey está todavía al mando del Estado?

–Según mis últimas informaciones, sí; ¡pero no conozco las intrigas de la corte de Pi-Ramsés! El visir está allí y nos ilustrará en cuanto regrese a Tebas, donde vive ahora el príncipe Amenmés, uno de los más serios candidatos a la sucesión de Merenptah.

–¿Acaso está abierta la sucesión?

–Lo ignoro, Kenhir. Por lo que me concierne, sólo ejecutaré las órdenes si proceden de palacio y están debidamente autentificadas. Además, tengo el deber de proteger el Lugar de Verdad y seguiré haciéndolo. Quien invada la región tebana chocará de frente con mis tropas.

Kenhir, tranquilizado, regresó a la aldea.

El jefe Sobek y el maestro de obras lo estaban esperando en el primer fortín, y su rostro no anunciaba nada bueno.

–Nuestras sospechas apuntan hacia el jefe del equipo de la izquierda –reveló el policía reiterando sus acusaciones.

–Hay... ¡Eso es imposible! ¿Lo has interrogado?

–Aún no ha vuelto. A mi entender, no se atreverá a regresar.

–Faltan más de dos horas para que el sol se ponga...

Los tres hombres se sentaron en unos taburetes de artesano y clavaron los ojos en el camino que conducía a la aldea. Todos pensaban en el carácter del jefe del equipo de la izquierda, en su comportamiento, en algo que les pudiera hacer pensar que había traicionado a la cofradía.

Y entonces apareció Hay.

Caminaba a buen ritmo pero, cuando distinguió a los tres hombres, se detuvo.

–Si intenta huir, lo acogotaré –anunció Sobek.

Hay pareció vacilar y, luego, siguió avanzando.

–¿Qué significa esta reunión?

–¿De dónde vienes? –preguntó Kenhir.

–No tiene importancia.

–Has abandonado la obra del templo sin dar explicaciones, y eso es una grave falta profesional.

–He dado consignas esta mañana y la obra no ha debido de sufrir por mi momentánea ausencia.

–No es el procedimiento normal –advirtió Kenhir–. Tenías la obligación de avisarme para que yo registrara el motivo de tu ausencia en el Diario de la Tumba.

–Es cierto... Adoptad, pues, las medidas disciplinarias que sean necesarias.

–¿A casa de quién has ido? –preguntó Sobek.

–Lo repito: no tiene importancia.

–En ese caso, ¿por qué has despistado a mis policías?

No había emoción alguna en el severo rostro del jefe del equipo de la izquierda, cuya frente estaba surcada por profundas arrugas. Parecía que aquel hombre había envejecido bruscamente por el efecto de una penosa prueba.

–No me gusta que me sigan.

–Ésa no es una explicación convincente, Hay.

–¿Qué tienes que ocultar?

–No tiene que ver con el Lugar de Verdad.

–Si te niegas a hablar, tendré que detenerte.

–No tienes derecho a hacerlo sin la autorización del escriba de la Tumba y del maestro de obras.

–Tengo esa autorización.

Hay consultó con la mirada a Nefer y Kenhir.

–Entonces, estáis todos contra mí...

–Estoy convencido de que no tienes nada que reprocharte –afirmó Nefer–, y tienes toda mi confianza. Pero ¿cómo puedo ayudarte si no confiesas la verdad?

–¿Eres sincero?

–Lo juro, por la vida del faraón.

–Acepto hablar, pero sólo contigo.

Sobek se disponía a protestar, pero Kenhir, con un parpadeo, le indicó que no interviniese.

Los dos artesanos se alejaron dirigiéndose hacia la aldea con lentos pasos.

–Te costará creerme, Nefer, pero tuve una adolescencia más

bien agitada, antes de convertirme en artesano del Lugar de Verdad. Entre las muchachas que conocí antes de casarme en la aldea, hay una a la que nunca he podido olvidar. Cuando me escribió diciéndome que sufría una grave enfermedad, decidí ir a verla en el más absoluto secreto. Hoy he asistido a sus últimos momentos.

Al jefe del equipo de la izquierda le temblaba la voz.

–Comprendo que te muestres escéptico, Nefer, pues semejante peripecia no encaja con mi modo de ser; sin embargo, es la pura verdad. Quiero que compruebes lo que te he contado, pues no quiero que tengas la menor sombra de duda sobre mi persona.

–Hay es inocente –les dijo Nefer al escriba de la Tumba y al jefe Sobek.

–¿Cómo podemos estar seguros de ello? –se rebeló el policía.

–Yendo a la orilla este.

–Te acompaño –decidió Sobek.

–Le he prometido a mi colega que iría yo solo al lugar indicado. Sus declaraciones me bastan para disculparlo.

–¡Podría ser una trampa!

–Hay no ha mentido, no tengo nada que temer.

–Eres el maestro de obras, y no puedes correr semejantes riesgos –estimó Kenhir.

–Si renuncio, la sospecha seguirá pesando sobre Hay y ya no podremos trabajar con él con absoluta confianza. Sé cómo asegurarme de su inocencia, y no renunciaré a hacerlo.

–Olvidas un detalle importante –recordó Sobek–: me pidió que yo no revelara a nadie que había un traidor en la cofradía. ¡Hay, siempre Hay!

–Consultemos con la mujer sabia –propuso Kenhir.

El jefe del equipo de la izquierda estaba en arresto domiciliario en su propia morada, aunque ningún artesano lo sabía. Oficialmente, Hay estaba enfermo, y Nefer el Silencioso dirigió los últimos trabajos que se debían realizar en el emplazamiento del templo de millones de años de Merenptah.

En cuanto los equipos tuvieron un día de descanso, el maestro de obras salió de la aldea tras los ritos del alba, seguido a buena distancia por Paneb, a quien la mujer sabia había pedido que protegiera a su marido.

Si Hay había mentido, Nefer caería en una celada preparada mucho tiempo atrás. De este modo, el traidor llevaría a cabo su venganza.

Nefer le había prometido a Hay que no le diría a nadie adónde debía dirigirse, y así lo hizo. A pesar de las reiteradas acusaciones de Sobek, estaba convencido de que su colega decía la verdad. Desde que se conocían, nunca se habían peleado; Hay no se había mostrado celoso por el ascenso de Nefer y había ejecutado los planes del maestro de obras, cuyos puntos de vista compartían. Hay era austero y autoritario, es cierto, pero ningún artesano del equipo de la izquierda tenía motivos para quejarse de él, pues seguía el camino de la rectitud.

En la barcaza, Nefer se encontró entre un rebaño de cabras que un ganadero pensaba vender, a buen precio, al jefe de los rebaños de Karnak, explicándole que animales de aquella calidad sólo podían servir al dios Amón.

Paneb creyó que aquella compañía era preferible a la de una muchedumbre, donde el maestro de obras se podría haber perdido. Animada por una pelea entre dos amas de casa, a propósito de una herencia, la travesía se desarrolló sin problemas, y Nefer desembarcó con las cabras.

Seguirlo no fue fácil, pues en la ribera había un montón de gente esperando la llegada de fruta fresca, cuyos precios discutían acerbamente. Nefer se abrió paso con dificultades y el joven coloso tuvo que utilizar los codos para no perderlo de vista.

–¡Oye, podrías excusarte al menos! –protestó un aguador–. ¡Has estado a punto de tirarme al suelo!

–Es cierto, yo lo he visto todo –intervino un vendedor de cebollas, secundado de inmediato por varios curiosos que no habían asistido al incidente.

Paneb habría podido deslomarlos a todos, pero corría el riesgo de iniciar una pelea general y provocar la intervención de la policía. Apretó los puños y se excusó y la muchedumbre lo dejó pasar.

Pero Nefer ya había desaparecido.

73

Paneb había preguntado a decenas de personas, pero nadie había visto a Nefer. Sin saber qué hacer, recorría la ribera, abandonada ya por los mercaderes y sus clientes. ¿Tenía que regresar a la aldea para avisar al escriba de la Tumba o explorar personalmente las callejas aun sin saber hacia dónde debía dirigirse?

Paneb estaba furioso consigo mismo, y no se perdonaría nunca haber abandonado su deber de un modo tan lamentable. Si a Nefer le ocurría alguna desgracia, él sería el único responsable, y él mismo se excluiría de la cofradía para llevar la más miserable de las existencias.

No, había algo mejor que podía hacer: vengar a su amigo y padre adoptivo. Le arrancaría al infame Hay el nombre de sus cómplices; ninguno de ellos escaparía. Ardiente ya no tendría más objetivo que hacer que pagasen por su crimen, y ni los policías ni los jueces le impedirían actuar.

La dulce luz del poniente hacía brillar el Nilo, que era sobrevolado por centenares de golondrinas. De pronto, Paneb creyó descubrir la silueta del maestro de obras saliendo de una calleja.

Con el sol en los ojos, el coloso se negó a creer en el milagro, pero corrió hacia aquel que se parecía a Nefer.

–¿Eres tú?... ¿De verdad eres tú?

–¿Tanto he cambiado desde esta mañana?

–Te había perdido, ¿te das cuenta? ¡Ya no merezco pertenecer a la cofradía!

–¡Extraña idea! Yo creo que me has protegido perfectamente y no veo quién va a afirmar lo contrario.

–¿Por qué has tardado tanto?

–He tenido que resolver algunos problemas materiales para que una familia angustiada viva un poco mejor. He debido intervenir ante un servicio administrativo, y siempre es complicado; pero el resultado debería de ser satisfactorio.

–¿Significa eso que Hay es inocente?

–¿Acaso lo dudabas?

Nefer la había avalado personalmente, y había conseguido obtener una especie de pensión para los ancianos padres de la mujer fallecida, que había permanecido fiel al recuerdo del jefe del equipo de la izquierda. En adelante, compartiría con él un secreto que fortalecería aún más sus vínculos. Sobek había presentado excusas a Hay que, en vez de humillar al policía, le había asegurado que comprendía su posición y que no le guardaría rencor. En casa de Nefer se celebró un banquete en honor a Hay, pero Kenhir no parecía estar muy contento.

–¿No os gusta el buey? –preguntó Clara.

–Está todo muy bueno, gracias. Pero no hemos resuelto nada. Naturalmente, me alegro mucho de la inocencia del jefe del equipo de la izquierda, pero seguimos sin saber quién es el verdadero culpable. ¿Por qué se hacen esperar tanto las directrices reales?

–Disfrutad del momento, Kenhir. Como vos, soy consciente de los peligros que nos amenazan; pero esta noche celebramos que hemos recuperado la armonía.

Kenhir no podía resistirse a los encantos de Clara, por lo que se limitó a refunfuñar unos minutos más y, luego, fue abandonándose poco a poco al disfrute del momento.

Fened la Nariz se presentó sin aliento ante el escriba de la Tumba.

–¡Un mensaje de palacio! El cartero... ¡Acaba de traer... un mensaje de palacio!

Kenhir quitó el sello real y leyó el texto con nerviosismo.

–¿Buenas noticias? –preguntó el cantero.

–¡Excelentes!

Olvidando su bastón, el escriba salió del despacho para dirigirse a casa del maestro de obras tan rápidamente como le fue posible.

–¡Reunamos a todos los artesanos, ha llegado la orden de Merenptah!

Nefer prefirió leer primero el texto, que, efectivamente, no ofrecía ambigüedad alguna: había llegado el momento de bajar los sarcófagos a la tumba.

Serketa miraba con admiración al general Méhy, que remaba cadenciosamente en su pequeño lago de recreo.

–Parece que la crisis ha terminado –le dijo a su esposa–. Merenptah ha recuperado la salud, las querellas sucesorias se han calmado, Seti ha sido puesto a la cabeza de los ejércitos y Amenmés prosigue su exilio dorado en Tebas. Me han confirmado en mis funciones con la felicitación del visir. En resumen, la paz y la estabilidad...

–No seas tan pesimista, dulce amor mío: ésa es sólo la versión oficial. El rey seguirá envejeciendo y nunca recuperará el vigor de la juventud. En cuanto a las intrigas, éstas comenzarán de nuevo muy pronto. El joven Amenmés piafa de impaciencia y su padre, Seti, debe tascar el freno esperando la muerte de Merenptah.

–Sabes devolverme la esperanza, tierna palomita mía.

–Te espera un gran destino, Méhy, y estos pequeños baches no te impedirán realizar el recorrido que te lleve hasta él. No debemos desviarnos de nuestra línea de conducta: sembrar la confusión para aprovecharnos de la situación. Debemos poner a Amenmés en contra de su padre Seti, sin perder por ello la confianza del uno ni la del otro. ¿No es ésta la lección que me enseñaste?

–Eres mi mejor alumna.

–La mejor... y la única.

Serketa se quitó la túnica y se tumbó boca arriba, acariciándose los pechos.

El general no pudo resistirlo, soltó los remos y se abalanzó sobre aquella mujer que le invitaba al placer.

Tres sarcófagos de granito rosado: así se presentaban «los maestros de la vida», las barcas de piedra en las que descansaría la momia del faraón Merenptah, su cuerpo osírico que serviría de soporte para el proceso de resurrección.

Los sarcófagos estaban cubiertos de textos y divinidades protectoras. En el fondo del más pequeño, que estaría en contacto directo con la momia real, se habían grabado bastones, armas, piezas de tela y demás objetos rituales; en el interior de la tapa figuraba la diosa del cielo, Nut, cuyo vestido estaba cubierto de estrellas, y que haría renacer al faraón entre las constelaciones.

El sarcófago exterior, de 4,09 metros de largo, representaba a Merenptah tendido en el interior del óvalo del universo, con los brazos cruzados y sujetando los símbolos de su función, el cetro del buen pastor y el flagelo formado por tres pieles estilizadas que evocaban el triple nacimiento, subterráneo, solar y celestial. A su alrededor, había una inmensa serpiente, expresión del tiempo sacro y de los ciclos vitales, cuya armonía sería perceptible mientras un faraón permitiese que Maat reinara en la tierra.

Paneb estaba preocupado, comprobando las narrias y las cuerdas.

–¿No confías en un especialista? –se indignó Casa.

–Cuatro ojos ven más que dos.

–Tengo la impresión de que te estás metiendo en lo que no te importa... He hecho bien mi trabajo y no necesito a nadie que lo compruebe.

–De todos modos, añade una cuerda... Nunca se sabe.

Casa se enfureció, pero Paneb tuvo la prudencia de alejarse. El cantero comprobó el arrimado del primer sarcófago y añadió una cuerda, mientras insultaba al joven coloso en voz baja.

En la entrada de la tumba estaba la mujer sabia que, pronunciando las fórmulas jeroglíficas inscritas en la piedra, la dotaba de vida para la eternidad.

La narria estaba lista para iniciar el descenso hacia las profundidades. También ella era un jeroglífico que servía para escribir el nombre del creador, Atum, «el que es y el que no es»; cuando se colocaba una piedra en aquella misma narria, se formaba un nuevo jeroglífico, «milagro, maravilla». De hecho, el milagro se reproducía una vez más por la magia del creador: el sarcófago destinado a recibir el cuerpo de un difunto se transformaba, a la vez, en una matriz capaz de devolver la vida y en una barca destinada a hacer navegar al resucitado por los paisajes del otro mundo. Al cruzar «los pasos del dios», metro a metro, el sarcófago se impregnaría con los signos y las fórmulas presentes en la morada de eternidad.

Alrededor de un poste de amarrado de piedra, se habían enrollado varias cuerdas gruesas, que irían soltando progresivamente para que el descenso se llevara a cabo con extremada lentitud.

La mujer sabia pronunció unas palabras de protección para que el viaje fuera feliz, y el maestro de obras dio la señal de partida.

Casa la Cuerda, Nakht el Poderoso, Karo el Huraño y Fened la Nariz comenzaron a soltar las ataduras, y el sarcófago resbaló suavemente por la pendiente.

Pero de pronto, la velocidad aumentó.

–¡Demasiado de prisa! –gritó Nefer.

Los cuatro canteros no habían hecho ninguna maniobra en falso, pero ya no conseguían retener el enorme peso, que seguía tomando una velocidad excesiva.

Paneb corrió hacia el interior de la tumba y estuvo a punto de resbalar cerca de la narria, cogió la cuerda suplementaria que Casa había atado en la parte trasera y tiró de ella con todas sus fuerzas.

Los músculos del coloso se tensaron como si estuvieran a punto de estallar, y la narria se detuvo.

–¡Unas cuñas, de prisa!

Dibujantes y escultores colocaron varias cuñas de madera bajo los patines, y Paneb pudo soltar la cuerda.

–Has evitado una catástrofe –le dijo Nefer.

Mientras ascendía hacia la entrada de la tumba, Paneb pasó un dedo por el suelo.

–Un sabotaje –murmuró al oído del maestro de obras–. Lo han untado con grasa incolora.

Nefer estaba aterrado. El devorador de sombras no había renunciado a hacer daño, y estaba dispuesto, incluso, a arruinar la obra del Lugar de Verdad.

74

–Acaba de ser nombrado un nuevo visir –dijo el escriba de la Tumba al maestro de obras.

–¿Lo conocéis?

–No, es un hombre del Norte que probablemente delegará a Méhy, en calidad de administrador principal de la orilla oeste, lo esencial de sus poderes. En cualquier caso, parece que está de nuestra parte, puesto que me felicita por la conclusión de la tumba y el templo de Merenptah. Además, para festejar, al mismo tiempo, nuestro éxito y su nombramiento, nos envía ciento cincuenta asnos cargados de alimentos. Tendré muchísimo trabajo para registrar todos estos géneros... Pero si lo hacemos bien, organizaremos una fiesta que a la aldea le resultará difícil olvidar.

–Yo no consigo olvidarme del devorador de sombras...

–Tú lo has conseguido, Nefer; él ha fracasado. El templo de millones de años de Merenptah ha sido inaugurado y ya está en funcionamiento; su morada de eternidad es una maravilla. Tu reputación de maestro de obras está firmemente establecida, ambos equipos sienten admiración y afecto por ti, y todos sabemos que la mujer sabia protege la aldea mágicamente... De modo que no sigamos pensando en el siniestro personaje, durante algún tiempo al menos, y disfrutemos de nuestra felicidad.

–Me pregunto cuál será nuestra próxima misión.

–Hablaremos de ello cuando llegue el momento... Ahora, descansa y disfruta de la fiesta.

La información se propagó por la provincia de Tebas, luego llegó rápidamente a todo el país; una vez más, el Lugar de Verdad había cumplido su tarea sin desfallecer. Los monumentos esenciales para la validez de un reinado estaban terminados y, aunque sólo una ínfima minoría de los egipcios fuera admitida a contemplarlos, todos sabían que su presencia mantenía el vínculo entre los dioses y los hombres, entre la armonía celeste y la cohesión social.

Paneb recordaría siempre el sarcófago de Merenptah, que se había colocado en un lecho de piedra dorada, en el secreto de la cámara de resurrección. Como sus colegas, tenía la sensación de haber participado en la eternidad real; regresar a lo cotidiano, tan lejos y tan cerca, al mismo tiempo, del Valle donde los faraones vivían otra vida, había sido un verdadero choque.

Pero tenía que preparar la fiesta, restaurar las fachadas de algunas casas y jugar con su hijo, que aprendía cálculo con Pai el Pedazo de Pan y Gau el Preciso, pero no manifestaba afición alguna por la lectura y los cuentos en los que su madre intentaba, vanamente, interesarle. El dibujo no le disgustaba, y ya era capaz de defenderse en la lucha contra niños mucho mayores que él.

Uabet seguía siendo feliz a su modo y no le pedía a la vida más de lo que le ofrecía. Pero cuando vio que Paneb rompía su lecho en mil pedazos, sintió miedo. ¿Estaría destruyendo su confortable mundo?

–¡Deténte, te lo ruego!

–Demasiado tarde, Uabet, mi decisión es irrevocable.

La joven temía escuchar aquellas palabras; si Paneb había decidido abandonar la casa, ni su ternura ni su hijo podrían retenerlo.

–¿Re... realmente quieres marcharte?

–¿Marcharme? ¿De qué estás hablando?

–Pero, entonces, por qué...

–¿Cómo puedes dormir aún en este lecho, Uabet? Es muy malo para tu espalda. Usa esta madera para hacer leña; yo voy a fabricar un mueble digno de mi esposa.

Ella sonrió llorando.

–¿Qué te pasa, Uabet? ¿Te encuentras mal?

–Al contrario, me siento fantásticamente bien... Estoy muy emocionada.

–Mira la herramienta que me ha dado Didia el Generoso.

Paneb le mostró una taladradora para agujerear la madera. Se accionaba con un arco que tenía una curvatura que se adaptaba al movimiento que le imprimía el artesano.

–Didia me ha explicado que la curvatura no era cosa del azar. Un buen carpintero la obtiene haciendo que la rama de un árbol crezca torcida. Y ahora, manos a la obra.

Cuando vio el resultado, Uabet quedó encantada: su nuevo lecho habría hecho morirse de envidia a cualquier tebana rica.

Apenas se atrevió a sentarse en el colchón nuevo, luego hizo resbalar los tirantes de su túnica y se tendió de lado lentamente.

–¿Te gustaría probarlo conmigo? –le dijo con voz dulce.

Hacía un día estupendo, el sol brillaba amablemente, y Nefer decidió tomarse un merecido descanso.

Tras la celebración de los ritos matinales, Clara se había adormecido en la terraza, pensando en los felices años pasados en la aldea y en el luminoso amor que tenía la suerte de vivir. Nunca había lamentado ni por un instante haber emprendido aquella aventura, aunque las labores cotidianas fueran más duras que en cualquier otra parte.

Ruidos de pasos y risas despertaron a la mujer sabia; una procesión más bien caótica, compuesta por hombres, mujeres y niños, se dirigía hacia su casa. Clara bajó la escalera y se extrañó al ver que su marido no estaba en casa.

Abrió la puerta, muy intrigada, y se encontró cara a cara con Nefer el Silencioso, que iba a la cabeza de todos los habitantes de la aldea.

De pronto, cesaron las risas, y el maestro de obras le entregó a la mujer sabia una arquilla para guardar joyas, con cuatro patas, que se cerraba con una tapa deslizante. El arrobador objeto estaba decorado con pequeñas placas de oro, y era una pequeña obra maestra.

–Acepta este presente de parte de la aldea –dijo Nefer–; deseamos honrar a la que nos cuida a todos, día tras día. Que esta arquilla sea la expresión de nuestro respeto y de nuestro amor.

Clara tenía un nudo en la garganta y, con lágrimas en los ojos, fue incapaz de pronunciar una sola palabra.

–¡Larga vida a la mujer sabia! –clamó la voz cálida y profunda de Paneb, que en seguida fue imitado por los aldeanos.

–Me niego –dijo Nefer el Silencioso.

–Debo insistir –afirmó Kenhir.

–Representadme... Sabéis muy bien que detesto las ceremonias oficiales.

–El administrador principal de la orilla oeste desea felicitarte en presencia de todos los notables tebanos, y yo no puedo sustituirte.

–Decidle que tengo demasiado trabajo.

–Tenemos que pasar por esto, Nefer, si queremos saber lo que nos reserva el porvenir. No se tratará de una mera entrega de condecoraciones, estoy convencido; Méhy aprovechará la situación para hacernos confidencias, y así conoceremos parte de nuestras tareas futuras.

–¡Y si sólo fuera una mascarada mundana!

–No te habría invitado. Además, el Lugar de Verdad será honrado y confortado gracias a tu mediación. ¿No debes sacrificarte por el interés general de la aldea?

–Sois un liante, Kenhir.

–Sólo soy un viejo escriba que ama su aldea y sólo piensa en su salvaguarda. Muy a tu pesar, Nefer, te has convertido en un personaje importante, y ese reconocimiento oficial nos ofrecerá una protección suplementaria.

La mujer sabia había apoyado la opinión del escriba de la Tumba, y había arrebatado al maestro de obras cualquier esperanza de escapar a la ceremonia organizada en el patio al aire libre del templo de millones de años de Merenptah. Nefer había tenido que vestirse elegantemente, al igual que Kenhir, cuya túnica de fiesta de anchas mangas causaba muy buena impresión.

En la concurrencia, no faltaba ni un solo notable de la rica ciudad de Tebas. El general Méhy había recordado las principales etapas de la carrera del escriba de la Tumba, antes de felicitarlo por su excelente gestión y desearle que pudiera seguir con sus funciones el mayor tiempo posible. Luego Méhy había llamado a Nefer el Silencioso, que se sintió molesto al convertirse en el centro de interés de la concurrencia.

–El maestro de obras del Lugar de Verdad tenía que llevar a cabo una tarea particularmente difícil –declaró Méhy–. Todos sabemos que no le gusta salir de la aldea, pero la reputación de Nefer el Silencioso ha cruzado sus muros; por eso me ha parecido necesario que Tebas honrase al hombre que la ha hecho aún más hermosa y más prestigiosa, creando la morada de eternidad de su majestad y el templo en el que nos hallamos. Nefer el Silencioso es, a la vez, un conductor de hombres y un arquitecto genial. Con la aprobación del faraón, le entrego pues un collar de oro y le doy un abrazo en nombre de todos vosotros.

El maestro de obras permaneció mudo y ni siquiera hizo la intención de esbozar una sonrisa.

Avanzada ya la noche, los invitados al suntuoso banquete que Méhy había ofrecido en su lujosa mansión se iban marchando uno a uno. El general rogó al maestro de obras y al escriba de la Tumba que pasaran a su despacho, donde unas lámparas sabiamente distribuidas proporcionaban una luz muy cálida.

–¡Por fin tranquilos, amigos míos! Comparto vuestra aversión por este tipo de mundaneidades, pero por desgracia son necesarias.

–¿Por qué no ha venido el visir? –preguntó Kenhir.

–Ha sido retenido de manera oficial en Pi-Ramsés, pero me ha dado instrucciones que os atañen. Debo transmitíroslas, sólo de palabra, y no podrán incluirse en ningún documento oficial. Reconozco que su confianza me ha honrado mucho, y estoy muy orgulloso de compartir el secreto de vuestro nuevo programa de trabajo.

–Os escuchamos, Méhy.

–El faraón Merenptah os pide, como en el pasado, que preparéis las tumbas de los habitantes de la aldea y cuidéis de ésta. Iréis, lo antes posible, al Valle de las Reinas y al de los Nobles, para excavar allí las moradas de eternidad cuya lista os entrego.

Méhy dio al escriba de la Tumba un papiro enrollado y cerrado con varios sellos reales. También estaba el del visir, con una fecha.

Kenhir se lo puso en la manga izquierda.

–¿Nada más?

–Mi misión ha terminado y estoy convencido de que cumpliréis la vuestra a la perfección.

Kenhir y Nefer se retiraron.

El general Méhy no soportaba el silencio de aquel maestro de obras cuya mirada, demasiado profunda y franca, le molestaba. No iba a resultarle fácil explotar sus eventuales debilidades.

75

Cuando se iniciaba el décimo año del reinado de Merenptah, el Lugar de Verdad vivía apaciblemente. Pero aquella felicidad, sin embargo, se había visto truncada por la muerte de *Negrote,* que se había extinguido dulcemente en brazos de Clara. Nefer, que estaba tan afectado como su esposa, había momificado el perro y le había fabricado un ataúd de acacia. El fiel testigo de su amor los esperaría en la otra orilla para guiarlos por los hermosos caminos del más allá. Afortunadamente, el sosias de *Negrote* había nacido en una camada de tres cachorros, y Clara lo había adoptado en seguida.

El equipo de la izquierda trabajaba en el Valle de las Reinas, el de la derecha, en el Valle de los Nobles, y Paneb terminaba la representación de una mesa de ofrendas de brillantes colores que le había valido la admiración general. En ella había pintado costillas de buey, racimos de uva, pedazos de oca, lechuga, manojos de cebollas, panes redondos...

–Tu pincel es más vivaz que el mío –reconoció Ched el Salvador, satisfecho por los grandes progresos de su alumno, al que no había dado respiro alguno desde hacía varios meses, para que dominara los secretos del oficio a la perfección.

–¿Eso es un reproche?

–En ciertos casos, como en el de la mesa de ofrendas, es más bien un cumplido; es bueno que los alimentos destinados al alma del difunto sean suculentos y abundantes. Pero aún te falta la gravedad que las pruebas de la vida te inculcarán, si la vanidad no te destruye antes.

Y Ched puso manos a la obra, ignorando la mirada furibunda de Paneb.

–¿Cómo va la cosa? –preguntó el general Méhy a Daktair.

El sabio se mesó los rojos pelos de la barba y los ojillos negros le brillaron de satisfacción.

–Lo he conseguido –anunció con suficiencia–, e hiciste bien al confiar en mí. Disponemos de una gran cantidad de puntas de flecha, cuyo poder de perforación es doble del de las utilizadas hasta hoy.

–Tendrías que hacerlo mejor.

–¡Pero si no he dejado de progresar! No os digo que lo he conseguido para presumir... He aligerado el peso de las lanzas y aumentado su eficacia en el impacto. Alcanzarán blancos más lejanos con notable precisión. Mi obra maestra son las espadas cortas de doble filo. Asimilé los procedimientos de fabricación de los herreros extranjeros y los he mejorado. El soldado que maneje esta arma se cansará menos que sus adversarios y, aunque no los mate, los dejará fuera de combate. No podéis imaginar, siquiera, el poder de este equipamiento.

–Voy a comprobarlo yo mismo, y luego entrenaré a mis mejores hombres para formar un regimiento de elite.

–¿Informaréis al príncipe Amenmés?

–Ya sabe demasiado. Ha seguido mis consejos y se relaciona con la alta sociedad tebana, que comienza a aceptarlo. Pero ahora debemos ser más prudentes que nunca.

–Al parecer, las noticias procedentes de la capital son cada vez más extrañas.

–Según mis informadores, la paz se mantiene en Siria-Palestina, y Seti no vacila en inspeccionar la región con sus tropas para sofocar cualquier intento de levantamiento. La mejor noticia es que el rey cumplirá muy pronto setenta y cinco años.

–¡Su padre, Ramsés, vivió muchos años más!

–Es cierto, pero Merenptah ya no hace muchas apariciones en público, ni siquiera en las ceremonias oficiales, donde sería deseable su presencia. Dicho de otro modo, su salud empeora.

A Daktair le complació clavar una espina en las esperanzas del general.

–Desde que fortalecisteis la reputación del Lugar de Verdad, éste parece invulnerable.

–La cofradía debe creerlo así, ignorando que este período de calma aparente precede a una tempestad cuya violencia presiento: Amenmés se levantará contra Seti; el hijo y el padre se destruirán mutuamente.

Daktair pareció asqueado.

–Esas querellas no me interesan en absoluto... Lo único que quiero es conservar la dirección de este laboratorio.

–Intentas engañarte a ti mismo, pero tus ambiciones, como las mías, continúan intactas. Contrariamente a lo que crees, tuve razón al mostrarme paciente y fortalecer mi posición. Ningún faraón puede prescindir de Tebas. Y cuando Merenptah desaparezca, se llevará consigo los jirones de la grandeza de Ramsés. Entonces comenzaremos a actuar, y ninguno de los secretos del Lugar de Verdad se me escapará.

Clara preparaba un anticonceptivo a base de espinas de acacia machacadas para la esposa de Casa la Cuerda, que ya no quería tener más hijos. De pronto, la cabeza empezó a darle vueltas. Primero creyó que era un malestar pasajero, pero una dolorosa sensación de fatiga la obligó a tenderse en el lecho donde, por lo general, se tendían sus pacientes.

Nefer, preocupado al ver que su esposa no regresaba, fue a buscarla al local de consulta, la encontró dormida y le acarició dulcemente el pelo.

–Estoy agotada –reconoció.

–¿Deseas que llame a un médico del exterior?

–No, no es necesario... He perdido demasiado magnetismo en esta última semana, y la mujer sabia me enseñó cómo cuidarme. Tengo que subir a la cima.

–¿No sería mejor que descansaras durante toda la noche?

–Ayúdame, ¿quieres?

Nefer sabía, desde hacía mucho tiempo, que era inútil luchar contra aquella voluntad sonriente que le había seducido desde el primer momento.

–Si no puedes subir, ¿me dejarás que te devuelva a casa?

–Lo conseguiré, gracias a ti.

Bajo la bóveda estrellada, treparon paso a paso, abrazados. Clara no apartaba los ojos de la cima, como si absorbiese la energía misteriosa que emanaba de la pirámide que dominaba la orilla oeste. Ni el maestro de obras ni la mujer sabia pensaban en el esfuerzo necesario para conquistar, una vez más, la montaña sagrada cuya llamada era imperiosa.

Una vez en el oratorio de la cima, miraron la Estrella Polar, a cuyo alrededor las estrellas imperecederas formaban una corte celestial.

–Hazme un favor –le rogó Nefer–: sobre todo, no abandones esta tierra antes que yo. Sin ti, no sería capaz de realizar las tareas más sencillas.

–Que el destino decida; sólo sé que nada podrá separarnos, y sobre todo no la muerte. El amor que nos une para siempre y la aventura que vivimos sabrán vencerla.

Cuando se levantó el alba, Clara recogió el rocío de la diosa del cielo, con la que ésta había lavado el rostro del sol renaciente, y se humedeció los labios con él. Así recuperaría la energía necesaria para cuidar a los aldeanos.

Tras haber hablado con el jefe de los auxiliares, Kenhir consideró que el incidente era lo bastante grave para avisar a los dos jefes de equipo y a la mujer sabia.

–El precio de la carne de cerdo acaba de aumentar de un modo considerable, y eso es un signo inquietante de desarreglo de la economía –explicó–. El precio de otros productos no tardará en dispararse, y las raciones que nos envía el visir disminuirán también.

–¿No habría que consultarle inmediatamente? –sugirió Hay.

–El visir está en la capital, voy a escribirle para avisarlo. Os propongo que aumentemos el precio de todos los objetos que fabricamos para el exterior, desde las estatuillas a los sarcófagos.

–¿Y no provocaremos una peligrosa inflación?

–Existe ese riesgo, pero no podemos quedarnos de brazos cruzados. Y no os oculto que la situación me preocupa: esperemos que se trate tan sólo de un problema pasajero. De lo contrario, será el preludio de una grave crisis económica que no respetará a la aldea.

–¿Están llenos los graneros? –preguntó Clara, preocupada.

–Siempre he sido desconfiado –dijo Kenhir–, y consideré preferible acumular abundantes reservas en previsión de los días malos. Dadas las garantías de las que nos beneficiamos por parte del Estado, ni siquiera debería haber pensado en ello. Hoy, no lo lamento.

–¿No debería tomar medidas la administración principal de la orilla oeste? –preguntó Nefer.

–Méhy no se quedará de brazos cruzados, pero deberíamos saber por qué se comportan así los mercaderes de carne de cerdo.

–Porque tienen miedo –insinuó la mujer sabia.

–¿De qué?

–Desde hace algunos días, un terrorífico viento sopla por el Valle y turba el espíritu de los humanos.

–¿Y eso nos concierne? –preguntó el jefe del equipo de la izquierda, muy inquieto.

–Nadie escapará de él –repuso Clara.

La tempestad de arena había durado toda la noche, y había obligado a los aldeanos a cubrir todas las aberturas de las casas. El viento no había conseguido atravesar una atmósfera ocre y pesada, y los ritos matutinos se habían retrasado. No se veía a más de cinco pasos y la tarea de la aguada había exigido penosos esfuerzos.

Las inflamaciones oculares iban a ser numerosas y la mujer sabia había preparado ya varias redomas de colirio con distintas dosis adecuadas a la gravedad de las afecciones.

–Le pediré a Kenhir que reduzca las horas de trabajo mientras dure esta tempestad –le anunció Nefer a su esposa–, y nos limitaremos a las tumbas de la aldea.

El pequeño *Negrote* se había acurrucado en las rodillas del maestro de obras para indicarle que moverse hubiera sido un gran error. El cachorro era un animal muy prudente, ni siquiera mordisqueaba las patas de los muebles y devoraba con gran apetito las mezclas de carne, queso, legumbres y pan que Clara le preparaba. Tenía los mismos ojos color avellana que su padre y era tan inteligente como él.

–Estás muy inquieto, ¿verdad?

–Este viento no es normal. En sus remolinos se inicia una especie de locura preñada de destrucción.

En la puerta sonaron dos bastonazos.

–Abrid en seguida –exigió Kenhir, que se había cubierto la cabeza con una capucha.

–¿Qué ocurre? –preguntó Nefer.

–El cartero Uputi ha desafiado la maldita tormenta para traernos una trágica noticia: el faraón Merenptah acaba de morir.

76

Ante todos los aldeanos, el maestro de obras pronunció la fórmula ritual que figuraba en el mensaje oficial que palacio había enviado al Lugar de Verdad.

–El alma del faraón ha volado hacia el cielo para unirse al disco solar, fundirse con su dueño divino y reunirse con el creador. En adelante, Merenptah, justo de voz, vivirá en el paraje de luz. Que el sol brille de nuevo, mientras el país entero está a la espera de un nuevo Horus que suba al trono de los vivos.

Los rostros eran graves, y nadie se atrevía a hacer la pregunta que obsesionaba los espíritus.

Nadie, excepto Paneb.

–¿Qué suerte nos está reservada?

–El Lugar de Verdad sólo depende del faraón –recordó Kenhir.

–¿Quién sucederá a Merenptah?

–Probablemente su hijo Seti.

Con un nombre tan temible, ¿conseguiría el nuevo rey dominar la potencia de Set, el dios perturbador y señor del rayo?

–Si Seti reina –predijo Karo el Huraño–, será un período horrible y debemos esperar lo peor.

–¿Por qué eres tan pesimista? –preguntó Gau el Preciso.

–¡Porque nadie puede tomar el nombre de Seti, el padre de Ramsés el Grande! Ningún rey se había atrevido a llevarlo antes que él, y ningún otro debería haberlo imitado.

–¿No se murmura que el príncipe Amenmés ambiciona el poder supremo? –insinuó Nakht el Poderoso.

–Dejad de atormentaros –recomendó Pai el Pedazo de Pan–; pase lo que pase, reinará un faraón y nos ordenará que construyamos su templo de millones de años y que excavemos su tumba en el Valle de los Reyes.

–A menos que estalle una guerra civil –sugirió Paneb, cuya intervención sembró el desconcierto.

La guerra civil... ¡El traidor recuperaba, por fin, la esperanza! Se había desencantado por culpa de Merenptah, cuando esperaba aprovecharse rápidamente de la fortuna acumulada en el exterior de la aldea. Aquel rey que se anunciaba débil había salvado a Egipto de la invasión y había apoyado al Lugar de Verdad en todo momento. ¿Seguiría Seti II el mismo camino o sucumbiría bajo el peso de un cargo demasiado pesado para él, sobre todo si su propio hijo, Amenmés, se levantaba?

En caso de enfrentamientos violentos, el Lugar de Verdad quedaría, forzosamente, debilitado y perdería parte de su grandeza. Su seguridad estaría cada vez menos garantizada, y el traidor podría actuar a sus anchas. Para descubrir el escondrijo de la Piedra de Luz, emprendería una exploración sistemática de la aldea, tomando las precauciones indispensables para que no lo descubrieran, y sólo un período de anarquía le dejaría las manos libres.

–Hasta nueva orden –precisó el maestro de obras–, estamos bajo la protección del jefe Sobek y de sus policías, y no tenéis nada que temer. El escriba de la Tumba y yo mismo consultaremos con el general Méhy para obtener más información; esperad a que regresemos y no salgáis de la aldea.

–¿Y si no volvieseis? –preguntó Paneb.

Fened la Nariz reaccionó con agresividad.

–¿Cómo te atreves a pensar algo así?

–Si se enfrentan facciones rivales, ni siquiera los alrededores del Lugar de Verdad serán ya seguros.

–Si no regresamos –indicó el maestro de obras–, la mujer sabia gobernará la aldea.

La tempestad empezaba a amainar, la visibilidad aumentaba y la orilla oeste de Tebas parecía estar en calma. Poco a poco, los campesinos regresaban a los campos y sacaban las bestias de los establos. Las amas de casa barrían afanosamente para sacar la arena que, a pesar de sus precauciones, se había infiltrado en los rincones.

Numerosos soldados limpiaban el gran patio al que daban los edificios de la administración central.

Un oficial se dirigió a los dos visitantes.

–¿Adónde vais?

–A ver a Méhy –respondió Kenhir.

–¿Con qué derecho?

–Con el derecho del escriba de la Tumba.

–Os ruego que me excuséis... El general no está aquí.

–¿Dónde está?

–Lo siento, no me está permitido revelar esa información a unos civiles.

–¿Habéis recibido instrucciones referentes al Lugar de Verdad?

–No.

–¿Cuándo estará de regreso el general?

–No lo sé.

Kenhir y Nefer dudaron unos instantes, pero decidieron regresar a la aldea.

El príncipe Amenmés estaba furioso.

–Si lo he entendido bien, general Méhy, me retenéis prisionero en este aposento del cuartel principal de Tebas.

–Claro que no, príncipe; sólo me preocupo por vuestra seguridad.

–¡De todos modos, soy libre de ir y venir!

–Creo que es necesario que durante este período de incertidumbre estéis bajo la protección del ejército tebano.

–¡Quiero tomar el mando de este ejército y asaltar la capital!

–Pensadlo bien, príncipe, os lo ruego; una guerra entre el Norte y el Sur causaría miles de víctimas y debilitaría tan gravemente a Egipto que se convertiría en una presa fácil para sus adversarios.

–En cuanto mi padre sea proclamado faraón, ya sólo seré un fantoche.

–No tenemos noticia alguna de Pi-Ramsés; tal vez Seti os reclame urgentemente.

–¡Si lo hace, será para destruirme!

–¿Por qué atribuirle tan funestos designios?

–Porque el poder supremo está en juego, general Méhy. Algunos sueños se realizarán, otros se romperán para siempre. Y no acepto renunciar a los míos... Lo queráis o no, el enfrentamiento entre Seti y yo es inevitable. O mi padre renuncia a reinar o me negaré a reconocer su autoridad y me haré coronar aquí, en Tebas. Y que cada uno elija su bando.

–Me inclino ante vuestra voluntad, príncipe, pero os imploro que permanezcáis en este cuartel hasta que las decisiones de Seti sean oficiales.

–De acuerdo, general, pero mantened las tropas en estado de alerta.

Méhy se retiró, muy satisfecho por el giro que tomaban los acontecimientos. Había temido que el joven príncipe doblegara muy pronto la cabeza; pero, por el contrario, la muerte de Merenptah había multiplicado las ambiciones de Amenmés, que el general debería calmar. Tendría que hacer uso de toda su habilidad y su inteligencia para enfrentar a los dos hombres, y debía hacer creer tanto al uno como al otro que él era su mejor aliado.

Aquella misma noche, Méhy enviaría una carta muy confidencial a Pi-Ramsés para advertir a Seti de que el comportamiento de su hijo Amenmés podría resultar peligroso, y en ella, el general afirmaba que no tenía más objetivo que la paz y la prosperidad del país.

Fuera cual fuese el resultado de la lucha, Méhy saldría vencedor gracias a las múltiples armas que estaban a su disposición. Y los primeros a los que despojaría sin piedad serían los artesanos del Lugar de Verdad.

–¿Cómo? ¿Que no hay pescado seco? –preguntó Nakht el Poderoso, muy extrañado–. ¿Estás segura?

–Si no me crees, ve a verlo tú mismo –le respondió su mujer.

El cantero se dirigió con paso decidido hacia la puerta principal, donde se habían reunido varias amas de casa.

–¿No han entregado los pescaderos? –preguntó Nakht.

–Ni los pescaderos, ni los carniceros –respondió la ex esposa de Fened la Nariz.

Nakht se dirigió en seguida a casa del escriba de la Tumba, donde se habían reunido el maestro de obras, Paneb y otros artesanos, cuyos reproches se hacían cada vez más vivos.

–¡Basta ya! –gritó Kenhir–. Vuestras quejas no conducen a nada.

–Decidnos la verdad –exigió Paneb.

–Nuestro avituallamiento ha quedado interrumpido –declaró el escriba de la Tumba con voz siniestra–. Pero aún tenemos provisiones para varias semanas.

–¡Intervenid con firmeza! –le exigió Casa la Cuerda–. Hay que avisar al visir y al rey.

–¿Qué rey? –dijo Thuty el Sabio con ironía–. Nos abandonan, ésa es la cruda realidad. Los soldados no tardarán en expulsarnos para ocupar la aldea.

–Nadie está autorizado a entrar en ella –recordó Paneb.

–¿Acaso crees que podremos resistir?

–¿Por qué sois tan pesimistas? –intervino Didia el Generoso–. La administración está desorganizada, no cabe duda, pero ¿por qué razón va a sernos hostil el nuevo faraón?

–No discutamos en vano –decidió el maestro de obras–: en la aldea hay mucho trabajo atrasado.

Nefer distribuyó las tareas entre los santuarios, las tumbas y las casas. Embellecer sus moradas tranquilizó a los artesanos y consiguió que se olvidaran de las angustias que los atormentaban. Se oyeron, incluso, las canciones tradicionales que acompasaban la labor de los días apacibles, como si las amenazas se alejaran.

El maestro de obras contempló el lugar donde estaba escondida la Piedra de Luz. Desde hacía numerosas generaciones de artesanos, era transmitida con fidelidad para permitir que la obra se consumara; pero ahora, quizás ese milagro estuviera tocando a su fin.

Clara se puso a su lado y, como él, observó el inestimable tesoro.

–Necesito hablar con la mujer sabia –reconoció Nefer.

–¿Deseas renunciar a tu cargo, no es así?

–No es ni por cobardía ni por temor a enfrentarme con la tormenta, sino porque mi tarea ha terminado. El jefe del equipo de la izquierda tiene todas las cualidades para sucederme.

–Todas excepto una: no sabe conducir a los hombres y no será, pues, un buen maestro de obras. Nos esperan tiempos duros, y no bastará un excelente artesano para defender la aldea y salvar lo que debe ser salvado. Ni los dioses ni la cofradía te dan opción, Nefer. Olvídate de ti mismo y sigue cumpliendo la función para la que fuiste elegido.

El maestro de obras estrechó apasionadamente a su esposa en sus brazos. Con su amor, tal vez consiguiera vencer a las tinieblas y preservar la Piedra de Luz.

Título de la edición original: *La Pierre de Lumière. La femme sage*
Traducción del francés: Manuel Serrat Crespo,
cedida por Editorial Planeta, S. A.
Diseño: Winfried Bährle
Ilustración: Fresco en la tumba de Horemheb, representando
al faraón dando ofrendas a la diosa Hathor (detalle). Foto Index

Círculo de Lectores, S. A. (Sociedad Unipersonal)
Travessera de Gracia, 47-49, 08021 Barcelona
www.circulolectores.com
1 3 5 7 9 0 0 1 2 8 6 4 2

Licencia editorial para Círculo de Lectores
por cortesía de Editorial Planeta, S. A.

Depósito legal: B. 42648-2000
Fotocomposición: Fotoletra, S. A., Barcelona
Impresión y encuadernación: Printer industria gráfica, s. a.
N. II, Cuatro caminos s/n, 08620 Sant Vicenç dels Horts
Barcelona, 2000. Impreso en España
ISBN 84-226-8538-8
N.º 34249